"俄罗斯文学译丛"系

"金色俄罗斯丛书"平装版

小妇人罗曼史

Роман маленькой женщины

[俄] 阿尔志跋绥夫 / 著

薛冉冉 / 译

四川人民出版社

图书在版编目（CIP）数据

小妇人罗曼史/（俄罗斯）阿尔志跋绥夫著；薛冉冉译．—成都：四川人民出版社，2021.8
（俄罗斯文学译丛）
ISBN 978－7－220－12304－7

Ⅰ.①小…　Ⅱ.①阿…　②薛…　Ⅲ.①中篇小说－小说集－俄罗斯－现代②短篇小说－小说集－俄罗斯－现代
Ⅳ.①I512.45

中国版本图书馆 CIP 数据核字（2021）第 101862 号

XIAOFUREN LUOMANSHI
小妇人罗曼史
（俄）阿尔志跋绥夫　著　薛冉冉　译

策划组稿	黄立新　张春晓
责任编辑	张　丹
责任校对	袁晓红
装帧设计	张迪茗
责任印制	祝　健
出版发行	四川人民出版社（成都槐树街 2 号）
网　　址	http://www.scpph.com
E-mail	scrmcbs@sina.com
新浪微博	@四川人民出版社
微信公众号	四川人民出版社
发行部业务电话	（028）86259624　86259453
防盗版举报电话	（028）86259624
照　　排	四川胜翔数码印务设计有限公司
印　　刷	自贡市华华广告印务有限公司
成品尺寸	140mm×203mm
印　　张	15.5
字　　数	330 千
版　　次	2021 年 8 月第 1 版
印　　次	2021 年 8 月第 1 次印刷
书　　号	ISBN 978－7－220－12304－7
定　　价	89.80 元

致敬“金色俄罗斯丛书”译介团队，感谢所有参与者为传播俄罗斯文学、增进中俄两国人民文化交流而做的努力！

汪剑钊　丛书主编，北京外国语大学外国文学研究所教授，博士生导师。

张建华　北京外国语大学教授，博士生导师。

张　冰　北京师范大学俄语系教授，博士生导师。

赵晓彬　哈尔滨师范大学斯拉夫语学院副院长，教授，博士生导师。

杨玉波　哈尔滨师范大学斯拉夫语学院副教授，文学博士。

郑艳红　中国社会科学院文学博士，绥化学院外国语系教师。

张　猛　北京外国语大学外国文学研究所博士。

李　莉　北京师范大学文学博士，杭州师范大学教授。

顾宏哲　辽宁大学俄语系副教授，硕士生导师。

赵艳秋　复旦大学俄语系副主任，文学博士。

侯玮红　中国社会科学院外国文学研究所俄罗斯文学研究室主任，文学博士。

池济敏　四川大学外国语学院副院长，副教授，文学博士。

飞　白　云南大学外语系教授，浙江省比较文学与外国文学学会名誉会长。

黄　玫　北京外国语大学俄语学院教授，博士生导师。

杨晓笛　北京外国语大学博士，太原理工大学教师。

李玉萍　洛阳理工学院外国语学院教师，文学博士。

王立业　北京外国语大学俄语学院教授，博士生导师。

邱　鑫　黑龙江大学俄语学院文学博士。

郭靖媛　北京大学世界文学研究所博士。

薛冉冉　浙江大学外语学院副教授，博士。

温玉霞　西安外国语大学俄语学院教授，博士生导师。

潘月琴　北京外国语大学俄语学院副教授，博士。

余　翔　北京外国语大学外国文学研究所博士。

李春雨　厦门大学外文学院助理教授、博士。

董树丛　山东文艺出版社编辑，文学硕士。

冯昭玙　浙江大学外文系教授。

杜　健　北京师范大学俄语语言文学专业博士。

韩宇琪　北京师范大学俄语语言文学专业博士。

徐　琪　厦门大学外文学院教授，文学博士

徐曼琳　四川外国语大学俄语系教授，文学博士。

欢迎更多的译者加入“金色俄罗斯丛书”……

（按译作出版时间排序。）

金色的“林中空地”（总序）

汪剑钊

2014年2月7日至23日，第二十二届冬奥会在俄罗斯的索契落下帷幕，但其中一些场景却不断在我的脑海回旋。我不是一个体育迷，也无意对其中的各项赛事评头论足。不过，这次冬奥会的开幕式与闭幕式上出色的文艺表演给我留下了深刻的印象，迄今仍然为之感叹不已。它们印证了一个民族对自身文化由衷的热爱和自觉的传承。前后两场典仪上所蕴含的丰厚的人文精髓是不能不让所有观者为之瞩目的。它们再次证明，俄罗斯人之所以能在世界上赢得足够的尊重，并不是凭借自己的快马与军刀，也不是凭借强大的海军或空军，更不是凭借所谓的先进核武器和航母，而是凭借他们在文化和科技上的卓越贡献。正是这些劳动成果擦亮了世界人民的眼睛，引燃了人们眸子里的惊奇。我们知道，武力带给人们的只有恐惧，而文化却值得给予永远的珍爱与敬重。

众所周知，《战争与和平》是俄罗斯文学的巨擘托尔斯泰所著的一部史诗性小说。小说的开篇便是沙皇的宫廷女官安娜·帕夫洛夫娜家的舞会，这是介绍叙事艺术时经常被提到的一个经典性例子。借助这段描写，托尔斯泰以他的天才之笔将小说中的重要人物一一拈出，为以后的宏大叙事嵌入了一根强劲的楔子。2014 年 2 月 7 日晚，该届冬奥会开幕式的表演以芭蕾舞的形式再现了这一场景，令我们重温了“战争”前夜的“和平”魅力（我觉得，就一定程度上说，体育竞技堪称是一种和平方式的模拟性战争）。有意思的是，在各国健儿经过数十天的激烈争夺以后，2 月 23 日，闭幕式让体育与文化有了再一次的亲密拥抱。总导演康斯坦丁·恩斯特希望“挑选一些对于世界有影响力的俄罗斯文化，那也是世界文化遗产的一部分”。于是，他请出了在俄罗斯文学史上引以为傲的一部分重量级人物：伴随拉赫玛尼诺夫第二钢琴协奏曲的演奏，普希金、果戈理、屠格涅夫、托尔斯泰、陀思妥耶夫斯基、契诃夫、马雅可夫斯基、阿赫玛托娃、茨维塔耶娃、布尔加科夫、索尔仁尼琴、布罗茨基等经典作家和诗人在冰层上一一复活，与现代人进行了一场超越时空的精神对话。他们留下的文化遗产像雪片似的飘入了每个人的内心，滋润着后来者的灵魂。

美裔英国诗人 T. S. 艾略特在《诗的作用和批评的作用》一文中说：“一个不再关心其文学传承的民族就会变得野蛮；一个民族如果停止了生产文学，它的思想和感受力就会止步不前。一个民族的诗歌代表了它的意识的最高点，代表了它最强大的力量，也代表了它最为纤细敏锐的感受力。”在世界各民族中，俄罗斯堪称最为关心自己“文学传承”的一个民族，而它辽阔的地理特征则为自己的文学生态提供了一大片培植经典的金色的“林中空地”。迄今，在这片土地上生根发芽并长成参天大树的作家与作品已不计其数。除上述提及的文学巨匠以外，19世纪的茹科夫斯基、巴拉廷斯基、莱蒙托夫、丘特切夫、别林斯基、赫尔岑、费特等，20世纪的高尔基、勃洛克、安德烈耶夫、什克洛夫斯基、普宁、索洛古勃、吉皮乌斯、苔菲、阿尔志跋绥夫、列米佐夫、什梅廖夫、波普拉夫斯基、哈尔姆斯等，均以自己的创造性劳动进入了经典的行列，向世界展示了俄罗斯奇异的美与力量。

中国与俄罗斯是两个巨人式的邻国，相似的文化传统、相似的历史沿革、相似的地理特征、相似的社会结构和民族特性，为它们的交往搭建了一个开阔的平台。早在1932年，鲁迅先生就为这种友谊写下一篇“贺词”——《祝中俄文字之交》，指出中国新文学所受的“启发”，将其看作自己的“导师”和“朋友”。20世纪50年代，由于意识形态的接近，中国与俄国在文化交流上曾出现过一个“蜜月期”，在那个特定的时代，俄罗斯文学几乎就是外国文学的一个代名词。俄罗斯文学史上的一些名著，如《叶甫盖尼·奥涅金》《死魂灵》《贵族之家》《猎人笔记》《战争与和平》《复活》《罪与罚》《第六病室》《丽人吟》《日瓦戈医生》《安魂曲》《没有主人公的叙事诗》《静静的顿河》《带星星的火车票》《林中水滴》《金蔷薇》和《钢铁是怎样炼成的》等，都曾经是坊间耳熟能详的书名，有不少读者甚至能大段大段背诵其中精彩的章节。在一定程度上，我们可以说，翻译成中文的俄罗斯文学作品已构成了中国新文学的一个重要组成部分，成为现代汉语中的经典文本，就像已广为流传的歌曲《莫斯科郊外的晚上》《三套车》《喀秋莎》《山楂树》等一样，后者似乎已理所当然地成为中国的民歌。迄今，它们仍在闪烁金子般的光芒。

不过，作为一座富矿，俄罗斯文学在中文中所显露的仅是冰山一角，大量的宝藏仍在我们有限的视域之外。其中，赫尔岑的人性，丘特切夫的智慧，费特的唯美，洛赫维茨卡娅的激情，索洛古勃与阿尔志跋绥夫在绝望中的希望，苔菲与阿维尔琴科的幽默，什克洛夫斯基的精致，波普拉夫斯基的超现实，哈尔姆斯的怪诞，等等，大多还停留在文学史上的地图式导游。为此，作为某种传承，也是出自传播和介绍的责任，我们编选和翻译了这套"金色俄罗斯丛书"，其目的是进一步挖掘那些依然静卧在俄罗斯文化沃土中的金锭。可以说，被选入本丛书的均是经过了淘洗和淬炼的经典文本，它们都配得上"金色"的荣誉。

行文至此，我们有必要就"经典"的概念略做一点说明。在汉语中，"经典"一词最早出现于《汉书·孙宝传》："周公上圣，召公大贤。尚犹有不相说，著于经典，两不相损。"汉朝是华夏民族展示凝聚力的重要朝代，当时的统治者不仅实现了政治上的统一，而且也希望在文化上设立标杆与范型，亟盼对前代思想交流上的混乱与文化积累上的泥沙俱下状态进行一番清理与厘定。客观地说，它取得了一定的成效，虽说也因此带来了"罢黜百家"的重大弊端。就文学而言，此前通称的"诗三百"也恰恰在那时完成了经典化的过程，被确定为后世一直崇奉的《诗经》。关于"经典"的含义，唐代的刘知幾在《史通·叙事》中有过一个初步的解释："自圣贤述作，是曰经典。"这里，他将圣人与前贤的文字著述纳入经典的范畴，实际是一种互证的做法。因为，历史上那些圣人贤达恰恰是因为他们杰出的言说才获得自己的荣名的。

那么，从现代的角度来看，什么是经典呢？商务印书馆出版的《现代汉语词典》给出了这样的释义：1. 指传统的具有权威性的著作：博览经典。2. 泛指各宗教宣扬教义的根本性著作。不同于词典的抽象与枯涩，意大利著名作家卡尔维诺归纳出了十四条非常感性的定义，其中最为人称道的是其中两条：其一，一部经典作品是一本每次重读都像初读那样带来发现的书；一部经典作品是一本即使我们初读也好像是在重温的书。其二，经典作品是一些产生某种特殊影响的书，它们要么自己以遗忘的方式给我们的想象力打下印记，要么乔装成个人或集体的无意识隐藏在深层记忆中。参照上述定义，我们觉得，经典就是经受住了历史与时间的考验而得以流传的文化结晶，表现为文字或其他传媒方式，在某个领域或范围具有一定的权威性和典范性，可以成为某个民族、甚或整个人类的精神生产的象征与标识。换一个说法，每一部经典都是对时间之流逝的一次成功阻击。经典的诞生与存在可以让时间静止下来，打开又一扇大门，带你进入崭新的世界，为虚幻的人生提供另一种真实。

或许，我们所面临的时代确实如卡尔维诺所说："读经典作品似乎与我们的生活步调不一致，我们的生活步调无法忍受把大段大段的时间或空间让给人本主义者的悠闲；也与我们文化中的精英主义不一致，这种精英主义永远也制定不出一份经典作品的目录来配合我们的时代。"那么，正如沙漠对水的渴望一样，在漠视经典的时代，我们还是要高举经典的大纛，并且以卡尔维诺的另一段话镌刻其上："现在可以做的，就是让我们每个人都发明我们理想的经典藏书室；而我想说，其中一半应该包括我们读过并对我们有所裨益的书，另一些应该是我们打算读并假设对我们有所裨益的书。我们还应该把一部分空间让给意外之书和偶然发现之书。"

愿"金色俄罗斯"能走进你的藏书室，走进你的精神生活，走进你的内心！

译 序

米哈伊尔·彼得罗维奇·阿尔志跋绥夫于1878年出生在俄国南部一个风景如画的小城里，父亲曾任当地警察署长官，其母亲具有波兰血统。阿尔志跋绥夫自幼时起便酷爱绘画，后求学于哈尔科夫绘画学院。求学期间，他曾在经济拮据时，撰文贴补家用。不想，文学创作代替了绘画成了他一生耕耘的方向。

1897年，当阿尔志跋绥夫19岁的时候，他的处女作《帕沙·图马诺夫》发表，这篇关注中学教育以及中学生内心世界的中篇小说在文坛上引起了巨大的轰动与积极的反响。在其1905年的中篇小说《兰德之死》出版之后，文坛完全接纳了这位作家，并对这位未来之星的写作技艺与思想理念表示赞叹。这让阿尔志跋绥夫最终下定了决心，不再用颜料而是用文字去构建自己独一无二的艺术世界。

作为译者，我深深地感觉到，阿尔志跋绥夫是一位会讲故事的作家，《小妇人罗曼史》《兰德之死》《关于一记耳光的故事》等，单是中短篇小说的名称本身就是一个事件：小妇人到底会有什么样的情感经历？兰德为什么会死去？谁打了谁一记耳光，为什么？我们都清楚，选择这样的题目本身是存在一定风险的，对自己讲故事的能力不自信的作家会避而远之，将其处理成偏中性的名词描述。

我们在具体的阅读过程中不仅会找到关于最初疑问的答案，而且还会陷入某种沉思。《小妇人罗曼史》远远不只是在讲述一位大龄女单身职员叶琳娜·尼古拉耶夫娜与她心仪的作家巴拉金之间的罗曼史，更是一位女性对自己情感选择和情感价值的追问。叶琳娜难道感觉不到风流倜傥的作家巴拉金在利用她的爱慕之情？她所心仪和委身的难道真的是这样一位装出忧郁而睿智的作家？她难道不是在平庸无奇、浑浑噩噩的一生与充满激情和心动的瞬间之间作选择？《关于一记耳光的故事》也远不是因为情感纠葛情人之间扇了一巴掌这样简单的故事。扎伊采夫医生在其大学三年级的时候，曾在自己无比崇拜的N教授家当家教。他觉得愧对教授的是，没有克制住年轻貌美的教授妻子利季娅·米哈伊洛夫娜的诱惑，陷入尴尬的情感纠纷中。当他实在忍受不了利季娅·米哈伊洛夫娜着实过分的举动时，扇了她一记耳光，并自觉地离开教授家。这个小说所聚焦的是情感世界中男性与女性的较量，同时也是崇高与渺小的对决。大学生因为这种情感破坏了教授在自己心目中的崇高地位而感到痛苦异常，与此同时，他也因为自己这一无所有的、渺小的穷学生能够占有遥不可及的教授妻子而感到窃喜。故事如果在扎伊采夫纠结之时结束已是精彩，阿尔志跋绥夫则让我们再次领略他讲故事的高超技艺——继续将故事推向另一层面的高潮：在扎伊采夫自责加窃喜之时，教授来找他谈心，聊起他对男女关系的洞察力与悲观认识，这让大学生对自己偷偷摸摸的行径感到无地自容，同时又对女性的乖张和蛮横表示恐怖而愤怒，而后化为一记耳光的行动。

可能大家已经感觉出来了，阿尔志跋绥夫非常关注人与人之间的关系，特别是两性之间的关系，他的写作虽然完成于上世纪初，但是这些作品却似乎是为百年之后的我们——当下的读者所准备的。其间的人物关系，爱情观也是我们这个世纪的读者才能深刻理解甚至接受的。上述小说涉及爱情观，《一个人的日记》《论嫉妒》更是如此。这些故事的讲述模式多是故事套故事，借作品中的人物之口栩栩如生地将故事呈现在读者面前。与《关于一记耳光的故事》有所不同，《一个人的日记》描述了天造地设的一对——伊万诺夫夫妇："一个女子可以填满他整个世界，可以浇灭他身体里还有一成不变的情欲中的所有欲望，并且赋予如此饱满的存在，使整个世界都变成完美的、完整的生活的七彩框架。"正是这种美好让风流的故事讲述者放弃了风花雪月，挚爱着尼娜·阿列克谢耶夫娜的妹妹纽塔。阿尔志跋绥夫从不会在美好的画面中定格自己的作品，所以我们会读到，在一个夜晚里，所有这一切对爱情的崇拜都消解了。尼娜受了风寒而被夺去了生命，伊万诺夫十分痛苦，并且后悔爱女子这么深，深得已经无法在没有她的世界里生活，他尝试着用逢场作戏来减轻痛苦，仍旧不能释怀，在痛苦时对故事讲述者坦白自己对爱情的认识："您不要去爱任何人，不要相信这种让人头昏脑涨的拉杆，这是某人对人类的嘲弄……您一个人生活吧，一个人死去！……"经历这些之后，故事的讲述者再也没有用心去真正爱过任何一位女子。

这个故事中有着对美的彻底消解，在为尼娜送葬时，故事的讲述者所感受到的不是痛苦，而更多的是原本美若天仙的尼娜在棺材里散发出的腐烂的阵阵恶臭；这个故事里有着对爱情的彻底否定，故事讲述者离开了纽塔，不再用心去爱任何一位女子，从这个故事的结尾你会读出一种亘古的悲凉："我独自一人面对着死亡，当它到来的时候，我将独自一人死去，没有痛苦没有折磨……"同时还有一丝感动，因为害怕去爱，从某种意义上来说，正是敬畏爱情的力量。《论嫉妒》同样讨论男性与女性之间的关系，更进一步地剖析了两性之间相互猜疑、相互遮蔽的内心世界对相互之间的态度和行为的影响，延续普希金、莎士比亚、陀思妥耶夫斯基等作家对这一母题的对话。

苔菲曾说，这是一个有着托尔斯泰、陀思妥耶夫斯基和契诃夫魅影的作家。阿尔志跋绥夫在《古老的故事》中延续契诃夫的避暑、疗养的时空，将来南方小镇避暑的作家、医生、画家等人聚到一起，他们所关注的核心事件：年轻的男歌唱家佩罗夫斯基与中年女性追星者离开省城隐居于此。当佩罗夫斯基第一次来到作家、医生、画家这个团体中间，和他们一起在海面上划船时，大家沉醉于歌唱家美妙的歌声中，也沉浸在快乐的心情中，大家认为这位歌唱家为了不辜负中年女性而牺牲了自己的前途，牺牲了自己的青春，其伟大不言而喻。所以，少不更事的女画家利多奇卡对佩罗夫斯基产生了好感，也让这孤寂的佩罗夫斯基内心深处又生波澜。如果故事定格在月夜下佩罗夫斯基送利多奇卡回家，对利多奇卡关于值不值得放弃自己的职业生涯的追问避而不答，这古老的故事已是完整，而阿尔志跋绥夫的故事注定是冷峻的：在这里有避暑人的无聊与好奇，有年龄悬殊的爱情的纠结，更有个人虚荣心的放大。这群由画家、作家、医生、大学生等避暑人组成的团体，在无聊之余想到了去拜访佩罗夫斯基的家。在拥挤的乡间小屋里，他们再次聆听到男歌唱家的歌声，当他们看到佩罗夫斯基的妻子对已经技艺生疏的表演欣喜不已，啧啧称赞，大家似乎明白了男歌唱家归隐的真正原因。

《兰德之死》中的主人公兰德是托尔斯泰精神的践行者，他不主张暴力反抗，坚持以爱来感化众人，用自己的行动来帮助所有的人，哪怕此人是行恶之人。此外，他丝毫不利用别人对自己的信任，不会用自己的思想去控制任何人。小说的题目已经明确地告诉我们兰德的结局，小说情节的进展会让读者读出“忧伤”二字，无论是农民、工人还是兰德的母亲、朋友，没有谁能够理解兰德的崇高。不过，在小说的最后几章，当过着苦行僧生活的兰德不顾自己健康状况，选择徒步远行去拯救陷入绝望中的朋友，在森林里死去时，我相信读者会和我的感受相似，从中读出了某种“尘归尘、土归土”的宁静。

《关于全知的故事》则让人感受到果戈理与陀思妥耶夫斯基的魅影，这里有人与人之间的疏远，人与魔鬼之间的交易，整部小说从一定程度上来说延续着阿尔志跋绥夫对死亡主题的探讨。

阿尔志跋绥夫作品中多有突如其来而又意料之中的“反转”，这应该也是为什么在20世纪初他深受读者喜爱的原因。不过，我们也能感受到，他并非追求故事情节的奇巧，而多是呈现平淡生活下的波澜，日常的复杂，甚至是对个人内心深处思绪潜流的拷问。除了上述小说外，《坏蛋》也不失为一个恰当的例子。

《坏蛋》一文以主人公弗伦奇被选去见证一个从法律上来说十恶不赦的坏蛋的绞刑行刑过程开篇，他带着“履行巨大的公共职责”的无比自豪感乘坐早班车去到行刑监狱，而当他看到坏蛋并非怪物，以及这个坏蛋的身躯在执行死刑过程中的反应，他对行刑的认识不再是“摘除被感染了坏疽的社会成员的手术”，“弗伦奇在整个回去的路上都什么也没有看到，什么也没有想。他像机器一样机械地走着，他整个身体都蔫了，被一种以往从来也没有感受过的痛苦所折磨。”

阿尔志跋绥夫及其作品早在1920年就被译介到了中国，特别是鲁迅先生对其偏爱有加：鲁迅先生翻译了其《工人绥惠略夫》《幸福》，1921年翻译了其《医生》《巴什庚之死》等。曾有学者统计，鲁迅先生曾从1920至1936年间在自己随笔、日记中数次提及阿尔志跋绥夫的作品。用鲁迅先生的话来概述我们编这部中短篇小说集的理由颇为恰当，“阿尔志跋绥夫是俄国新兴文学典型的代表作家的一人，流派是写实主义，表现之深刻，在侪辈中称为达了极致。”此部阿尔志跋绥夫中短篇小说集收录了其真正意义上的处女作《帕沙·图马诺夫》，让其声名鹊起的《兰德之死》。这里还有作家持续关注并后来改编成舞台剧的“论嫉妒”系列中的《论嫉妒》，探讨类似主题的《关于一记耳光的故事》《一个人的日记》等，以期让读者能够更加全面、多元地接触到阿尔志跋绥夫精彩的中短篇小说。

以往给研究生开设“白银时代文学专题”课程时，我都会用到高尔基文学院两卷本的《世纪之交文学史》（Русская литература рубежа веков，国内译为《俄罗斯白银时代文学史》)，16 节的课时，我通常只能留给阿尔志跋绥夫片言碎语的篇幅。而当我译完他的中短篇小说集时，我终于明白了，迟迟没有给这位作家作品应有的关注，是因为这位作家的作品终将单独成集。

当我小心翼翼地将阿尔志跋绥夫推荐给学生们时，有一位同学果断地将其作品中的作家形象作为其毕业论文的研究对象！期待着关于这一位白银时期的作家作品在百年之后的学术研究中能得到更加充分的挖掘。

借此机会，我也想对汪剑钊教授在翻译过程中给我的鼓励和帮助表示衷心的感谢，对张春晓编辑、张丹编辑在具体校稿、成稿过程中的认真负责、耐心沟通表示谢意。时隔百年的译文对话难免会有词不达意之处，还望读者诸君海涵与斧正。

薛冉冉

浙江大学求是村

2018 年 6 月 18 日

目　录
Contents

论嫉妒

关于全知的故事

帕沙·图马诺夫

血

一个人的日记

关于一记耳光的故事

坏　蛋

兰德之死

小妇人罗曼史

第一章

官员们拿着文件焦虑地走来走去，一副忧心忡忡的样子；看守人郑重其事地一一端给他们浓郁的凉茶；打字机在噼里啪啦，就像几十个小锥子一起争先恐后地敲打着，狂热地锻打着微小的金属片。每天，叶琳娜·尼古拉耶夫娜都会快速地用灵活、柔软的手指飞速地敲打着：

"经奇尔科夫交通管理局局长的许可，现转发货主伊萨克·阿布拉莫维奇·基尔什涅尔的上诉函件。"长长的白色纸张像有了生命一样，从打字机里爬了出来，越来越长，纸张轻轻一动，便弯了起来，叶琳娜·尼古拉耶夫娜直了直累弯的双肩，朝自己面前的窗外看去，陷入了沉思。

在灰暗的玻璃外，悄悄地向上舒展着三棵白桦树，树后则高耸着似乎要冲入云霄的钢琴厂的围墙。墙上逶迤着生锈的铁制管道，如黑色的多节蛇一般。

这一天，阳光灿烂，屋前小花园里明亮又美丽。这儿有一种特别感人的、有些过度的胆怯和脆弱的美，而这种美几乎只会在大城市里被人悲伤地察觉到：在难看的花园里，或街心花园，还有这些淹没在石墙、马路之间以及车水马龙的轰鸣声中的大自然的空地。

花椒树纤细的红色枝条上吐出了长着白色纤毛的花蕾。去年的枯枝像参加葬礼时的衣服黑边沿着墙壁和小路盘旋着，新草像祖母绿宝石一般绿油油的，露出刺人的银针，在干燥的小道上还清晰地留着乌鸦和白嘴鸦的傲慢且带有花纹的脚印。白桦树的树干新鲜而干净，似乎有谁用易碎化开的雪水冲洗过一般。在墙角附近的角落里，还有一个雪堆，它似乎是瞒天过海藏身于此，已满是灰尘，并且有许多孔洞。太阳径直照在它身上，雪花就这样融化消失了，仅仅升腾着微微能被察觉出的蒸汽。

从窗户的位置看不到天空，不过，天空应该是万里无云，湛蓝无比。所有的影子都变得轻盈而蔚蓝。它们时而在房前小花园投下欢快的斑点，而后沿着厂子的围墙快速飞起，消失在高空的某处，让人们知道，在城市的上空，在变成蔚蓝色的辽阔中，春天的云朵正像遥远的幸福船只的帆布一样在游动。

从打开的小窗子流入一股浓密多汁的空气，像一种不确定的、忧喜交加的倦慵植入心扉。叶琳娜·尼古拉耶夫娜坐在那里一动不动，在她消瘦的小脸蛋上闪烁着一双大大的、稍微有些苍白阴影的沉思的大眼睛。此刻，她已忘记了工作的紧急，忘记了代理陪审员赫卢杰科夫的草稿，然而，她却正在想他，她目光也恰巧落在这位高大的淡黄头发男子身上，保养得非常好的面孔，蓄着精心修剪过的胡子，还有俏皮性感的嘴唇。当他跟叶琳娜·尼古拉耶夫娜说话时，叶琳娜·尼古拉耶夫娜甚至能听出来他自信的嗓音中，暗含某种不屑、戏谑色彩，在这种嗓音里如此清晰如此委婉地爆发出特别的音调。向她转递自己的文件时，他总是转用亲密朋友间开玩笑时的语调，温暖而又神秘地看着她的眼睛，同时还将她的小手在自己精心保养的手掌里放上片刻。当他的双眸变得如此诚恳感人时，他总是故意拖长声音说：

"无——聊——啊，叶琳娜·尼古拉耶夫娜！……您怎么能满足于这样的生活呢？……我真是不能理解您……难道您就不曾想过跳出这一轨道，按照自己所想的那样去行事吗？哪怕会违背所有人的意愿……"

在他眯起的眼眸里闪过一丝暗光，这像极了猎人的眼神，当他在很近的地方看到了他所追踪的猎物。叶琳娜·尼古拉耶夫娜完全意会他的想法和愿望，这些他还不敢全盘说出的话。她感到既羞愧又愉悦。这些含混的暗示让她内心无法平静，有时候还会无意识地让她感到失落，似乎她所想要的是他不再耍滑头，不再说些高尚的言辞，而是开门见山地说出他所想要的是什么。在她这芳龄 26 岁的柔美而又匀称的身体里似乎居住着两种感受：一种是渴求着什么，另一种是没来由地觉得厌恶且愤怒。不过，有时候赫卢杰科夫还神秘地加上一句：

"对了，您是不是在我们这里待不久了？"

姑娘变得伤心起来了：赫卢杰科夫这句话说得一点玩笑意思都没有，但是他应该很清楚的，叶琳娜·尼古拉耶夫娜在"我们这里"已经待了 7 年了。她每次照镜子的时候，都会有一丝恐惧涌上心头，她眼角的皮肤已经失去了昔日的光泽，并且慢慢地松弛下来，让人想到秋日花瓣那最后的柔韧。并且这种慢慢地凋萎在全身都能感觉到：很少想笑，更频繁地陷入深思，甚至还会无缘由地哭泣。有时候还会处于无动于衷的情绪中，不想看到任何人，自己身上裹一张毯子，一连几个小时就在窗旁坐着，大大的眼睛盯着花园，还有在城市的灰暗屋顶后的远处渐渐地暗淡下去的夜空。

还是在不久前，每个人都会引起她的兴趣，就像玩具一样，而现在，所有熟人当中只剩下两三位还能稍微引起她的注意，而其他人都让她觉得无聊且失望。在野餐或散步时，她会在欢快喧闹和奔跑中沉默不语并且独自一人。

现在，叶琳娜·尼古拉耶夫娜盯着房前小花园看时，想到了那些事情，她变得心痛起来。真想痛快地低声哭一场。她感到对某种事物非常不舍，却自己也不清楚到底是什么。或许是那生活中本应该有的，但是却缺失的东西吧。她知道，这是爱情，但是，是什么样的爱情呢，她自己也无法回答。想象力曾为她勾画了幸福的模样，那时梦想还是无关紧要可有可无的。那时，爱情似乎是快乐的、美丽的事情，就像节日一般，但是当某一个男性的面孔从迷雾后显露出来，并且开始带着那种直白的恬不知耻的思想冲她微笑时，节日的火焰消失了，像油烟一样，一团团升起，只剩下鄙俗，动物的行径，愚蠢而不堪，就像那张被弄脏的床单一样。

很久以前叶琳娜·尼古拉耶夫娜就知道了，在男人与女人的爱情中什么是主要的，当某个瞬间，她惭愧地、用思想之余想象了一下自己赤裸的身体和男子激动的面孔，她会感到难受，恶心并且羞愧，她甚至想到藏起来，逃跑或蒙上头，谁也不见，谁也不听。

“不过就是这样的！所有人都是这样生活的！这就是爱情啊！”

她带着一种极度的不解对自己说，“但是在这方面为什么会有美……为什么需要它？”

有时候她觉得在这方面存在着某种错误。并且这种错误不知道为什么同那些男性融汇为一点，而她却不得不居住在这些男性的社会里。

不知道何故她仍旧非常清晰地记得那些画面：他们中的每一位会如何走过来，用什么样的话来表达自己的感情，如何亲吻，而后接下来又是什么……哪怕有一点神秘也好，哪怕卖一点关子，而不是如此愚蠢地直接凸显出来……这污秽！

叶琳娜·尼古拉耶夫娜的面孔痛苦地挤作一团，她忧伤地看着小花园，强烈地感觉到需求什么，从她明亮的大眼睛里，那柔顺的秀发里，还有那香肩翘臀的曼妙身体里，还有那长着娇小手指的如雕似琢的双臂里散发出寻求解放的东西，但是她却没有看到任何相似的事物。

“您总是在幻想着什么？”她所熟悉的，稍微有些嘲笑但是婉转取悦的声音。

叶琳娜·尼古拉耶夫娜打了一个冷战，转过身来，脸一下子红到了耳根，小小的敏感地藏在蓬松的头发之中的耳朵，就像小兔子的耳朵一样。

她的面前站着赫卢杰科夫，他微笑着，眯起的眼睛里稍微流露出水汪汪的光芒。

“哎呀，对不起，上帝呀……我还没有做完！”叶琳娜·尼古拉耶夫娜愧疚地说出了这些话。而赫卢杰科夫假装皱起了眉头：“哎呀呀，这可怎么办呀？要罚款！……没什么，没什么，我现在不着急！”他满眼露着笑意，走开了。

不过，从他犹豫不决的动作，还有他不知所措环视四周的神情，叶琳娜·尼古拉耶夫娜明白了，这份材料非常紧急，并且赫卢杰科夫现在不知道该如何是好。他似乎犹豫了片刻，而后就去翻某本书，翻了两三页就放下了，决定回自己办公室了。

有几双眼睛正盯着他离去的背影，叶琳娜·尼古拉耶夫娜感觉到了这一切。并且她很清楚，如果换成别人，这种马虎会带来什么，并且她也清楚，这些其他人也心知肚明，为什么总是冰冷如霜、挑剔至极的赫卢杰科夫现在却如此奇怪地温和且富有同情心。叶琳娜·尼古拉耶夫娜变得惭愧难当：有那么一个瞬间，叶琳娜·尼古拉耶夫娜觉得，她现在正赤身裸体，而所有这些嫉妒的目光都责备地盯着她赤裸的身体，盘算着，这样的身体值不值得被赫卢杰科夫占有？很快将被占有吗？叶琳娜·尼古拉耶夫娜垂下了头，在无助、羞愧的重压之下，她躬下身子忙文件，急忙地敲打着打字机上的按键，却不停地出错。她的两颊发烫，眼睛也不听使唤地流下了眼泪，里面充满了屈辱和对赫卢杰科夫，周围所有人，那些想着肮脏的事情的人们的憎恶感，甚至也憎恶自己，似乎自己在某些方面犯下了错误。

当文件准备好了之后，她的情绪才平静了下来，她的内心里也出现了异样的情绪。

“给您。看在上帝的分上，请您原谅我，维克托·弗拉基米罗维奇。”她走进赫卢杰科夫的办公室，开了口，她的声音听起来轻松而又娇媚。甚至她的高跟鞋的敲打方式都变得特别了，似乎是在跳舞。她感觉到了自己对这位任性且被宠坏的人的魅力影响。这激发了她放肆的感受。她真想一下子坐到他的办公桌上，将手套甩到公文上，而后踢踏着皮鞋的脚尖，带着嘲笑的色彩盯着愣住的赫卢杰科夫看，并且也想看看那些透过开着的门嫉妒地关注她的行踪的人们。

不过，当赫卢杰科夫的目光对小妇人的全身进行打量时，这种打量终究让人觉得厌恶且有屈辱性的赤裸感。

第二章

演奏着音乐，有一群人说笑着，走动时弄得裙子沙沙作响，他们在音乐舞台前面走动着。这是一个月明之夜，月亮挂在树梢和路灯之上的某个高处。不过，月亮是看不到的：

路灯越来越亮，让人越来越兴奋。

叶琳娜·尼古拉耶夫娜悄悄地顺着人群走动，她的身边是一位沉默不语的高个子军官，他的一个肩膀向前倾着，为了不碰到迎面走来的女性。他有着一张忧心忡忡而又无药可救地坠入爱河的脸。

“太无聊了！”姑娘任性地说，“哪怕随便说些什么……您为什么总是不说话呀?”

高个子军官整个身子都动了起来，无助地环顾四周。

“是呢，不知为什么今天谁都没看到……”他开口了，并对自己少有的机智感到高兴。

叶琳娜·尼古拉耶夫娜却无缘无故并且带着她那种残忍的女性的专横发起了脾气。

“您觉得，我非要有什么人陪着吗？是您本人呀?”

“我，叶琳娜·尼古拉耶夫娜，天呢……”军官尴尬地嘟囔着。

"天呢!"姑娘失望地模仿着，"那，您讲点什么吧……就讲一讲，您什么时候有没有坠入过爱河?"

在叶琳娜·尼古拉耶夫娜的声音里流露出忧伤：她事先都知道了答案。

"我……我就是现在坠入了爱河呀，叶琳娜·尼古拉耶夫娜……您自己非常清楚……"

"是的，我知道，我知道，再说一遍——我知道！我并不是想聊这个……那以前呢？还有第一次呢?"

军官尴尬地红了脸，甚至想躲入自己长长的骑兵军大衣的衣襟里。

"第一次?"

"是的……"

"第一次，说真的，我不记得了……也就是说，"察觉到姑娘的任性，他着急了起来，"第一次……当然……我第一次……叶琳娜·尼古拉耶夫娜，是爱上了一个侍女……"他以绝望的英勇结束了自己的话，而后他满脸通红。

叶琳娜·尼古拉耶夫娜用厌恶的好奇心盯着他看。

"难道?"她咬了下嘴唇，挑了下眉毛，漫不经心地说，"难道成为您所爱之人不是光鲜的事吗?"

姑娘不怀好意地笑了起来，她的眼睛里充满了恶毒。

军官慌乱得不知所措。在他不明智、完全无助的面孔上，可笑地晃动着散乱的浅色胡子，显示出温顺的且伤心的委屈。

"我们坐下来吧……我厌倦了像摆锤一样走来走去……"姑娘简

短地说了一句，朝旁边看去。

椅子位于花园的尽头处，那里几乎没有人散步，树木也稀少了很多，就像是林边一样，月亮则明亮地挂在树木纤细的高枝上。叶琳娜·尼古拉耶夫娜无聊地坐在那里，任性的无聊渗透到她那优美身材的每一个动作中，她神经兮兮地用皮鞋脚尖敲击着地面。军官则直挺挺地像杆子一样坐在那里，将自己穿着油光锃亮的靴子的长腿盘在椅子的下方。

“接下去呢……”叶琳娜·尼古拉耶夫娜生气地拖长声音。

“而第二次我爱上了……”军官似乎是在推搡之后一下子就说出来了。

“爱上了厨娘？”姑娘嘲笑地帮他结尾，而后又不怀好意地笑了起来。

“不……不是……为什么爱上厨娘呢？”军官很惊讶地反问道。

“这是，这是为了让经历更丰富啊！”叶琳娜·尼古拉耶夫娜恶毒地回答。

“不是呢，叶琳娜·尼古拉耶夫娜，不是爱上了厨娘……”

在他艰难的回答中有某一种声音，这让姑娘感到良心受到轻微的谴责，她仔细地看了看他忧郁、可笑的身形，变得更为严肃，更为柔和了。

“那是爱上了谁呢？”

“您知道吗……那时候我住在一个县城里……离这儿很远……在那里有一位大小姐……丽莎·丘马科娃……她那时刚刚中学毕业，而……而我狂热地爱上了她！您相信吗？虽然这是小说里的话，但是我愿意为她赴汤蹈火！”

“为什么，她很漂亮吗？”

“我不知道……在我看来——她出奇地美丽！”

“比我都漂亮吗？”姑娘撒娇地问。军官没有回答。从他细长而苍白的面孔上划过一道阴影。

“然后呢？”

“这个……叶琳娜·尼古拉耶夫娜……不要聊这个吧！”军官的面部流露出痛苦的表情嘟囔了一句。

“怎么不要聊了？这么说来，您觉得我比不上她？”姑娘残忍地坚持道。

“不是的……您不觉得惭愧吗？……您……当然……要更漂亮多了……”军官痛苦地说，然后低下了头。

不知道为什么叶琳娜·尼古拉耶夫娜开始可怜起他来，并且为自己轻浮的残忍感到羞愧。

“我只是开了个玩笑……请原谅，伊万·基里洛维奇！”她轻轻地碰了一下他粗壮的手臂。

军官灿烂而温柔地笑了。

“我不生气！难道我会冲您生气？”他的声音里有一种温暖的颤动，“您想听吗？我都讲给您听……尽管我从来没有对任何人讲过这件事……”

叶琳娜·尼古拉耶夫娜用眼神鼓励他，她感觉到，这位有些荒唐的军官的含蓄的心灵在她那温和的眼神之下慢慢地盛开。远处，音乐静静地演奏着，周围没有任何人，月亮则显得离他们如此近，满月而又明亮。

军官低声而忧伤地讲述着。已经全然不是他平时说话的声音。在这种声音里能够感受到某种巨大的、纯粹的坦白的忧伤。

“当丽莎奇卡还是中学生，我是骑兵少尉的时候，我就喜欢上了她……而当她完全出落为一个成年女子的时候，在我的眼中，您知道吗？叶琳娜·尼古拉耶夫娜，除了她已经没有任何人了。她是如此的迷人，美丽，完整，也就是说善良……她非常喜欢孩子、花园、自己家的老房子，她对我也是出奇的好！当她在场的时候，我完全变成了另外一个人，我不允许自己做任何愚蠢的事情，甚至是想都不会想！……您知道吗？跟别人在一起的时候，我就是普通的我，而跟她在一起的时候，我甚至比原来的身高要高了……在那个时候我感觉自己就像是在母亲身边的小男孩……她是我全部的幸福，任何其他的幸福我都不会去追求……只是，当然，我不聪明也没有文化……我，当然，没有办法吸引住她，因为……不过我不知道……我只是觉得，她跟我在一起也可能会是幸福的。我将……哎，叶琳娜·尼古拉耶夫娜！难道这是我的错吗？我不是大学生，也不是作家，而是一名普通的军官。难道不可以不考虑这个因素吗？要知道我是多么地爱她！对我来说她就是一切！而后，她离开去上学了，在她一些朋友的影响之下跟我告别了……非常……不好……好像嘲笑她，说她爱上了一个普通军官……至少，在最后的日子里，不是单独相处而是当着别人的面的时候，她似乎故意躲避我，甚至感到羞愧……或许，他们是对的，我真的不知道……或许，这的确很可笑，一个普通的、没有受过教育的军官胆敢去爱……不过，我真的不知道！她离开了，而我却留在了县城里。当时我想过自杀……我已经拿起了左轮手枪，它就放在我大衣的口袋里，不过突然有一个念头冒了出来：或许，她在那里过得不好呢，我需要用自己的方式去帮助她，哪怕是用一种她察觉不到的方式……就这样，我改变了主意，只是把脑袋朝挂在墙上的大衣上撞了几下，还不停地喊着：丽莎，丽莎奇卡！……您不会笑吧，叶琳娜·尼古拉耶夫娜？”

叶琳娜·尼古拉耶夫娜温柔地看了看他。

“不会的，亲爱的。”她轻轻地说着，又碰了下他的手臂。

中尉幸福地笑了笑，更加勇敢地说了起来：

“后来，她又回来过假期了。我几乎都认不出她来了：消瘦了很多。您知道吗？还苍白了许多，眼神变得严厉了！只是她对我出奇的温柔，她是如此温柔，如此小心地对我，就像我是玻璃做的一般！有一天，我们一起在月色明亮的夜晚去划船……不知不觉……似乎是我拥抱住了她……而后她也……我们就这样整夜都在划船。丽莎奇卡把所有的一切都告诉了我，在那里她是多么地艰难，那是多么冰冷而残忍的生活，在那里所有的男人都是很粗俗很野蛮地看着女人……现在她明白了她的幸福不在那里……她还说，您知道吗？她说我是一个好人，甚至比所有人都好，只是我还不知道自己的价值……当我回到家的时候，我是世界上最幸福的人了！我甚至唱起歌来，跳起舞来，这是真的！”

中尉不好意思地笑了，叶琳娜·尼古拉耶夫娜也笑了：想到这个高大的身材，穿着锃亮的皮靴还有长到脚踝的军大衣在手舞足蹈，就觉得好笑。

“第二天我不是走着去找她的，您知道吗？我那简直是在飞翔！飘飘欲仙。不过，突然……当我见到了她，我突然间明白了：一切都要烟消云散了！我甚至都想着悄无声息地离开。但是她叫住了我，然后径直来到花园里。她走到通往道路的栅栏门旁，停住了，沉默良久，然后将一封信递给我……这是来自她的一位女友的信，这位女友是我们城里的一位犹太女，好像就是她怂恿她去上学，也是她比所有人都强烈地嘲笑我的爱情……这位女友给她写道，您知道吗？完全是嘲笑的口吻，说有可能嫁给我，然后生一大群孩子，然后帮他们擦鼻涕，还有诸如此类……小地主婆的幸福等……您知道吗？可恶的是，就连我自己也觉得所有这一切都是不可能实现的。尽管我，当然……而后丽莎离开了，只剩下我一个人在栅栏处呆立着，眼睛望着道路……我还清晰地记得，此时路上走过一群牲畜，公羊们如此大声地叫着，似乎是在嘲笑我……真的！就这样，所有一切都完了……后来丽莎又离开去了彼得堡，很快她就在那里自杀了……似乎她厌倦了生活……也好像她从来就没有来到过世上！后来……做了尸检，原来，她当时已有身孕……”

军官沉默了，叶琳娜·尼古拉耶夫娜也不语了，她若有所思地看着月亮。这可怕而又不为人知的悲剧在她面前展现开来，如此昏暗，如此悲伤。

“她到底是经历了什么，这位姑娘？为什么她要自杀？怀孕了，这么说来她真正地用心去爱了？”

“上帝啊，叶琳娜·尼古拉耶夫娜，”军官痛苦地又开口说话了，“要知道，难道她跟这样一个连她最后一程都不来送行的人会比跟我在一起幸福吗？要知道我是那么地爱她！我甚至是一辈子都会为她祷告！我也不知道……当她自杀的时候，在我的内心里那种最美好的，最阳光的一切统统都永久地消亡了。从那时起，我的内心里似乎有什么被撕裂开了……在人群中还没有什么，瞧，就像跟您在一起一样……但是，当我独处时，当我回忆往事的时候，我就会觉得在这里有什么在静静地、静静地流淌，就像鲜血一样！"

军官还在窃窃私语些什么，他的窃窃私语是这么的炽热、这么的执着，话语中充满了不可言表的悲伤。叶琳娜·尼古拉耶夫娜惊讶地听着他的倾诉，军官长长的、可笑的身型在她面前变得越来越高大，越来越纯洁和完美！……此时，他已经不是一位可笑的骑兵中尉，而是某位高大的、纯洁的、因为自己伟大的爱和无望的忧伤而变得圣洁的人。她感到很奇怪的是，这位已故的女子怎么就不理解这伟大的爱呢，这匍匐在她脚下的爱呢？

她甚至脑子里闪过一个念头："要是我是这个女子，我将……"

此时，她发觉军官有些不太对劲的地方，他直勾勾地盯着月亮看，眼睛瞪得大大的，在眼睛里闪烁着月光蔚蓝的星火。

"伊万·基里洛维奇！"她用动容的嗓音喊道。

此时传来一个女性的清脆笑声，就像是有一把彩色的玻璃撒向幽暗的林荫路上，朝他们跑来一个温柔的女性身影，周围因为这个女性而散发出欢乐、健康、青春和调皮的气息。

"列诺奇卡，"她叫了起来，"你们怎么躲在这里啊……快跟我走吧……好不容易终于找到你了！……怎么？军官又向你表白了吗？这都是第几次了啊？"

于是简直就是一个装满笑声、问题、尖刻和玩笑的万花筒撒向他们，并且瞬间清扫了叶琳娜·尼古拉耶夫娜心头关于纯洁和怜悯的脆弱心情。很快，两位姑娘说笑着、激动着走向明亮些的花园地带，将军官抛诸脑后。军官一人独自留在了椅子的一角，他长长的身型，灰暗且绝望，他仍旧像刚才那样盯着月亮，并且痛苦地自言自语些什么。

“你知道吗？”瓦利娅像喜鹊摇摆尾巴那样晃动了一下自己灰色的短裙，“作家巴拉金来了！”

“真的吗？”叶琳娜·尼古拉耶夫娜机械地反问道，她还没有完全从刚才安静的、幻想式的沉思中走出来。

“真的呢！我们一起去看看吧……他就在花园里，跟普热莫维奇坐在一起呢……非常有意思的人！我们赶紧过去吧！”

一股好奇心重新升腾在叶琳娜·尼古拉耶夫娜的心间。在所有对文学感兴趣的人们那儿开口闭口都是在聊关于这位巴拉金的事。年轻人不停地谈论他，对他的每一部新作都翘首期盼。叶琳娜·尼古拉耶夫娜从没有想到把他看作是一位活着的普通人。她觉得这位作家是一位遥不可及的人物，在他们灰暗的日常生活中不可想象会出现这样的人物。

“我们也可以跟他认识……通过普热莫维奇！”瓦利娅因为激动而说话断断续续。

“这是为什么呀？”叶琳娜·尼古拉耶夫娜感到非常不好意思。

“什么为什么呀？”瓦利娅非常惊讶地回应道，她甚至停下了脚步。

叶琳娜·尼古拉耶夫娜自己也不知道。她只是变得非常害怕、非常尴尬，她觉得自己现在既愚蠢又渺小。

还在远处，她们就看到了在一张桌子旁，坐着她们熟悉的大学生普热莫维奇，他激动地摊开双手，还看到了一位不熟悉的身影，戴着浅色的软礼帽。

“你看，你看……那就是他！”瓦利娅走了一路说了一路，并且不知为什么她突然抓住了叶琳娜·尼古拉耶夫娜的胳膊，还用整个身体撞了她一下。

姑娘们悄悄地从旁边走过，从她们的帽檐下抛出害羞而又好奇的眼神。

作家巴拉金用身子依着桌子坐着，他非常优雅地将一条腿搭在另一条腿上，将浅色礼帽往后面推了推。大学生在给他讲些什么，根据他夸张的手势动作可以看得出，他有些拘束，觉得自己不自在，并且极力地去掩饰这一切，努力让自己变得更聪明、更自然。巴拉金认真地听他讲话，只是脸色有些阴沉。从他们旁边时不时有小姐们、大学生们还有中学生们走过，他们都假装自己仅仅是随意地在散步，不过完全明显地将眼神聚焦在作家身上而不肯移开。巴拉金时而也会看看他们，并且稍稍转动下身子。有些小姐们没有注意到，巴拉金用眼睛的余光也在追踪她们，当她们走到林荫路的尽头时，她们又折返回来了。巴拉金还在远处时就已经用目光注视着她们中更为年轻的、身材更为匀称的、相貌也更为漂亮的女子。相反，年轻人都觉得作者肯定对这种纠缠不休的关注会表示不悦。叶琳娜·尼古拉耶夫娜也这么认为。

“他肯定厌倦了这样的偷窥!”她悄悄地对瓦利娅说。

“怎么会呢?”另一位笑了起来，“他肯定很想成为名人吧!”

此时人群里有两个人朝她们走来，一位是赫卢杰科夫，一位是科托夫，科托夫是一位中学老师，他心胸窄小，有些凶狠，他爱上叶琳娜·尼古拉耶夫娜已经有五年的时间了。赫卢杰科夫一副满不在乎的样子，而科托夫用他那小小的、因为内火而干裂的嘴唇虚伪地讪笑了一下。

“你们好啊，”他说道，“你们也在这里啊!”叶琳娜·尼古拉耶夫娜下意识里感到羞辱。

“这是多么奇怪的责怪呀！为什么我就不能在这里了？……我每天傍晚都是在这里散步的，您对此非常清楚。”

“当然了，好奇呀!”瓦利娅挑衅地插嘴道，“您是不是嫉妒了?”

“真是奇怪!”科托夫立刻面容惨白，从牙缝里挤出这样的话，他憎恶的眼神划过她的面孔。“我只是不能理解这种外省的土气……真是搞笑!”

“得了吧，您，不要再乱扯了，”瓦利娅打断了他，“您自己不也是有 20 次给我们讲您和契诃夫的相识吗?”

“你们这是在干什么呀?”叶琳娜·尼古拉耶夫娜克制自己说，“这是如此自然的事情……人们，毫无疑问，是有意思的……”

“怎么来讲?”赫卢杰科夫故作漫不经心地回应，他眯起来的眼睛所发出的不愉快眼神表达着某种双重含义。

“什么怎么来讲?”姑娘惊讶地反问道。

“就是怎么来讲呀。”

“我真不知道，您到底想干什么!”叶琳娜·尼古拉耶夫娜突然发起了火来，“您自己非常清楚，为什么需要成为作家，有什么与众不同的……至少，他们比其他人要理解得更为深刻，感受得更为细腻……”

“您，似乎，觉得作家是某些特别的人物，他们和普通的凡人不一样?”赫卢杰科夫嘲笑地挤出这样一句话。

“是的，差不多是这样的!”姑娘强调道，她用挑衅的眼光直视赫卢杰科夫的双眼。

“你怎么能!”赫卢杰科夫威胁地暗自想道，“等着吧……”

他此刻非常想提醒她，她终究是对他非常依赖的，竟然胆敢用这样的语气跟他说话。但是赫卢杰科夫没有找到合适的言语表达这一切，不能太明显、粗鲁，像商人一般，便只好沉默了。姑娘似乎猜透了他的想法，用一双热切的双眼盯着他的面孔，直到他不由得转过身去才把眼神移开。

这个时候叶琳娜·尼古拉耶夫娜也转过身去，微微地发出蔑视且自豪的一笑。但是这种紧张感立刻消失了，只是姑娘感到自己非常委屈，受到了屈辱，非常可怜。

“你们为什么这样刻薄?”瓦利娅试图支援自己的好友，“难道你们真的嫉妒了吗？先生们，你们怎么不害臊呢？这是孩子气!”

赫卢杰科夫尴尬地笑了起来。

“你们自己不久前还在夸巴拉金，并且嘲笑不理解他的资产阶级……而现在……你们应该要更为真诚一些!”

赫卢杰科夫感到不好意思，但是科托夫正开心地欣赏他的失败，突然干涉起来。他开始狡猾且复杂地证明，那些不理解生活中和艺术中的新事物的资产阶级是会引起人们的反对，但是当话题涉及这位享有盛誉的巴拉金，则没有可比性，他所追逐的新事物，不惜任何代价的追逐，有时候是荒唐的。他说了很长时间，甚至带有某种并非做作的狂热，但是都让人觉得，他说的并不是关于作家，而是关于一个普通人巴拉金，并且他的内心里充满对作家个人的愤怒。瓦利娅试图争辩，但是科托夫用他那肺结核般狂热的凶狠机智地粉碎了她那些幼稚的证据，最后迫使她沉默。在他的声音里响起了某种凯旋，而赫卢杰科夫冷笑而不语，真是让人无法理解：他是在嘲笑谁？瓦利娅，作家还是科托夫本人？

姑娘们垂下眼睛走着，她们两个都有这样的感受，似乎她们参与了一件不真诚、不光鲜的事情。但是，就在这个时候，当科托夫开始拖长同情的声音说话，似乎是在诉说被所有人所接受的真理时，瓦利娅突然出人意料地叫了起来：

“你们看，普热莫维奇向我们鞠躬呢……可以介绍我们认识喽！”

大学生极力去掩盖自己骄傲而激动的神情，他真的从桌旁稍微起身，鞠了一躬。

“叶琳娜·尼古拉耶夫娜，瓦莲京娜·彼得罗夫娜！请加入我们队伍中来吧。请允许我向你们……”

叶琳娜·尼古拉耶夫娜非常窘迫，但是瓦利娅满脸通红，带着某种贪婪转身朝桌子走去。

巴拉金黑色的双眸在额头上的皱纹衬托下显得更为严厉和专注，这双眼睛迎着她们看去，其中似乎有什么闪亮了一下。叶琳娜·尼古拉耶夫娜不明白那是什么，但是她感觉这是对她们的幼稚的嘲笑。一瞬间她感觉到了一只结实的温暖的男性手掌，非常久地握着她的手。椅子发出了声响，就这样认识了。

无聊且空洞的谈话也就这样开始了。普热莫维奇努力取悦所有人，他夸张地跟作家亲近，并且每一分钟都努力说俏皮话，虽然并不成功。赫卢杰科夫做出一副他是被迫邀请来坐到桌旁的样子，并且他一言不发。科托夫则试图悄无声息地使坏但是并不光彩，他真的开始发作了肺结核般病态的恶意，并因此而变得更加难受，而女士们非常拘束地坐在那里，就像参加考试的中学生一般。叶琳娜·尼古拉耶夫娜根本就没有朝巴拉金的方向看，而是一直在紧张地拨弄自己小包上的链子，而瓦利娅，稍微张开嘴巴，把视线定在作家身上，对作家的每一个单词都报以傻笑。巴拉金，看得出，他觉得有些不自在。他说的话很少，并且非常严肃地沉思着，他试图让自己的每一句话都显得是原创，并且具有意义。这非常难，并且，可以看得出，这束缚了他的手脚。

“您知道吗？阿列克谢·帕夫洛维奇，”普热莫维奇咧开嘴巴笑着，说道，“叶琳娜·尼古拉耶夫娜可是您的大大的崇拜者。”

叶琳娜·尼古拉耶夫娜很快朝巴拉金看了一眼，像小姑娘一样涨红了脸，她做出这样一个动作，似乎想否定这一切。巴拉金不得不对她鞠了一躬，但是看得出，这让他很开心。而后，他特别认真地看了看叶琳娜·尼古拉耶夫娜，他的眼神捉摸不定地从她的脸颊滑向双肩、酥胸。

这让姑娘感到紧张，她感觉到了投来的重重目光，尽管她一次也没有捕捉到它们，但是她只想赶快离开这儿。当谈话刚刚停顿了一分钟，她便起身喊瓦利娅回家。

“您为什么这么早？”普热莫维奇问道。

“因为，我有些累了……”姑娘回答道，她起身，并没有抬起双眼。

赫卢杰科夫和科托夫也起身送她们，一路上仍旧是在讨论，只是讨论起比刚才更为不愉快的话题，关于作家。荒唐至极，但是非常明显，问题并不是出在作家身上，而是在被侮辱的男士的自尊上。所以叶琳娜·尼古拉耶夫娜干脆沉默不语了。不过瓦利娅则天真、直爽，整个身子都靠近她：

“是的，列诺奇卡，多么有意思的人啊……多么特别的人啊……一下子就看得出，这是和我们这些追求者不一样的人……”

“谢谢。”赫卢杰科夫假装开玩笑但是很恶意地回答道。瓦利娅有些不好意思。

“我不是说你们……”她反驳道，但是非常不成功，于是变得更尴尬了。

分手时，大家都很冷淡，也不自然。当男士们离去时，姑娘们还听到赫卢杰科夫说了些什么，而科托夫则尖声细气不怀好意地笑了起来……

第三章

巴拉金每天傍晚都会出现在花园里，读者也稍微对他有所习惯了。通常，他会坐在最亮处的一张桌子旁，将自己浅色的礼帽反过来放下，然后将一条腿跷在另一条腿上。他唯一的交谈者是普热莫维奇，这也让他成了作家的直接崇拜者，尽管他经常对他的作品提出否定的意见。这种相识对普热莫维奇来说是一种恭维，他骨子里有些波兰人好面子的特性，所以，巴拉金应该对他已经非常厌倦了。年轻人还是像以往一样从作家身边走过，他们经常看到，巴拉金并没有在听普热莫维奇说话，他更偏爱于快速地、用不易察觉的目光来追逐从身边走过的女性。此外，大家对作家都渐渐地习惯了，所以他的出现再也不像原来那样引起公众的好奇了，尽管，每个人，特别是年轻的姑娘，在他出现的时候，总是快速地、几乎是惊恐地说："巴拉金！"

叶琳娜·尼古拉耶夫娜经常从远处看到他，有几次她甚至坐了下来，为的是能够看到他。但是她并没有走近，而是努力让人察觉不到她的存在。

她自己也不知道，这个人在她的内心里产生的到底是什么样的感受，她觉得这个人与众不同。某种不清晰的感受吸引着她去注视他，似乎在说些什么，这种愿望有时候变得如此强烈，使得她不由自主地站起来，渴望朝他的方向走去。

不知道为什么，她努力说服自己，她并不是在关注他，而只是她想走进林荫道。她在跟自己玩游戏，悉心地为此找个体面的借口。但是这种欺骗并没有得逞，这个时候，叶琳娜·尼古拉耶夫娜便安慰自己：这又有什么呢？要知道我们是认识的呀！普热莫维奇也经常去他那儿！这真是偏见，什么外省土气！我就是像所有人一样的普通人啊！

但是每一次她都会有一种奇怪的兴奋，这种感觉如此之强烈，让她满脸通红，心儿开始怦怦跳，而双腿却没了力气。这时候，姑娘为了自己，会突然装作她看到了旁边有什么有意思的事物，停住脚步，然后有那么一瞬间她犹豫不决地站在那里，而后回家去，消除了没有得到满足的负面感受。

最后，她自己也开始觉得，他们之间横亘着什么！某种不可跨越的障碍，巴拉金曾经是也将是另外一个世界的人，在这个世界里，作为一位他行程中某个铁路站点的安静的女士，她只会让人觉得好笑。并且还有一种不能理解的直觉在提醒她，她或许仅仅是牺牲品，并且这个人在任何时候都不会变成对她来说是普通的、像所有人一样的人物。她告诉自己，所有这一切都是儿戏，巴拉金就这么出现了，他也将就这样从她的生活圈里消失的。在这个圈里她还将跟赫卢杰科夫、科托夫、瓦利娅、军官还有其他人打交道，很久很久，在这个圈里还有很多像她一样的渺小的尘世之人。这个时候她做出了一个决定，她任何时候都不会去跟他打交道。这样一来她似乎平静了下来。但是当她清醒地认识到，所有这一切仅仅就这样了，这个时候她突然又变得无聊了，并且接下来的所有日子会变得像她已经熟悉的钢琴厂灰色的墙壁一般。一种忧伤悄悄地爬上了她的心头。

叶琳娜·尼古拉耶夫娜因为内心的某种感受避而不谈巴拉金。她觉得从她的第一句话就能猜到，巴拉金对于她来说不仅仅是一位她喜爱的作家，而是某种更重要、更亲近的人物。的确如此，有这么一两次，她不能忍受科托夫恶意的攻击，似乎科托夫全身心地憎恶巴拉金，她开始反驳，然后她吵得面红耳赤，满眼泪水。就在这个时候，赫卢杰科夫装作观察四周，开始嘲笑地低声哼唱，而科托夫则公开地说："的确，女人们天性好奇！"

"您说这句话是什么意思?"她脸涨得通红，并且瞬间她又觉得似乎有谁突然脱光了她的衣服，她差一点儿就哭出来了。

"为什么你们脑子里都是这么污秽的想法？为什么你们可以有自己喜欢的作家，当你们夸奖谁的时候，一切都是那么自然，而当女性开始说话……那么，你们就假设，我的确喜欢……"

"我的确是这么假设的!"一语双关，科托夫几乎是带着仇恨反驳说，并且他很粗鲁很直白地转换了话题。

"我想说的是当然是把他当作作家来喜欢的!"姑娘绝望地叫喊着。

"当然了，"科托夫油腔滑调地表示同意，"这么说来，瓦莲京娜，明天我们去野餐吧?"

叶琳娜·尼古拉耶夫娜无力地沉默不语，她那种无助的委屈感的确让她的眼泪在眼眶里打转。

她觉得非常奇怪，为什么笨笨的瓦利娅公开地承认她对巴拉金有好感，勇敢地捍卫他，她并没有遭受到任何人的讥笑，既没有这种露骨的讥笑也没有双重含义的沉默。

不过两个姑娘之间倒是经常会谈论巴拉金。并且还有一次，瓦利娅提出了一个奇怪的、幻想的问题：

“要是他开始追求你了，你会怎么办？”当时是晴朗的春天傍晚，天空清澈，渐渐地黑了起来，苍白的星星静悄悄地转入天空的蔚蓝之中，到处都笼罩着温柔的、不可捉摸的沉思。姑娘们沿着寂静无声的小巷走回家。

叶琳娜·尼古拉耶夫娜什么都不能回答。这个问题从未出现在她的头脑里，就像某种完全不可能实现的事情。她沉默了。但是瓦利娅勇敢而清脆的声音并没有平静下来。

“如果是那样的话，我会豁出去！”她说着，双眼里闪烁着光亮。

“怎么做呢？”叶琳娜·尼古拉耶夫娜很惊讶，甚至是恐惧地问道，不过不知道为什么她的脸红了起来。

“就是这样呀……这种人当然是不会满足于跟你或者是跟我在一起的……他的生活十分之重要且有意思，女性应该都不会轻易将他放走……终究！”

她突然沉默了，迷离的双眼梦幻般地望着前方。她走动时带动了轻盈的浅色外套，勉强被衣服遮住的高隆且富有弹性的胸部若隐若现。

“终究什么？”叶琳娜·尼古拉耶夫娜默默地反问道，她害怕地捕捉到在自己身上有某种甜蜜的、可怕的、关注深渊最深处的好奇心。

离深渊如此之近，她的头都眩晕了。

“终究会不顾一切!”瓦利娅直接地回答，“事实上是怎么样呢？哪怕只有两周，而生活将会是有意思的……要知道，终究，迟早都要出嫁并且……”

瓦利娅并没有说完，她的脸上露出粉红的红晕。叶琳娜·尼古拉耶夫娜也脸红了。

“为什么必须要出嫁呢?”她犹豫地表示反对。

“难道要当老处女吗？……这也不是上帝所知道的幸福!”

“这么说来还不都一样?”

“当然不一样了!”瓦利娅激动地反对道，“很大的区别！一种是跟比自己高大的人在一起，一种是跟庸俗且无聊的动物一般的人在一起!”

这一席简短的谈话是只有她们两人知道的女孩子之间的交谈之一，这是她们被激发了生活热情的谈话，这在叶琳娜·尼古拉耶夫娜心里产生了深刻且明晰的印象。似乎在一瞬间，她进入了某种被禁的世界，这个世界里充满了光亮、勇敢和幸福。整个晚上她都在沉思，不清楚是何故，她自己也感到非常快乐。她的热血沸腾瞬间染红了她细嫩的皮肤，她那湿润的嘴唇露出了神秘的笑容。

几天之后，在那一张她曾经聆听高个子军官讲故事的长椅附近，叶琳娜·尼古拉耶夫娜一个人遇到了巴拉金。当她认出了戴着浅色礼帽的高个子，她非常窘迫，并且她的第一个动作是回应他的鞠躬，然后就从旁边走开，眼睛都没有抬起来。但是巴拉金却停在了路上，并且伸出手来说：

“您这是往哪里跑呀？您好！”

姑娘纤细的手被一只男士温柔且有力的手掌握住。巴拉金长时间亲切地跟她握手，俯瞰她因为月光而泛白的面孔，这个娇小柔美的面孔。

“您乐意吗，我们一起走走吧？要知道我一个人很无聊，这是真的！”巴拉金说，他似乎是在责怪自己最好的女友，因为她丢弃了他一人在此。在他的声音里并没有叶琳娜·尼古拉耶夫娜在其他人那里经常听到的，并且她已经熟悉的游戏的语调，而是有某种别的含义，她觉得，好像他用了简短的话说出了某种饱含深意的话。

他们一起走到了林荫道的尽头，然后坐在悬崖的上方，从那里能够看到城市的边界，一串串黄色和白色的灯火，它们像星星一样闪亮，洒落在笼罩着月光的大地上。空中蒙蒙的雾气则盖住了远处的屋顶、花园还有烟囱，它们就像月夜之梦一样神秘而轻盈。还有月亮本身，明亮而圆润，庄重地悬挂在城市之上。

从什么开始的谈话，叶琳娜·尼古拉耶夫娜后来怎么都回忆不起来了。她非常紧张，并且瞬间就脸红了，只是她庆幸，当时是在灰暗里，月光遮蔽了她的表情。这让她感到特别轻松，所以谈话有了轻柔、愉快还有些让人激动的神秘基调。

月亮在天空中远远地移动，雾蒙蒙的城市里的灯光变得稀少，当叶琳娜·尼古拉耶夫娜平静下来，她开心了起来，内心因为某种寂静而充满激情的活跃，她信任地望着巴拉金闪亮的双眸说：“很奇怪，跟您在一起时如此的轻松，就好像我跟您已经认识了很久一样……我还从来没有碰到过这样的事情……通常我很难跟别人聊起来。”

巴拉金的双眼很奇怪地亮了起来。

“我也不知道这是为什么，”他笑了，想起了已经不止一次听到过这样的话，特别是从这样年轻的幼稚的姑娘们的口中，于是他像往常回答的那样说，“或许，是因为您的确认识我很久了……这就是作家们的命运：对于我来说，您是一位全新的人，而您了解我，或许比我自己都清楚……”

“或许吧，”姑娘陷入了沉思，她那长着一双大眼睛的白皙面孔上带着幼稚的严肃表情，“只是，难道可以根据作品来认识作家的为人吗？我觉得，很难！……”

“您看到了吗？在生活中我们所有人都在撒谎，都努力将自己最有利的一面呈现出来，而当作家坐下来工作时，他有一种狂热，就是尽可能好地去书写，这样来调动自己所有的精神力量，并且不自觉地暴露出许多他并不想让世界上的任何人都了解到的事情……如果仔细思考作家的作品，仔细思考他所选择的主题，还有他所喜欢的或者是他所憎恨的人物类型，那么作家的个体将是最为丰满的……但是至今这些都鲜有人研究，这真是遗憾……关于作家你们只有在他们离世后才能谈论，或者根据某种原则：要么什么都不是，要么很好……这样一来格列布·乌斯宾斯基在我们看来完全和契诃夫是一样的人……现在已经存在一个刻板模式了：魅力、与众不同的幽默……人们不善于阅读：他们仅仅断章取义，寻找一些思想或情绪，而非作家的个性，要知道在每一个人的创作中最为重要的是这个人本身！……我察觉到，女性有着特别的能力，她们能够猜出作家们在自己的人物形象的深处隐藏着……”

叶琳娜·尼古拉耶夫娜陷入了沉思。

“要知道这的确是对的，”她开口了，“瞧，尽管您在每一句话里似乎总是谈论死亡，谈论不祥的劫运，谈论生活中所有的一切都是空虚至极……并且尽管人们认为您是一位绝望的悲观主义者和否定主义者，但是我觉得，事实上，您是热爱生活的，是善良的，并且非常喜欢生活……是不是这样呢?”

她笑了笑，似乎是表示抱歉。

“或许是吧……我也不知道，真的。”巴拉金不得不回答。

他更喜欢女性们把他当作这样一位悲剧人物，在内心里有着灰暗的、几乎是无底深渊，就像他在自己绝望的小说和剧本中所呈现的自己一样。所以他开始聊起，在生活中的确所有的一切都是可恶的、无聊的并且是艰辛的。

“如果我在生活中真的有所喜欢，并且的确是完美的，那便是女性的青春和美貌……”在灰暗、绝望的谈话最后他坦诚地说，“每一位年轻貌美的女子都会让我心动，吸引我。我也不认为，这仅仅是愚蠢的本能在控制这种感受……我并不是想在肉体上一定要占有她们……并不是！这甚至都不那么有意思，也不是那么的必需……在女性的青春和美貌本身里面有着最柔弱、纯洁、感人的温柔，它是这么甜美而又痛苦地扣人心弦，当你看着春天的鲜花……”

叶琳娜·尼古拉耶夫娜全身心地在倾听，当巴拉金开始聊自己的生活，自己的计划、构思，还有已经开始着手的工作时，她悄悄地叹了一口气，低声说出：

“您真是幸福的人！”

在她的这句话里流露出某种无力的忧伤，关于另外某一种，她幻想出来的美丽的生活。

“我？……完全不是的！”巴拉金耸耸肩，“这只是旁观者觉得，作家的生活是某种充满了兴趣、色彩和行动的生活。而实际上，艺术是这样一种手艺，在这里比起喜悦来更多的是无聊、细琐，甚至是令人厌恶的……”

接下来，他花了很长时间坦诚地跟她讲，为什么会是这样的。女子被月光照亮的娇美的面孔，那双含情脉脉看着他的双眼，这一切唤醒了作家的心灵，巴拉金的声音里透出了炽热的感受，痛苦还有愤懑。与其说有意识，还不如说是无意中，他引起了姑娘内心对他的怜悯和温柔。他还说起，在作家之间存在如何恐怖的敌对和嫉妒，在文学世界里充满何等的乌烟瘴气和各种阴谋诡计。在惊讶不已的姑娘面前呈现出一张清晰却粗鄙的画面，这是一个完全不同于她曾想象到的屠格涅夫们、陀思妥耶夫斯基们还有托尔斯泰们的世界。而不知不觉中，巴拉金自己的形象在这灰暗底色上显得如此明亮、如此纯洁，几乎成为了那种顶天立地的形象。他让她觉得自己是一个孤独无助的形象，在敌人和谄媚者的人群中，所有人都等待着他的堕落。

“要知道当作家死去的时候，”巴拉金用一种忧伤的但有穿透力的声音说，“他们所有人都会在他的纪念碑前鞠躬，然后撰文说这位作家曾是多么有魅力的人，他的离世来得太早了……他们总是这么说，甚至，或者，的确是发自内心的！我很了解这一切，请您相信，有时候这让人觉得很讨厌，文学这个单词本身就具有排斥的意义。有时候，甚至让人害怕，不敢去想，或许我还要生活很多年，一直不停地写啊写，小说，戏剧，短篇小说……永无止境，也没有最终的意义……”

巴拉金停住了，不知是因为吹来的微风，还是因为内心深处的某种痛苦。

“难道可以这么去想吗？”姑娘悄声说道，浑身都燃起了母性那种想去帮助、去安慰的愿望，“难道您的创作是为了评论家和自己的朋友们吗？要知道他们仅仅是大海一粟……而在这里，在边远的地方，所有人对此一无所知，大家都喜爱着自己的作家，等待着他们……您自己或许不知道，有些人仅仅是靠文学活着的，在文学里他们摆脱掉了自己无聊且庸俗的真实生活……摆脱了他们周围的那些渺小、颓废的人们……”

姑娘的声音有些颤抖，她用那种炽热的、深入心灵的纯洁的音调脱口而出。她甚至还做出了某种充满激情的动作，似乎是想去拥抱并抚摸他，不过她一下子就感到难为情了，涨红了脸，愣住了。

巴拉金认真且贪婪地注视着她。

“您是多么可爱的姑娘啊！”

但是，叶琳娜·尼古拉耶夫娜突然被某种奇怪的不安所控制。她似乎害怕说些什么，承认些什么，也感觉自己无力掩盖这些。巴拉金又开始说话了，但是姑娘却坚持要立刻回家。

“已经很晚了……需要回家了……让我们走吧！……”

当他们两个人一起走在寂静无人的、被月光照亮的街道上，他们的脚步声在黑夜的安静中引起了很大的回响，而内心里某种关于新的事物的预感也颤抖着，某种让人幸福的，非常神秘的……月亮升到高空处，平静地直视着这座城市，就像天空中的女王一般。

在她家的大门口他们还站了很久，巴拉金直视着姑娘的眼睛说：“要是我爱上了您，那该怎么办呢？”姑娘在黑暗里脸红了，她稍微有些害怕地反对道：

“这是不可能的！”

“万一呢？”巴拉金坚持着，并且身子朝她的方向弯得更低了，重复说。

这时，她出人意料调皮地笑了起来。

“那能怎么办呢？……这样更好呢！”

“您对此不害怕吗，不担心吗？”巴拉金用颤抖的奇怪的嗓音在她的嘴唇边问道。

姑娘并没有回答，她直视着他的双眼，在她的瞳孔里有着某种紧张和迷人。某种不需要语言的询问，还有某种许可在她半闭的双眼里。某种奇怪的、强烈的关系建立了并且拉伸开来。不知不觉，他们的脸靠得越来越近，姑娘已不受自己意志的控制，而是受控于某种热烈的迷雾，在这里闪亮着他那明亮的双眼，像黑色的星星一样，她用炽热的张开的双唇靠了过来。就这样，陌生男士的双唇用炽热和忘情靠近她的身体，吻了她。姑娘愣住了，她轻轻地反抗，试图挣脱，但是突然间她整个身子松软了，愣在了那里，并没有摆脱他的嘴唇。

就这样如梦似眩晕的忘情，如此折磨人，如此火热，持续了很久。一切都静悄悄、静悄悄，而女子柔软且顺从的身子已经温情地偎依在高大强壮的男士身上。在她的脑海里响起了奇怪的音乐，思绪的碎片在真实的迷雾中被淹没了起来。

寂静无人的街道敏锐地防守着所有的声音。某处有一只小狗拖长着声音在忽高忽低地吠叫着。只有月亮从黑暗的屋顶后面调皮且明亮地望着。他们在暗处，彼此并没有说话，他们久久地亲吻着，感觉到热烈的呼吸、加快的心跳，还有某种从身体里发出的寻找另一个身体，并且想将它们连成一体的感受。

“好了，再见!”巴拉金说着又亲吻了她一下，但是已经是另外一种亲吻了，出奇地温柔、纯洁，似乎是在感谢也是在祝福。

“您真是一个非常好非常可爱的姑娘!”他简单地说，“我非常高兴我们能够相遇。”

月亮藏了起来，只有那黑色屋顶上微弱的闪亮可以证明，月亮还在这里，它还在悄悄地守卫着入睡的城市。

第四章

叶琳娜·尼古拉耶夫娜开始忙夜班了，直到晚上九点她都会坐在空无一人的办公室里，敲打着自己的打字机，就像是草丛里的蚂蚱一样。在宽大的房间里，除了她，只剩下一名官员了，有些乏味的手稿抄写员，他面颊一直包裹着，他从未对她说过一句话。只有他的位置和她的位置，在房间不同的两端，亮着罩有绿色灯罩的台灯。周围一片灰暗，甚至因为灰暗而让人觉得有某种送葬的感觉，特别是在角落里，还有那种大大的桌子，用黑色的油布包着。

姑娘也喜欢这样独自一人和这样的工作。最近这两周带给她的生活有如此多的新鲜事，如此惊心动魄，需要让人单独静一静，思考所发生的一切。姑娘到现在还不清楚，所有这一切是好还是坏，她现在是幸福的还是不幸的，但是她很清楚，往昔的生活已经结束了。往日她仅仅知道简单而神圣的名字——爱情——现在以饱含月夜、亲吻、窃窃私语、拥抱和爱抚的明亮的梦而进入她的内心。

那天晚上，当巴拉金从陌生的遥远的另外一个世界走来成为她最为亲近最珍视的人，姑娘如痴如醉地走回家。她的脸蛋从来没有这么娇美，这么温柔，她的双目如此大而纯真，她整个人像是洒着露珠的小花朵，青春的全部美丽都盛开了。她久久地站在镜子前看着自己的眼睛、头发，还有那炽热的双唇，那富有弹性隆起的胸部，在天蓝色的外套下颤抖着，观看自己纤细的腰，上面系着的金色腰带。她对某些变化表示惊讶，又对什么报以微笑。在她的大脑里回荡着漂亮的旋律，既没有恐怖，也没有怀疑，也没有窥视未来的愿望。只有那种丰富的，强烈的感受，将她的身心都融入一种强大的宽阔的感受中。

之后，他们每天都见面。他们悄悄地精心向无关的人掩盖相互之间的关系。叶琳娜·尼古拉耶夫娜说，她是无所谓的，因为她是自由人，什么都不会害怕。不过巴拉金温柔而又坚持地反对：

“这是为什么呀？……我们不需要别人知道我们的感受和经历。这一切只有成为我们两个人，男人和女人的秘密时，它才是美丽的。当别人插手时，这种秘密就会变得鄙俗……再说了，为什么要破坏您的生活呢？……您的名誉会在我的名誉光线里黯然失色！”

他说笑着，不过他仍旧温柔地保护着姑娘。他对待她就像是对待某种小心翼翼的温柔，易碎的昂贵餐具一样。但是每次新的会面都会带来更近一步的亲近，越来越亲近。每一次都会小小地证实他对她身体的控制权，随着亲近的动作幅度越来越大，她起初非常害怕甚至都要晕厥过去了，而后，她全身充满了某种特别的，有些羞愧的幸福感，这让她头脑眩晕，失去了对自己的控制力。而巴拉金带着熟悉许多女性的经验，悄悄地走在这条路上，既不惊吓到她也不让她感到委屈。所以：第一次拥抱，亲吻手腕以上的部位，而后是温柔的坚持，用温柔和悄声细语包裹着的坚持，他就这样让她露出了手臂，并且亲吻了这第一次让他看到的裸露之处，那圆润的精心保养的胳膊，这一切都构成了一连串炽热的、新鲜的甚至让人惊喜的幸福感受。

当他第一次将姑娘放在自己的膝盖上时，她开始感到头晕，满脸火热，眼前一下子就黑了下来，她开始变得害怕而羞愧，所以她挣脱开了。现在发生在她身上的一切都是某种她无法理解的，燃烧全身血液的事情，甚至是一种病态。她坚持地拒绝每一次新的亲近，甚至满眼泪水地请求，但是，与此同时，当她一个人独处的时候，她会花上好几个小时都在想这些事情，浑身都燃烧起来，欲火焚身一般。

巴拉金从不欺骗她。他会把所有的一切都开门见山直截了当地对她说，尽管，他善于在她已经接受了原来的内容之后再说出每一个新的单词。姑娘已经明白了，他们之间的爱情将会是短暂的，他们必定要分手，并且这将是很快就要发生的事情。不过，巴拉金善于调整她的情绪，如此自由而轻松，让她不会惊讶，不会委屈，甚至都不会觉得悲伤。现在是如此的美好，而未来不需要有任何规划。但是当巴拉金说起这可能是最后一次亲近时，姑娘的内心里还是产生了某种可怕的，近似惊恐的情绪。

“要知道，我们终究是要彻底分手的！”巴拉金用断断续续的低沉声音说着，当她在大花园最黑暗的角落里坐在他的双膝上的时候。“您对此不担心吗？……你不害怕？”姑娘浑身发烫，因为羞愧而不知所措。不过在这种羞愧中并没有什么让人讨厌的感觉，没有那种当其他男人看着她却不说出自己的主要意愿时所引起的自己的厌恶感。不过她全身都强烈地感觉到自己是赤裸的，但是这种感受是一种新鲜的并且是纯洁的。这种感受就像是夏天，在河岸上，她为了洗澡而脱光衣服一样。赤裸的匀称的胴体站在轻柔地抚摩她的光脚丫的绿草地上，安闲自得地光着脚，在透明清澈的水面上，太阳光投入沙底。

感受到自己的身体上面有太阳光点温柔地移动着，还有轻柔的微风，这种感受令人那么愉快，而且让人感到兴奋，就像某种被禁止的享受一般。她赤裸地站在那里，正是因为没有人看到她，不过她一直都觉得，从四面八方都有上千双眼睛在盯着她。这种难以捉摸的感受混杂着纯洁的贞操，还有下意识的对羞愧的需求，其中有着某种吸引人的地方。现在她觉得，就像那时她浑身都富有弹性和柔韧，从圆润的双肩到红润的脚趾，就像在凝固的透明的水中游过泳一样。有些羞愧，却是像红酒一样让人眩晕的羞愧。甚至都想让羞愧更多一些。但是她很清楚，这一切都是不可能的。

“永远也不会有的!”她悄悄地回答，低下头，而巴拉金仅仅用嘴唇就感觉得到，她的面颊因为红晕的凉风而发烫。

“您这么想吗?”他俯身下去试图看到她的双眼，低声说，这种禁忌的游戏让他自己也感到激动不已。“而我觉得，会的!”

姑娘开始轻微地在他怀抱里敲打，试图从他的双膝上下来。

从这一晚上起，她开始无意识地等待着什么。但是她无法想象自己在他面前会赤裸着身体，不过她不知道，也不理解，那种享受到底在哪里。他曾说过，书上也提到过，整个生活里都存在。她坚决地认为，任何时候都不会发生，但与此同时，最后瞬间的亲近她整个身体都预感到了。当姑娘很长时间都在想这件事的时候，她的脸颊开始发烫，她的心儿怦怦直跳，而她的大脑已经拒绝连贯地思考了。

她的这种紧张感传染给了巴拉金，这成为了他无法表达的享受。他不断地回到被打断的谈话，悄悄地让姑娘适应这个念头。在亲吻和拥抱之间，最主要的便是谈论那件事，巴拉金，还有她自己，浑身颤抖着，等待着那个瞬间，当亲密燃烧起整个身体，并且没有羞愧感的想法勇敢地转变成词语。但是每一次她都坚持并且柔弱地重复着：

“这不可能出现的……”

“我知道!”

“为什么?”

“因为……”

但是，每一次，说出这句话变得越来越难，姑娘自己也弄不清楚了：这到底会发生还是不会发生?

这时，雨季到来了，晚上变得潮湿、阴冷并且有风。这时候，巴拉金开始邀请她到自己家里去。再也没有其他的任何地方可以独自见面了，而当着别人的面相见总是让人不悦。但是在同意之前，姑娘还是斗争了好几天，直觉地感到，如果她同意了，那么同意的第一个晚上她的一切设防都将功亏一篑。所以她非常高兴晚上有工作要忙：这些工作让她有力气将一天的最后时刻熬过去，不用去见他。

在她漫长的工作时间里，当她独自一人坐在空旷的，类似坟墓的办公室里，她会将自己全部的爱情故事在眼前重新放映一遍。她努力检查自己，将脚步慢下来去努力回顾，她想找到什么错误的地方，这样一来就能够向她证明可以并且需要停止这所有的一切。但是，猜想并没有按照姑娘所想的那样进行，她感觉，不管发生了什么事情，她都不会后悔她所做的任何事情，如果所有的一切重新再来过，她仍旧会如此去做。生活变得如此丰富，如此多彩，甚至让人觉得不能忍受再去回到原来的、正确的、灰暗的、从容不迫的存在。

“怎么说？瓦利娅是对的：哪怕只有一个小时，但那的确属于我的！想什么，还需要等什么？”

记忆力悄悄地提示了她一句话，那时她觉得这句话是愤世嫉俗的发泄，并且是愚蠢的：“我明白了，保护这种贞洁既不是为了谁，也不是为了什么！”

而姑娘则假装，她并没有理解这愚蠢的真理中的全部意义，她在内心里思量着：“既然爱过了，那我就当他的情人吧！……这关谁的事呢？难道最好是嫁给科托夫，或者是赫卢杰科夫，还是军官呢？”

瘦弱的老师，薄薄的嘴唇上流露出病态的恶意；盲目地爱慕虚荣的赫卢杰科夫，不知道他为什么总是蔑视一切，觉得自己是更高层次的人物；还有灰暗的普通军官。她想到他们，就有一种厌恶感涌上心头。

这时候出现了一位有着深刻内心的人，这对她来说是如此的深不可测。这个人身上有着她意想不到的思想、形象和言语。她进入到他的生活里，带着他的思想、计划还有宽阔的构思，涵盖了整个世界的生活，她觉得他是伟大的。当他振奋起来，带着额头上的深刻皱纹，用炽热的双眸说着，他将征服所有人，并且让所有人都认可他是一等人中的一等人，姑娘真想为了他献出自己的生命，她想跪在他的面前，感激他送给她的这种幸福，她这位小妇人，有着灰暗且渺小命运的小妇人。

这个时候，关于不需要斗争，争斗也是无益的并且也是无意义的观点，就这么混沌而又深刻地印在了她那朦胧的、炽热的年轻大脑里。

她克制着羞愧感努力去想象，这将如何发生，让她奇怪的是，她无法理解，为什么以前她觉得这是如此让人反感并且很龌龊。就像那个亲吻，如此自然，如此简单，只是越来越强烈，越来越炽热。有时候，她自己觉得，所以一切最好尽快结束吧，在他们之间再也没有任何障碍了。

“就让一切该发生的都发生吧!”有一次她想到，这时候在她的内心里有什么东西彻底断裂了。

最后，多亏了刮风下雨，她有两天没有见到巴拉金了。这一天她下班走出了办公室，她意识到自己正在朝他家走去。

她走得如此奇怪，非常快，几乎是在跑，时而又很慢，好像很吃力一样。她的双腿有一种可怕的虚弱，真想闭上眼睛，然后躺在某个阴暗的、安静的角落。让她担心万分的是，千万别让谁看到，也别让谁猜到她去哪里，并且为什么去。

“为什么?”姑娘带着痛苦的蔑视，在心里思索着，强调着这个单词。她也感觉到了，她的心儿因为不能忍受的羞愧和恐惧感而变得冰冷起来，甚至停止了跳动。

而当她想到万一有谁会知道，便心头一紧，连呼吸都停止了，在脑子里出现了病态的妄语的感觉。她觉得，她甚至都无法对迎面碰到的人撒谎，就在这个时候，她碰到了军官长长的、灰暗的军大衣，他问她：

“叶琳娜·尼古拉耶夫娜！这种天气您这是去哪里啊？”

“是这样的。我去瓦利娅那儿！”

“您会允许我送您去吗？”军官怯生生地问道。

姑娘面色苍白。当她走出办公室的时候，她还觉得，似乎仅仅是“这样的”，仅仅是一种尝试，什么都不会发生，而她的确也仅仅是要去瓦利娅那里，那儿人们在等着她。但是，现在，当她看到军官在纠缠她，她浑身冷静了下来。军官说了些什么，试图开些玩笑，在她旁边走着，但是姑娘却全身抖动着，就像是被击中的鸟儿。她粉碎了胡说八道，毫无理由地笑着，发脾气，最后开始羞辱军官。

奇怪，这个不是太聪明的军官竟然是第一位一下子就感觉出她在撒谎的人。他突然安静了下来，做出沉思的样子，然后完全不说话了。

“叶琳娜·尼古拉耶夫娜，”他吃力地慢慢说出，“我想跟您谈谈……您知道，我……”

“不不不……我头疼！”她紧张地牛头不对马嘴地表示反对，“下一次吧……求您了……”

“但是……”军官迟钝地嘟囔着。

“哎，说真的，下一次吧……亲爱的伊万·基里洛维奇！”她魂不守舍打断了对话，忧伤地看到，离瓦利娅的家已经没有剩下多少路了。她感到很可惜，而军官则惊慌起来。

“叶琳娜·尼古拉耶夫娜，”他痛苦地低声说，“我妨碍您了吗？……请您告诉我啊！”

可以听得出，他是多么艰难地说出这些话，这句话横亘在他嗓子里卡了很久。而后则是温顺的爱情祈语。他全身心地等待着否定的回答：某种简单的，但是重要的单词。但是姑娘却回答：

“是的……也就是说不是……真的！为什么？这是多么荒唐？只是我……有些匆忙，我头疼。”军官脸色苍白，他突然停住了。一种折磨人的怜悯袭上姑娘的心头。她清楚地意识到在这个时刻，可怜的荒唐的军官内心里的所有心理活动。但是她内心里还燃烧着某种炽热。她觉得，如果不是军官喊住她，将会发生某种不可挽回的可怕的事情，所有的一切都将会失去。所以，突然间，她荒唐地开始打情骂俏，握住军官的手笑了起来，还差一点儿就哭了出来。

“那我离开了……”军官还垂头丧气地说着，“或许，的确……”

她害怕了，他应该会猜到的。

“的确什么？……这是什么愚蠢的想法啊！是的，愚蠢！……您一点儿也没有妨碍我呀！”

“真的吗？”军官的声音里有些带有希望的怯生生的颤动，他问道。

他都已经准备停下来了，将直觉提示给他的所有一切信息都抛到脑后。但是当姑娘感觉到这一切时，她突然感到一种冰冷的愤恨，让她忘掉了一切。

“然而，再见了！瞧，这儿就是瓦利娅了……再见！请不要生我的气。今天我有点儿……”

她没有结束过于明显的撒谎的句子。她已经无所谓了，她只知道一件事情，那就是离开。

军官一人留在了雨中，在傍晚的灰暗里，他像路灯柱子一样杵在了街道旁。

叶琳娜·尼古拉耶夫娜快速地跑到瓦利娅家，跳过栅栏门，久久地站在那里，在黑暗的角落里蜷成一团。她冲了出去，浑身都在颤抖。她觉得，她已经有一个世纪都在那里站着了，等在那里，时而又觉得仅仅是过了几秒钟。最后她克制不住快速地走到大路上，然后快速地往回走。

路上响起了风声，冰冷的雨滴拍打在面孔上。路灯苦闷地在自己的小玻璃房子里晃来晃去，它们的光亮则为晃动的水洼镀上了金色。

有那么一瞬间，姑娘觉得，在某一个角落里，在墙壁旁边，站着蜷成一团的长长的、灰色的军大衣。她甚至还仔细地观看了一下军官那湿透的苍白的脸，眼睛里充满了奇怪的表情。但是姑娘急忙闪开，然后从旁边经过。对她来说什么都已经不存在了。她走得飞快，一个人，在潮湿中，在灰暗中，在贪得无厌的夜里。在灰暗的烟灰色乌云后面滑行着月亮，而乌云则一直执着地追逐着，就像某种冰冷的恐怖生活的日子。风从各个角落里挣脱开来，就像某个饥饿而又像野兽一样贪婪的人，它摆脱了富裕的房子，挣脱了明亮的路灯还有灰暗的角落，从四面八方扑向小妇人柔弱的身体，将她推向泥淖中。

古老的故事

第一章

最终，避暑的人觉得无聊了。他们就是这样的人，嘴上老是在说，他们喜欢大自然，惊叹于大海的辽阔、落日，还有凄凉海角的神秘顶端上空飘浮的云层，不过，他们几乎所有人都是来自大城市，在那里他们仅仅是在图画上才能欣赏到自然，并且他们实在是太习惯于思考关于大自然的事了，把它当作某种神秘的、可以完全改变生活并且可以带来特别的、令人难以置信的愉快的事情。因此，尽管一切的确都非常美丽——海角上的云朵是那么的神秘，大海是那么的蔚蓝，而海浪是那么的温柔且流水潺潺，阳光是那么的灿烂，不过所有这一切也让人觉得有些单调，让人渴望某种不同寻常的……某种特别的爱情，浪漫而又绚烂，在这种爱情里肉体和灵魂都会溶解，它们会慢慢地溶解在一起，当你赤裸地躺在那里，在靠近海岸的滚烫沙滩上，在太阳光鲜的浴室里，只能看到天空和海洋，而在双腿旁响起了某种透明的、喧闹的海浪，它是如此的小，类似银鱼一般朝着太阳舞动。

但是所有这一切并没有出现。自然总是那么的完美，而生活却是那么的慵懒而无聊。的确，早上，当人们去游泳，潜入蔚蓝的海浪中时，他们是欢快的，但是终究这里缺少点什么。

女性穿着花花绿绿的衣服，闪动着裸露的双臂，起航游向大海，并且躺在水上，献身于炽热的太阳。男子们则从高高的跳板处跳入水中，像海豹一样潜水，打着响鼻。无论是那些女子还是男子都从远处便已经关注着彼此。男子们会感到兴奋，当他们在海浪上看到了软润的手臂，或者无意中透过泳衣的缝隙看到了不小心裸露的而又瞬间消失的匀称的身体。而女子们察觉到在她们身上有贪婪的目光时，她们清脆地、有些神经地发出笑声。

但是后来，那些女子，还有那些男子都穿上衣服，走上了海岸，穿着好的男女假装在他们的衣服下面既没有裸体也没有欲望。他们相互打招呼，带着一种善意的振奋来聊天，并且各自散去吃午饭。

岸边的人渐渐走开了，远处的太阳徒劳地灼烧着岸上白色的石子。

只有在悬崖上，在大海的上方，坐着孤独的女孩们，她们拿着书，真的很难理解她们，她们怎么能够看书呢？当太阳如此明亮，当天空如此蔚蓝，而大海如此辽阔。有时候她们疲惫地将书放到双膝上，然后久久地沉思般地看向被太阳烤热的海的远处，那儿隐约闪动着轮船，似乎是要驶向某个遥远的幸福国度。而后，人们时不时地伸伸懒腰，将双手放到脑袋后面，弯一下匀称、灵活的身体。

晚上，当海面上升起一轮白色的月亮，月亮四周的天空变得温暖，远处的海角消失在透明的薄雾中，在悬崖上开始了某种特别的神秘生活。时而在这里，时而在那里传来声音，出奇的大声都是女子发出的，男性们都是低声地嘟囔着，让人暗自揣想，是不是只有清一色的女性在这里。也让人觉得，或许男性们所要说的，所请求的是某种不可大声说出的事情。而在清脆的，有些坏意的幼稚笑声中可以清晰地听到：

“我可是知道你想要从我这里得到什么……或许，你也猜想，我自己也想得到那些……但是我是不会说出来这是什么的，不会的，我不会说的……”

这是些幸福的人们，他们已经找到了在这阳光灿烂、月光柔美的大自然中，在这大海还有温柔的南方夏夜中他们所需要的东西。而其他人，在说不清道不明之中期待着某种幸福，他们在海岸上走来走去，听着军乐团热情奔放的演奏，音乐里似乎有太多的鼓声，他们一边听着重复多次的俏皮话而发出笑声，一边在水上饭店里吃着晚饭。他们非常无聊，也很委屈，似乎有谁欺骗了他们。

也是在这样的水上饭店里，在更为靠近音乐的地方，每天晚上都会有一群偶然间相识的来疗养者：活泼的医生戴着一顶白色的巴拿马帽子，他带着妻子，面色苍白的年轻女士；著名的作家，身材高大，声音低沉，牙齿之间含着一个巨大的瑞士烟斗；一位患有肺结核的大学生，还有一位瘦弱的大眼睛姑娘，她似乎整个身子都是蔚蓝色的。白天的时候，人们总能看到这位姑娘拿着颜料，坐在那些被白色泡沫冲刷的粉红色石头旁。

这是一个友善的、有知识、有教养、充满智慧的团体。因为他们这里有一位著名的作家，许多人都带着好奇还有羡慕不停地张望着他们的桌子，还试图倾听他们的谈话。所以，作家说话的时候声音出奇地大，他还郑重其事地用自己的烟斗吹出烟圈。

应该是因为在他们当中有一位年轻的，还没有相爱但是已经准备去爱的姑娘，她是如此美丽，穿着蓝色裙子还有白色条纹衬衫，他们的谈话内容总是围绕着爱情。

每个人在谈论爱情的时候都有自己的观点。医生作为幸福的人儿，他否定并且嘲笑情感中的瞬间诗意，暗指主要的并不在于诗意，他的妻子用满怀爱意的调皮眼神看着自己的丈夫，笑了笑。作家以敏锐的观察力见长，他一边吐出腾腾烟雾，一边详谈心理的细微之处，他说得如此之好，就好像他写短篇小说一样，只是有一点让人疑惑不解：他本人所相信的到底是什么？生病的大学生玩笑般地咳嗽了几下，趁机说些悲观主义的话，他那病态的挖苦话，突起颧骨上泛起的红晕，还有他无缘无故的坏脾气都清楚地告诉大家，他是如此渴望能够得到这位可爱的、温柔的、纯情的女孩的爱抚和爱情。而她认真地听着，严肃地将身子转向说话者，似乎她所倾听的是自己某种纤细、贞洁、充满求知欲的内心。

“您在对我说什么呢?”患有肺结核的大学生生气了，似乎是害怕他们的话不能使浅色头发、黑色眼睛的小脑袋转过来，那个会倾听每一个单词，会因为紧张而面色苍白的小脑袋，“爱情……需要弄清楚，这是不是仅仅是粗鲁的性冲动，还是某种复杂的感情，第六感……”他稍稍撇撇嘴，“我将不会这么去做。爱情是一个事实，而其他所有的一切从某种高的层面来说都是次要的……我只知道一件事，那便是在爱情中并没有你们所说的使人变得高尚的东西，而恰恰相反，它会贬低人，让人黯然失色。”

他注意到那一双黑色的双眸充满害怕神情转向他，然后他继续用提升的、稍微有些嘶哑的声音说道："人们都说，购买了瓷器茶具的人会失去自由，而这就不是一套茶具的事了……您买走了别人的生活。并且您应该永远都要记得，您的每一句话，每一步都会影响到另外一个人，并且这是您喜欢的人，这个人也是您所珍爱的……要知道，这很可怕……您不想，也不能，也没有权利，让这个人伤心，使她成为一个不幸的人，破坏了人家的生活……因此您悄悄地让她习惯，当您无聊的时候，她会假装快乐，当您不想工作的时候她去干活，当您需要把她当作赌注的时候，她会重视自己的生命价值……这是真正的奴役……都说爱情是在所有人面前偏爱一人。"

"为什么是在所有人面前?"快乐的医生开玩笑地插了一句，然后跟妻子交换了一下若有所指的神秘眼神，妻子瞬间脸红了，假装生气地冲他伸了下手指。

大学生斜视了他们一下，暗自想着这真鄙俗，并且厌恶地指出，似乎是顺带：

"不幸的爱情是一种痛苦，过分幸福的爱情却是一种鄙俗……爱情应该像温水一样有节制，既不是这样也不是那样……那完全不是爱情……这么说来，如果说爱情是在所有人面前偏爱其中一人的说法是对的的话，那么这是一种阉割……人拒绝所有一切可能是更好的事物，戴上了障眼物变成了傻瓜、苦行僧，只会看着自己的肚脐冥坐，而看不到周围每天都发生的新的美丽，满是幸福和开心的新的可能性在旋转舞动……是的，或许，在某个时候人们会思考真正自由的爱情形式，但是现在，哎！唯一的自由在于性关系，请原谅我的用词，卖淫。"

作家因为烟圈而眯起眼，他从自己身体的高度俯看苍白而恶毒的面孔，心里想着：

“这个可怜的家伙……要知道，除了廉价的公共场所，他应该什么都没有体会到……他也将这样死去，仍旧什么都没有见识到，并且他还将认为他是对的。”

快乐的医生，有些厌倦了这种抽象的讨论，说道：

“当然，您说的在很大程度上是对的……男性和女性彼此太不一样了，他们都期待着，他们可以不需要相互退让很多就能达成一致，这是可笑的……并且，总的说来……爱情什么样的悲剧矛盾没有造成过呢……瞧，就说我们这里吧，在不远处的一个农庄里住着我的一位好友，姓氏是佩罗夫斯基……”

“佩罗夫斯基？……哦，是呢……”作家来了兴致，回应说，“这的确是悲剧……”

不知道为什么，他转身向姑娘，然后精彩地、有意思地讲了这长长的故事。

这位佩罗夫斯基在他还是大学生的时候就和一位比他大很多的女性相处。他大约 25 岁的样子，而她呢，将近 40 岁了，不过她的确非常美丽。在女子永不衰败的美貌中有某种无法用言语表达的魅力，这种美貌非常动人，让人想到秋天的景象，今天是如此美丽如此吸引人，而明天则像秋日黄花那样衰败陨落。当女性意识到这是她自己最后的美丽时光时，她会变得尤为温柔，用各种甜美来留住美好，所以她会毫无保留地，不带有任何羞愧感地奉献出自己的一切，就像是那些已经没有明天的将死之人所能做到的一样。男人越年轻，对性欲需求越强烈，他就能越强烈地感受到这种美丽。于是经常出现这种现象，非常年轻的男子将初恋献给了年纪明显大于自己的女性们。

“或许，这也是因为，”作家说，“在这种爱情中，女性总会有些母爱的色彩，这很容易打动男子并且使他们产生依恋……这位佩罗夫斯基曾经有一副好嗓音，人们曾有意培养他为俄罗斯第一男中音……我记得，那还是在上大学的时候，小姐们成群结队地追在他的后面……而这位利季娅·帕夫洛夫娜梦想着他未来的荣誉……她为他伴奏鼓吹，照顾他，爱惜他和他的嗓子，宠着他……在他周围营造出崇拜的氛围。似乎，她为了他能够拥有任何一点小小的成功，都已经做好了赴汤蹈火的准备。还要承认的是，他的确欠她很多。但是岁月不饶人啊。她从一个魅力十足的女性渐渐地变成了一位年老色衰，稍微有些滑稽可笑的老太太……现在，当看到他们在一起的时候会让人觉得奇怪，有时候会有些心痛：他还是那么的青春靓丽，用自己的歌声还有自己富有天赋的性情吸引着大家，周围一直都不断有爱慕的女子，而她已经微不足道，十分可笑，还努力地用各种装束和假牙来延长自己无可挽回的逝去的青春……开始有人嘲笑他们了。佩罗夫斯基，当然，不可能对此视而不见，他感到很难过。但是他自己，或许，已经厌倦了这种违反自然常规的关系，他忍受着折磨，期待着某种新的、强烈的年轻的感情。但是他，很不幸，有着这样深刻、高尚、渴望功勋的心灵。他无法忘记过去，无法让她成为牺牲品，他忍受着折磨，最后他选择了牺牲自己。他开始说服她，也说服自己，未来的前途都是虚无的，徒有其表的，而后来到了某个小村庄……就这样躲避开人群，躲避开那种折磨他的生活……现在，当然，一切都消失了。他变得苍老，失去了青春的光泽……他们生活在自己的村庄里，跟谁也不交往，种植了葡萄还有一些菜畦……生活就这样结束了……还谈何多彩的、鲜活的、有意思的生活呀……

穿着蓝色条纹的白衬衫的姑娘，脸色因为紧张和怜悯而变得苍白，她用她那悲伤的黑眼睛径直盯着医生的嘴巴看。作家感受到了这双动人的忧伤的眼睛，他认真仔细地讲述着这个故事，这个悲剧，这个平庸但恐怖的故事，如此郑重其事，如此忧郁，似乎他在读某本让人忧伤的圣徒传。一种悲伤的气氛笼罩在他们所有人的上方。就连快乐的医生，他已经知道这个故事很久了，他并不觉得这个故事有什么意义，但是他也稍微有些消沉了，而他的妻子面色苍白，她那洋溢着青春和幸福的脸蛋上也有一种神秘的恐惧像影子一般滑过。当作家结束了这个故事，他开始抽自己的烟斗，所有人都久久地沉默不语了。能听到的声音只是悬崖之外喧嚣的大海，还有某处划动的船桨，有一个年轻的声音开始领唱。

而后大家开始争论了起来。作家强烈地证明，在这样的牺牲当中存在着真正的美；大学生则凶狠地，像嘲笑自己的敌人一样，嘲笑这个人，这个因为某一个老太太而拒绝了自己的生活的人；而快乐的医生则开始责怪这个女子，她竟然接受了这样的牺牲，竟然没有勇气选择适时离开。

“要知道，并不是她的错呀……”他妻子怯声怯气地说。

“还要怎么样啊？她没有错……这可是在断送一个人啊！”

医生开始跟妻子争吵了起来，他来了兴致，忘了分寸，“不管是在乡村还是在城市，”他指出，“自己人都不一定是自己人啊，老兄啊!”这下子年轻的女士感到委屈了，差点儿哭了出来。因为她那带有哭腔的清脆声音，所有人都觉得有些尴尬，于是，生病的大学生借口说户外潮湿，建议各自都回家去吧。

的确，现在已经很晚了。音乐也停息了很久，小城平静了下来，岸边也没有人了，只有远处别墅里稀稀拉拉的灯火在告诉大家，并不是所有人都入睡了。

白色的月亮悬挂在黑色的山脉之上，它仔细地看着昏暗的海湾，它如往日一样神秘地，冷静地注视这一切，就像从来没有出现在快乐的别墅小城，只有永恒的海洋独自打破寂静，碰撞着荒野石头。

作家和生病的大学生一起回去的。他们走得很慢，还常常停下来继续争论。在月亮的寂静中很长时间都还能听到作家用他声音大的嗓门证明着他自己都不相信的事情，跟以咳嗽作为讥笑的大学生争辩着，听得出来他已经急躁了。他们站在被月光照亮的岸边，两个明显的影子变得越来越黑，并且他们用响亮的声音盖住了石塘海港温柔而清脆的音乐。

第二章

像所有的快乐之人一样，医生也无法忍受无聊，他认为让朋友开心是他的职责。他组织了去远处海角的出行，在这个海角天蓝色的洞穴里，在清澈见底的水中，似乎还生活过美丽的美人鱼，它们长着迷人的绿色眼睛。后来，他还组织乘船远行，然后步行去山里，想出了点燃山峰上的枯草的主意，并且他白色的巴拿马帽子总是努力在岸边的人群中寻找有意思的新的“节目”，这是他自己的话。不过很快这一切都让人厌倦了，很快，甚至是“小船”“山区”的字眼冒出来也会让人感到慵懒地无聊。这个时候，快乐的医生觉得，现在应该让大家的生活更加多样化，于是他想到了佩罗夫斯基。他觉得这将会是一件很有意思的事情，在他那快乐的、简单的脑袋里从来都没有想到过，这稍微有些残忍：为了取悦无聊的朋友们而把一个人呈现在大家面前，这个人仅仅是因为他有着艰难而忧伤的悲剧生活而让人感到好奇。不过。就连作家也没有想到这一点。当医生告诉他想把佩罗夫斯基请来的时候，从未停息的烟圈后面的作家看起来对此非常感兴趣，他用低沉的声音鼓舞道：

“这，的确是有意思的……必须把他请来。”

几天后，快乐的医生将一位个子高大、蓄着大胡子的男子请到了水上饭店里，这个人穿着大靴子和蓝色衬衫。

“请允许我介绍你们认识……这是我的好朋友，德米特里·阿尔卡季耶维奇·佩罗夫斯基。”他郑重其事地用庸医常用的语调介绍着，似乎是在介绍某处名胜古迹。

作家像老朋友一样跟佩罗夫斯基打招呼，非常开心。而医生的妻子迷人地微笑着，在她夸张的亲切中能够看出试图安慰不幸的人的愿望。而在姑娘的黑色双眸中透出了那种恐惧的表情，只有非常善良、非常年轻的人们看到一位即将离开人世的人才会流露出的表情。

佩罗夫斯基应该已经感觉到了，大家看他的眼神有些特别。在他蓄着大胡子的脸上长着一双稍微有些灰暗的眼睛，还有嘴角明显的皱纹，就在这英俊的脸庞滑过一个不安的表情。他坐了下来，立刻拿起端给他的茶杯，垂下双眼，用手指敲打起茶盘的边缘。

“好久好久都没有见到您了。”作家说。

佩罗夫斯基抬起眼睛立刻又低下了。

“是的，好久了……”他不好意思地回答。

“现在利季娅·帕夫洛夫娜怎么样了?”作家又问道，然后因为烟圈而习惯性地眯起了眼睛。

但是，瘦弱的姑娘，她担心地注视着所有的一切，她觉得，不管是他的眯眼睛，还是他的询问都是故意的。她甚至都替他感到羞愧。她非常可怜佩罗夫斯基，非常不愿意他在这些粗鲁、毫无分寸感的人们面前聊他的痛苦。

但是，佩罗夫斯基并没有抬起头，他平静而简单地回答：

“最近这段时间都在生病……太让我感到不安了……可能，我们村庄还是太潮湿了……”

姑娘精神焕发：她非常开心，他在讲断送了他生活的女性的时候是这样的温暖。于是，那种怜悯和惊讶之感在她幼稚且纯洁的内心颤动，她觉得这是伟大的、谦逊的功勋。

起初的对话有一搭没一搭地进行着。佩罗夫斯基是那样的克制，甚至像是未开化的人儿，他眼睛低垂，紧张地用手指敲着手边的任何东西。所有人都努力对他表示亲切和关注，而这一切却营造了一种不愉快的做作氛围，那种在重病人床前所特有的氛围。

后来，作家开始聊起文学新作来，关于一位著名人士的最新小说。他夸奖这小说，甚至把它当作是力量和自由的宣扬。

“的确，现在是时候大声说出来，人生来是为了追求幸福的，就像鸟儿是为了飞翔一样，”他大声地叫喊着，很得意地注意到邻桌的三位迷人的女士都在倾听他说话。

“幸福并不在于战胜了其他人，幸福在于自我牺牲。”佩罗夫斯基低声地表示反对。

作家开始争辩起来，开始发火并叫喊起来。穿着蓝色裙子的姑娘又一次害怕地盯着佩罗夫斯基，她觉得，作家是故意提出这个问题的，并且他并不是在跟佩罗夫斯基争论，而是跟佩罗夫斯基的整个生活在争辩。

“为什么所有人都要折磨他呢?”她在想，差一点儿都因为怜悯和不满而哭了起来。

但是佩罗夫斯基又一次似乎什么都没有察觉到，他只是就事论事。讨论渐渐地变得有意思起来，也不再有让人感到委屈的基调了。所有人都积极地参与起来，佩罗夫斯基也是如此。好久没有听到的话语激起了他内心沉默已久的火花，那鲜活的、敏感的、思想着的心灵。他的双眼明亮了起来，嘴角的皱纹稍微柔和了些。看得出，在村庄的寂静中，远离生活，远离喧闹，远离拥挤的人群，他思考了很多，并且为自己选择了一种独特的、深刻且富有紧张感的世界观。他的话语有些原始，甚至有些幼稚，但是里面却闪烁着敏锐的严肃的思想，并赋予了言辞某种特别的力量。

总的说来，他的心肠软了一些，并且更加适应了人群。作家说了很多，医生的妻子亲切、美丽，医生非常开心且无忧无虑，生病的大学生只对自己的愤恨感兴趣，沉默不语的姑娘如此认真、如此严肃。在轻松、温暖的氛围里。一切都已结束的人，他封闭、孤独的内心开始鲜活了起来，放松了下来。当茶喝完了之后，他们沐浴着银色的月光在海面上划船，在大海上形成了一条带状。佩罗夫斯基感觉自己是在自己人当中，那种持久的无法消除的忧伤跟随他已经许多年，像蠕虫磨损大树一样磨损着他的心灵，而此时却不知不觉地消失了。他好久都没有这么轻松，这么开心了。

黑色的流水在小船的四周形成了一个深不见底的可怕深渊。月光嬉闹着洒下百万条蓝色的火光，似乎是在水面上有无数小小的闪光精灵在起舞。医生的妻子还有穿着白衬衫的姑娘在月光下显得无比美丽、温柔，就像月神一样。从旁边经过一只黑色的大船，似乎是听到命令一起点头致敬的渔夫们均匀地划着船桨。当这艘船驶入月光柱时，它完全变成了黑色的，神秘的且奇怪的一艘船。

快乐的医生请求佩罗夫斯基演唱一首歌。

姑娘又开始替他担心了：她觉得，唱歌应该是佩罗夫斯基内心深处最痛的地方。要知道，这是所有他所拒绝的事物中最美好的部分。但是佩罗夫斯基非常乐意就答应了并开始唱了起来。

在他的声音里已经没有了清新感，歌唱方式也有些迟钝了。或许，他忘记了很多。但是夜晚是如此之美，确实让人想要有音乐，有忧伤，强有力的男子声音在喧闹的清脆的海浪拍击声中慢慢地升腾到大海之上，如此高远，如此自由，让所有人都觉得，他们从来没有听到过比这还要好听的声音。

“太棒了。”医生的妻子悄声说道，她的眼睛在月亮之下显得异常明亮。

“是的……”医生表示同意，他请求再唱些什么。

小船离海岸越来越远，越来越远，在他们的视线所及之处已经只剩下了永远都在流动的大海、月光还有无尽的远处。岸边的悬崖轮廓模糊而轻盈，悬崖上面的古老的热那亚塔楼像玩具一般被冰冷的灯光所包裹，也变得越来越灰暗。

而佩罗夫斯基一直都在唱啊唱。医生妻子的心儿都被融化了，她美丽的面容因为激动而泛白。生病的大学生也安静了下来，不知道为什么他陷入了沉思，不过看得出他是在考虑美好的事情。而柔弱的姑娘握着船舵，一动也不动。她用湿润的蓝色眼睛看着皎洁的月亮想着：“这是多么美好，不能让这种迷人的才能消失得无影无踪。”还有一种潜在的想法像春天般的初恋一样让她紧张起来：她想拯救这个人。

“您唱得真好，”作家饱含感情地在一首美丽的悲剧浪漫曲结束之后说，“我听阿尔托宁唱过，但是我并不喜欢……您的歌声里有更多的力量，还有更多的悲剧感……非常非常好……”

“阿尔托宁？”佩罗夫斯基突然重问道，在他的嗓子里有些颤动，“不行的……我好久都不唱了……落后了……”突然他用降下来的语调说，先前的紧张基调又出现在他的言语里。他沉默了，坐下看着在小船下方变成一圈圈涟漪的流水。

就在这个时候，坐在船舵旁的柔弱姑娘，浑身被月光照亮，她突然怯生生但快速地说道，昨天她是如何临摹沙滩的，那里是多么的明亮，多么的惬意，太阳欢快地照耀着，海洋甜蜜地舞动着。在她胆怯的言语里有着许多孩子般的温柔和胆怯，让人觉得，她所到的地方，那里的海，那里的太阳，还有山脉都是特别的：小小的、温柔的、善良的，完全不像现实中的一样。这里的是这么巨大，这么壮观。

她讲着，急促而混乱，所有人都听得莫名其妙。只有佩罗夫斯基内心里清楚，她只是在可怜他，并且她想用她感人的幼稚吸引他的注意力，让他去思考某种明亮的轻松的事情。他看了看她娇美的，被月光照亮的脸蛋，闪动的黑色双眸流露出胆怯和乞求，他带着感激的温柔在想：“真是一个可爱的小女孩。”

于是，他又变得轻松起来，为了安慰姑娘，他自己开始讲述自己带着武器和猎狗在山间流浪的经历。他详细地讲道，这是一条多么可爱的狗，白如雪，名叫列达。而后他又唱了一首歌，大家都非常满意并且非常激动，满怀着被大海夜间的清新所冲洗的心灵回到了海湾。

医生的妻子因为太多感受而有些疲惫。当她着陆的时候，她仍旧觉得自己还在摇晃着，所以晚饭的时候她没有来。而后大家很快也都各自回家了。谈话很少。似乎，一切都很美好，所有可以做的事情都已经完成了，谁都不愿意破坏这种心情。

医生带妻子回去休息了；作家留下来喝啤酒；生病的大学生抱怨着潮湿，也咳嗽着离开了。佩罗夫斯基则不得不去送姑娘。

需要围着整个海湾绕一圈，已经寂静的幽暗的海湾，像一个死湖一样。山的影子投在小城上，对面的海岸则被月光照亮。当他们沿着岸边转了一个弯之后，佩罗夫斯基和姑娘便到了海岸另一边，他们立刻钻入了冰冷的光亮海洋中，这里有着孤独的白色别墅，还有暗色的柏树和山脉，他们自己也变得轻盈而透明。

不知道为什么姑娘特别想说话，她的言语非常漂亮，非常有意思，并且包含了比白天要重要很多的意义。姑娘开始讲，她在绘画学校里求学，在这个世界上最喜欢自己所选择的艺术，并且梦想着成为画家。她说话时紧张不已，似乎都在颤抖，好像是在说服他理解自己艺术的魅力，还有他谜一般的饱含光亮和颜色的生活。

佩罗夫斯基听着，在如此柔弱的身体里竟然生活着如此多的欣喜和魅力。

“可爱的姑娘。”他心里想。

他自己也非常奇怪，月夜，海湾的低声和细语，还有这位年轻漂亮姑娘的相伴，引起了他早已沉寂的内心深处的轻松和激动。他觉得自己是幸福的，所以非常愉快地在每一个词中都倾注了最美好的、最有意思的事物。

马上就要到达姑娘居住的别墅了，她已经不再害怕会惊吓到他或者让他感到尴尬，询问道：

“难道您不觉得永远拒绝艺术是一件很困难的事情吗？”

“为什么是拒绝？唱歌——我到现在也在唱……为什么必须只能在舞台上歌唱？为了金钱……这真是偏见。”佩罗夫斯基说。此刻他的确觉得自己这样说是对的。要知道，在这里他可以向多么迷人的姑娘歌唱，这位姑娘的感受对他来说比其他数百位庸俗之人的感受都宝贵，尽管那些人在剧院里就坐在他的面前。上帝保佑他们，还有那个舞台、那个舞台装饰，还有各种钩心斗角、掌声和钞票。幸福并不在于此。

“那是为什么呢？”当佩罗夫斯基说他早就抛弃了仕途的想法，姑娘胆怯地问，“要知道这是多么美好的……我的天呢，那是多么好！”

“这已经是古老的故事了……不值得再提……再说了，谁需要这故事呢……”佩罗夫斯基摆了摆手。

姑娘沉默着，用带着祈求神情的黑色双眼看着他，他们应该在这一刻就要分手的，但是她用自己纤细的、柔弱的手指抓住了他的手，然后看着他的眼睛。

“那么就再见吧，”佩罗夫斯基说，“要知道我到现在还不知道，您叫什么名字。”他突然想到了。

“利多奇卡。”姑娘机械地回答。

“利多奇卡。”他重复着，然后笑了起来。

当他一个人走在被月光照亮的白色公路上回自己村庄的时候，他一直在想她。似乎某件愉快的事情在他身上发生了。在坚实的公路上他的脚步是如此轻盈，如此愉快，听着四轮大车在远处响动，他用全身心在呼吸。月光下已经入睡的高原美丽而轻盈。天空上明亮的星星在闪烁，远处包裹着蓝色月光的山峦，神秘的永恒的山峦在灰暗的天空里变成圆圆的形状。

已是深夜，山谷里一片漆黑，在山峦之上还依稀可见冰冷的蓝色月光。佩罗夫斯基终于走到了村庄里。

第三章

生活中的事情都是如此之快地进行，而后消失。每一个逝去的日子，昨天刚过去的幸福，到今天已变成了一个遥远的模糊的梦。

佩罗夫斯基后来怎么也回忆不起来，一切是如何开始的，并且怎么就留在了他的心里，并且是永远。

而当他试图稍微回忆的时候，他所能想起的只有个别的画面，充满光亮和绚烂的色彩。

他只记得，在村庄里他开始变得无聊了。就像在重大的热闹的节日之后，所有发生的一切都让人觉得提不起精神来做任何事情。他在山里走了很久、很久，但是群山仍旧是昨日的那些群山，它们蓝色的高峰仍旧是那么美丽，还有远处海洋的蔚蓝，但是一切都是空洞的，并且是一成不变的单调。一种惹人烦躁，使人厌烦的无聊涌上心头，但是当太阳升起，当悬崖边的蔷薇花盛开时，他以前的那种无聊感就会平息下来，当灰白的苍鹰在山谷上方不可一世地自由翱翔，当自然每天都展现自己美丽的神秘之处。在这种接近土地，接近森林和山峦中，任何其他的感觉，除了静静的惊人的欣喜，都融化了，糅合了，就像某种细小的事物消失在巨大之中。但是这一次，这种忧伤无可排解，就连鲜红色的落日都让人觉得灰暗，而山脉是没有生机的巨人，大海是沙漠，远处的高原带着它们永久的山谷皱纹，这是某种永远停滞的令人失望的忧伤。

起初他甚至都不明白，这意味着什么。当利季娅·帕夫洛夫娜带着惊恐的眼神询问他，佩罗夫斯基回答：

“我似乎有些不舒服……”

但是有一天，当他去滨海小城办些事情的时候，他遇到了生病的大学生。他们一起在街心花园的饭店里吃午饭，在由风趣的军官和穿着入时戴着三俄尺长礼帽的女士组成的人群中。大学生像以往一样咳嗽了几下，发起了脾气，冲着上菜比较慢的服务生训斥了几下。而佩罗夫斯基忧伤地看着他，因为他内心里在想：“瞧，这个人即将离开人世了，而他还为了很久没给他端上来希腊式油炸比目鱼而感到生气……如果死亡就在眼前，还值得去争执，去痛苦，去纠结吗？”

这种模糊不清的感受提醒了他自己，他不是也因为什么正在经受折磨吗？这在死亡面前也是如此的渺小。但是这种想法瞬间出现，也瞬间就消失了，还是不能安慰自己的内心。

不过大学生终究让他觉得非常亲切，尽管他不善于交际也有些凶恶。佩罗夫斯基跟他道了别，就像是跟自己最好的朋友分手一样。当大学生离开之后，他明白了，他的内心所向往的是那里，那个小型的明亮的小城，那蔚蓝色的海湾，那群对生活充满了好奇的、快乐的、鲜活的人们。佩罗夫斯基甚至有些害怕了。他觉得，这将会是某种不可忍受的折磨，他选择独处的第一年里所经受的那些折磨。

当时如此折磨人，就连回忆当时不堪回首的心情，他也仍旧心有余悸。

但是，他没有忍住，他走着来到了疗养院，将小村庄，沉默的养蜂人还有一个满头花白头发的忧郁的女性都忘到了绿色山脊之外。佩罗夫斯基带着一种高兴的小男孩般的迫不及待，走得越来越快，并且自己都感到奇怪，他为什么这么积极，他想：

“应该是我太无聊了，所以我才想加入那些实际上只是普通的、日常的人们的行列。”

他并没有想到穿着蓝色裙子和白色衬衣的姑娘。回忆她的时候他的记忆有些模糊，并没有将她跟其他的同伴、月夜、黑色的海港，还有大海上银色的波光分开。

当他看到她的那一刻，当他们只剩下两个人的时候，当他们像是亲密的恋人被炽热的太阳拥抱时，他觉得，在他的内心深处融化了那种陈旧的、让人厌倦的、忧伤的事物，而开始出现了某种明亮的、新鲜的东西。而这种新的感受、明亮的幸福、所有的喜悦，还有天空中太阳的美丽都取决于她，这位柔弱的小女孩，在她白色外套下面温柔地呼吸着一个女性的年轻的身体。

快乐的医生轻松地说服他让他留下来过两三天，而这几天在他的记忆里是光亮、笑声、大海、太阳，还有青春女性的亲密。

“利多奇卡。”就像她在第一天晚上说出自己的名字那样，佩罗夫斯基笑着继续喊她。她已经习惯了他的存在，在他面前不再拘束，月夜里在悬崖上的多次谈话，在每次诱惑人的亲近中，在他的面前一位开始慢慢生活慢慢感受的女性静静的美丽慢慢舒展开来，就像是在太阳下盛开的花朵。

这是整个小世界，这里有如许多纯粹而深刻的经历，敏锐地反映出每一种美丽，还有许多痛苦，因为年长的人们带着习惯性的遗憾的神情而忽视的那些事情，无法让人不喜欢上她。

当她羞涩地抬起眼睛看着他变得年轻，变得活跃的面孔，在她黑色的双眼里有时候会闪过一种胆怯且神秘的忧伤，这诉说着转变是如何悄无声息，如何美丽地发生的，从一个无忧无虑的小姑娘变成富有生活情趣和欲望的女人。

最后一天特别鲜明地刻在了记忆里。

他们一起站在礁石上，白色的泡沫一浪接一浪地舔舐着他们脚下的这块石头。

利多奇卡用指梢微微护住自己浅色的草帽不被风吹走，而佩罗夫斯基透过宽大的袖子看到了她整个纤细而柔弱的胳膊，还有圆润的粉色胳膊肘。平生第一次，纯洁少女赤裸的魅力让他兴奋。他非常想沉默下来，既不聊未来，也不谈现在，更不提及过去，而仅仅是握起这只柔弱的手，静静地亲吻它。在狂热且惊恐的颤动中他心潮澎湃。有那么一分钟他觉得自己要控制不住自己了。并且，她应该能感觉到这一切。她转身朝向他，满脸通红，用蒙眬的双眼看着他，突然浑身颤抖了起来，就像风中的海鸥一样。

在她的双眼里闪过祈求，似乎是请求怜悯。

蔚蓝的大海紧张起来，一直在兴奋地、强烈地运动着。

就在这个夜晚，他自己也不知道为什么，他一个人去了她居住的那个别墅。总共只有半个小时，就像他原来送她那样，而与此同时，佩罗夫斯基却觉得，他无法入睡，也无法不去。某种强烈的感受在呼唤他，在推搡他。

又是白色的明月悬挂在黑色的山脉上。睡眼惺忪的小城在另一边的海岸上渐渐地安静了下来，黄色灯火一个接一个地熄灭了。佩罗夫斯基行走着就像在梦中一样。有什么巨大的东西充满了强壮的男性身体。他觉得，什么都没有发生过，沉寂的悠长岁月只是梦一场，而现在他年轻而自由，就像曾经有过的那样。

不知道为什么他觉得一定会再见到利多奇卡。当他见到她时，他一点儿也不会惊讶。

爱情那强有力且神秘的声音——这是一个永恒的生命之谜。

姑娘穿着白色的衬衫，身上披着冰冷的月光，她坐在敞开的黑色窗户旁，似乎是在等待什么。月亮神秘的白色面庞径直盯着她，在海湾上方卷起蔚蓝的波浪，似乎是某一位威严的明亮之人在这个月夜里施下了咒语。

"利多奇卡。"佩罗夫斯基悄悄地喊道，他感觉到了自己的心儿在怦怦直跳，还有脚下的土地在悄悄起航离去。"利多奇卡。"他用更大一些的声音重复道。

她突然伸直了身子，朝下望去，奇怪地，似乎是打算飞走，伸长了白色的宽阔的袖子里的纤细的手臂。在这一刻，有某种神秘的，折磨人的感觉在她的体内出现，但是，她突然离开了窗户旁，消失在了灰暗里。

而后很久都是静悄悄的，只听到海湾在发出声响，似乎月亮的光线并没有沉默，它们悄悄地私语，编织着某种蔚蓝的童话网。而后篱笆门发出了声，白色的裙子在月光下闪过。

利多奇卡走到他的跟前，垂下手臂。她什么都没有询问，也没有说什么。黑色的双眸透过他看着明亮的月亮，似乎吸引她的是这执着的、有魔力的月光。她的整个姿势都是那么的无力：垂下的双手、微微抬起的头，还有充满善良的泪汪汪的双眼。她似乎拒绝了反抗，全身心地献给了这个月夜，他的意愿，还有自己的幸福和自己的命运……

第四章

深夜里，佩罗夫斯基沿着海岸往回走。在已经空无一人的水上饭店，睡眼惺忪的、满腹牢骚的服务生们收拾着桌布还有一摞一摞的盘子。只有身材高大的，像轮船一样冒着烟的作家，在一个桌子的旁边坐着，他忧郁地在那里抽着烟，沉默不语。应该是这月夜让他感到痛苦。他沉思着，抿着啤酒，聚精会神地一个人吐着烟圈，似乎是要吐满整个饭店。

需要拥抱自己的幸福的感觉充满了佩罗夫斯基的心胸，让他感到痛苦，他喊了一声作家。

“啊，是您吗?”作家清醒了之后问道，“送过了?”

“送过了……上帝啊，这是什么样的夜晚!”佩罗夫斯基回答，甚至都没有注意到自己在说什么。他站在作家的对面，睁大了闪亮的双眼在看着他。

作家有些心情不好。他喝了一点啤酒，又填满了烟斗，抬起双眼，思考着什么。应该是他模糊地猜到了为什么这双眼睛在闪亮，还有佩罗夫斯基整个人现在为什么这么奇怪，就像是换了另外一个人——年轻、强壮且自由。

于是，作家沉默了一会，机械地问道：

“现在利季娅·帕夫洛夫娜的身体如何？”

第五章

月亮沉下去了，山脉幽暗的幻影离得更近了一些。黑暗从峡谷里野蛮地爬了出来，躺到了大地的胸膛上。

小小的村庄迷失了，在黑暗中消融了。只有一盏灯在漆黑的树木中亮着，诉说着某种等待的，不被任何人所需要的孤独生活。

明亮的光点在黑暗里闪烁。这是一只狗。白色的列达穿过葡萄藤迎着佩罗夫斯基跑了过来，还在远处就能听到它开心的叫声。它开始跳到胸前，努力去舔舐他的脸。

“我亲爱的。”佩罗夫斯基喊道。他差一点儿没有哭出来，出于感动还有怜悯。

“你没睡啊，等我呢。”

小狗蹭着他的双腿，摇摆着尾巴，躺到了地上，又跳了起来。这没有言语的爱，这种并不需要关注的爱，这种不善于表达自己不清楚的但是非常强大的情感，真的非常打动人心。佩罗夫斯基第一次感受到，在这个夜晚，如此去爱是多么可怕的事情，对于你所爱的那个人来说这或许一文不值。

当他走进屋子的时候，一种彻底的、孤独的寂静包围了他。

黑暗和忧郁在空旷的房间里游荡着。只有在厨房里亮着几乎快要燃尽的灯，利季娅·帕夫洛夫娜坐在那里看着书。

她看到他跟狗一起进来了，抬起了充满胆怯和喜悦，仿佛察觉到了什么的眼睛，静静地说，似乎怕提醒他某件她并没有权利提及的事情：

“我跟列达等你呢……”

在一瞬间，佩罗夫斯基想到，一个个夜晚，就在这里，在孤独的灯下，一个女子在渐渐地老去，一条白狗，它敏锐地捕捉这个黑暗的山里的夜晚所发出的任何一个声响。在这个时刻，当他，这个自由的快乐的人，在为自己新的幸福感到高兴时，觉得自己在过真正的生活，并且告诉自己，自己有权利离开他们——已经让他厌倦，并且妨碍他的这些人时，他们却待在这里，以自己的方式所思念的只有他。想着他的容颜，高兴着他的高兴，梦想着有一天的某个时候他们会走出这孤独的日子，他会重新回来。似乎他们并没有什么自己的生活，而他们生活着仅仅是为了爱他。

在黎明前，佩罗夫斯基面色苍白，头发蓬乱，带着黑眼圈，就像是度过了行刑前的夜晚，他走进了院子里，看着变成灰色的忧郁而单调的高原，它们似乎从来都没有见到过太阳，他绝望地抓着自己的脑袋。

“我怎么能够忘记，”他带着一种绝望的痛苦和恐惧，“我将是幸福的，远走高飞，而她将留下，在这里，独自一人……她将想念我，回忆起种种小事……珍藏着我的乐谱、我的武器，喂养着这条老去的白色列达……漫长的冬夜里她也将独自一人在灯下，老态龙钟，虚弱不已……而我甚至都不会想起她……”

他绝望地感觉到，不会的……他不会从迫使他的力量之下翻身的，不管他会不会幸福，不管什么样的成就等着他，这个苍白而孤独地坐在灯下的小妇人的幽灵什么时候都不会离开他。

第六章

已经到处都能感受到秋天的气息了。在透明的空气中，在夕阳十分明亮，如水晶般纯净的色彩中，在那不可捕捉的凋零树木的香气中，这种气味让人想起寂静的坟墓，让人想到所有的一切都将过去。

太阳落山了，在下面山谷里升起了雾气。只有在山峦的高峰处还有着被照亮的秋日的林木，上面洒满了金光，似乎山峦都被染上了金色。

一车人马在泛着白光的平稳公路上行进。

大块头的作家从嘴巴里拿出了永远都不离嘴的烟斗，这只烟斗让所有的同行者都受不了了，他充满梦想地说：

“想想都觉得不可思议，在那里，在山上，现在是充满阳光的静悄悄的傍晚……树木仍旧是金色的，并且没有一丝颤动。金色的蜘蛛网延伸着……到处都是沉寂。在那里没有任何人，并且也没有谁在观看，没有谁在兴奋不已……树木几千年都矗立在那里，明朗的傍晚黑将下来，而谁也不在……难道狐狸忙着自己的事情去了其他地方，或者苍鹰在高空盘旋……”

作家应该是想表达这样的意思：人们是不被这完美的、永恒的自然所需要的，没有人类，自然也会正常生活着，也会呈现出美丽的生命。人去思考这个令人惭愧的现实是非常痛苦的事情。但是这个想法并没有在他这里完全形成。所以没有谁理解他。快乐的医生在这两年里发福了很多，他说：

“是呢……的确美丽……你是不会后悔来此的，娜塔？”

医生的妻子也发福了，变得更加娇美更加平静，她对他甜美一笑。

“当然不会……我担心的是走夜路回去的时候恐怕要冷了……需要更早一些日子出发的，我是不是说过……

晚上，所有的一切都从谷地的底部升腾而上。只有一个山峰上还闪亮着夕阳西下时红色和黄色的余晖。但是这个山峰很快就平静了下来。蓝色的傍晚无声无息地在山上爬行。入睡的高原沉入在远处的迷雾中，就像夜间冰冷的精灵在平坦的高峰上跳环舞。他们经过一个鞑靼族的农村，那里的狗儿在叫，还有些邋遢的孩子们就像是愚蠢的小鬼追逐他们。而后，他们的车行驶到了森林里的道路上，当所有人都觉得还不如不来的时候，出现了一个小的村庄，像鸟巢一样被建在了悬崖上。有一条狗开始吠叫了起来，打远处就能看到，它像一团白球，嗖地一下就穿过了落光叶子光秃秃的、被折坏的葡萄园迎了上来。

“列达！列达！”医生叫了起来。“没有认出来吗？哎呀！”

小狗跑得更近了一些，不信任地摇摆着尾巴，然后叫了两声，但是已经是在请求原谅似的，因为它没有能够一下子就认出来熟悉的朋友们。

所有人都从车里钻了出来，他们活动了一下双腿，感到很愉快，很满意，他们最后终于到达目的地了。医生嘲笑一个年轻的人，他跟车夫并排坐在了支架上。

“您走的似乎不是自己的路啊，尼古拉·帕夫洛维奇，您本来应该成为一个马车夫的，而您却成了歌手……”

作家用他那男低音哈哈大笑。但是年轻人，个子高且消瘦，他并没有停下来仍旧盯着高原看，似乎是在努力地弄清楚它们忧郁而单调的美的秘密。

从小房子里朝他们走来一位个头矮小的、弓背的女子，头发花白，穿着不是很洁净。她，可以看得出，并没有认出客人是谁，只是碰运气地报之一笑，有些羞涩的表示欢迎的微笑。

“您好，利季娅，”快乐的医生开始叫道，“我们是到您这儿来做客的。”

“啊，是您啊，医生。我刚才没有认出来……真是好久不见……德米特里将会高兴的……”

“他在家吗？”

“他在附近，马上就要回来了。我们的羊在那里老是去破坏蜂箱……所以他总是在那里忙……他马上……请，请请……”利季娅说着，胆怯的神秘的微笑还没有从她的脸上消失。

在别墅空间特别小的房间里不太舒适，并且光线昏暗。不知为什么，所有人都觉得自己很尴尬，就像是强迫进入，不请自来的人。医生的妻子坐到窗旁陷入了沉思；作家开始装自己的烟斗；年轻人个头高得像竹竿，他在房间里走来走去，在这傍晚时分努力看清屋里墙上的图片和照片。只有快乐的医生一人没有失落，他自告奋勇去喊佩罗夫斯基。年轻人则紧紧地跟在他的身后。

他们一起穿过忧郁的葡萄园，仔细查看蜂窝，来到用线绕成的篱笆旁，绕过去便是下行的绿色土坡，但是也没有看到任何人。只有黝黑的阴暗的森林立在山谷的上方。

“阴郁的地方，”高个子年轻人说道，“他们怎么能够在这里生活下去?”

“他们就是这样生活的呀，”医生不确定地说着，用尖锐的声音叫着，“德米特里！喂，喂!”

但是并没有人回应。山脉沉默且阴沉地从上面往下看着。寂静从山谷里爬上来，变得如此折磨人，似乎他们是在巨大的墓地里呼唤已经离世很久的人。

“德米特里!”医生又喊了起来。

“哎!”意料之外地传来一个回声，在山谷的边缘之上，佩罗夫斯基似乎是从地下冒了出来，他穿着大大的皮靴，还有破旧的红色夹克搭在肩上。

他快速地走过来，能够看得出，他因为有人意外地出现而激动不已。当他靠近的时候，医生和高个子年轻人仔细地打量着他，这个年轻人在路上听了关于佩罗夫斯基的故事，他们就像是自由人在打量永久的关押犯一样，充满好奇和同情。

在这两年里他变得非常苍老、消沉。蓄着大胡子，并且以往头发茂密而现在头发变得灰白。脸上的皱纹更加深刻。只是眼睛还是像往常一样，敏锐而有些野蛮。

很难搞清楚，佩罗夫斯基对客人们的到来是不是感到高兴，不过他非常开心且平淡地接待他们。只是，当快乐的医生介绍他跟年轻的高个子认识时，说：“这是您的同行，也是歌手!”在佩罗夫斯基的眼中闪过火花。他非常亲切地跟这位初识的人聊天，开始详细询问他在哪里求学的。结果他们在同一位老教授那里学习的，这样他们的谈话越来越活跃，里面包含了回忆和各种人的名字。

别墅里燃起了灯，在桌子上闪亮着烧开的茶炊，变得舒适了一些。甚至让人觉得，在这儿生活应该会很快乐且舒适。

在喝茶的时候，谈话总是围绕着音乐、绘画和文学。作家也惊讶，佩罗夫斯基一点儿也不落伍，他了解所有的新动态，对一切都感兴趣，他的眼神仍旧是那么真诚且大方。

“真是让人惊讶的人儿，”作家忧伤地想，“要是换了另外一个人早就……而他……看来，的确是人的精神是自由发展的，不管他身处的环境如何……”

于是，在作家的头脑里诞生了写这一主题的小故事的想法。

茶后，快乐的医生开始强求佩罗夫斯基唱歌。不知道为什么，所有人都觉得，佩罗夫斯基应该会拒绝，这个请求会让他觉得不舒服，似乎是在提醒他什么。但是他却非常开心地答应了，甚至有种受宠若惊。这是他性格中的新的特征，作家带着一种不愉快的感受立刻就察觉到了这一点。

利季娅坐在老旧的、半散架的钢琴前。客人们沿着墙壁坐了下来，佩罗夫斯基便唱了起来。

他似乎唱得和以前一样好，只是让人觉得有些奇怪，这有些野蛮的男子穿着大皮靴，还留着灰白胡须，他努力张开嘴巴，用手为自己打节拍，唱着咏叹调，让人想起灯火通明壮观雄伟的大剧院，被迷倒的许多女士，还有包厢和乐队的声响等。

还稍微有些可笑的是，每当一首曲目结束时，利季娅都会拍着手掌，带着一种享受的表情的面庞变得通红，她跑到这个人身边，跑到另外一个人身边，询问道：

“是不是很不错？……是不是？”

客人们只好表示赞同，但是他们越来越不喜欢。

已经是在扯嗓子叫了，他太想唱好了，唱了很多原来都不曾准备的、新的内容。

高个子男子看着自己的水杯，医生的妻子夸张地夸赞着，看得出来这是为了让佩罗夫斯基感到满意，作家的脸色开始变得阴沉起来，快乐的医生也觉得无聊起来。

但是佩罗夫斯基什么都没有察觉到，结束了一个，然后他立刻又在洒落在键盘上的其他旋律中寻找新的，利季娅坐下来，认真地整理了一下裙子，然后又跑到每一位客人身边问道：

“是不是很好啊？”

不知道为什么作家面前出现了这样的场景：每天晚上，当所有的一切都沉默了，灯也点起来了，他在歌唱，而她则欣喜不已，啧啧称赞，说世界上没有第二个这样的好嗓音，而他相信了，兴奋地张开双臂，不是那么真诚地反驳：

“你这是在恭维我……尽管这首曲子我唱得不错，我自己能感觉到……我对我自己的唱功还是能客观对待的。”

于是作家越来越不开心，越来越沉重。

医生的妻子看着佩罗夫斯基，她盯着他的大胡子，还有头发中的花白之处，努力张开嘴巴，但是已经不再称赞了，她想哭。但是上帝才知道，这是为什么。

“奇怪，”快乐的医生也寻思起来，“以前可以整个夜晚都听他唱歌，而现在……似乎是听够了。”

最后他忍不住了，开始请求细高挑的年轻人也唱上几首。

佩罗夫斯基似乎对这一举动表示很惊讶，但是立刻做出善意的、感兴趣的神情支持医生的请求。

“是呢，您唱吧。”他说着，似乎是在宽容地表示自己的允许。

“不不……我已经好久不唱了……还是让德米特里唱吧……您知道列比科夫经常会说‘别太炫耀’？”

在他的声音里有某种奇怪的东西，似乎他对什么有些担心。

但是快乐的医生不依不饶：

“你们这些演员啊，我可是知道的，老是让人不停地请求……”他说。

这时候细高挑的男子站了起来。

“那，好吧……就稍微唱一点……”

他不太自在地走近钢琴，选了很久的曲子，然后终于将薄薄的乐谱放到了支架上。利季娅坐下来，又花了很长时间整理自己的裙子。年轻的歌手站到了她的椅子后面，站直了，一下子就比原来高出了一头，他开始唱了起来。

他那有力的美妙的声音响亮地庄严地充满了整个房间，甚至连浅薄的医生都理解了，为什么他如此坚决地拒绝唱歌：他是在可怜佩罗夫斯基，这位已经彻底完结的人，他只是生活在自己的一厢情愿里，认为自己是伟大的演员，无所不能，只是他不想震撼整个世界而已。

跟这样深沉的声音比起来佩罗夫斯基的声音显得笨拙而无力，在年轻人的声音里有某种激昂人心而又摄人心魄的那种美丽，这种美丽只有对自己的才能充满伟大的爱意才会产生的，还有一种无尽的努力，在任何人和事面前都不会停息，全身心都会投入到一个执着的追求中才会出现这种美丽。

当他结束时，大家都久久地沉默了，并且很惊讶，带着那种秘密的崇拜看着这位脸色苍白的细高挑年轻人，他静静地走到自己的茶杯前坐下来，并没有抬起眼睛。

大家请他再唱一首，跟他说话的方式变得温柔，小心翼翼，似乎是怕打碎某种美妙，不想用自己普通的庸俗的词语破坏了自己的感受。但是年轻人坚持拒绝，开始喝茶了。大家似乎都忘记了佩罗夫斯基的存在，当他开始说话时，他惊慌失措的奇怪样子和语调让大家都感到震惊。他夸奖了歌唱，但是他的夸奖让人觉得刺耳。

“非常，非常好……”他说，“太棒了……只是您在结尾处用这样开放的声音有些徒劳……在这里需要更多的爆发力……您知道吗……但是您的嗓音特别棒……看得出，您还是学得有些少，当然了……不过终究……非常好。”

在这些从夸奖突然转到点评的言语中有某种可怜的，渺小的感受。所有人都沉默不语，听着，但是谁也不看他。作家阴沉地装着烟斗，医生的妻子似乎有错地微笑着，她又想哭泣了。只有医生突然发起火来，加入了争论中：

“您说什么呢，德米特里？……在我看来，一切都很好，没有什么不好的地方……”佩罗夫斯基的眼睛不安地转动着。

“我没有说……嗓音当然是完美的……我只是在想，应该加一些爆发力……您自己同意我的说法吗？”

“是的，或许……”年轻人低下眼睛说。

“不，事实上，您不这样认为吗？要知道我是对的。”

佩罗夫斯基的声音有些起伏，他的眼睛在不安地转来转去。既让人觉得可怜，又让人有些失望，听他说话还让人觉得有些厌恶。就连没有插嘴的高个子作家也闷闷不乐起来：

“天呢，天呢，他怎么有这么大的改变……要知道，原来他是多么地高兴，如果他看到别人的才华，他是多么开心地对待他发现的……现在，所有一切都在哪里？这已经不是他了，而是某个废物，某个渺小的，好嫉妒的……哎，这一切真是让人生厌！”听着佩罗夫斯基不自然的声音，他心里想着。

佩罗夫斯基仍旧强烈地试图证明，他是对的，他激动不已，也看得出，他很痛苦。他自己感觉到，他身上被一种让人厌恶的普通的嫉妒所控制，他很担心大家不理解他。所以他试图去证明他的话都是公正的，歌手自己也同意他的观点，他们相互之间会意彼此的意思。但是谁也不相信他，他感觉到了这一切，恐惧地看到，随着他说的话越来越多，越是暴露了自己的过错，像一匹被驱赶的狼从一边奔突到另一边。

医生的妻子看着他，她真的很想哭出来。

只有小个头的利季娅什么都没有察觉到。她搓着小手忙乱着，试图转移歌手的注意力，让歌手注意她认为更有意思的——那就是佩罗夫斯基，她非常不恰当地插入谈话中来：

“这一首德米特里唱得也很好……当他在音乐会上演唱时，曾四次返场……”

细高挑的歌手选择了一个恰当的时机起身，开始在房间里踱步，他仔细地看着墙上的画。其中有一幅油画草图，他站了好久仔细地观察。小幅的油画被春日里温柔的太阳照亮。正在融化的白雪在蔚蓝的迷雾中颤动。细小的白桦树像未婚妻一样幼稚而纯洁地发出闪亮。一小块春日的天空明亮地变成蔚蓝色。

“这是谁的画？”当利季娅走过来时，他问道。

“这是一位女士画的，她是德米特里的崇拜者……她送给他的……是不是画得很好？”

“是的。”歌手严肃而笨拙地说。

“她非常有天赋……只是她去世了……好像人们说是用枪自杀的，或者是别的……”

细高挑的歌手什么也没有说。他在那里又站了站，然后走开了。

人们开始打算回家了。当时已是夜晚，费了很大劲才找到了马匹。细高挑的年轻人又跳到支架上，坐到了车夫的旁边。

佩罗夫斯基和利季娅久久地追在车辆后面。佩罗夫斯基还在跟医生争吵，只是已经是绝望的、低沉的声音了。医生并不反驳。利季娅请他们有时间的时候再来。

“德米特里会有新的乐曲的。”她在黑暗中说。

“一定会的，一定会的……”已经看不见的医生从黑暗中回答。

所有人都感觉到了：再也不会来了。

佩罗夫斯基沉默了。

黑暗笼罩了高山，迷雾猛烈地在高山数千年的皱纹上滚动。还没走出半俄里，小村庄就彻底消失在了黑暗中，只有被照亮的窗户里的灯火还在闪烁，不过很快它也熄灭了，消失在了拐弯处。或许，他们已经走到了林木的后方。

论嫉妒

第一章

一堆玩具般的房子，还有一连串钻石般的火光洒落在岸边，而四周耸立着不可触及的雄伟丛山，月光在高空中轻盈地压制出它们陡峭的斜坡，在遥远的暗蓝色天空里。明亮且圆的月亮挂在大海上，而大海涌起一浪又一浪，跟银色的波光粼粼玩耍着。一切是如此神秘且庄严，孤独的巨大星辰在山脉顶峰之上静悄悄地闪烁着。

所有这一切都让人觉得非常奇怪，就像梦一般，特别是那些忙乱、叫嚷还有奔忙之后，那一切发生在半个小时前的公园里，如此突然地就爆发了。

刚刚发生了一场毫无意义的残忍的杀害事件——一个年轻的美丽生命死去了；刚刚我们还拼命地奔跑，拼命大喊着，愤怒，恐惧，呼唤帮助；刚刚我们看到了死者的脸被死前的痛苦扭曲，而失去了所有人性的东西，如纸一样惨白，凶手的脸上是一双精神完全失常的双眼还有颤动的下巴。文雅的先生们还有着装得体的女士们在看到鲜血时变得残酷起来，他们抓住他的胳膊，用所能拿到的任何东西殴打他。

我自己看到，有一位女士，她的礼帽歪到了一边，睁着圆圆的瞳孔，两次用伞敲打凶手的头……

所有这一切都是那么的突然，那么的糟糕。

也似乎什么都没有发生过：月亮平静地监视着大海的辽阔，渔夫大舢板的黑色影子在闪烁着的银色波光上半睡半醒地摇动着，月光躺在远处山脉的顶端，神秘的柏树们齐刷刷地变成黑色，从城市的花园里传来幽静的美丽音乐。

只有在餐厅里，在夜晚的天空之下铺开自己白色桌子的餐厅里，在开着花的紫藤灌木和暗色的柏树之间，还闪动着兴奋的脸庞，听得到激动的声音，问题和答案。在所有的桌旁女士们都在讲述着细节，那些没有亲历的人们用自己好奇的黑色眼睛盯着见证者的嘴巴，而这些见证者，似乎带着满足感又一次经历了所发生事件的恐怖。所有人都对美丽的年轻女子表示可惜，香消玉殒，死在一个精神失常的嫉妒者之手；所有人都在回忆，她是如此之美，如此年轻，如此优雅。没有一个人说出了凶手的名字，所有人都直接用“他”来代替，同时，在这个称呼里能够感受到一种蔑视和惊讶，似乎这已经不是一个普通人，而是某种特别的，谁都无法理解的事物。

我偶然间成为第一波跑向杀人现场的人，我甚至还帮着把死者抬到了马车上。所以，至今我的手和脚都还在发抖，眼前还有那死去的恐怖的可怜的面孔、鲜血、无力下垂的纤细双手。我把她那大大的轻盈礼帽放在了马车的座位上，她的身旁，上面有着被揉皱的、被折断的花朵，我觉得，在它们之间，这位美丽优雅的活着的女子和这枝被折断的红色玫瑰——这纸做的没有生命的玫瑰之间有着某种共同的地方。

在餐厅了，我坐到了一个认识的人身边，这是一位著名的已经不算年轻的小说家，然后我给自己点了一杯水。

当我还在紧张地，上气不接下气地跟他讲整个悲伤的恐怖事件时，他喝着自己美丽的红酒，皱着眉头看着我，似乎他在我的紧张中感觉到某种不愉快的东西。

这是一个让人不愉快的人；我总是觉得，他只是为了争论而去争论，他总是并且在任何方面都努力与众不同，他不赞同最显而易见的事物，也不赞同最令人毋庸置疑的感觉。我不相信他，不相信他的怀疑论、他的平静，还有他的眼神……

或许，正因为此我总是第一个挑起争论，提出最为老生常谈的，最循规蹈矩的问题，似乎是为了试探他。并且屡试不爽，看起来似乎是最清楚不过的，最简单的事情他也总是表示不同意，并且总是有自己的看法，几乎总是悖论的。可是，有时候我会突然感觉到在这种悖论中有某种坚不可摧的逻辑在，让人必须要同意他的观点。

这一次我开始提起因为嫉妒而杀人的行为，在我看来，这些行为的荒唐性是不容被否定的。

“我不能理解……瞧，不喜欢了就不喜欢嘛……为什么需要把自己变成野蛮的、愚钝的动物来报复女性，仅仅因为她已经不喜欢你了……这真是某种未开化的遗毒，要是我，我就会像绞死疯狗一样绞死他。鬼知道他想什么呢，这位现代版的奥赛罗同某位女子好起来，就在想，这下子找到了一个仆人。您看到了吗？让女性感到幸福了……女子就应该一辈子对此感恩戴德。这种先生从来都不会想到，如果女性不喜欢他了，那是他自己的错。

“有什么用呢。我们总是相信自己的优势，我们从不会想到这……不会的，我们想到的原因很简单：女性是一个放荡的货色，别的就没有什么了……有意思，当女子委身于他的时候，这怎么就完全不是她放荡的证据了呢，而甚至是相反！……尽管她以前可能属于别的什么人，也尽管她原来的拥有者因为她的背叛而痛苦不已。不是的，在现代的小说中，女子对丈夫失望时，总是丈夫是鄙俗之人，他在睡觉的时候打鼾，玩文特牌，经常出汗，正是在这个时候，女子变成了高贵的女主人公，当她抛弃自己的丈夫，同‘他’私奔，而这个‘他’总是跟她丈夫形成鲜明对比……他几乎从来不睡觉，甚至都不玩贴傻瓜的游戏，上帝保佑他不出汗也不打嗝……在书中我们非常喜欢嘲弄第一任丈夫并且会用全身心去同情女性，她看到了自己伴侣的真正意义……但是当涉及我们自身的时候，不是在书上，而是在生活中……吁。我们甚至都不会去回忆我们在睡觉的时候会不会打呼噜，我们是不是太热衷于打牌了，我们是不是落后于生活了，我们是不是变愚蠢了？我们会斩钉截铁地判断：这个女的是一个放荡的货色，感觉自己是不幸的牺牲品，甚至想用左轮手枪向她开枪，或者投之以高傲自负的蔑视……奇怪的事情，感觉一切都是这么的简单；我们所有人都蔑视赤裸的动物性质的联系，没有情感和尊重，我们都在寻找爱情……似乎，女性只有在她喜欢我们的时候对我们来说才是珍贵的，而当她不喜欢我们的时候，她对我们来说有什么用呢？……用来睡觉？请原谅我的用词……为了这个目的有妓女存在……不喜欢了，就离开嘛……就是这么简单……不是的，您会看到，嫉妒熏心！……怎么会呢？她不喜欢我了，并且爱上了另外的人？……如果不再爱我的这位女性立刻遁入修道院，终身不嫁，那么就不会有任何犯罪，奥赛罗也将很容易地接受‘心爱’女子的离场。不是的，所有的症结都在于，另外一个人将拥有我们自认为仅仅是属于我们的东西！……嫉妒！……嫉妒是什么？”

“莎士比亚说，嫉妒是绿眼怪物。”我的交谈者轻轻地眯着眼睛说。

“怎么了？”我不由得用最不满意的口吻说，尽管当我读到这个描述的时候也对此非常满意。

“您仍旧感到愤慨。”他若有所思地说，并且完全没有了平日冷嘲热讽的口吻。

“您不感到愤慨吗？”他耸耸肩。

“不，怎么说呢……我对待这些故事，就像对待地震、冰雹和瘟疫一样……非常惋惜，讨厌，但是……你能做什么呢……为了对什么表示愤怒和感慨，只需要弄清楚，为什么会愤怒，对什么会感慨。但是在这种因为嫉妒而杀人的行为中……到底什么是嫉妒？……”

“不管怎么样，”我狂热地说，“不能杀人呀！……为什么要剥夺一个年轻的，如此美丽的生命呢……为了什么？……”

“为了什么，这是一个空洞的问题……什么也不为。这只是第一个问题的结果。什么时候需要杀人了，就说明值得杀人。您不会否定这一点吧？杀死小孩的强盗应该被杀死，如果在那一刻没有什么其他的方式可以用以处理他。”

“这不是一个很恰当的例子！”

“不好说……为了回答这个问题，仍旧需要了解，什么是嫉妒？……需要了解，哪些途径会引起它，并且这让人经历了什么。或许，比起您遇到强盗正在杀害婴儿的场景，他经历了更多的恐惧和厌恶……”

我们都沉默了。

“还有，”他又开始说了，“莎士比亚……绿眼怪物！……当然，嫉妒是怪物，鳄鱼也是怪物，但是，说实在的，这并不能让我心安……这个形象，当然，不是最差的，尽管关于眼睛的颜色可以商榷……一位太太曾坚持，嫉妒的眼睛是黄色的，而我觉得，应该是像鲜血一样的红色……但是这些都实在是小事，而定义是怎么样的！……”

我看到他又开始使用那种平日里的滑稽语调，懊恼地皱起了眉头。

“您不想严肃地讨论，那我们最好停止这次谈话吧！”

他看看我，带着那种淡淡的，非常忧伤的微笑。

“不是的，如果您想，我将严肃地聊……我只是觉得有意思：几乎是从开元以来，人们都受着折磨，并折磨着别人，因为嫉妒而互相残杀……没有任何一个宗教法庭的审问官发明了更为细微尖锐的折磨，但是至今仍旧没有任何人能够理解，这到底是怎么回事。后来冒出来一个著名的作家，并且非常简单地解释：嫉妒这是蟑螂……有很多人都表示赞同！……甚至不止一次地引用这个‘绿眼怪物’的说法。我记得，一个最为著名的评论家曾用这个界定责难我本人：您，大家都说是平凡的现实主义者，而一下子——万丈深渊！……让他见鬼去吧。还有莎士比亚！……我想起了他，仅仅是因为在整个世界文学中，关于嫉妒的定义没有第二个，甚至连好嫉妒者的形象都没有……”

“那奥赛罗呢?”

“我就猜到了您会想到他……我知道，许多人都会这样叫起来：那奥赛罗呢？……这位威尼斯公国的勇将？……要知道这位可怜的奥赛罗在我们的语言中，还有在大脑中似乎都变成了一个普通名词。轻浮的女士们对轻浮的女士们直接说：我的奥赛罗！……而您的奥赛罗……

“尽管奥赛罗是一位长着痔疮的官员，苔丝狄蒙娜似乎忠厚老实……百万人阅读莎士比亚，只有一个普希金说过：‘奥赛罗不是嫉妒，而是轻信。’

“数十万人阅读普希金，只有陀思妥耶夫斯基一个人想起了普希金的这句话并且强调了这句话。数千人阅读陀思妥耶夫斯基，数百人也将阅读我的作品，而奥赛罗曾是并将仍旧是所有嫉妒者的原型。有一点是清楚的：如果我们说起嫉妒时只是知道，它是一个有着绿色眼睛的蟑螂，那么为什么长着痔疮的官员不能成为高尚的维也纳公国的勇将，而奥赛罗不能成为嫉妒者呢?”

第二章

“而奥赛罗的确不是嫉妒，他是轻信。

“可怜的伊阿古为了动摇他内心深处的温顺没少费力气。

“对于类似奥赛罗的人们来说，单纯的嫉妒是不存在的。奥赛罗相信自己的苔丝狄蒙娜，他喜欢她，崇拜她的美丽和纯洁，敬仰她。苔丝狄蒙娜是他的圣物、教堂和神灵。难道可以嫉妒自己的神灵，自己的上帝吗?

“奥赛罗之所以杀死了苔丝狄蒙娜，首先是因为事情发展到了这种地步，所有的罪证都十分确凿。他不是嫉妒而是相信了罪证，推翻了欺骗他的上帝并将其踩死了。他无法不去杀死她，因为苔丝狄蒙娜的堕落，他尽管是错误地相信了，但是这是他所有信仰的崩溃，是圣物的破灭，随之而来的便是他生命的全部意义的破灭！……如果苔丝狄蒙娜堕落了，那么就意味着所有的一切都堕落了！没有了真理、爱情和上帝，所有一切都结束了。因为亵渎了我的圣殿，所以我要报复，我要杀死那杀死我的上帝的……

“这是什么样的嫉妒者！……

“嫉妒者首先不喜欢女子。他在女子身上看不到其纯洁，其神圣……相反，女子对他来说仅仅是某种罪恶的，下流的，无耻的，爱撒谎的，淫欲的，肮脏的，一刻都不能相信她，也一刻都不能让她离开自己的视线，不然她就会背叛你，玷污你的名声，跌入泥淖里，就像最坏的畜生！……

“嫉妒者的恐惧也正在于此，他一刻钟都无法安心。他觉得女子就是某种赤裸的性欲神经系统，某种如此肮脏如此淫荡的生物，她会委身于任何一个人，任何一个她遇到的，就像狗一样愚蠢，没有目的，肮脏……

“她会委身于第一个想要她的人，哪怕这是她的仆人。

“对于嫉妒者不需要伊阿古，也不需要罪证。他自己就是自己的伊阿古，自己会在黑夜之中对自己悄声说些恐怖的事情，自己会带着折磨人的那种享受在卑鄙行径中刨寻，自己描绘出惊人的画面！……夜里他会跳起来，追寻着，偷听，暗自观察，畏惧地查看她的每一个微笑，每一个眼神，那无意中抛向另一个人的眼神。

“他需要什么罪证？……他自己会捏造出罪证，自己想象出来。他不需要苔丝狄蒙娜的手帕，也不需要被偷窥到的亲吻手的场景，对他来说，今天她过于活跃，她跟一个人聊天感到非常满足，还有她在某处耽搁了五分钟，还有她对他过于冷淡，还有她过于亲近！……这些都足够了。在每一个手势，每一个脸红，还有让人不能理解的微笑，在她身体的每一个部分，他都能找到罪证，证明她是肮脏的下流的生物，会做出任何卑鄙的事来。

“因为对于嫉妒者来说，女子不是圣殿，而是妓院；不是圣物，而是肮脏的雌性动物！……

“这个奥赛罗是个什么样的人呀！”

第三章

“奇怪的地方就在这里：如果的确这样，女子是淫荡的化身，是污浊，谎言和下流，那么还需要什么嫉妒呢？因为什么会如此受折磨，这是为了谁呢？……

“奥赛罗杀死了苔丝狄蒙娜……要知道，那是因为他把她奉若神灵，这个女子对他来说是他的一切……如果下流的肮脏的动物就是下流就是肮脏，那有什么痛苦的呢？……离开她，不就完了吗？……您很正确地观察到这一点。

“但是都没有离开，忍受着折磨，杀戮着，自卑自贱到无以复加的地步……

“为什么？……因为蟑螂长着绿色的眼睛吗？……为了蟑螂完美的眼睛吗？我，当然，并不想此时此刻就告诉您我关于这个问题的答案。我只是想大致说出一系列想法和观察。您是不是觉得无聊了？”

“哪里会呢！请……”我反驳道，带着惊讶的神情看着我的熟人活跃的颊红，还有发亮的双眼。

“应该，您自己是一个品行端正的嫉妒者，并且类似的事情曾发生在您身上!”我暗自想。

“是的，绿眼怪物，这是某种神秘的本质……最好的情况是某种第六感！……我觉得，嫉妒是两种十分平凡的要素的混合体——自恋和嗜欲！……您刚才关于修道院的观察很正确。

“首先是自恋！……它所带来的痛苦是最大的并且可能会导致犯罪。这种痛苦是这样的，首先有错的是社会，而后是女性特征。

“社会对待夫妻间背叛的态度是很奇怪的，并且有些让人无法理解。首先，不知道为什么大家都觉得插手丈夫和妻子之间的关系让被欺骗者看清真相是下流的肮脏行径。

“如果我们看到我们亲近的人，甚至是最远的亲戚，他在路上走着，在某个角落里有个杀手在暗中等待他，我们会冲过去保护他，大声叫喊，警告他。而当我们看到一个人被他的妻子欺骗，有人在偷窃他的幸福、他的爱情和信仰，消磨掉他比生命还要爱惜一百倍的东西的时候，我们却惭愧地沉默着。大家都会说，这不是我们的事情……

“我们甚至都不是沉默。只有当着他的面的时候我们会沉默，而在他的背后我们则嘿嘿地窃笑，取笑他。或许，我们甚至在袒护欺骗行为。

“奇怪的事情是：欺骗的妻子总是被同情的对象，背叛丈夫并不是她的耻辱，而是不幸；我们同情她，安慰她，所有的朋友都试图让迷途的羔羊回到家庭的怀抱。

“而被欺骗的丈夫则是一位绿帽公，他是好笑的且蠢笨的，是被嘲笑和讽刺的对象，甚至是蠢货和鄙俗之人……大家对他不会有同情，不会有怜惜，也不会有怜悯……

“并且，每一位丈夫都清楚这一点，并且，如果他对什么有所怀疑，他的自恋就会受到不可忍受的折磨。这是最为可怕的，他自己也会觉得自己是可笑的，被侮辱的和被唾弃的……从这里到犯罪只有一步之遥，他因为是失去自尊的人了，所以已经身处在人类的准则之外了。

“然而，为什么我要提到某种女性的特征？……因为在女性身上有一个可恶的特征。

“那就是撒谎……特别是在两性关系方面的撒谎。在这个方面女性可以撒谎，而男性不可能做到：男性只会在言语上撒谎，而女性则是全身心都能撒谎。天性如此，如果男性背叛了，那他将会变得冷淡。为神秘的爱抚所疲惫，他会冷淡地、冷漠地来到妻子面前，单单身体就出卖了自己。男人的背叛任何时候都无法保密……只有彻头彻尾的傻瓜才感觉不到它。如果男性背叛，那么必定会以最剧烈的方式泄露出来。

“而妻子如果背叛了，谁也不会知道，除了上帝，谁都不会猜到，如果不是她自己想让人知道这件事。她将会用她身体的每一个特征来撒谎。言语算什么？……谁也不相信言语……但是女性是用身体撒谎的：正是从别人的床上回来之后她会变得更加亲热，更加有激情，更加亢奋……应该是罪恶的甜蜜，还有欺骗的性欲更能燃起她的激情……她的身体就是这样构建的，哪怕是完全的冷淡也能刺激她的激情，这对她来说不算什么。

“而男子，如果将他逼得走投无路了，他总是义无反顾地承认自己的错误。摆摆手，不假思索地将所有的错都承担下来。

“而女性则从来不会……她哪怕是去死也不会说出来的……您可以将她闷死，打死，甚至杀死，她仍旧不会说……而如果她说了，只要您放了她，她会立刻矢口否认：我只是开玩笑的，我只是耍性子的，是你折磨我的……但是丈夫任何时候都不会知道真相，他将带着怀疑到处走动，怀疑周围的人都在用手指对他指指点点，在他的背后嘿嘿窃喜，还有他的孩子们可能不是他的亲生孩子。

“对了，顺便说一下……还有一件恐怖的事情：孩子……所有丈夫的孩子总是妻子的孩子。如果不是妻子的孩子，那么他将不会把孩子抱到她面前，也不会说：你生了……妻子的孩子呢，他们是谁的呢？……如果存在着哪怕一丁点儿的，哪怕是丝毫的怀疑，那时候该怎么办呢？……要知道我们把自己的生活，自己的血汗都献给了孩子们，我们至死都会为他们担心，悲伤着他们的痛苦，快乐着他们的快乐，骄傲着他们的荣耀……突然……万一不是我的孩子呢？……如果我整个生活，爱情，血汗都是花在了别人的私生子身上了呢？……问题不在于这是‘别人的’，而在于，这些孩子是对你最卑鄙的侮辱……

“是的，就是这样……”

第四章

月亮高高地挂在黑黝黝的柏树上方。餐厅里空荡了下来。玻璃灯罩里的蜡烛在扑来的一群飞蛾下方眨着眼睛，它们有数百上千只，撒满了桌子之间的地面。在我们这个角落里几乎什么都没有。服务生们厌倦了照顾这几位什么也不会点的先生们，不知道消失到什么地方去了。我们面对面地坐在，因为蜡烛的灯光有一些妨碍看清交谈者的面部表情，我带着一种糟糕的心情听着，在这个亢奋的声音之下而产生出万千思绪越来越沮丧，没有插任何一句话。

“对了，”他继续说着，“提到妻子的谎言，我想起了曾经有个人给我讲过的一件事情，这是一个格鲁吉亚的知识阶层贵族……这个贵族出于嫉妒杀死了自己的妻子，他几乎是当场捉奸的……我觉得，如果是当场捉奸，也会发生这样的事……只是可能不会这么阴险，这么无意义，因为当场就杀死了没有丝毫这种痛苦……您看到这位贵族没？顺便说一下，法院宣判他无罪，因为他出于嫉妒而害人是有证据可循的，当我听到这件事的时候，不是这个妻子的背叛让人难以接受，也不是丈夫杀死了妻子……时间会冲刷掉一切。几年后，被杀害的妻子在坟墓里早已腐烂了，她的身体也变成灰烬了，正是这个身体带来了多少痛苦，他甚至都已经无法清晰地回忆起她的容貌、身材和声音，而剩下了恐怖的无法解决的谜：她背叛了吗？……没有误杀吧？……会不会没有杀了背叛者，而是杀了纯洁的，爱着他的，无辜的她呢？……会不会不是杀掉了自己的耻辱而是自己的幸福了呢？……这才是折磨他的东西，并且让他在36岁的时候一下子苍老了……所有的一切都说明了他经受着非人的折磨：他颤抖的声音，还有他仍旧在探寻的凸出的眼睛，至今仍旧用折磨人的问题试图求助于我——这个偶遇的交谈者。这件事已经过去了那么多年。而事实是这样的：当时有一个军官在追求他挚爱的妻子，好像这个军官也是来自东南边疆，是一个美男子，所有体面的女子都会带着不屑的表情说：‘这种身上有文身的美男子我可不喜欢……’但是在每个人的身体里，哪怕是一瞬间，都会有这样的阴暗念头……半是模糊的想法，半是渴望：‘如果……那将是有意思的……’这个军官追求他的妻子很久了……甚至非常明显地死乞白赖……但是贵族并没有嫉妒，而仅仅是善意地讥笑。他信任自己的妻子，并且深爱着她。他的妻子打情骂俏……要知道，这也是女性可恶的特点，当有男性追求的时候，自然是带着一定的征服目的……这也就是说，他喜欢这个女性……而女性则打情骂俏，撩拨他的想象，燃起他的激情，甚至在她完全不需要这样的结果的时候。而她仅仅是喜欢有人追求她的感觉……所以这位妻子也打情骂俏了……不过她跟所有的人都打情骂俏。她的追求者非常多，因为她美丽、大方、得体。

“这个时候他们住在高加索地区的一个疗养院，似乎是基斯洛沃茨克……她感到非常快乐，非常有意思，她自己也非常活跃，也因此比原来更风趣。而贵族丈夫更喜爱她了。或许，他甚至想到过，她的活跃，她的炽热如此有魅力，正是因为有追求者的撩动，执着地追求她的身体的男性……或许这稍微让他有些不愉快，也稍微有些屈辱，但是她是如此的美丽，如此的狂热……后来他们回到了自己的城市里。丈夫偶然间在她那里找到了一封那位军官写来的信，最为炽热的告白，还用'你'来称呼。当时他就相当于受到了晴天霹雳。但是妻子带着一脸无辜的表情回答说：这个傻瓜喜欢上了她，这并不是她的错呀，她才不需要他呢，而在信中使用'你'来称呼，仅仅是为了说明爱的炽热，这就好比是某种诗意的激情……

"贵族相信了……

"而后不久，又收到了来自军官的电报。上面仍旧是写着'你'和署名'你的'……

"又是拥抱，亲吻和狂热的示爱。

"'难道你会相信，我真的会跟这个傻瓜背叛你吗？难道你会把自己跟他相提并论吗'当我听到了贵族的讲述，我在想，这是最为普通的女性的体系——作用于自恋。为什么会出现'你'，'你的'？这是因为，有一次在山间的时候，他们在野餐，当然是开玩笑，他们当着所有人的面喝了一杯交杯酒……当然这很愚蠢，现在她深深地忏悔……不过甚至在第二天她就已经将这件事忘得一干二净了，而这个，坠入爱河的傻瓜……

"她又是如此热情，如此爱他，不曾有过的那样，并且，这个不幸的格鲁吉亚贵族又一次相信了。

“但是伤口已经留下了，信任消失了，接下来只有深深的伤害。

“有一天，妻子自己告诉丈夫，她在路上碰到了那位军官，就是在山区曾追求她的那位，并且她跟他谈了谈，请求他不要再打扰她。

“‘你能想象吗?’她笑着说，不知是蔑视还是带着满足感，‘这个傻瓜竟然是专程来找我的。但是我不会跟他再见面了，你可以安心了……他，最后，还厚颜无耻，真是让我讨厌……’

“他又相信了。但是有一次她回家很晚，她不知道丈夫已经到家多时了，轻描淡写地说自己仅仅是出去了一刻钟，去散步了。她又过于活泼和亲密。但是，这一次贵族不相信了，已经学会嫉妒的他正是在这过分的亲密中感觉到了某种卑鄙的东西。好戏开始了，他逼问出她是去跟军官见面了，甚至还同他一起散了步，但是她所有时间都在跟他说，让他不要再缠着她，甚至威胁说会告诉丈夫。贵族怒火中烧，他想立刻去找军官，而妻子制止住了他：‘难道你想让他觉得，你会因为他而嫉妒吗?……你这样是在侮辱我，也是侮辱你自己。’她之所以没有直接告诉他，她跟军官散步了，是因为她知道，这会让他不高兴的。这是最后一次了，并且现在一切都结束了，所以没有任何理由再去打扰他了。他又相信了。爱抚，温柔，激情，还有自己在背叛前的恐惧，他相信了。因为，如果他不相信，那么就意味着，他承认了背叛的事实，这对他来说实在是太可怕了。最后灾难发生了。他们住在宾馆里。他回到家，打开门（迅速地悄无声息地打开，因为他已经成为一个嫉妒者，他在追踪，利用任何一个甚至是荒唐的机会来检查），贵族看到了自己的妻子穿着裙子和衬衣，只是衬衣已经从肩膀上滑落，她在军官的怀里，军官正在亲吻她的脸蛋，她裸露的胳膊，还有赤裸的酥胸……

“那是令人极为反感的恐怖场景，在两个野性的男人之间发生了性质恶劣的斗殴，当着藏在角落里的半赤裸的女子的面。仆人们跑来了……所有的一切都应该以决斗来结束，但是在这天夜里贵族勒死了自己的妻子。是这样发生的……当军官逃出房间之后，贵族平生第一次暴打了妻子，因为他此时像一个疯子一样，完全失去了理智……而她毫不反抗地接受了殴打，没有喊叫，顺从且可怜……她只是哭着。当他打累了，他绝望地坐在那里，用手抱着自己的头，而她走过来，静静地跪下……起初他用力推开她，她摔倒了，而后，过了很久，他开始听她解释。而这个女的说，她在他面前没有任何错，都是这个军官故意追踪，趁他不在家的时候，突然闯进来，而那时候她在镜子前，半裸着在整理头发，而当他看到她半裸的身体时，就失去了理智，疯狂地来亲吻，事情就是这样的。

“可怜的人儿最后一次相信了，他带着痛苦，带着对自己的鄙视还有对她的仇恨，又一次相信了。因为他终究还是爱着她的，并且如果不相信她的话，那么一切将是非常可怕的。

“不过就在这天夜里，在狂热的爱抚和完全的和好之后，他觉得，他无法相信，怀疑的痛苦将永远都在他的心里，如果这样都能相信，那么如果捉奸在床，她就会解释说是强奸她的……所以他感觉到一种对生活的心力交瘁，就像垂死的人要抓住一根稻草一样，他开始请求她告诉他真相。他已经不再考虑幸福和平静了，这已经彻底完结了，因为即便她矢口否认，他终归是再也不会相信了……哪怕今天相信了，明天还会再次陷入痛苦。如果请求让她说有，那么剩下的是痛苦，恐惧，但是最好是真相，因为最恐怖的真相现在对他来说都比不知情要轻松一些。如果他知道了真相，他将克服爱情选择离开，努力在什么事情上找到忘却的办法，而带着不知情去生活，去爱，没有信任，没有尊重，怀疑自己，仇恨她。她开始矢口否认，而后说，他如此折磨她，如果他想这样，那就是的。他理解这是回避问题，所以他又开始请求，要求她说出真相，他感觉自己已经无法辨别任何真实了，哭着用头去撞墙……而最后他开始撕扯她的双手，折磨她，拷问她，而后抓住她的脖子，开始像掐小动物一样来掐她。

“这激起了她动物般的对折磨者的仇视，她用她那野兽般的漆黑双眼直视着他的眼睛，恶毒地说：‘是的，是的，我背叛你了，嘲弄你并且不只是和他一个……我有很多情人，所有人都知道……只有你，蠢货，什么都没有看到……我鄙视你，恨你，厌恶你……放开我……’

“这对疲惫不堪的心脏来说实在是太大的冲击了。他既相信又不信，迷失在杂乱无章的噩梦中，愤怒，亢奋，他掐死了她，他自己已经不记得是什么时候，怎么回事了……

“他就像疯子一样，只有当最后的抽搐过去之后，他才苏醒过来，而躺在他面前的已经是一个遍体鳞伤的，赤裸的，可怕的，可怜的尸体。

“但是他最终还是没有知道真相。

“那个军官很快就去战场了，并且他再也没有回来。那时候贵族还在监狱里。”

这个可怜的人儿坐在我的面前，神情亢奋，眼睛里充斥着非人的痛苦，他问我：

“您是作家，心理学家，您告诉我：她背叛我了吗？……请您告诉我。”

我什么都无法回答他……我不知道。

第五章

“瞧……因为这个格鲁吉亚贵族我稍微有一些离题，尽管这个笑话非常恰当……但是我跟您说了，作为孤立感受的嫉妒是不存在的，存在着性欲和自恋……它们血缘相通地紧紧交织在一起。没有性欲者是不会有嫉妒的，这是因为赤裸裸的背叛事实仅仅会杀死爱情，但不会点燃狂热。您说得对：女子背叛了，离开了，意味着不喜欢了，意味着她需要别的人而不是我，所以我也不需要这个女子了。痛苦，失去的沉重感，但是我会离开。而性欲者不会离开的，因为即便离开她，也无法摆脱那些性欲的想象：没有看到的将会看到，描绘出恐怖的场景，将她和那位竞争者想象成一个怪物统一体，并且像感受煅红的铁一样感受到他们的亲热，在自己的脑子里将忍受不可忍受的场景……这已经是疯狂了……性欲者会因为丝毫的怀疑而想象出，就像是完整的一样……一个简单的目光在他那被烫红的想象中会变成无耻的赤裸的触摸，而微笑则是神秘的符号，笑声是被燃起的肉欲的歇斯底里……在最初的时候，在背叛成为背叛之前，在他的脑海里已经勾画出了恐怖的噩梦，并准备好在任何一个最为细小的理由下爆发他的疯狂和血腥……”

一位服务生来到我们面前，告诉我们餐厅要关门了。

的确，直到现在我才发现，只有我们的桌子还亮着蜡烛，其他的桌子上已经没有了桌布，许多服务生都脱掉了燕尾服，奇怪地变成普通人，从员工通道离开了。听到服务生们举止随便的声音，笑声……

“好的，马上！……结账！”我的朋友说。

我们付了钱，在等着服务生拿来账单的时候，我们沉默地坐在那里，看得出，我们两个人都在思考着，在这个谈话和经历的恐惧的影响之下，在内心里模糊不清地，隐隐约约地被唤醒了某种感受。不知为什么我们都刻意不去看对方。

这是我后来才回忆起来的。现在我觉得，这是因为命运没有让我们处于这个不幸的格鲁吉亚贵族的位置上，或者那位疯狂者，被兽性大发的优雅的先生们和穿着美丽的女士们抓住胳膊狂打。

而后我们孤独地走在没有人的，被月光照亮的街道上，在这个寂静下来的南方小城里。我们看着月光柱在无边的大海上玩耍着，闪烁着，看着那昏昏入睡的大舨船晃荡的黑色身影，还有遥远的星星静静地在冰冷的山峰上方发着光亮。

“是的，”他隔了很久才又开始说话，“这就是为什么当所有人都惊恐于这次杀害，看到流淌的鲜血还有这个年轻的生命被夺走时尖叫起来。而我却不惊恐，我只是……在内心里有些郁闷……”

“但是要知道她已经告诉他了，她已经不喜欢他了，现在喜欢别的人了……他就没有权利去嫉妒、去杀害了！”我不太肯定地说，感觉到内心里有某种冰凉，还有自己反驳的无力。

“告诉……是的，但是在什么之前告诉的？……不聊了吧……男女爱情之间的秘密是揭示不开的……关于它只有两个人知道——他和她。而在这里，所有的一切都是秘密，对于旁观者来说甚至是最细小的细节都是不可了解的……漏掉任何一个细节，再断章取义地摘除一些字眼，所以就无法明白，连无意义的杀害都会让人觉得是有逻辑性，而不可避免的事情变成了毫无意义的恣意妄为……但是，如果嫉妒并不是某种愚蠢的绿眼怪物，而仅仅是我们聊起的恐怖事情，那么凶手的痛苦是恐怖的，只有上帝一人可以给他判罪……”

我们道了别，我继续一个人往前走。

空无一人的街道变得越来越白，而神秘的柏树变得越来越黑，知了闷热地叫着。而白色的月亮仍旧冷漠地高高地挂在沉睡的城市上空，我是这么的忧伤，孤独，感到自己是这么的无助和渺小，似乎被抛弃在了这谜一般的无尽的空洞之中，在这里，我的精神如一粒灰尘飞来飞去，被永恒的无欲之风所吸引。

关于全知的故事

第一章

我曾经有一位朋友，他是一位内心被刺伤、智力狂乱的人。

他非常有才能，不管怎么说他很早就写成了一本书，并且引起了不同凡响的巨大轰动。许多人都将他看作是预言家，还有许多人认为他是毫无道德的恶棍，只有少数人认为他是富有深层讽刺才能的人。难保不是我一个人明白了，他这本书（需要提一下，这本书的风格是灰暗的，甚至是最深层意义上的虚无主义）仅仅是疲惫不堪的心声，丧失信心的心灵，还有那嘲笑自我的理智。

我并不完全了解他的生平。仅仅知道他出生在某一个边远的小城市里的某个地方，在一个小官员之家，童年的他处于羸弱多病且被抛弃的状态，因为在他很小的时候母亲就去世了，是保姆把他带大的。这个保姆曾是一个普普通通的女士兵，此外，她喜欢毫无节制地灌酒。

在他身上是如何出现这过分的，甚至可以说是悲剧性的自恋，还有对异常权力的向往，这是很难说明白的，里面可能有小官员的遗传基因，贫穷，被抛弃，还有保姆——女士兵和酒鬼的教育。

也不是那么容易就能够判断出，他哪里来的那种智力中的不可战胜的好奇心，对幻想的追求，还有本性中的超众意志力和天资。

需要承认的是，我们距离看穿人自我的真正秘密还非常遥远。

这种分析甚至对我来说都是困难的，我这人……不过，这也都无所谓了……这种分析的困难被加剧，是因为他不喜欢甚至是不善于讲述关于自己的故事。于是就出现了这种情况，在他的整个童年里没有任何事情比他对院子里的狗的喜爱更有意思的事情了，还有他在出生后七年左右所读到的第一本书，而这本书正是马克·吐温的故事集。

的确，也有几次，他给我讲过一个片段，这发生在他母亲去世的那一年，当时他不到两岁，他带着大大的满足感讲着……但是我怎么也不能理解，这个场景有什么有意思的地方，并且通过这个场景能够得出什么结论。

我想尽量做到客观，但是，这个场景我想复现出来，尽管，我再重复一下，我并没有看到这个场景有什么值得注意的地方。

事情是这样的：在一个阳光灿烂的日子里，这个小男孩，两岁的样子，他坐在院子里的某个地方，正在一个水洼里洗自己的小短裤；在他们这个院子里还住着一位退伍的老糊涂的教授，瘦高个的德国人，他总是穿着长长的黑色的双排扣大衣；那个德国人碰到了小男孩就问他：你在干什么，小黏孩（小男孩），小黏孩（小男孩）？

小男孩非常理智郑重其事地回答，他在洗自己的短裤，因为他没有妈妈，如果他不照顾自己，那他就会穿着脏短裤。

这个时候德国人深深地叹了一口气，发着哼哧的声音吃力地从双排扣长大衣的后面口袋里掏出一块长长的红色绸手帕，擦拭了一下双眼。然后抚摸着小男孩的头，说：

“可怜的小黏孩（小男孩）!”

然后就走开了……

这就是整个场景！我真是不理解，在这个场景里能有什么特别的含义呢，他竟然能够带着多层含义的满足感来讲述。

关于他以后的生活我知道得更是很少了。我只知道，他中学没有毕业，是一个公认的淘气包和好打架的人，他有着一种明显的追求：总是想当领袖。这一点也最能说明他的所有言行，尽管是孩子，但是这些行为有时是完全不像话的。

例如，似乎是在五年级的时候，有一天夜里，他来到田野里，看到一个牌子上面写着：倾倒粪肥之处。他立刻将这块大牌子从柱子上扯下来，很费力地拖到城市里，然后将它钉在城市墓地的大门上……为什么？……不清楚……

从中学里出来之后，他曾去某个地方学习绘画，在某处挨饿，差点成了牌场的老千，靠放大肖像还有在街上画漫画维持生计，突然意外地在文坛上浮出水面，并且很快就在我们国内出名，而在他声名狼藉的书出版之后，这本书里的观点我完全不赞同，他甚至在国外都名声大噪。

他总是闷闷不乐，并且非常封闭，尽管他说话时非常坦诚。不过我想，这种坦诚只是让人觉得如此，而他总是藏匿不言最为主要的，要知道没有主要内容其他的全都是谎言。

当我跟他认识的时候，他正处于女性们狂热的爱慕中。他自然也是贪淫好色。愚蠢的女子们从四面八方来逢迎他，被他的名气还有他的行为举止和外貌的独特性而吸引，他什么人都接受，没有任何挑选，甚至到了让人不可理解的地步。

在几年地地道道的放荡之后，他突然宣称自己是厌恶女性者，甚至变得非常苛刻，尽管看起来并不是不奇怪：明显鄙视女子，同时却为每一位迷人的女性身材而心动；明显地嘲笑女性，却有时候过于心软，甚至怜悯到感伤的程度。

不过，在这种感伤里，有某种奇怪，就像是怙恶不悛的冷血杀人犯，在杀了几十个人之后，突然对某一个乳臭未干的婴儿或是长癞的小狗崽发了善心。这便是我所能说出来的关于他的所有一切了。

我想从一个时间点开始讲他奇怪并且恐怖的结局，那时候他突然提出要独自一人的要求，于是他去了偏远的省城，在一个远离人烟的老式庄园里住了下来，在那里连像样的家具都没有。

因为某些事情，我坐车去了他那里。这些事情和我们要讲的故事无关，所以在此我也就不多说了。

第二章

庄园被密不透风的松树林保卫着，这里还保留着某段时间曾经是公园的痕迹，还在一些地方能够看到被破坏的小天使和没有鼻子的维纳斯女神。

每到夜间的时候，在漆黑之中，当松树还沙沙作响时，人会觉得，这些残缺的维纳斯和小天使们在黑暗中走动着，这真是让人毛骨悚然。

房间非常宽敞，但是里面的家具真是寒碜，就拿厅堂来说吧，在这里总共只有一个最古老的绿色的花缎包面的沙发，老鼠们已经把里面的填充物全都翻了出来，并且这个沙发有时候在没有任何可见的原因下，会发出声响，里面所有的弹簧都在发出声响。

我们在住宅的两端睡觉，在睡觉之前我们通常都会来到餐厅吃晚饭，并且争执一些纯哲学的问题，他声称自己是地地道道的现实主义者，尽管他不否认神秘的存在，并且目光也不肤浅。但是我却不认为他是唯物主义者，因为唯物主义者是有局限的，了解一切，解释一切，而他却容忍神秘的无限性，还有不可能的事物的可能性。

我觉得，可以直接转入那个让人无法理解的夜晚，我只会在结尾的时候才尝试着解释，而现在我只是呈现出来，你们如何理解都可以。

在这之前，几天里他都是沉思且易怒，而在这个夜晚，我们争论了很多，顺便说一句，我们聊到了关于惊讶的问题。我坚信，没有什么可以让人惊讶的，因为所有不可能都是可能的，不管我了解到什么，也不管我看到什么，哪怕是魔鬼本人，我也将其看作是事实，虽然对此我至今仍不知道，但是它一定源自毫无疑问地存在着的法则。

此刻我被他的微笑击中了。他如此一笑似乎是抓到了我的话柄。

“这么说来，您对什么都不会感到惊讶?”

“当然了!”

“那您也不会胆战心惊?”

“是的。我会因为显在的危险而害怕，但是不是那种不明白的事情，哪怕它再奇怪也不会。”

那一刻，他点点头，带着那种我完全不理解的，明显的一种满足感，并且不知为什么他很快就告了别，回自己房间了。

我穿着衣服躺在床上，本来想看点什么，却不知不觉睡着了，甚至都忘了熄灯。

我应该睡了没有多久，因为一种不确定的不安而醒来。

当我睁开眼睛，他正站在我的床脚，注意到我没有睡便说：

“我本想请您起床跟我一起走走的。”

我起了身，有一些惊惶：要知道这个人可能做出任何意料之外的事情。此外，他的面孔让我惊讶。

这是一张极度苍白的脸，眼睛下方有着蓝色的晕圈，不过与此同时又是那么狂喜的面容。不知为什么，此时我的脑海里浮现出一个想法，这种痛苦的而又欣喜若狂的面孔应该是某位炼丹术士所有，他是如此疲惫地将自己的一生都花费在最艰难的最危险的寻找中，而当他突然看到了，在他最后一次努力之后渐渐地靠近的最为伟大的、梦寐以求的发现。

我立刻起身跟在他身后，并且不知何故决定什么也不问，准备接受一切。

第三章

还在走廊的时候我就看到了，通往厅堂的门，通常是漆黑的，现在被某种奇怪的有些发绿的光线照亮。

“这是什么?”这句话不由得从我的内心里冒了出来，但是他并没有回答，而是急匆匆地走到前面去了。

我跟在他身后走了进来。

我立刻就看到了一种非常奇怪甚至是完全不明白的事情。

这整个空空的，凄凉的厅堂被一种模糊的绿色光所照亮，立在每个角落里的四个高高的烛台发出的似乎是凝胶状的光。

在它们的光里有某种令人厌恶的，某种死人般的，甚至是某种腐烂的东西。我看了看他的面孔，我注意到，在这个照明之下，这个面容也变成了死尸的模样。我还记得，我是带着一种不可名状的恶心想到或许我也是这样的面孔。

但是，不知道为什么，我一句话也没有说就坐在了绿色的沙发上，差点儿没有因为扬起的灰尘而打喷嚏，并且不由得被这个沙发所有生锈的弹簧的抱怨声而吓得哆嗦了一下。

某种奇怪的恼怒感向我袭来。我突然间变得令人非常厌恶，无用，非常荒唐。与此同时，我什么也不想说，也不想问，带着极端的厌恶我把牙齿咬得咯咯响，我决定就这么坐着，保持沉默，不管他会想出来、抛出来多少愚蠢的东西。

关于我自己接下来的个人感受，我无法说出任何准确的东西，因为我当时的记忆都是混沌的。在接下来的时候，我有这样一种感受，就像是一个人，他睡醒了，记得他做过糟糕的噩梦，但是却完全不能回忆出到底是什么。

我将转述的仅仅是我所看到过的，补充一句，我记得很清楚，那种不可忍受的恶心感一直都没有离开我，有时候甚至让我呕吐。

当我坐下来，呻吟的弹簧也停止了声音之后，他立刻在厅堂的中间站了起来，并且举起了手，就像是想引起注意，他的手势让我觉得是在演戏，并且是令人生厌的那种，就像所有其他的一样，但是我仔仔细细地观察了一遍他的面孔：脸上露出不可解释的满满的近似疯狂的兴奋，他的双眼也闪亮着那种狂热。

他刚把手举起来，绿色的光就燃烧得更亮了，我注意到，似乎有小小的绿色火花沿着他举起的手臂飞舞。我似乎听到了，房子四周的松树仿佛在发出警告似的，拼命地呼叫着，哀诉着。

与此同时，我还看到，在角落里，在每一个灯盏之后出现了某种……这是一种不固定的类似于迷雾影子似的，非常高大，非常消瘦，但是，就像水里的水藻一样在摇摆，并且向四面八方扩散开来。

这时我听到了他的声音，兴奋且被某种极大的紧张感而扯破：

"我准备好了！"

此刻我注意到，在巨大的窗台上，在严密地锁着的威尼斯式的窗户上出现了某个东西。

松树林响得更紧，更凄惨了。

在窗户上坐着某种完全不固定的……似乎是巨大的凝胶似的，稍微有些发绿的大肚子，还有清楚可见的肚脐。这个肚脐非常明显，从窗台上耷拉下来的肥肥的褶皱。但是再高一些的地方勉强能辨识，时而出现，时而低下，是某个面孔，我无法辨识他的五官，尽管我已经竭尽全力了，此外，恶心感都跑到嗓子眼了，还记得，我当时非常平静地想：

“需要涂一些蓖麻油！”

与此同时，绿色灯光不知是燃尽了，还是熄灭了；绿色的影子们焦虑地在灯后面摇摆，延伸着，出现，消失；这个窗户上巨大的鼓鼓的大肚子时而明亮时而透明。他因为油脂而时不时发出光亮，他肉非常多，有时是透明的，透过它还能清晰地看到窗户的窗棂。松树在吼叫，还能听到枞树在窗户下如何痛苦地发出吱吱声。

我什么都不明白。寂静在空旷的厅堂里显得死气沉沉。但是与此同时，在沉默之中我听到了某种内在的声音，这是两个声音在对话。

突然我明白了，我在见证一场将心灵卖给魔鬼的仪式，那个窗户上让人恶心的肚子正是魔鬼。

我还记得，当时我没有表示惊讶，也没有惊恐，将所有这一切都接受为某种最为自然、最为可能的事情。但是意识到某种恐怖的命运之错，并且这种错误其实是完全不被需要的并且会让人感到厌恶，我的心情变成了不可忍受的忧伤。

“你想知道吗?”某个人，似乎从每个角落里都在询问，“但是伟大的知识会增加悲痛，并且悲伤——这是智者的命运!”

“我知道……但是我想!”人的声音回答，狂热而又绝望。

灯燃得更亮了，窗户上的肚子更为明显了，赤裸着，赤裸着，胖得发亮。

“你经受不住全知，因为你是人!”那个声音重复道。

“我知道，但是我想!”在完全的沉默中另外一个声音回答，更加狂热。

松树林似乎在号叫，在呻吟。

“你将死去!”寂静说。

“我知道……但是我想!”我第三次听到这个声音，这已经不是那个声音了：这是死亡的，似乎是无比疲惫的低语。其中回响着深深的冷漠。

灯突然发亮；在角落里的影子上面出现了某些令人厌恶的恐怖面孔；在窗户上露出大大的肚子，赤裸着，显得恐怖，它因为大笑而颤抖。一瞬间在它的上方出现了一个极其美丽的面孔，发出让人无法直视的光亮。我觉得，这是一个完美的女性面孔，有着诱人且恐怖的美……

我跳了起来，自己也不知道是为什么……我还觉得，这个美丽的贪淫的面孔表达着某种无法排解的哀痛，还有几乎是带着爱的怜悯。

突然，灰暗和寂静笼罩着我。

我沉默着，带着受到震惊的心灵，我用手摸索着离开了厅堂。

毫无意义的恐怖留在了我的背后。

在我的房间里依旧亮着灯。被我的脑袋揉乱的枕头，还有放在被子上面的书。所有的一切都是如此的简单，平常，而亲切。我把脸埋到被子里，感觉到一种忧伤正在撕扯我的心。

瞬间，我的脸湿了。我哭了，撕扯着自己的头发，用头撞枕头……我感觉到，某种伟大的东西死去了，而我却不能，永远永远也不能修正某一个恐怖的错误……

第四章

我很晚才醒来，并且无法理解在我身上发生了什么事。我是穿着衣服醒来的，感觉到某种可怕的事情，但是又不能明辨我在夜里看到的是梦还是现实。

我胡乱地洗漱之后，来到了凉台上。

这是苍白阴沉的一天。天空是白色且不友好的。冷风在松树之间追赶着细小的灰尘并卷起去年的树叶。

四周是一种奇怪的空洞和寂静。

在这空旷死寂的树林里我感觉到一种恐怖的，彻底的孤独。我呼唤他的名字，被自己的声音吓到。这个声音微弱，但是没有谁回答它。我第一次这么清晰地感觉到，世界是巨大的，没有边际的，而我自己是一粒灰尘，是在死去的松树之间被风卷起的一粒灰尘。

我在可怕的忧伤中从楼梯上跑下来，冲着去寻找。我在松树之间敲来撞去，叫着，呼唤着，谩骂着，请求着……我都准备哭了，只为能出现活着的面孔。

突然，他出现了。

他在松树之间走着，直勾勾地看着我。我不知为什么都没有注意到他是穿着衣服还是赤裸的，我只看到了他的头，似乎行走在空中，与整个世界都隔离开来。

我冲向他，被惊吓到了。

死亡的，完全呆滞无神的面孔苍白，并且慢慢地从我身边飘走。我还看到了他的眼睛：里面透出死亡的冷漠……既没有忧伤，也没有害怕，没有疼痛，没有绝望，没有任何人的感情在它们那透明的，似乎什么都能看到却对任何事物都不作出反应的深处。在我看来，它们完全是空洞的，这双人的眼睛！

他从我身边走过，消失在松树之间。而我站在原处，处于迟钝的苍白的半昏迷状态。四周松树高耸，而风吹卷着小颗粒的灰尘，还有去年草木的落叶。白色的天空盲目而又淡然地立在高处，遥不可及而又空无边际。

突然一阵可怕的忙乱笼罩着我。我浑身都颤动着。

“他知道一切！”突然我脑海里荒唐地冒出来这样一句话。而这种全知的恐惧让我僵化在那里。我感觉到，我应该奔跑，应该不惜一切代价找到他，打他，将他消灭，像消灭有毒的爬行动物一样用双脚踩踏他。在愤怒和恐惧的颤抖之中我猛地离开了原地，开始跑了起来。我在松树间奔跑，在房屋后面，在田野里，跑遍了所有的房间，穿过大厅，在那里，旧沙发里所有的弹簧都发出忧郁的声音来回应我迟钝的跑步。我像野兽一样四处搜寻，像疯子一样，在慌乱之中心里只想着一件事，那就是我将无法找到他，他将继续活着……他，带着他那双空洞的眼睛！

我记得在穿过自己房间的时候，我无意识地抓起了相机的三脚架，沉沉的，钢制的。

我找到他了……

在储存柴火的小屋后面是我们的厕所……

一个普通的，并不深的散发着臭味的小坑，在它的上面搭着一个木板……

他在那里：他跪着，胸部躺在水坑的边上，头埋在了散发着臭味的污浊之中……

他已经彻底死了！

第五章

当然……所有这一切都是一场梦！……但是他的确以这种奇怪的，不体面的方式结束了生命。他甚至在这方面，很显然，也试图有自己的特别之处！

现在，当我回忆起他的时候，我看得很清楚，这是一个专横之人，他将自己美丽的心灵，巨大的智慧都牺牲掉，用来追求世间的权力，这个念头从未泯灭！

除此之外，和所有的专横之人一样，他是一个装腔作势之人，甚至在生命的最后一刻也在追求着奇特的独创性！

所有我在梦里见到的夜间的事物，是我们最后一次谈话和那本能的忧伤所引起的。而那忧伤的产生是因为临近死亡时所有的生物都能感受到，因为这种忧伤狗儿们会在死去者面前嗥叫。

毫无疑问，在这天夜里，他在琢磨着自己的自杀，而我感觉到了这一切。

他那不光彩的怯懦的死亡能引起什么？……我不知道……或许，归根结底，他仅仅是不正常了吧。

在他身上总是能察觉出某种古怪的行为。

帕沙·图马诺夫

第一章

在警察局局长的接待处，在那紧闭的黄色的门前，在窄小的不是很整洁的，地板很久都没有刷漆的前厅，有一个矮个子的警察局士兵，他背靠着衣架，穿着散发着皮毛和肥皂的味道，腋下已经撕裂的军大衣。

这位士兵的模样最为卑微，最为迟钝，但是这并不妨碍他在自己的神情上表现出上司的那种威严，当有旁人走进这个前厅的时候。

这位旁人，来到房间里，这里只有在 12 点到下午 3 点之间才可以进入，其他时候是严格禁止旁人入内的。这是一个年轻人，他穿着瘦瘦的中学生大衣，还戴着中学生的鸭舌帽。他中等身高，头很大，长着算不上漂亮但是让人有好感的脸，在他的面颊和上唇上已经能够明显地看到不是很整齐的小胡子和大胡子的茸毛。

他脸红了，看来是有些激动。

他走得特别快，似乎后面有谁在追他，进入之后，他立刻摘下了帽子。

“这是警察局局长的接待处吗?”他的询问声音如此之大，似乎花了很长时间在准备提出这个问题，以这种洪亮的嗓门并且很果断的方式。

“是这里。”士兵回答，带着一种明显的不满，他放弃自己的事情，离开衣架。

“这些人在闲逛些什么呀，”他暗自想，“上面写着的呀，从 12 点到下午 3 点才接待呢，没什么好讲的……真是够扰民的！”

“是往这里走吗？”仍旧是如此大声，如此果断地问，这位中学生朝着接待处禁止的大门走去。

“是往这里走。只是现在他们不接待。”士兵回答，守护着大门。

“我需要。”

“12 点到下午 3 点接待。”士兵冷漠地说，将手放到了鼻子前。

“我需要现在进去。”

“没有命令不能放进去。”

中学生整个人都定住了，这微小的却出乎意料的阻碍，将他从庄严的，傲慢的悲伤路上击落了下来，当他往这儿来的时候他只想到了庄严，傲慢和悲伤。这位漫不经心的，邋遢的士兵跟他的想象如此不符合，就差一分钟他几乎要走出前厅了。但是在门槛前他停住了，满脸通红，大声地说就像开炮似的：

“我要自首：我杀了人！”

“什么？”士兵迟钝地问。中学生沉默了，看着士兵，士兵也抬起眼睛，迟钝地皱着眉头看着他。

“请……”最后士兵说，怀疑地摇了一下头，推开接待处的门，让到了一旁。

中学生不知道为什么戴上了鸭舌帽，不过他立刻又摘掉了，然后走了进去。士兵呆呆地看着他的后背。

第二章

在宽大的明亮房间里挂满了皇家人物的肖像画，此时房间里有四个人：局长本人，有代表性的杰出男士，他蓄着小胡子，手指上戴着许多戒指；他的助手，身材臃肿的人，有着大肚子还有红润的面容，头部吃力地在短短的脖子上转动，胖得看不到喉结了；还有一位法警，他身材高大，消瘦，非常兴奋，在他窄小的肩膀上挂着军大衣和军刀，就像是挂在衣架上一般；第四位成员穿着文官制服，制服上面有纽扣，蓄着红色的长胡须，在他胖胖的长着粉刺的鼻梁上架着一副蓝色的眼镜，他在整理靠窗的桌子上的文件，站在那里，扭着头听局长说话。

而局长，端坐在那里，面部朝向门口，他把胳膊肘靠在桌子上。这个桌子上铺着绿色天鹅绒，局长说着什么，笑着，并且比画着：一个犹太人钟表匠的女儿，以妓女之罪被追捕，尽管父亲不停地说，她还只是个孩子，而事实上，她现在已经有身孕了。

“哈哈，还只是个孩子！”局长快乐地笑着，他那健壮的身躯在军官制服里紧紧地伸直了，稍微向四周晃动着。

助手，通常在任何时候对任何事情都没有任何感觉，除了自己的肥胖，他因为燥热和无聊而感到难受，尽管当局长笑的时候，他也微微一笑。

法警像一根木棍似的在他们面前站着，也笑了，尽管他站得很吃力，因为他是一个虚弱的、有病的人。他带着仇恨和凶残看着健康的、强壮的、发出有意思的笑声的局长，因为在局长面前他必须站着。此外，他自然不敢打断局长谁也不需要的好笑的聊天，也不敢提醒局长他带来的文件非常紧急。

秘书无法忍受局长的愚蠢和陶醉，不过他仍旧带着欣赏的表情听局长说话，因为今天他得到了可靠的消息，局长的仕途就要画上句号了。这是省长办公室里告诉他的，就像是在说已经决定了的事情。看来，局长自己对此一无所知，并且他也没有怀疑任何事情。

“要是你知道了，你或许就不会笑出来了！”秘书幸灾乐祸地想着。

当中学生走进来的时候，所有人都把头转向了他，局长也没有说完自己的话，停在了一半的地方，就闭嘴了。

中学生走进来，站在了屋子中央，他一直都匆忙地在自己的外套口袋里摸着什么，那个东西藏在那里，就是不肯钻到光亮之下。

法警认为自己有义务走过去询问他，秘书也这样想，于是他们两个齐声问道：

“您需要什么？”

但是中学生沉默了，他不知所措地看看这个人，看看另外一个人，还在努力从口袋里往外掏着什么。从那里撒落了，可能是馅饼的碎屑。中学生开始流汗了，脸也涨红了，他的脸变得可怜，无助，脖子里也流着汗。

法警像啄木鸟一样，把头弯向一侧，用一只眼睛盯着他的口袋，想询问什么，但是这时候，中学生彻底把口袋给翻了出来，终于拿出了一个小小的发亮的左轮手枪，但他不知道为什么直接就把手枪递给了警察局局长。那一位不由自主地伸出手来，接住了。

“我把校长给杀了。”中学生突然用他那细微的，结结巴巴的声音说。

“怎么杀的?”局长挑高了眉毛，问道。

“杀了谁?”他胖胖的助手也说，在他满是油脂的脸上出现了惊恐。

“杀了校长……弗拉基米尔·斯捷潘诺维奇……”中学生用完全低沉的声音重复。

“沃兹涅先斯基？弗拉基米尔·斯捷潘诺维奇?”局长叫道。

“是的。”中学生低声说。

此刻，所有人都动了起来，说起话来，忙乱起来。局长开始把武器别在腰上，慌乱中弄错了武装带；法警像大老鼠一样命令准备马车；助手害怕了，他找着帽子。所有人都在吵嚷着什么，相互碰撞着，完全忘了罪魁祸首就在他们面前。局长在出发的时候想到了他，转身用愤怒的声音问道：

“你到底是谁?”

中学生没有说话。他，很明显，不是很明白，他到底做了什么事情，呆呆地用自己满是汗渍的手掌揉着自己的鸭舌帽。

法警跳了过来，在他的耳边几乎是耳语一样：

“你是谁?”

“帕维尔[1]·图马诺夫……六年级……”中学生机械地回答，径直转身朝向法警，法警甚至有些难为情，用手做了一个姿势，似乎是谦卑地将答案传送到局长的方向去。

“需要出发了。”局长紧张地吩咐着。

“这是怎样的不幸啊！马特维·伊万诺维奇，”他朝着自己的助手说，“您跟我一起吗?”

“好的，好的。”助手急忙抓起帽子，喘着粗气。

“维克托·亚历山德罗维奇，”法警恭敬地拦下了局长，“那怎么处置这些人呢?”他朝中学生的方向点了下头。

“是哦……先在这里扣着，等我回来。”

“那左轮手枪呢?”

“是哦……怎么办呢，怎么办呢，这是至关重要的证据……藏起来！这样，您跟我去吧，而这个……安德烈·谢苗诺维奇搞定一切。维持好秩序啊，安德烈·谢苗诺维奇!”局长抛下话，就消失在门后了。

“好的。”秘书不悦地回答，在原来的位置上并没有动。

法警恳求地冲他点下头，也跑开了。一分钟后，在窗户下面响起了两辆车的声音，一辆接一辆地飞驰而去，载着警力赶往犯罪的现场。

---

① 帕维尔为帕沙的大名形式，在正式场合，如现在的问讯，需要使用大名。——译者注

第三章

在接待处剩下了秘书和他的办公桌，还有中学生，他仍旧是口袋外翻地站在屋子中央。书写员们和警察听到了所发生的事情，朝开着的门里投来好奇的目光，盯着中学生看。

秘书觉得自己很不自在。不知道为什么他踮起脚尖来走路，穿过了整个房间，关上了门，冲着好奇的人们伸出了恐吓的手指，而后回到自己的地方嘟囔着：

“您坐下吧……为什么老是站着啊……”

中学生机械地走到墙边，坐到椅子上，不停地用他那汗淋淋的手掌揉着自己的鸭舌帽。

秘书静悄悄地坐到自己的位置上。他有些可怜这个小男孩，并且他怎么都不能相信，在他面前的竟然是凶手。他假装一点儿也不注意中学生，认真地开始翻阅文件，只是偶尔好奇地往坐在那里一动不动的罪犯身上投来好奇的目光。

帕沙·图马诺夫坐在窗户下方，坐姿非常紧张且不舒服，他一动不动，紧紧地咬着嘴唇，鼻子发出呼哧声。他的眼睛只盯着被他撒在地上的馅饼细屑看，他感到一种折磨人的冲动想去清理掉：他觉得，它们在被清洗干净的黄色地板上格外刺眼，并且与发生的事情有着某种关联。

但是，他只是这么觉得，正是这些碎屑引起了他这样一种强烈的沉重的愿望；而事实上，他所忍受的折磨是清除掉在这一天的清晨发生在他身上的那荒唐的无稽的事情，并且这件事情现在像一把锋利的楔子钉入了他的生活里，让生活变得丑陋而且邪恶。某种死亡般的愚钝向他袭来。他甚至都无法给自己一个清晰的回顾，一切都是怎么开始的，怎么接续，又是怎么结束的，他是怎么来到这里，并且又是为什么坐在一个硕大的空无一人的房间里，除了一位高个子，蓄着大胡子，戴着蓝色眼镜的先生在哗啦啦地翻阅着文件。有时候他觉得，应该起身离开，那样的话，所有的一切都会结束，这仅仅是小事一桩，甚至是快乐的，幽默的……但是现在所有的一切都响个不停，变成大量的图片，语言的片段，还有红色的斑点，它们开始游开，扩散，最后将所有的一切都用红色的漩涡淹没，那里有某些熟悉的但是非常恐怖的面孔在跳动……

这时候，帕沙·图马诺夫在自己的内心里颤抖了一下，瞬间又看到了明亮的大窗户，大胡子的脑袋雕塑，听到了文件低沉的沙沙声。

这是一种近似妄语的状态。

在一种含糊的，沉重的，无形的混乱中，帕沙·图马诺夫感到，他看到某种需要现在就完成的事情，事情非常重要，具有决定意义，但是具体是什么，他无法让自己弄清楚，也正是这让他感到极为难受，与此相比，地上的碎屑变成小事一桩了。他努力，然后抓到了……

原来是大衣上翻过来的口袋。

帕沙·图马诺夫将鸭舌帽放到自己旁边，放到椅子上，努力将口袋翻回去，与此同时，他的手碰到了几块被挤碎的馅饼，这是他早上从家里出来的时候，家人给他的。突然他觉得有什么令他非常不舍，他也变成了自己概念中的小孩子，小小的。

帕沙·图马诺夫开始哭了起来，起初是小声地啜泣，而后越来越大声，越来越大声。

秘书害怕了。他跳起来，丢掉了羽毛笔，从窗台上的长颈玻璃瓶里倒了一杯水，递给了帕沙。但是帕沙·图马诺夫却没有喝，他仍旧痛哭着，哽咽着，颤抖着，就像是发烧一样。

"哎哎，够了够了……您这是……都是小事……没什么的……喝点水吧……"害怕的秘书嘟囔着，突然他服从于某种自己也说不清的，轻快的心灵活动，对于自己来说也是意料之外的事，他抚摸了一下帕沙的头，然后低声说道："可怜的小孩子！"

帕沙听到这可怜自己的话，他的哭泣变成了歇斯底里的号啕大哭。他觉得，在全世界没有谁会同情他，除了这个秘书。帕沙·图马诺夫将自己的头埋在秘书的背心里，鼻子很重地刮在了制服的纽扣上，他的哭声更大了。秘书无助地环顾着四周。

第四章

就在这天的前夜，在夜里十二点的时候，帕沙·图马诺夫躺在破旧的小沙发上，这是他的床，他把皱巴巴的枕头放到脑袋下方，这个枕头让他又热又不舒服，他认真而紧张地看着，桌子上的台灯从厚厚的绿色灯罩下发出柔和而均匀的亮光。在桌子上，书和练习本都被照亮了，还有红色的钢笔从墨水瓶里翘了出来；靠近帕沙的地方，椅子靠背的颜色越来越黑，而在椅子附近的一切都在稍微泛绿的灰暗中含蓄地、柔和地越来越模糊。

帕沙·图马诺夫躺在那里，迟钝地、一动不动地盯着一个点看，尽管他知道现在的每一个小时对他来说都很重要。当他坚信，他在两三天里的恶补根本无法复习完七年里所落下的课程，什么结果都不会出现，他绝望地躺下，现在他感觉不到任何重新死记硬背的力气。

为什么落下了这么多课程，漏掉了这么多内容，帕沙也不知道。其中一部分是因为懒惰，另一部分是由环境造成的，它不取决于帕沙本人，而主要是因为这现实的生活太吸引帕沙·图马诺夫，有着各种诱惑完全吸引住了他，而这生活又与死气沉沉没有活力的中学生活差别很大。

当帕沙最终明白了事情的真正状态，他认为，不能在毫无希望的方面自欺欺人，他被一种迟钝的绝望所控制，近乎冷漠无情。他离开桌子，甚至都没有合上书，躺在沙发上，用全身心地感觉到，他非常不幸。与此同时，他带着对自己的怜悯，在自己身上激起了那种沉闷的，对那些他认为是造成自己不幸根源的人的憎恶——憎恶中学校长，还有拉丁语老师。他错了：他不幸的原因完全不在于这两位人民教育部的官员身上，也不在于他们作为老师、作为人、作为官员的相对优点和缺点上，而在于事物的对立性，20 岁的青年，在对生活的意义和美好有着向往的时候，却被迫去死记硬背无趣的，没有生活意义的教科书，并且适得其反，这剥夺了他在整个青少年时期所达到的成果。尽管如此，帕沙·图马诺夫却觉得正是校长和老师亚历山德罗维奇是他不幸的罪魁祸首，并且，明天可能会让他更加不幸。

这种憎恶感让他温柔善良的心儿无法承受，这种感觉越来越强烈，在很短的时间里会造成不成体统的梦魇，在这噩梦中，人会带着痛苦的享受，这完全属于病态机制的形式，回想起某些微不足道的细节——类似步伐、声音、说话的方式——他认为是自己敌人的那个人的所有细节，并且在这些细节中找到可恶的龌龊的因素，足以让他去唾弃这些人，践踏这些人，嘲弄这些人。

帕沙因为愤恨而产生的令人窒息的氛围让自己上气不接下气。他觉得，甚至连灯光都灰暗了下来，变得沉重而可怕；而耳朵里听到的声音时而变成了墙外的低沉细语，时而变成了不知道从远处什么地方传来的关于憎恶和忧伤的被拉长的歌曲。帕沙认为必须从自己的身上抖落这种繁重的状态，但是迟钝的无精打采强过了他的意志，他继续一动不动地躺着，精神上和肉体上都继续经受着折磨。

他头疼了起来。

房间的门轻轻地，小心翼翼地被打开了：传来了欢快的笑声，还有其他的有力的刺耳声音。这些声音都是从第三个房间传来的，那里坐着帕沙的妹妹们，仆人在准备上菜了，弄得盘子、刀子叮当作响。

帕沙的妈妈安娜·伊万诺夫娜走了进来，作为上校的寡妇，她靠着退休金和某笔不知道从哪里发下来的教育孩子的抚恤金生活。她是一位疲惫不堪的柔弱妇人，声音很小，优柔寡断的善良，还有无精打采的，未老先衰的面孔。她静悄悄地在房间里走着，用自己温柔的手摸了摸帕沙的额头，坐在了桌子旁。

“去吃晚饭吧。你累了？”

她喊他吃饭后就坐下来，并且根据帕沙熟悉的带着询问的双眼里有些怜惜又怯懦的表情让帕沙明白了，她想要的是什么。但是他实在不想撒谎，但是实话他也不能说出来，所以帕沙沉默了，只是对母亲关于疲倦的问题点头作答。

安娜·伊万诺夫娜坐在桌子旁，用手指逐一翻阅书页，垂下了头，她还忧伤地在想，孩子们真是残忍并且一点儿也不能体会到父母亲的关心。她觉得，如果帕沙能够理解，她是多么难过，多么替他担心，他应该会开始好好学习，并且出人头地的。

而帕沙乜斜着眼睛看看妈妈，他想的几乎是这件事：他的母亲太残忍，她一点儿也不理解学习是一件多么艰难和无聊的事情，她也不理解，他，帕沙是一个完美的善良男孩，尽管他没有办法通过考试。他想向母亲抱怨，他学得多么吃力、困难，老师是多么的恶毒，那些在他看来是造成他不幸的罪魁祸首：因为如果他们不给他打 1 分，而是给个 4 分，哪怕是 3 分，他们自己还有其他人都不会因此有任何损失啊。但是帕沙感觉到，尽管母亲很善良，但是她无法理解他，更不会相信老师的恶毒。所以他开始对她也产生了某种混沌的憎恶感。他坚持沉默下去，盯着灯看。

最后安娜·伊万诺夫娜忧伤且无望地叹了一口气，起身了。

“快，去吃晚饭吧。”

但是帕沙清楚，她是不会就这么离开的，需要撒个谎。

“怎么样，帕沙……你能通过考试吗？”最后安娜·伊万诺夫娜克制地带着些许恐惧问道。

帕沙心里一下子火冒三丈，他差点儿就叫喊了起来：“离我远远的，让我清净下！我怎么知道！”

但是看到母亲那大大的甜美眼睛，眼神里带着惊恐和爱意，他突然感受到对她的温柔和怜悯，站起来，抱住了母亲的腰，在灰暗中脸红了起来，他用那种假装的勇敢的声音说：

“一定能——考过！走吧，妈妈，我们去吃饭吧……我亲爱的……”

他带着某种下意识的感动倚在她身上。

安娜·伊万诺夫娜惊恐而又试探性地看了他一眼，叹了一口气，很快她的心情便平复了下来。

晚饭的时候帕沙非常活跃，笑了很多次，他逗妹妹们玩；但是当他回到自己的房间里，他脱了衣服，躺下，熄灭了灯，那种恐惧感伴着之前的憎恶感重新朝他袭来，此时是以双倍的力量涌向他，不让他入睡。他瞪大了眼睛看着这漆黑一片，他感觉到对全世界的憎恨，对自己的怜悯……

当他最终入睡了，他梦到了树木、阳光、熟悉的面孔，还有许多光明的和开心的事儿。

早上，帕沙·图马诺夫起得非常早，他立刻就想起来了，需要去考试。他就像浑身被浇了冷水，心头也不愉快且忧郁地一紧。

帕沙很长时间都在那里时而慌忙，时而没有任何必要地乱翻，穿着衣服，洗漱，而后走进餐厅，这儿闪亮着冰冷的，刚擦洗过的地板，在桌子上铺着新鲜的还有各种褶皱的桌布，摆着发出声响的干净茶炊。

妹妹们还在睡觉，但是安娜·伊万诺夫娜已经坐在了茶炊旁，她冲帕沙露出了她胆怯且小心翼翼带有询问意愿的微笑。

帕沙也笑了，但是他无法直视母亲的双眼，便低头埋在自己的茶杯里。

"已经迟了，帕沙。"安娜·伊万诺夫娜说。

帕沙不愉快地皱起眉头。

"才八点半。"他说。

"你还要走过去呢……"母亲简短地回答，把茶壶放到茶炊的茶壶托上。

这些普通的简单的话语，帕沙几乎每天都能听到，但是今天这激怒了他。

“我会来得及的，”他粗鲁地回答，“让我喝完茶好不好！”

安娜·伊万诺夫娜怯声怯气并且很伤心地看了他一眼。

“喝吧，喝吧……我只是……”她抱歉地说。

帕沙很痛苦，他用了如此粗鲁的语气让母亲伤心，他非常想去道歉，但是让步于自己内心不断强化的恐惧的压力，他并没有道歉，而是相反，他皱起眉头带着一脸无辜的表情站起身来，拿起背包，将他所需要的书从里面扔了出来，戴上了鸭舌帽。

安娜·伊万诺夫娜从茶炊的后面看着帕沙，等着他像往常一样走过来，接受母亲的亲吻和她用来保护他的十字架，不管他去哪里。帕沙看到了这一切，但是憎恶感推搡着他，他便径直走出了房门，并没有走到母亲跟前去。

第五章

帕沙·图马诺夫快速地在路上走着，街道上一辆辆大马车发出轰鸣声，他带着一种沉重感，既来自对考试的惧怕，也来自他对因自己而伤心的母亲的同情。当他越来越靠近学校时，他的脚步越来越慢，最后他在桥上停住了，很长时间就这样朝远处看着，他也没有弄清楚是怎么回事，只看到一个老头戴着弄皱的制帽，卷起裤子，跪在水里钓鱼。他的红色筒靴立在平稳的河岸沙滩上，在一个原来装黑鞋油的盒子旁边，这个盒子现在是用来装蚯蚓的，旁边还有一个装鱼的小桶。

太阳灿烂，温暖而又欢快地照耀着。

老头察觉到了帕沙，有几次朝他看了看，笑了笑，似乎把他当作了自己的老朋友。最后他碰了碰制帽，问道：

“去考试吗？”

帕沙·图马诺夫努力克制着自己弄明白是在问他什么问题，然后迟缓地回答：

“去考试。”

老头点点头。

“考拉丁语吗？我知道的……我的小儿子……或许，您也知道，瓦西里·科斯特罗夫，瓦西卡……他今天也考试。”

帕沙·图马诺夫稍微举起帽子，又往前走了。小老头不是很赞同地动了动嘴唇，从水里捞上来银色的拟鲤。而后他眯起眼睛，看了看太阳，然后又抛下了鱼钩。被逮到的小鱼在小桶里撞来撞去，在沙滩上溅起了晶莹剔透的水珠。

帕沙·图马诺夫走着，心里在想，这个科斯特罗夫，瓦西卡·科斯特罗夫，或许，也考不过呢。科斯特罗夫他认识的：这是一个高挑瘦瘦的年轻人，总是穿得很破烂，学习也不好，并且总是和他的朋友阿纳托利·达赫涅夫斯基在一起，这是一个好动的小波兰人，他们整天混在台球室，瞒着学校领导。他们两个人都打得很专业，他们的吃穿用度的来源几乎都是台球游戏。

帕沙·图马诺夫想，达赫涅夫斯基或许也考不过。于是他变得开心了很多。

当他走进了中学里，他穿过了被打扫得干干净净的宽敞走廊，来到六班，现在他正在用眼神寻找科斯特罗夫和达赫涅夫斯基，他们在窗台处坐着，正在交谈。帕沙走到他们跟前。

“我让他 20 分。”科斯特罗夫平静地用自己低沉的男低音在说。

看到了帕沙·图马诺夫，他把手伸过来，开心地问：

“害怕吗?”然后善意地笑了起来。

帕沙却高兴不起来。他，出乎意料，竟然觉得科斯特罗夫也是这么可恶，他那种对待自己命运的满不在乎，无动于衷，还有他总是在聊台球游戏。

他忍不住，不知道为什么他并没有问科斯特罗夫，而是问达赫涅夫斯基：

“您怕吗？”

那一位不知所措，惊讶地看了他一下。

“不……有什么……”他不确定地回答，又转向科斯特罗夫：

“你看出来没，马斯洛夫的进攻力，可能会逊色于你，但是他有着超强的，简直就是魔鬼般的忍耐力，他会用围困法的……所以你还可能赢不了他20分！”

“不，会的！”瓦西卡·科斯特罗夫自信地反驳道，他透过达赫涅夫斯基看了看帕沙·图马诺夫，不知道为什么他得意地笑了。他的微笑是善意的，稍微带些嘲笑。

“您不要怕，”他突然说，“我们考不过，就考不过呗，不是什么太大的坏事！”

达赫涅夫斯基认真地看了看帕沙。

“我倒是乐意这么想！”他蔑视地耸耸肩。

但是瓦西卡·科斯特罗夫用手稍微推了下他，说：

“别……每个人都有自己的情况。”

监督者跑来了，他也是一个慌忙的胆小之人，留着被修剪得很短的花白胡子，有着善良且微小的面孔。他很快就钻到门里来，大喊一声：“先生们，去考试了！”然后就消失了，他慌忙地挥动了几下手臂。

“好吧，先生们，”瓦西卡·科斯特罗夫起身，伸了下懒腰：“走吧。”

所有人成群地拥向了走廊里，并且走向走廊的另一端——大礼堂——通常是在那里进行考试。

帕沙·图马诺夫又感觉到一股愤怒的恐惧感，这是如此强烈，他的膝盖都开始发抖了。他没有任何必要地在有水的桌子旁停了下来，开始喝水，而这个水让他觉得很难喝。

“快一点，快一点，先生们!”突然又出现的监督者催促着中学生，他责备地摇着头，慌忙地搓揉着自己干瘦如柴的手指。

这时候在走廊的另一端，考官们从门里出来了，他们从教师房间里走过来。在被照亮的窗户和闪亮的地板底色上，他们像是灰暗的雕像，穿着摆动的文官制服的燕尾。帕沙·图马诺夫刚来得及走进礼堂，随便在一个空位置上坐了下来，考官们就鱼贯而入，都走了进来，并且很快地在一个大桌子前坐下，这个桌子上铺着红色的呢绒布，带有金色流苏和穗子。

第六章

考试开始了。

这是一场普通中学毕业考试，是惯例考试，什么人都不会对其置之不理，甚至是那些觉得考试毫无意义的人。老师们非常清楚知识的相对性，也非常了解自己学生的能力，他们让学生们来到桌前，碰运气地提问和他们幸运抽到的题签相符的几个小问题，然后假装是根据学生的回答来打分数的，而不是根据他们很久以来已经非常熟悉的关于那一个或另一个学生的印象，不仅他们每位老师都清楚了，连整个教育委员会也熟悉。

在看到别人被喊到名字去考试的时候，一个人一个人地，时而按字母表从前往后，时而从字母表的后面往前，帕沙·图马诺夫紧张且不自在地坐在那里，迟钝地看着老师。有那么一个瞬间他觉得，应该再看些什么，尤其是自己薄弱的环节；但是当他痉挛似的翻阅着课本，寻找着薄弱的地方，他眼前出现了数千条句子，这些似乎他一点儿也不熟悉，忘掉了。于是帕沙无力地放下书，擦了下身上的冷汗，而后又过了一秒钟，他又开始翻阅什么地方。

最后从后面喊到乌辛了，而从前面叫到科斯特罗夫。

“瓦西里·科斯特罗夫。”校长非常小声地喊着。

“科斯特罗夫·瓦西里。”老师大声地，抑扬顿挫地重复着。

瓦西卡·科斯特罗夫从帕沙·图马诺夫背后的某个地方站起来了，他来到考官的桌子前。

帕沙·图马诺夫望而却步，他晃了一下，然后愣住了，不停地出汗。再下一位应该就是他了。

帕维尔·图马诺夫机械地站了起来，把书弄掉了，他想捡起来，但是脑子里一片混乱，他没有捡起书，像木桩一样走到了桌前。路上他还撞到了从那里回到自己位置上的瓦西卡·科斯特罗夫。他满脸通红但是并没有羞愧之感，他看着帕沙的脸笑了。他完全考砸了。

而后是几分钟的一个时间段，帕沙·图马诺夫被问到一些什么问题，而他也回答了一些，感觉到，他的回答就是胡说八道，甚至比他能够回答的还要差；但是他已经放弃了，感觉自己就像是在没有空气的空间里，是什么就接受什么吧，只是努力地让膝盖不要颤抖。在靠近结束的时候，他的思绪才有些清晰，在回答关于语句的问题时他的答案完全正确：

“Ablatīvus absolūtus.”①

“这就是您所知道的全部内容。”老师冷淡地说出这些话，同时，当着帕沙·图马诺夫的面给了他一个1分。

---

① 该处原文为拉丁语，是拉丁语语法现象的专用术语，大致相当于俄语里的“独立五格”。——译者注

帕沙内心里所有一切都坍塌了，他差一点儿就叫了出来：“不要这样！”

老师带着疑问看看校长，校长挥挥手，透过蓝色的眼镜认真地看着帕沙·图马诺夫的脸，微微摇摇头。

“可以走了。”老师说了一声，他并没有看帕沙而是直接喊：

“波隆斯基·米特罗凡。”

帕沙感觉到一股恐怖的憎恶感涌到他的喉咙处。他机械地转身，然后离开礼堂，努力不去看用惊恐的眼光目送他的同学们。

在走廊里他碰到了科斯特罗夫和达赫涅夫斯基，他们已经戴好了制帽。瓦西卡·科斯特罗夫拦住了他。

“怎么样？”他问道，那双黑溜溜的眼睛亲切地看着他。

帕沙·图马诺夫想要回答，但是他的下巴开始抖了起来，他只是挥挥手。

“这样啊。”瓦西卡·科斯特罗夫说。

帕沙·图马诺夫从他身边走过去。

“哎，图马诺夫！”瓦西卡·科斯特罗夫冲他喊着。

帕沙停住了。

“如果看到了我的父亲，他就在那个桥旁边钓鱼，就告诉他……”

瓦西卡·科斯特罗夫没有说完，就学着帕沙的样子，摆了摆手，不过他的这个姿势有些好笑的成分，他也笑了起来。

达赫涅夫斯基也笑了起来。

“那你们自己……干什么呢？”帕沙问。

“我们因为痛苦而要去玩几局台球。”瓦西卡·科斯特罗夫笑着走了。

帕沙·图马诺夫四处寻找他的制帽，突然想起来，把书忘在了礼堂里，但是他摆摆手就来到了大街上。

第七章

明亮的阳光，路面上的动静混合着人的说话声和麻雀们永不停息的啾啾声，让他震惊，似乎也让他振作了起来。但是这是谎言：无助的悲哀立刻又包围了他，以新的力量挤压着他，他觉得自己是一个无生命的，渺小的东西，他弓起了腰，朝栅栏后面的阴暗处走去。他觉得，根据他脸上的所有表情就能看出来：他考砸了。

他来到桥上，一下子就看到科斯特罗夫老头。

科斯特罗夫坐在岸边，在扯着靴筒穿红色的靴子，他高高地抬起脚，看着桥的方向。他看到了帕沙，很高兴地冲他点点头。

帕沙·图马诺夫停了下来，往下看去，幸灾乐祸地喊了一句，似乎在这句话里还有自己的痛苦：

“瓦夏考砸了。”

老头很快就把脚放到沙地上，想了想，突然大笑了起来，这一笑让他那没有牙齿的大嘴巴都变歪了。帕沙·图马诺夫惊讶地看着他。

“我已经告诉过他了，”科斯特罗夫带着那种快乐的失望说，“你再玩台球就会考砸的！……真的就考砸了？”他好奇地确认道。

“考砸了。”帕沙肯定地说，然后不知道为什么自己从桥上下到了岸边。他看了看小桶。那里有 5 条拟鲤，还有一条敏捷的红色鱼鳍的小鲈鱼。

“很少有上钩的。”科斯特罗夫解释说，“彻底考砸了？”

“彻底。”

“你看……”科斯特罗夫坚定地说。他用裹脚布将一条腿裹上，伸进去裤腿然后开始穿另一只靴子。

“那您呢？”他问道。帕沙脸一下子红得厉害。

“也考砸了？嗯……”

科斯特罗夫站起来，拿起了小桶，收起了鱼钩，说：

“我们走吧……您去哪里？”

帕沙原本是需要直走的，但是不知为什么他无法离开科斯特罗夫。在这个成年人在场的情况下他觉得自己更轻松些，如此轻松，如此简单地对待这件重要的事情，而这件事会让其他所有人都感到生气，激动，痛苦。所以帕沙·图马诺夫回答说：

“我跟您一起。”

“走吧。”科斯特罗夫同意了，摘下了帽子，看着河岸。在阳光下泛着金光，他摸了摸自己的秃头，又戴上了帽子，然后重复说：

“好，一起走吧……”

他们沿着河岸，在细细的潮湿的沙子上行走着。在沙滩上埋着一些原木，还有被新鲜的干枯水草缠住的贝壳的碎片。时不时划来一些破船，用自己黑色的船尾重重地压在河岸上。在河流上面漂着轮船，冒出的烟在太阳下变得雪白、雪白，只会稍微偏斜一点点。

非常地寂静、晴朗和温暖。海浪小且透明，静静地爬上被冲刷的沙滩，温柔地舞动着。在科斯特罗夫的小桶里，被捉到的小鱼时不时还会跳动着。

帕沙·图马诺夫看着小河，感觉所有这一切都没有生机，并且非常拥挤，而太阳光让他觉得灰暗且沉重。科斯特罗夫则发现了另外的东西：他甜甜地眯起了眼睛往河流上方看去，有时候他用手掌做成盾牌状放在眼睛的上方，看着轮船，用脚将小石子踢到水里去，他幸福地笑着，观察着水晶般的水流如何颤动，如何在沙滩上跑跳。他轻松地吸了一口气，自由地，最后说出了：

"天赐!"

帕沙沉默了，科斯特罗夫可怜地看看他。

"好吧，我说!"他重复道，"哎哎哎，小燕子……哎呀呀！您怎么这么阴沉啊?"

帕沙·图马诺夫被凶恶占了上风：他觉得，这个老头是在捉弄他，而自己很清楚。他又沉默了。

科斯特罗夫叹了一口气，笑开怀。

"这是因为自己的考试没有考过？您真不该再想这事了!"

帕沙·图马诺夫恶狠狠地看了看他。

"您生什么气啊?"科斯特罗夫好心地问。

"我没有生气。"帕沙嘟囔着。

"没有吗？我怎么觉得，您感到委屈了……我说什么了——不要放在心上啦。我是在说真的。您没有考过去……我的瓦西卡也没有考过去。所以呀……要知道他可能一点儿也不会吹胡子瞪眼生气的。

您看见他了吗?”

“他去玩台球去了。”帕沙说。这下子科斯特罗夫彻底乐了。

“瞧……为什么?他这真是一点儿也不在乎!”

“怎么可以对此不在乎呢?”帕沙生气了,看着自己的脚下。

“怎么了?当然,能获得证书,一下子就能通过……这很好……只是重点并不在这里……”

“那在哪里?”

“您觉得我的瓦西卡中学没办法毕业了?才不是呢!如果他愿意,他可不只是能从你们这个糟糕的中学毕业,还能从一百个中学毕业呢……您也可以毕业。我有一个朋友,个头不高就像我一样,也有些驼背……当时我跟他经常一起钓鱼,他曾给我讲,讲关于你们这个中学和大学的事情……他姓弗兹温托夫。就是这个弗兹温托夫做家教的时候,他说,最傻的人比所有人学得都好……事情就是这样的!我根据自己的经验也清楚这一点:要知道我也上过学,后来就跑了……需要很多脑筋吗?去记住拉丁语的变位,或者几何,历史?坐下来去死记硬背呗,只需要坐下来背就是了。并且这一切不被任何人所需要,仅仅是为了以后有个地方可以住,有口饭可以吃。要知道有些人就是这样的,除了一个安身之地,他什么都不需要,所以他就死记硬背,下着功夫……而其他人需要这条河流,他还需要这空气,让他去死记硬背?他是怎么都做不到的,难道他就差吗?如果他不去为了有一个安身之地而努力,这就是……”

科斯特罗夫眯起了眼睛,看着河流,停了下来。

“我们在这里分手吧……我要去小巷里了。”

帕沙·图马诺夫沉默地把手伸给他。

“年轻人，您不该如此……考砸了……这自然不是一件愉快的事情。但是没考过不代表着您变差了，也不代表着您变好了……您曾是什么样的人，就将是什么样的人！加油！就是这样的……瓦西卡喜欢台球，而我喜欢河流和小鱼，您……还有自己喜欢的东西。我们没有办法记住什么，但是我们并不是比别人差的人，我们也是造物主的孩子。每个人都有自己的……好了……再见吧……小燕子，小燕子，哎！”

科斯特罗夫笑了起来，拾起了便帽，摇摇摆摆地沿着河岸往上走了，在半坍塌的栅栏之间，走向小小的木质房子，这些房子凌乱而随意地在河岸撒落着。

帕沙·图马诺夫一人站在那里。

他盯着河水看了好久，他在思考科斯特罗夫说的话，尽管他还不能理解话里的深层含意，这位年老的捕鱼者在自己混乱的言语里所深藏的含意，但是他终究是轻松了一些。现在天穹亮了起来，水变得更加清澈，跳得更加欢快，水流快乐地发出清脆的声音，在平滑的沙滩上说着话，太阳更加明亮更加温暖，此时他听到了许多新的声音，鲜活的，勇敢的，这些他以前从来没有注意过。

从船板上传来了工人的声音，善意的且快乐的各种回应和吵闹声；轮船也发出了敏捷的，无忧无虑的笛声；海浪涌上岸边，快乐地拍打着；燕子歌唱着，在空气、光线和蔚蓝的宽广中遨游。

帕沙·图马诺夫睁大眼睛看着所有这一切，他不敢相信：难道，他，的确因为这 1 分而伤心吗？没有考过……这又怎样呢？要知道他仍旧是他，帕沙·图马诺夫，和他以前一样：还是这样去看，去听，去感受……还是这样爱着自己的母亲和妹妹们……尽管他仇恨那个校长，他那……但是，让他们见鬼去吧！他们值得让健康的快乐的帕沙·图马诺夫因为他们而感到痛苦吗？

第八章

这种情绪并没有持续太久；很快它就被一种不自在的感受替代了，帕沙·图马诺夫起初努力将其理解为，终归要向母亲汇报一件不是她所期待的事情是很不愉快的。不过，这没什么大不了的。他会将科斯特罗夫所说的每句话都转述给她……这可真是一位神奇的老头……哲学家。还要讲一讲瓦西卡·科斯特罗夫和达赫涅夫斯基是如何轻松看待自己的失利。真是可爱的人们！需要跟他们交朋友……

不过，当帕沙·图马诺夫离家越来越近，他越来越觉得恐惧和沉重。当他走进院子里，他又灰心丧气了，双腿也抖动了起来，就像在考试时候一样。

妹妹们坐在花园的正面。大姐姐济纳，正在熬果酱，而小妹妹利多奇卡，她在看书，并咀嚼着长长的胡萝卜头。

“帕沙回来啦！”她看到哥哥说着，立刻就扔掉书，走到他身边，笑嘻嘻的眼睛中充满了好奇。

济纳也走了过来，手里还拿着装有果酱的勺子。

她们两个人都有着善良的，快乐的面孔，但是帕沙知道，当她们知道了结果后，她们一定会变得邪恶而沉闷。

“怎么这么快？考过了?”两姐妹你争我吵地问。

所有科斯特罗夫说的话都无力地在帕沙的头脑里闪过，他不由得，就连自己都觉得意料之外，他说了：

“考过了……妈妈呢?”

“好样的，奖你一勺果酱!”济纳说。

利多奇卡一下子跳了起来，拍着巴掌。

帕沙·图马诺夫装作很高兴，很有精神，他舔光了勺子，但是一点儿也没有尝出来这是什么果酱。

“妈妈呢?”他重复道。

“去教堂了……应该马上就回来了，已经敲钟声了。”利多奇卡说。

“你碰到什么事了?”

“都是小事……我去拿来书去。”帕沙说，他忘了他根本就没有带任何书。

“你是不是高兴得把什么都忘了!”济纳笑着说。

帕沙脸红了，很不好意思。

“呸！忘了书了。那我去洗洗……累了。”

“七年级学生了!”利多奇卡在他的身后开玩笑地叫着。

帕沙苦笑了一下，然后就匆忙离开了。

现在他已经明白了，想都不用想着把科斯特罗夫的话告诉母亲。现在他自己都觉得惊讶，当时在河边，他的想法都是多么的愚蠢。科斯特罗夫是一位年纪大的酒鬼，穷人，他穿着红色皮靴，还有两个桌球迷，他的儿子和达赫涅夫斯基……帕沙现在甚至都不想回忆，他怎么能听信一个酒鬼的胡说八道呢。很明显，对于这一群人来说，他拿不到毕业证没有什么；而对于帕沙·图马诺夫来说则是另外一回事了！

帕沙的房间里又黑又脏；他的床被揉得乱糟糟的；书也散落在地板上，看起来有些可怜和忧伤。帕沙站在房间的中央，想着那没有解脱方法的状况，他对姐妹们撒的谎，让他进入了这种糟糕的状态之中，还想着不值得活在人间。

在他的脑子里闪现过一个比一个离奇的方案，而后都破碎了，消失得无影无踪，最后都汇到一点：那就是想到了母亲。帕沙·图马诺夫很少刻意纠结因为考试不通过而带来的各种不愉快，但是他如何告诉母亲，看到母亲脸上他所熟悉的那种无可奈何的绝望和责备，真是让他的心里充满了恐惧和冰冷。帕沙不理解，他的幸福不在于证书，而在于跟对他来说最亲近的人之间的沟通——同母亲，在于去爱她，去关心如何让她幸福，拥有这么一个健康的幸福的儿子。他不明白这些，因为周围所有人都不理解这些，他们只是会认为，幸福和人的直接义务不是当一个善良的自由的人，而是在于获得证书，与此相应地获得很多钱。而帕沙的母亲和所有人一样都是这么想的，她并不会去安慰自己亲爱的喜爱的儿子，而是会哭泣，比所有人都多地去折磨他。帕沙·图马诺夫已经准备好了忍受所有人的嘲笑和指责，但是当他一想到母亲的泪水和责备，他就灰心丧气了，因为她对他来说是如此的亲近，如此的重要，比所有其他人加起来都显得重要。

于是从这里他冒出了一个想法——无法活下去了。

如果帕沙·图马诺夫拥有强大的性格，他立刻就会杀死自己。但是他不仅害怕丝网，还害怕任何具有决定意义的结局。所以尽管他知道，考试他的确是考不过的，作为“留级生”他会被赶出中学，但是，关于所有一切都将不可挽回地结束的想法，他的头脑里一直都没有想过。

于是他冒出了一个想法，去请求校长让他能够升入七年级。帕沙·图马诺夫甚至都没有想过，他可能没有办法说服校长，要知道，这是一个人，一个活生生的人，并没有谁会对校长做任何不好的事情，如果他让帕沙升入七年级，所有这些毫无意义的残忍，为了取悦某种规则、某种形式，而毁掉了学生的一生，这有些荒唐。帕沙这样判断的，“我虽然学得很差，但是实际上，除了我自己，谁也没有帮我，无论是妈妈，济纳还是利达，她们都无所谓我能不能上七年级！而对于我，对于妈妈，济纳，利达来说这又非常非常重要！这么一来，任何一个至少不是那么凶恶的人都应该理解，并且会帮我升入七年级。”

帕沙觉得这一切非常地清楚和正确。他决定马上就去校长那里，趁母亲还没有回家来。

帕沙·图马诺夫想着，如果他从姐妹们身边经过，而没有等到母亲，那么她们立刻就会猜到真相。所以他决定爬窗子出去，然后翻过栅栏。

帕沙把大衣和帽子都扔出了窗外，然后小心翼翼地把它开得大一些，这样他自己就可以钻过去。通常他开这扇窗的时候会很果断，猛地一推，并且谁也不会在意，但是现在他觉得，哪怕是他轻微地发出咯吱声，所有人都会跑到他这里来。帕沙感到忽冷忽热。为了能够钻出窗外，他花了五分钟的样子。

当他已经在外面的时候，他听到了从院子里传来利多奇卡的声音：

“妈妈，帕沙回来了……他考过了！”他感觉到，所有的一切都结束了，并且无可挽回了。这让他眩晕，也给了他最后的决心。他静悄悄地用脚尖在小巷里跑着，然后低下头，虽然栅栏比他高出好多。

第九章

当帕沙·图马诺夫再次来到学校里的时候，他们班的考试已经结束了，开始了另一个班的考试。校长在忙着。帕沙·图马诺夫透过礼堂的玻璃门往里看，他看到了还是那张铺着红色呢子布的桌子和熟悉的老师的身影。拉丁语老师亚历山德罗维奇，给帕沙1分的那位老师，却不在那里。帕沙想到，他应该坐在教师休息室了，便决定试着先去跟老师谈一谈。

他走到教师休息室，心怦怦直跳，面颊发烫，请求了从身边走过的书写老师把亚历山大·伊万诺维奇喊到他这儿来。

“您这是有什么需要吗？”监督者问道，不过他对这件事完全无所谓，所以还没有等到回答，他就把门敞开，大声喊：

“亚历山大·伊万诺维奇！”

透过敞开的门，帕沙看到了两扇很大的窗户、一个桌角，还有蓝色的烟云，在这里，就像是在雾中一样，有蓝色的雕像动了动，从这云雾中出来了小小的没有表情的身躯，亚历山德罗维奇，有些锋利的胡子，长长的直发。他走到了门旁，看了看。

“这是找您的……”说完书写老师就离开了。

亚历山德罗维奇用他锡一般的冰冷眼睛看了看帕沙·图马诺夫，然后来到了走廊里。

“您需要什么？”他问道，将手背到制服的后面。

“亚历山大·伊万诺维奇，您给了我1分，而我就要留级了，这样的话……我就要被开除了……”

帕沙说的时候口吃了起来，但是他努力让自己保持微笑。亚历山德罗维奇用那一动不动的冷淡的双眼绕过他看着某个地方，等帕沙结束的时候，便用拉长的语调，带着满足感，抑扬顿挫地，开始说了起来，脚也打着节拍，晃动着鞋头和鞋跟：

“您已经不是小孩子了，您知道懒惰会导致什么。您从开始习字的时候应该就清楚了。您学了多少，我就给您打了多少分。委员会也通过了我对您的成绩评分……真应该学习啊！”

亚历山德罗维奇看了一下帕沙的面部表情，转身往教师休息室的门口走去。

“亚历山大·伊万诺维奇！”帕沙用响亮的声音喊道。

“不，不……”亚历山德罗维奇坚定地回答，然后就随手将门关得严严实实。

帕沙·图马诺夫因为愤怒而把牙齿咬得咯吱响。他真想扑到老师身上痛快地揍他一顿，但是他并没有这么做，而是犹豫不决地走到窗户处，然后迟钝地盯着户外。

此时监督者来到了他身边，还是那个匆忙的人，今天就是他引导大家去考试的。

“您没有考过吗，图马诺夫？”他问道。

“没有。”挤出了一个声音回答道。监督者沮丧地摇摇头，叹了一口气。

“安娜·伊万诺夫娜将会很伤心啊。”他说。“现在您想怎么办呢?”他同情地问道。

“我去求校长。”帕沙·图马诺夫回答，他用疑问的眼神看看监督者。

“未必有用……但是终究还是去试试吧……瞧，他们走过来了!”监督者小声地说，整了整自己的衣服。

从考试大厅的门里走出了一群老师，又一次在被照亮的窗户背景下看到了没有面孔的蓝色雕像，还有摆动的燕尾服尾巴。走在所有人之前的，手里拿着成绩簿的正是校长弗拉基米尔·斯捷潘诺维奇·沃兹涅先斯基，高个子，很结实的一个人，戴着蓝色的眼镜，蓄着大胡子，额头上还有一绺头发。

他看到了帕沙·图马诺夫便径直朝他走来。

“您将被开除。”他说，绕过帕沙看着别处。

他是一个善良的人，他的眼睛也非常和善，但是他绝对是一个一板一眼的人，他的眼睛也隐藏在蓝色的眼镜之后。

帕沙·图马诺夫很清楚他将会被开除，但是当他听到如此平静的话从这样一个人的口中说出来，这位他本来想向他求情的人，并且恰恰是他说出了他要被开除，就像是在说一件已经决定的，没有任何挽回余地的事情，他冰冷得蜷缩成一团。

“弗拉基米尔·斯捷潘诺维奇。”他还是这种响亮的声音，就像他跟老师交谈的时候一样。校长却装作没有听到。

“我们会给您开具六年级毕业的证书，但是我们没有权力让您升入七年级!”校长补充道。

“我将会学习的。”帕沙像小孩一样颤抖着声音说。

“现在已经迟了，”校长平静地说，他经历过很多被开除的孩子，“应该早些时候想一想后果！开除证明……”

“弗拉基米尔·斯捷潘诺维奇，妈妈……”帕沙·图马诺夫愣在那里，嘟囔着。

“您会到办公室取到。”校长皱了皱眉，说完，然后往前走。

帕沙跟着他。

当他靠近校长时，他想用简短的几句话来跟他说自己没有别的出路的情况，并说服他。帕沙想着，他会打动校长的心，但是在通过校长的心的路上有着诸多的概念，关于教育者和校长的任务和义务阻挡了这一切。所以帕沙并没有说出这些话，他只能小声地说着，感觉到自己的眼睛里流出了无助的泪水：

“弗拉……基米尔·斯捷潘诺维奇……”

校长，尽管多年已经习惯了，他善良的心还是很痛，但是他并不能允许自己有满足小男孩“不合法”请求的想法，他从这不愉快的情况下脱身了，又一次假装什么都没有听到，他急忙地走进了教师休息室。

帕沙一个人留在了走廊里，他的牙齿在颤抖，眼睛里满是泪水，在教师休息室两旁的晾衣架渐渐消失了轮廓，带着可怜和同情的表情走到他跟前来的监督者的身形也模糊起来。

帕沙·图马诺夫突然浑身都充满了可怕的憎恶，他不想跟监督者说话，他不想得到这个人的同情，这只会让他更加感受到愤怒和悲愤，他快速地走在走廊里，抓起了帽子和大衣，来到了大街上，此时不知是在哪个瞬间，在他的脑海里出现了坚定的并且十分明确的想法，那就是报复那些对他的请求和泪水置若罔闻的人们。

校长因为这个不愉快的事件而闷闷不乐，他第一次在自己任职期间对中学的规定表示质疑，然后心情低沉地回家了。

第十章

在城市街道的拐角处是中学教学楼，在对面的另外一端，广场结束的地方，是一个大型的武器商店。在两扇大大的厚厚的玻璃窗上陈列着一座座用各种系统的武器堆起来的小山，而在窗台上，非常漂亮地铺着绿绒布，上面对称地摆放着手枪、左轮手枪、猎人用的刀，还有火药匣子。所有这些致命的武器都是公开销售的，崭新且光滑的各种部位闪闪发光。这里还一直会展出各种野兽、鸟禽的标本，以某种非自然的状态呈现。它们冲着经过的人们龇牙咧嘴，这些人经过时停下脚步看着它们灰暗的玻璃眼睛，感慨那些杀死它们又努力赋予它们以生命的人，他们弄弯它们的背，将它们泛黄的已经死去的颌骨打磨光滑。

中学生放学从学校里走出来的时候，总是一群群地停在这些橱窗口，他们梦想着能够拥有这样的武器，也能够去打猎，他们还从没有近距离去观看过，但是这让他们觉得非常有吸引力，因为武器是那么的完美，闪亮着，而野兽和飞禽的身上有漂亮的发亮皮毛还有多色的翅膀。

帕沙·图马诺夫也很长时间都在橱窗那儿站着，他有种不确定的嫉妒心情，盯着武器和手枪看。这里有他梦寐以求的轻式双发手枪。他惦记了已经很久了，并且为此也在攒钱。双发手枪价格是 25 卢布，而帕沙·图马诺夫只攒了 20 卢布。每次靠近这个商店的时候，他总为这个手枪的命运而担心，当他看到这个手枪并没有被别人买走，还在原来的位置上，他的心才平静了下来。

帕沙·图马诺夫径直走到商店，在他喜欢的武器面前停下来。尽管他内心里非常沉重，但是他仍旧感觉到了喜悦之情，当他又看到了光亮平滑的枪口，还有造型优美的锯齿形扳机。但是他立刻察觉到自己感情里的偏好，他觉得不好意思起来，他觉得自己还是对双发手枪感兴趣。

“反正……”他心里想，“又不会去买它……”

悲伤之情涌上心头。

帕沙·图马诺夫的身子一颤，他夸张地皱了皱眉头，决定推开门，进到了商店里面。

那里只有一位老板和一个收银员。帕沙很熟悉老板，因为经常透过窗户看到他，当他擦拭展出的武器时。收银员他还是第一次见到。他觉得有些不自在。为了消除这种不自在。帕沙又一次夸张地感到有兴趣地来到柜台。老板认真地，但是在帕沙·图马诺夫看来，他有些不信任地从他眼镜上方盯着他看。

“您想要看看什么?”他问道。

帕沙脑子里闪过一个想法，他是中学生，是不会有谁卖给他武器的，这时他的脸一下子就变白了。

“我需要手枪。”帕沙用紧张的声音回答道。

老板不说话转身走到货架前。

这时，帕沙·图马诺夫脑子里出现了非常清晰、非常简单的想法，除了校长，他还要杀死拉丁语老师，所以最好是买左轮手枪，而非普通的手枪。

“此外，还有可能不发火。”帕沙平静且明智地想着，“这将是很好笑的。”

他突然脸红了，当他想象着如果不发火，会发生什么事。他连忙更正：

“或者，最好还是给我看一下左轮手枪吧!”老板还是那么冷漠地放下装有手枪的盒子，然后去取另外一个装着左轮手枪的盒子。

“您要什么价位的?”他问道。

“大致 10 卢布的吧。”帕沙艰难地回答，他从来没有买过武器。

老板想了想在柜台的玻璃上放了三四把左轮手枪。

帕沙拿起了其中一把，像行家一样看着枪口。那儿有圆圆的黑色的小洞，然后就没有什么了。不知道为什么帕沙抖了一下，又拿起了另外一把。

“这些都没有坏吧?”他问道。

“我们只卖上乘的货物。”老板平静地说。

“那……这个打得厉害吗?”帕沙带着孩子的好奇问道。他不知道为什么想让老板说更多一些的话。

“六十步里可以穿透一个人。”老板平静地说。

帕沙为之一震，非常窘迫。售货员完全是无心的一句话，这样回答他的问题，而在帕沙看来，所有人都知道了他的意图，于是给他描述了一个被子弹穿透的人的形象。

如果当时老板观察帕沙的脸，他将会发现，事情不妙；但是他太老了，太习惯于买卖武器了；不止一次在他卖出左轮手枪的第二天，他会在报纸上看到关于自杀或血腥的他杀的报道；他很早就对此习惯了，习惯夸大自己商品的杀伤力，并且在卖新的左轮手枪时，并不去想那些自杀或被从他这里买走武器的人所杀掉的那些不幸的人，还有那些坏蛋，而只是会想，如果卖出去一部武器，他将拿到多少提成。他是非常善良、温柔的人，非常棒的持家者，喜欢自己的孩子和妻子，正因为此，卖出去手枪对他来说比顾客更加重要。所以他对帕沙·图马诺夫的紧张感一点儿也不在乎。

“我买这一把。”帕沙·图马诺夫嘴唇抖动着说。

老板点了点头，将其他的都收起来并放到盒子里。

“需要给您包起来吗?”他问。

“是的……不。”帕沙有些语无伦次了。

“随您的意。子弹需要吗?”

“是的，是的，必需的……”帕沙想起来了，“必需的。”

“需要给您装上还是您放到包装盒里?”

“最好是装上。”帕沙·图马诺夫说，他想到了，他还不会上子弹。

老板拿起左轮手枪，从盒子里倒出来不错的子弹，然后敏捷地装上子弹，将闭枪栓给上上了。售货员把左轮手枪给了帕沙，他问道：

“别的您还需要什么吗?”帕沙摇了摇头。

“10 卢布 12 戈比。”老板说，指了指收银台。

帕沙·图马诺夫将左轮手枪放到了大衣的口袋里，来到了收银台前。

一位年轻的，脸色苍白的女收银员从他手里接过钱，然后找给他 38 戈比零钱，她一直盯着他离去的背影。

因为她还十分年轻，所以她比老板要有心，并且有观察力。当帕沙·图马诺夫离开后，她说：

“这个学生的面部表情好奇怪。他可能会用枪呢。”

“谁知道这些人呢，”老板冷漠地回答，“现在几点了，玛利亚·亚历山德罗夫娜?”

“十二点多了。”收银员回答说，她从裙子的宽腰带里掏出来自己小小的表，看了看。

“我担心，”老板开始说话了，“替科里亚；他好像得了猩红热……现在要是三点该多好……可以去看看。这个该死的工作：儿子快要死了，而你还不知道!”

他离开了柜台，去收拾刚才给帕沙摆出来看的东西。

“为什么卖给他们武器呢，”收银员仍旧一直在想帕沙的事，她责怪道，“这只会增加这个小男孩的灾难……他的脸色都什么样了。真是不应该卖给他们手枪。”

“没有这些规则。”老板冷淡地说，他想着自己生病的儿子。

第十一章

“校长在哪里?”帕沙·图马诺夫问，他走进了中学的前厅。

“在自己的屋子里。刚考试回来。应该会在书房里吧。”这个老看守曾是退役军人，他回答说。

“还请禀报一下，伊万内奇。”帕沙请求道。

“他们应该还在忙呢。”士兵不乐意地说。

“没什么……我非常需要……”

“不知道……您应该问下监督者的。”

帕沙·图马诺夫有些担心。

“不……我是悄悄地……来请求的……”

“没考过?”士兵问，这样的请求他听到过很多次。

“是的……”

“好吧，我去禀报。”士兵说，他迈着沉重的步伐，走向校长的屋子。

帕沙·图马诺夫留在了走廊里。他整个人都愣住了，害怕地打着冷战；但是他一下子就忘了左轮手枪的事，只是为了去请求校长，但是害怕被拒绝。

士兵回来了。

“请进书房。”他说。

帕沙摘掉了帽子，脱掉了套鞋，走进了校长房子黑暗的过道，这里有通往校长书房的门。帕沙非常清楚这个房间，房间里摆设不多，有两扇大窗户朝着街道，有一张大大的书桌，上面立着铜像，是一头野猪，还放着一些文件，装在蓝色的文件夹里，上面贴着白色的标签。

弗拉基米尔·斯捷潘诺维奇·沃兹涅先斯基侧坐在桌子前，他的背部对着门，弯着头写着某些帕沙熟悉的大大的字，在他旁边，在桌子边躺着冒着烟的香烟。

当帕沙走进来的时候，弗拉基米尔·斯捷潘诺维奇转过上半身，皱起了眉头。他当然可怜小男孩，但是与此同时，他无法理解，为什么帕沙·图马诺夫看不到，所有的一切都是那么明了：没有可能性，这是违法地让他升入另一个年级。尽管他很善良，但是现在却变得凶狠，无情，因为他觉得，帕沙·图马诺夫是让人讨厌的懒虫，其实如果他想学习的话，他会学得不错。所有人都这么想，校长也像所有人一样也这么想：他是一个普通的，有着正常智商的人。

“您想跟我说什么?”他并没有看着帕沙，直接问。

“弗拉基米尔·斯捷潘诺维奇，请您让我升到……”帕沙·图马诺夫请求道。

“不能。”校长耸耸肩。

“我会好好学习的，弗拉基米尔·斯捷潘诺维奇。”帕沙犹豫地说。

“要是我能哭出来，可能会好一些。”他想了想，感觉到泪水已经来到了嗓子眼。但是他仍旧努力地克制不哭出来。

“哎，天呢!”校长说，他的确非常痛苦，但是他却装作很冷酷，很无聊的神情。

“弗拉基米尔·斯捷潘诺维奇，如果我毕不了业，我将无法考入大学。”

“的确是这样的。”校长不由自主地笑了一下。

“我这是在说什么呀。”帕沙脑子里闪过一个念头。

校长拿起香烟，狠狠地吸了两口，然后抬起眉毛，认真地将它放到了桌子边，坚决地说：

“听着，图马诺夫，我非常清楚您的状况，也了解您父母亲的状况，如果您被开除，都将不愉快……我个人并没有跟您有什么过节，所有的其他老师也没有，但是您有自己的职责，我们有我们的：您应该做的是学习……您并没有做到，为此而被学校开除的。不是我们开除您的，因为我们仅仅是执行者，是官员，即便不是我们还有另外的人开除您。我个人替您非常惋惜，如果这取决于我，我将把证书发给您，哪怕不用考查您的知识能力。但是我们有责任让学习的人升入七年级，而不是那些什么都不懂的人，这些人我们必须要开除。所以我们开除您，您也不应该有什么怨言，有什么抱怨我们……我没有什么可做的。是不是已经说清楚了?”

校长透过眼镜片看了看帕沙。

“看在上帝的分上，弗拉基米尔·斯捷潘诺维奇。”帕沙·图马诺夫克制着自己说，他感觉到正在沉入一个无底的深渊里。

校长愤怒地转身朝向他。

“您到底想让我做什么？我没办法……您知道吗？我做不到！”

“那我该怎么做呢？”帕沙·图马诺夫机械地问。

如果此时校长同情地看待他的痛苦，跟他建议些什么无关紧要的事情，或许，帕沙·图马诺夫就回家了。但是，校长觉得他最为主要的任务不是让孩子们变得幸福，而是完成自己的公职任务，只让那些总体上考了一定分数的孩子们升学。这并不是因为他个人的理念，而是因为现代教育的理念并不在于让孩子们成为幸福善良的人，而在于根据某种尺度让孩子们努力去争夺社会上全民军队新成员里的好位置；此外，还因为身在校长这个职务，他不能有任何的独立性，必须根据人们所规定的计划来办事，这些离孩子们很远，并且不为孩子们喜爱，所有这些大纲仅仅是构建在统计数据基础上的，并不是通过了解鲜活的人而制定的。

因为帕沙·图马诺夫一点儿也不理解这些，尽管校长说了一席话，但是他并没有看到有意思的大纲，而是看到了老师们，这时候他内心里对校长的仇恨又苏醒了，是校长的官腔激怒了帕沙。

帕沙·图马诺夫想到了左轮手枪。当他想起来，所有的一切都变得更加清晰、更加简单，就是这样的结局，而不是另外一种，这是不可避免的。他将手放入了口袋中，用他被激怒的，无情的眼神看着，感觉到胸中有一股冰冷和愤懑，他出乎意料地用威胁的声音说：

“弗拉基米尔·斯捷潘诺维奇，请让我升学，不然……”

校长奇怪地看着他，满脸苍白，他慢慢地站起来，离开他。

“您这是……这是干什么?”

这时候他才意识到自己的手里握着左轮手枪。他看到校长脸上那种极度的恐慌，此时他突然有一种快乐的狂热；他拿着左轮手枪的那只手伸了出去，迟钝地笑着，开始直接瞄准校长的眼镜。

“啊——啊——啊……救命啊!”

折磨人而又愉快的狂热因为这一声惊叫而在帕沙的全身滚过。他觉得自己恐怖而又巨大，享受着这一切，他跑着去追校长，但是在门槛的时候，他瞄准了后背，开了一枪，又一枪。透过非常多的烟雾，他看到了校长整个身体都僵硬地倒在了门上，挥动着双手，像一个口袋一样，头往后倒在了帕沙的脚下。他的眼镜飞了出去，善良的近视眼睛因为死亡而变得歪斜，他透过帕沙看着天花板。

但是帕沙已经什么也看不到，什么也听不到了。他带着那种近似歇斯底里，跳到了走廊里，然后往上跑去，冲向教师休息室，胸前还放着左轮手枪。

教师休息室的门开着，那儿仍旧烟雾缭绕，并且，老师们的身影在活动着。当帕沙·图马诺夫出现在门前的时候，所有人都转向他，并且立刻明白了，发生了什么可怕的无法无天的事情。

帕沙看到，所有人都慌乱地躲开他，于是在痴迷于狂热之中他自己变成了一个巨大的人物。他用眼睛搜寻着亚历山德罗维奇，然后又射击了。他几乎没有听到射击的声音，而是透过烟他看到了，老师不知是倒下来，还是冲到了桌子下面，但是，他已经无法控制自己的行为了，他转过身，快速地冲了出去，往楼下跑，他觉得自己似乎跳下了十个台阶。

当他跑过走廊，他看到了敞开的大门里晃动的腿，有着奇怪的长长的鞋尖，伊万内奇苍白的面孔，害怕地迅速躲到一边。

帕沙·图马诺夫如何跳上马车，如何出现在警察局的接待处，他已经记得不是很清楚了；只有当秘书说“可怜的孩子”的时候，他才清醒过来。

只有在这个时候，他才明白他做了一件多么愚蠢，多么邪恶，多么不公平的事，他是多么地不幸。

血

第一章

有客人来拜访年轻的地主维诺格拉多夫夫妇，他们去年秋天刚结的婚，整个冬天都在乡村里生活：客人是鲍里索夫兄弟和作家格沃兹杰夫。

鲍里索夫兄长非常消瘦，近视，非常善良，大约 30 岁。他的胡须和头发都是浅色的，有些稀疏。他的名字是尼古拉·安德烈耶维奇。他是大学里的非正式副教授。

他的弟弟是一名大学生，大家都喊他谢尔盖，所有人都喜欢他健康俊美的外貌，快乐平和的性格，机智还有让人产生好感的见解。

格沃兹杰夫，阿列克谢·彼得罗维奇，是一位小说家，他的作品受到一批读者的欣赏，这些读者首先要求作家具有惹人喜爱的，真诚的，善良的思想。他的穿着非常俄式，并且他的头发剪成了锅盖形。

三人都以最为饱满、愉快的心情来到这里，随着他们的到来整个家里也热闹了起来。不仅是主人，仆人们也特别高兴欢乐豪爽的客人们的到来。特别是维诺格拉多夫本人最为满意：尽管他不久前刚结婚，现在还处于跟年轻、美丽、健康的妻子的幸福炽热中，但是乡村生活和爱情的单一化已经开始让他觉得有些苦恼。

当地的轻便四轮马车，套在被系住的两匹结实而肥大的尾巴潮湿的马上，玎玲玲、轰隆隆地响着，驶近维诺格拉多夫家门口时，立刻引起了喧闹和慌乱。维诺格拉多夫本人，没穿大衣，也没有戴帽子，仅仅穿着一件破旧的大学生时期穿的短上衣，这件衣服他经常在家里穿，因为他妻子喜欢这件衣服，他跳到门槛前，开心而又活跃地笑着：

“你们真是好样的，自己来了！”他用响亮的让人听起来特别舒服的声音叫喊起来。

客人们笑着应答着欢迎，从马车的两边跳了下来，将运来的武器和子弹袋也拖了下来。随后跳下来两条非常棒的猎犬：格沃兹杰夫的猎狗毛发呈暗红色，卷曲且柔软的塞特种猎狗，小名叫“阿亚克斯 ”，谢尔盖·鲍里索夫的结实而体格匀称的布朗犬叫“马尔克斯”。

赶来的工人伊万开心地咧着嘴笑着，从马车上拿下来两个纸包并且跟在先生们的后面将它们拖到了穿堂门厅里。

“这是什么？”维诺格拉多夫高兴地问，高高地挑起眉毛。

伊万，还是咧着嘴笑，将纸包的一角翻开，银色和红色的瓶口从那里探出头来。格沃兹杰夫脱着外套，稍微停了下，用空出来的手在自己领口处弹了一下，所有人都笑了起来。

“你们能来我真是太高兴了。”维诺格拉多夫说，他的眼睛闪闪发光，一会儿帮这个人，一会儿帮另一个人脱外套，并紧紧地跟所有人都握了握手。

他甚至跟年长的鲍里索夫亲吻了，因为他们是多年的老朋友了，交情很好，还是大学同学。

“我们，老兄，比你还要高兴，”鲍里索夫笑着，“我们那儿离开了你，所有的一切都散架了……所有人都无精打采，无聊至极……”

“已经?”维诺格拉多夫满意地问道。

“你问问他们。是的呢，就像当你坐到监狱囚牢时，你会非常高兴能够到自由的空气中去放风。”

“在我们这里别的不怎么样，空气绝对管饱。”维诺格拉多夫笑着说。

“我们已经看见了，亲爱的……富饶!”

女主人自己也来到前厅，这是维诺格拉多夫年轻的妻子。

克拉夫季娅·尼古拉耶夫娜是一位非常娇弱且温柔的黑发女子，她个头不高，小巧玲珑。她长着一双大大的纯洁明亮的眼睛，这双眼睛和柔软卷曲的头发一起赋予了她天使的模样，她自己也清楚这一点并且引以为豪。所以她也努力着让自己总是善良、温柔，以不辜负这种相似。她穿着时尚，漂亮，却宽松，为了不让自己变圆的肚子显现出来：她怀孕了。

“欢迎光临，先生们。”她说，殷勤的同时带着平静的打情骂俏向他们伸出了自己的双手。

“您不会赶我们吧?”格沃兹杰夫快乐地问，非常乐意同时又小心翼翼地握了一下她的手，似乎她真的是玻璃做的一般。

“会赶的。”她开玩笑地回答。

丈夫打断她，不安且匆忙地来到她身边。

“快离开，快离开，克拉娃……门打开了……”

克拉夫季娅·尼古拉耶夫娜，更加美丽地卖着俏，开玩笑地摇了一下头，被惯坏的孩子通常会这样做，不过她仍旧退回大厅里去了。

她因为自己的怀孕而感到非常幸福，并且尽自己可能地照顾好自己，每一分钟都为自己未来的孩子而提心吊胆。这个孩子，在她看来，如此温柔，如此娇弱，就连吹向她的微风都可能让他失去生命或者让他变成畸形。

客人们都非常绅士地努力不打扰她，快速地脱掉外套，然后所有人穿过大厅来到餐厅，在这里，女仆——健康的美丽姑娘安努什卡在铺桌子，忙乱地弄响了碗碟。

“我们都吃过饭了，”克拉夫季娅·尼古拉耶夫娜带着令人愉快的自信说，这让人不会误解，“你们可能都饿了吧?”

“是有这种罪恶。”格沃兹杰夫搓搓手承认道。

“好，我赶紧给你们上点吃的。你们先喝点伏特加，我来给你们安排下。你们想吃什么，可以是小鸡或者是牛排。”

“都可以，只要有些吃的。”格沃兹杰夫与谢尔盖·鲍里索夫异口同声地说。

克拉夫季娅·尼古拉耶夫娜冲他们笑了笑，理了一下头发，出去吩咐烤乳鸡去了。男士们热闹地在餐桌旁坐下，将伏特加和冷菜都移到自己身边。

“兄弟，我们是勉强到这里的……有一两次差点儿就要掉到泥里洗澡去了。”鲍里索夫讲着。

“是呢，道路被破坏得很严重。”维诺格拉多夫确认道，“昨天傍晚我去了一趟奥斯塔德，去找地方长官，就勉勉强强从沟里把车子拉了上来……你知道吗，就在那个小桥的后面？”

“对，对，我们也是在那里陷住的。”

“只好往外拽，往外拉马车。要不是有一个庄稼汉帮忙，我们可就出不来了。能想象得到吗，一个最为消瘦，穿着破烂，疲劳至极的人却说：这算什么事……然后他就钻到车尾的下面，他就这么一动，差点把我给轧死！”鲍里索夫带着那种童真的喜悦讲述着，所有那些手无缚鸡之力的人们在说其他人的力量，特别是他们无法理解的那种力量时都会带着这种喜悦。

维诺格拉多夫笑着听他讲，同时满意地抚摸着红褐色阿亚克斯的头，狗将它的头埋在了他的双腿之间。他非常喜欢狗。阿亚克斯高兴地摇着尾巴，睁着善良而聪明的眼睛斜视着桌子。

“您看到我的狗了吗？”谢尔盖问道，还没等到回答，他就唤了一声：

“马尔克斯，来！”

漂亮的公狗，碰着坐在那里的人们的膝盖，飞快地冲过去回应主人的呼唤，像摆锤一样用坚硬的尾巴敲打着椅子腿。

“瞧！”谢尔盖自豪地说。

这的确是一条非常好的狗。

维诺格拉多夫，他非常喜欢表现自己，并且他的确是纯种狗方面的专家，他仔细地打量了这条狗。

“非常好的一条狗。”他带着真诚的认可说。

“您摸一下它的鼻子，”谢尔盖热切地说，“像冰一样！”

“是的，”维诺格拉多夫把手掌放在狗冰冷的，潮湿的鼻子上，表示同意，“它的嗅觉，应该非常灵敏。您有没有试过它？”

谢尔盖稍微有些不悦，因为他还不清楚自己的狗在狩猎的时候会表现如何，并且他也担心，不要在狩猎时表现得很差。

“还没有……”

“那明天我们去试试。基里尔对我说，现在已经有非常多的麻鸭和野鸭，昨天我自己还看到了野鹅……并且离得特别近……令人沮丧的是没有带武器。完全没有想到。怎么样，先生们，再来些伏特加？……”

维诺格拉多夫自信稳重地给每一位的杯子里都斟满酒，尽管他自己已经吃过饭了，但是也给自己倒上了，为了“陪客人”。所有人都碰了杯，喝光了，然后津津有味地吃着棱鲱、鲱鱼还有腌制小蘑菇。然后他们又一人喝了一杯，又尝了尝一道又一道的冷菜。

克拉夫季娅·尼古拉耶夫娜走了进来，坐在餐桌边一个空位置上。随着她的到来，谈话更活跃了，因为她非常随和，并且俏皮，更主要的是她是一个很好的交谈者，话题转到城市主题。维诺格拉多夫在城市里有许多亲戚和熟人。在聊到兴头上的时候不知不觉他们又每人喝了四杯酒，并且聊起不久前刚发生的两个政党之间的血腥冲突。因为他们所有人观点都一致，所以谈话进行得非常愉快且非常高兴，所有人都开心，虽然话题有些悲伤。

第二章

安努什卡，她对谢尔盖·鲍里索夫颇有好感，对他的到来表示非常高兴，她飞速地朝厨房跑去并且还没进门就叫了起来：

“阿库琳娜，夫人吩咐准备乳鸡！”

阿库琳娜是一个虚胖的大块头娘们，一副善良但有些浮肿的面孔，她掖上裙子的衣襟回答了一声“马上！”然后就穿过院子去了鸡舍。

院子里已经灰暗了下来，星星开始闪烁。在土地上所有的一切看起来都是灰暗而恐怖的，不过空气中是透明的，散发着湿润土地的芬芳，还有从牲畜棚挖出来的新鲜粪便的味道。鸡舍里也非常黑，真是伸手不见五指。家鸡们很早就跑到栖架上睡着了。只有老公鸡仍在那里翻来覆去，在黑暗中发出呼哧呼哧的声音，在某处还有小鸡雏们在唧唧地叫着：一整天它们都在太阳底下跑来跑去，并且在很深的温暖的粪便里快乐地刨来翻去。它们非常快乐，非常温暖，吃得也很饱，到现在它们还不能平静下来，在睡梦中还唧唧地交流着，翻动着。

阿库琳娜走近鸡舍，弯下身去，嘟囔着：

“难道要捉那只花的……还有那对白白的。白色的很多。”

她张开胳膊，很容易就找到了栖架，尽管什么都看不到，并且开始小心翼翼地触摸鸡群。鸡群不安地乱窜，但是它们是如此愚蠢，什么情况都没有弄清楚，并且什么都没有怀疑，只是慌张着，感觉到身上有阿库琳娜的手。当她走到其他地方的时候，这些鸡就又安静了下来。当阿库琳娜估摸着来到花鸡的旁边，她紧紧地用双手捉住了一只，然后拿出来趁着灯光仔细地看了看。小鸡发出刺耳的唧唧叫声，狂躁地跳动着。公鸡生气地大声埋怨起来，但是它并没有离开自己原来的位置。在光亮下一看，原来小鸡并不是花色的，而是黑色的，但是阿库琳娜仍旧用一个布条系住了它的爪子，然后将它扔到了地上。而后她又在黑暗中摸了半天，逮到了两只小鸡。尽管这些既不是白色的，也不是花色的，但是她也系上了鸡爪子，就像是第一只那样，而后拎起了所有的鸡腿，让它们头朝下，就这样带到厨房里去了。

鸡崽们害怕地唧唧叫着，四处乱撞，它们完全不明白要把它们怎么样。所有的一切，这种不自然的，对所有生物来说都是折磨人的状态——头朝下，还有夜晚，它们可从来没有看到过，因为它们日出而醒日落而息，所有发生的一切引起了它们一种无比可怕的，极其恐怖的动物的恐惧感。但是很快它们就麻木了，不再叫了，无助地张着嘴巴，扑腾着翅膀，摇晃着脑袋。

“帕什卡，给我一把刀!”阿库琳娜冲着敞开的厨房门大声喊了一句。

帕什卡是阿库琳娜 12 岁的儿子，是她和一个路过的士兵生的，小男孩头发蓬乱，脸上有雀斑，他跟着克拉夫季娅·尼古拉耶夫娜学会了识字。他专心致志地看识字书已经有一整天了，现在他扔掉书，用手指清了一下鼻子，手里拿着一把大刀子，连蹦带跳地跑到门口来。

“妈妈，给我吧。”他蹦着跑过来，请求道。

“好吧，给。”阿库琳娜无所谓地同意了，然后给了帕什卡一只红褐色的小鸡。

帕什卡，从小就习惯了并且也喜欢宰杀动物，尽管他是一个非常善良也安静的小男孩，他带着一种享受抓起红褐色公鸡的两只翅膀，将鸡头放到门口的踏板上，然后瞄准之后用刀子砍向它。不过天色已晚了，帕什卡失手了，只砍到了半个脑袋。

瞬间，鲜血还有脑浆四溅，还有被砍开的眼睛。帕什卡又砍了一次，已经不堪的小脑袋掉了下来，一股黏稠的，几乎是黑色的血瞬间流到了地上，而帕什卡抓着公鸡的腿，看着血往下流。

“太笨了，为什么把头给砍掉呀！……快给我。”阿库琳娜生气地说，然后拿起刀子，稳健地割开了喉咙，一只，又一只，然后将它们扔到了地上，去厨房里了。

第一只被割开喉咙的公鸡没有发出任何叫声，侧着身子跑开了，撞到了台阶，倒了下去，又转身，然后突然全身抖动，蹬直了腿。另外一只原本想叫的，稍微蹦了一下，在原地像陀螺一样转了起来，在地上铺开了翅膀，耷拉着脑袋。

帕什卡紧紧地抓住它们，抓着鸡腿，等着血放完。红褐色的小公鸡在帕什卡的手里还抽搐挣扎了好久，但是所有这些小鸡，刚才还活蹦乱跳健健康康的小家伙们的眼睛此时已经蒙上了一层泛白的不透明的膜。帕什卡将它们带到了厨房里，开始煺鸡毛。然后，阿库琳娜将它们烤成美味，切成小块，虽然不太美观，已经看不出形状了，僵硬地，匀称地摆在干净的漂亮盘子里。安努什卡走来训斥阿库琳娜怎么这么慢腾，然后就端走了盘子。

此时的先生们已经喝了汤，慵懒地偶尔交换着意见，因为客人们的确太饿了，主人们不想妨碍他们吃饭。

当安努什卡收拾了盘子去端热菜时，谈话仍旧那么热烈那么有意思。谢尔盖面红耳赤地讲起一件大学生的丑闻。克拉夫季娅·尼古拉耶夫娜反感任何的愚蠢，她表示可惜地皱起眉头，不解地问道：

“真的是这样吗？”

“人的身上总是居住着一个野兽。”鲍里索夫回应说。

谢尔盖的故事和鲍里索夫的话让所有人都感到不愉快，大家都不说话了。

克拉夫季娅·尼古拉耶夫娜用自己天生的想象力去想象这愚蠢的一幕：鲜血，愤懑的面孔。她不禁为之一颤，然后立刻感觉到丈夫担忧的目光投射到她的身上，一下子脸色发白了：她想起来了，她的不安可能会对孩子有害。

维诺格拉多夫努力把这个话题压了下去。

“乳鸡上来了……请用。我们的阿库琳娜做得很好。谢尔盖，你还要伏特加吗？”

谢尔盖沉闷地喝了伏特加，然后开始吃鸡肉。

“还要酒吗？”维诺格拉多夫将酒瓶拿在手里，问其他人。

“嗯……我来一些吧。”鲍里索夫说。

格沃兹杰夫则只是点点头，因为他的嘴里都是乳鸡肉，并且在他那健康洁白的牙齿之间，他对自己的牙齿非常自豪，红褐色小公鸡的骨头在噼里啪啦地作响。

第三章

吃过饭后，所有人都转移到客厅里去了，这里布置得特别舒适，并且非常有品位。

安努什卡把茶端了过来，男士们围着桌子坐在沙发上，柔软的圈椅上，享受地抽着烟。克拉夫季娅·尼古拉耶夫娜，这一天忙下来稍微有些疲倦了，因为她进进出出地张罗着所有的事情，慵懒地躺到睡椅上，将脚放到了铺在地板上的狼皮上。因为她非常美丽，所以她的双脚也是那么美，所有人都禁不住看着她的双脚，但是觉得有些不妥，便假装是对狼皮感兴趣。

“这是从哪里搞来的？”格沃兹杰夫问道。

“我自己猎杀的。”维诺格拉多夫自豪地回应道。

所有的客人都是酷爱狩猎的猎人，所以他们很羡慕，怎么不是他们猎杀到如此大如此美丽的猎物。

“怙恶不悛的公狼吧。”谢尔盖注意到。

“是母狼。”维诺格拉多夫纠正道。

“怎么猎杀的，在兽径上守候野兽的？”鲍里索夫很感兴趣。

“不是的，这很偶然：我跟博罗维科夫斯基去磨坊的路上，知道吗？穿过小树林，在那个冲沟过去一点，就在你们今天抛锚的地方。”

鲍里索夫点点头。

“就这样……我们刚过了桥，而它沿着路跑，朝着冲沟过来了……很近，40 步的样子，不会再多了。博罗维科夫斯基先看到的，当他去摸武器的时候，我就砰的一声！就这样它就蹬腿了……在它头顶的皮毛里找到了两个霰弹！”维诺格拉多夫满意地补充道。

“你枪法很好的。”克拉夫季娅·尼古拉耶夫娜在自己的躺椅上说着。

她非常喜欢丈夫的敏捷，所以想强调这一点，也想让其他人注意到这一点。

鲍里索夫，已经喝掉了自己的茶，仔细地翻阅着放在桌子上的图画杂志，在里面找到一位著名的德国评论家的肖像画。

“啊，这是那个人，你还记得吗？”他展示给格沃兹杰夫看。

男士们依次都看了看。克拉夫季娅·尼古拉耶夫娜也感兴趣，维诺格拉多夫为了不让她起身，把杂志送到她的躺椅处。

这样一位胖胖的，臃肿的先生，一张非俄罗斯式的刮得干干净净的严肃的脸，还有像梨子形状的鼻子，这对看着他肖像的人们来说没有什么特别之处，于是维诺格拉多夫问道：

“他那个人，有什么出名的地方？”

“难道你不了解他的思想吗？”鲍里索夫则反问道，半开玩笑地强调“思想”这个词。

维诺格拉多夫关于这位作家稍微想起了一些什么，不过，因为从他的第一句话就感觉到他的想法是乌托邦似的，所以没有太在意。

“很模糊……好像是一些关于全世界女性联盟，还有其他类似的……”

“是关于人间天堂!”谢尔盖笑了起来。

他之所以笑，是因为他发自内心地觉得这样的人愚蠢，建议人们不要等待，等着当政治变动、革命爆发和法律约束时美德会来到他们身上，而首先应该致力于在自己身上培养这样的美德。

鲍里索夫非常喜欢说话，并且他每次说话都像是在演讲一样，非常有意思非常精细地讲出他自己所知道的关于作家的思想。

这位作家，尽管他有着普通得不能再普通的外表，却是一位大幻想家和理想主义者。他从来都不讲关于现实的事情，而是坚信美好的未来，并且从来都不要求人们所做不到的事情。他试图并不依靠事实，而仅仅是基督教学说来改造社会和人们。政治对他来说没有任何正儿八经的内容。他坚信，从根本上来说，没有谁能够理解，人们怎么会无休无止地争论，那一块或另一块土地叫什么名字，他们将会组成什么样的政府。他说，真正能拯救人们的是劳动。当不再有游手好闲，或者类似的其他劳动形式的时候，丑恶和不公正自然而然地就会消失了，因为社会上对它们不再有任何的需求了。

“要知道，为此需要改变人的属性。”维诺格拉多夫带着坦诚的不信任说。

“当然。”谢尔盖带着讥笑地叫了一声。

他们之所以这么想，这么说都是因为，他们像所有人一样，相信人性恶，如果想让人作出改变只能通过惩罚或者奖赏。

“那，女性联盟呢，这里为什么会出现?”克拉夫季娅·尼古拉耶夫娜好奇地问。

谢尔盖仍旧是那种开玩笑的口气，这种语气是所有的男士同自己喜欢的女性朋友说话时都喜欢用的语气，他开始跟她开玩笑，说每个人都有自己的想法。所有人都笑了。不是因为谢尔盖说的话有多好笑，只是因为所有人如此无拘无束，自由自在，发自内心地高兴。

“但是，究竟是为什么?”克拉夫季娅·尼古拉耶夫娜坚持问道。

鲍里索夫并没有拐弯抹角。他跟这样一位好的女主人说话感到非常愉快。

“在这个联盟里……严肃的德国人在挑战我们所有人，白色肤种的男性……”

接下来，鲍里索夫像谢尔盖一样，用开玩笑的口吻接着介绍作家的思想，以滑稽的形式呈现。

这个作家的思想在于，女性们应该迈出达到目的的第一步，形成一个神圣联盟，她们的誓约就是不嫁给游手好闲的男人们。

“呸，真是愚蠢!”维诺格拉多夫感慨道，“要知道女子总是比男性更游手好闲。”

“再说了，这是老生常谈了，”克拉夫季娅·尼古拉耶夫娜回应说，“我还是小女孩的时候就在弗拉马里翁那里看到过。”

“是的，可能弗拉马里翁就是偷的他的思想。”

“这不值得去偷。”格沃兹杰夫不屑地说。

“此外，弗拉马里翁的思想并不是这样的，”克拉夫季娅·尼古拉耶夫娜稍微记起来了，“他认为女性应该宣誓不喜欢带武器的男子。”

“都一样，思想都会带有一些耸人听闻的色彩。”维诺格拉多夫开玩笑地说。

“我也会给你些耸人听闻。”克拉夫季娅·尼古拉耶夫娜恐吓他说。

“他赞同这个思想，因为这对他来说一点儿也不危险。”谢尔盖开玩笑地说，“首先，他结婚了，其次，他整天都在庄园里忙活着，再者，他可能一辈子也不会拿起武器。”

“还不拿呢，昨天一整天都带着武器转悠呢。”

“这是为了一些和平的目的。”维诺格拉多夫辩护道。

“如果打猎也算带武器的话，那我们这些人都冒着打光棍的危险呢。”鲍里索夫笑了。

“那是的呢，”克拉夫季娅·尼古拉耶夫娜卖弄风情地点点头说，“你们会打死可怜的鸟儿们。”

“因此你们会心肠变硬，而失去珍惜自己温柔的伴侣的能力。”谢尔盖戏谑地接着说完。

大家又都笑了起来。

“是的，是的，”克拉夫季娅·尼古拉耶夫娜坚持道，“你们真不该觉得这些都是小事……你们还记得吗，在什么地方说过，你们可不知道有一天……或者不是，不是这样。”克拉夫季娅·尼古拉耶夫娜笑了起来，“你们不知道：人的灵魂会去天堂，而牲畜的灵魂会下地狱。”格沃兹杰夫混淆着《圣经》的内容，稍微想起了一些。

“或者……”

“完全相反。”谢尔盖提示说。

“或者是牲畜的灵魂会去天堂，而人的灵魂……”格沃兹杰夫继续说着，不知道为什么，他认为作家理应熟悉《圣经》。

“倒栽葱。”谢尔盖结束了。

“淘气的人。”格沃兹杰夫亲切地称呼他。

男士们开心地开着玩笑，笑着，而克拉夫季娅·尼古拉耶夫娜突然严肃了起来：关于牲畜的灵魂的想法在她看来太伤自尊心了，在她看来，那是一个伟大的过程，就像在她身上所发生的一切一样。

尽管这个想法是稍微提及的，似乎是不言自明的谬语，但是这还是对她产生了影响。她经常看到有身孕的家畜，她从没有想到这种类比。而她自己的怀孕，引起了周围人很多的关注，在她的意识里这是一种无法比拟的重要的事情，包含深刻和神圣意义的，几乎是奇迹。而动物们身上所发生的事情只是会引起厌恶的事务关注，而她自身的似乎是所有生活的唯一的意义和目的。并且这种不同，在她看来是如此自然，就连这个问题“为什么是这样，而不是另外的样子？”从来都没有出现在她的头脑里。这个问题几乎是任何一个人都不曾想到的。所以这个偶然的想法触犯了她，几乎是亵渎，也是个人的侮辱。她的直觉告诉她她非常想说出一些打消这种想法的话，并且想抬高它的地位。但是她并没有找到什么可说的。

谈话转向了城市生活中的琐事。然后，所有人都请求谢尔盖高歌一曲，他在维诺格拉多夫的伴奏下，唱起了优美的洪亮的男中音：

啊，田野，田野，谁使你

布满了尸骨……

一下子维诺格拉多夫家所有的仆人都涌到了前厅，厨娘的帕什卡站在最前面。

谢尔盖唱得非常好。他唱了忧伤的、欢快的歌曲，还唱起了某首工人的歌曲，最后，他随着大家忍不住的大笑声跳起舞来。

直到晚饭的时候大家都很快乐，并且没有任何拘束。当谢尔盖跳累了，大家开始争论起当代音乐，尽管所有的人都可以离开音乐过一辈子，但是大家争论得特别激烈，特别认真。克拉夫季娅·尼古拉耶夫娜饶有兴趣地听他们争论，但是快到最后的时候，她疲倦了，没有跟上谈话的思路，开始想她一直以来都在思考的事情了：关于自己的孩子。她觉得，这一定是一个小男孩，并且一定会跟她的丈夫一模一样。并且她感觉到一股对丈夫的深情厚爱，便用水汪汪的双眼注视着他，他英俊的面庞因为争论而活跃起来，还有他整个匀称的，强壮的身体。

男士们抽了很多烟，争论了很多。从他们的争论中他们自己和任何其他人并不会获益多少，也不会有什么幸福，并且不可能有，他们只是很愉快地说出自己聪明的，充满人文关怀的观点，因为他们觉得自己是聪明人，具有人文关怀。大约 11 点的时候，克拉夫季娅·尼古拉耶夫娜稍微有些疲倦，但是很满意，她悄悄地起身，去厨房里吩咐做晚饭。

“这些人真可爱。”她听到身后激烈的青春男性的声音，暗自心想。

第四章

晚饭时候也是如此快乐，就像这整个顺利的傍晚一样。当收拾过了碗碟和空盘子，并且每个人又都喝了几盅伏特加酒，男士们又开始抽烟，并且将红酒瓶子推了过来，将胳膊肘放到了桌子上。

克拉夫季娅·尼古拉耶夫娜，她已经习以为常了，男士们总是会在饱餐一顿之后，喝着红酒开始无休无止激烈地争吵，她起身笑着祝愿客人们晚安，然后就离席去睡觉了。

当她已经宽衣解带，躺到了新铺的干净床上，盖上了柔软温暖的被子，维诺格拉多夫来了。她从来都是在他的吻别后入睡的，现在她非常高兴，他陪着客人都没有忘记这一点。维诺格拉多夫温柔地给她理了一下枕头，亲吻了一下她的额头。

“有人可以聊天了是不是很开心?”克拉夫季娅·尼古拉耶夫娜笑着问他，“太好了，他们来了，不然你跟我在一起会很无聊的。”

“他们很可爱，”维诺格拉多夫发自内心地说，“不过没有他们，我跟着我的小女生也很好。”

他们相视而笑，非常感动，充满爱意。

当丈夫离开后，克拉夫季娅·尼古拉耶夫娜意识到自己非常幸福，她有这样一位优秀的，温柔的，疼爱她的丈夫，并且她的生活如此轻松，单纯而幸福。

维诺格拉多夫也感到非常幸福，他有如此美丽善良的妻子，她爱着他，并且他也能配得上她的爱：优秀，英俊，聪明，具有美好的情感和思想。

维诺格拉多夫和他的客人们几乎是在桌旁坐到了天亮，他们抽着烟，喝着酒，同时还伴随着很好的消化效果，使大家都进入梦想的状态。尽管他们聊各种各样的事情，但是本质都是指向关于那个遥远的乌托邦时代的美好，善良和真诚的想法，在那个时代里，所有的一切，人们，生活秩序都与现在不同，而是变得好很多。到那个时候对所有人来说善与恶的界限将明了。不过他们不相信有这样的时代。

第五章

清晨的时候工人伊万开始杀羊了。维诺格拉多夫自己挑选的这只羊，他从羊群里注意到它，因为它是最健康，最肥美，同时也比其他羊更快乐。

因为克拉夫季娅·尼古拉耶夫娜害怕鲜血，所以维诺格拉多夫千叮万嘱让伊万一定要早点完成。所以天还蒙蒙亮伊万就起床了，顺便喊醒了帕什卡，而他自己去了牲畜圈。

清晨寒冷得刺骨。尽管已经明显是春天了，但是过了一个晚上水洼处都蒙上了薄薄的带刺的冰凌，在伊万沉重的靴子下方噼里啪啦地响着。清晨起雾了。近处还能看清楚，而远处的建筑和树木都笼罩在朦胧的，有些泛白的烟雾中，青烟有些沉淀，并且轻轻摆动着。太阳还没有升起来，但是天空已经泛白，变得蔚蓝，在迷雾后黎明的云朵有些粉红色，已经不是夜间的金色的，而是银白色的星星，在云朵之上微弱地亮着。似乎从一把看不到的扇子里散发出一些气息，整个土地都轻松快乐地呼吸着。

所有的一切都是蔚蓝色，透明的，但是近处房顶、栅栏和树木的轮廓已经开始变成灰色。在院子上方有两只黑色的乌鸦飞得很低，很沉重，但是它们却用力地挥舞着因为一个晚上而变得消沉的翅膀。在马厩附近，在房檐下，还没有睡醒的麻雀啾啾地叫着。

天越来越亮，越来越欢快。响声变得越来越多。在远处的树下一只大公鸡拖长了声音叫着。

时而在那里，时而在这里，其他的公鸡也应和着打鸣。当伊万从旁边经过时，整个鸡棚都沸腾了起来，扑腾着翅膀，然后突然，一只老公鸡嘶哑地叫了起来，声音很大并且很有力量，而后，它久久不能平静，一直在走来走去，咕哝着打嗝。麻雀也已经在不同的地方唧唧叫并且越来越响。在院子之外的草原上，那里还笼罩在晨雾中，能听到各种自由小鸟含混的声音。

伊万抬起细圆木做的大门，大门咯吱一声，然后艰难地走过柔软的粪便，来到牲畜棚。马匹和羊群，都在各自的圈里，已经醒了，并且聚到了院子里，从深深的被踏过的粪便上挤出粪水来。

当伊万进来后，成年的母马将自己聪明善良的脸转向他，晃动了一下耳朵，而迟钝的公马，细细的腿，害怕地挤到自己的母畜身上，将自己无辜的柔软的脸高高扬起，并且敏锐地竖起尖尖的耳朵。绵羊们你靠我我挤你，在伊万周围聚集起来，并且用笨笨的圆圆的眼睛盯着他看，似乎是想问什么。时而在这里，时而在那里，发出它们带着颤音的咩咩叫。伊万打着哈欠，挠着胸前，看到了被锁定的公羊，突然猛扑过去抓住了公羊的后腿。因为他突如其来的动作，羊们一下子都蹿到一边去了。而公马在马厩里如此忙乱，它们好笑地没有节奏地踏着细细的还有些丑的马腿。大个头的母马并没有动，它们温顺地看着伊万，只有牝马，老的，灰白的，在那里跺着脚，叹息一声。公羊的毛色是黑色的，羊角不大，害怕地跺着脚，试图跑出去，但是伊万抓住了它的角，用双腿踢踢它的屁股，然后将它拖出门外，并且拽着它穿过了院子拖到板棚里。公羊跑得还算开心，迈着羊蹄走着碎步，无忧无虑地摇动着尾巴。

阿库琳娜已经站在院子的台阶上面了，她打着哈欠，在嘴巴上画了个十字：

“在那里磨叽什么呢，见鬼!”她冲伊万叫嚷着，“帕什卡，快，快来帮忙……”

帕什卡，睡意犹存，头发乱蓬蓬的，他生气地将厨房的门弄得吱吱响，因为冷而蜷缩起来走到了台阶处。

在板棚里还很黑。板棚里的地是硬的，结实的，并且有些臭味，因为每周都会有很多次，伊万在这里屠杀牲畜，为了给老爷们和仆人们做饭。

“拿着。”伊万对帕什卡说，从旧的牲口槽里拿出来斧头。

帕什卡抓住山羊的角，这样它就跑不了了，然后开始抚摩它。但是公羊并没有想着逃走，它感觉很好，就像任何一个健康的并不饥饿的动物一样，开心地摇着尾巴，将柔软温和的嘴唇伸到帕什卡的手里，甚至还试着去咀嚼帕什卡长衫的衣襟。

“你这样用腿夹住它。”伊万告诉帕什卡。

帕什卡很听话，用双腿跨坐在公羊上面。开始的时候公羊不乐意了，但是帕什卡又抚摩了它一下，它就平静下来了，站在那里一动不动，将腿分得很开。伊万走到侧面，灵巧地，快且狠地挥起斧子用尽全力，用斧背捶公羊的头。公羊的眼睛差点儿从眼眶里飞了出来。流着血，它四处窜逃，起初跪倒了，而后侧身倒下。伊万丢掉斧头，抽出刀子，扳着公羊的头，开始割它的喉咙，一前一后地用刀子划着。这时候公羊颤抖着跳动起来，开始奔突。帕什卡用尽全力抓住它的腿，而伊万则用腿压住，只听见羊腿处发出破裂声。但是他们很难控制住这只求生的公羊。它瞬间就跑了出去，尥蹶子，抽搐着，在美丽的还有生气的眼睛里充满了荒野的恐惧。黏稠而暖乎乎的鲜血从被割开的喉咙处一股股地流了出来，就这样，帕什卡和伊万一下子从头到脚都被弄脏了。但是这也并没有让他们觉得有什么不好意思的地方。

公羊终于停止搏斗了，它安静了下来，只是它抽筋的羊腿还稍微有些颤动。它的眼睛已经变得灰暗不清了，并且也变成了不自然的，让人不解的状态。伊万立刻就开始剥它的皮，而帕什卡站在旁边看着。两个人都想着各自的事情，并没有想他们在做什么。帕什卡掏了下鼻子，想着怎么去跟母亲要 5 戈比。而伊万想着自己的事情，时不时地冒出一句粗话。

在院子里已经彻底天亮了。

一群羊经过板棚，踱着步，发出欢快的咩咩叫声。麻雀叽叽喳喳，一群群如乌云般从打谷场飞到板棚，然后再飞回去。听到很大的声响，大门咯吱打开了。

所有的声音听起来特别响亮，特别有力，而经过露水的冲洗，屋顶，土地，树木，甚至人们和动物都似乎变得年轻了，干净且快乐。所有的一切都发着光，闪烁着，数千上万种色彩汇集到一起，都在流动，都在发出声音，并且过着完全的，有力的，完美的生活。

在任何地方都没有一个黑点，甚至连影子都让人觉得出奇的轻盈和透明。只有在板棚附近，在墙上的挂钩上，悬挂着某种蓝红色，油污的，形状模糊的，已经静止不动的东西，从它上面还悄悄地滴着冰冷的血滴。

第六章

克拉夫季娅·尼古拉耶夫娜大约九点钟的时候起床，十点钟的时候叫醒了丈夫并且派帕什卡去喊醒客人们。

男士们洗漱后变得整洁了许多，因为期待着即将成行的打猎而变得活跃起来，他们聚集在餐厅里。他们计划着喝过茶之后就出发，并且直到午饭前都要带着武器走动。而午饭后客人们需要坐车去一个小车站，以便能赶上火车。

“喝过茶我们就出发。”维诺格拉多夫说着，眼睛里闪烁着光芒。

他们所有人都酷爱打猎，而天气是如此之好，如此舒适，对他们来说比这还要美好的事应该没有什么了。所以他们都匆匆地喝着茶，被热茶烫到了嘴巴，都忘掉了克拉夫季娅·尼古拉耶夫娜特意推到他们身旁的甜面包和果酱了。

“你们真是像小孩子，心急得都不行了。”她甜甜地微笑着说，“你们怎么能从打猎中找到这样的乐趣呢？”

“这个，克拉夫季娅·尼古拉耶夫娜，您是不会理解的。要想理解狩猎的美妙，需要自己成为一个猎人。狩猎这是怎样的诗情画意呀……”

利用天生的描述才能，格沃兹杰夫开始描绘猎人的感受，他讲得很出彩，很吸引人，甚至连克拉夫季娅·尼古拉耶夫娜都觉得，似乎没有什么能比带着武器和猎狗在田野上晃荡更愉快、更有意思的事情了。

“真是遗憾，我不是男子。”她轻轻地笑着说。

“十分感谢。”维诺格拉多夫开玩笑地回应道。

大家都笑了起来。而克拉夫季娅·尼古拉耶夫娜假装皱起了眉头，但是她撑不住了，立刻也哈哈大笑了起来。

“那又怎么样呢?”谢尔盖激动地说了起来，“在英国，女子很久以前就跟男子一起打猎了。”

“那是在英国，而不是在我们这里。我要是试着穿上大大的皮靴，拿起武器，我能想象到，会有多少‘恭维话’要飞到我的耳朵里来了。”

“您何苦去在意那些傻瓜们的意见呢……”

鲍里索夫开始证明，女子现在应该独立了，应该不受制于社会的看法。并且根据他的说法，他自己都没有注意到，似乎克拉夫季娅·尼古拉耶夫娜能够推动社会进步和女性解放，通过她拿起武器打死几只动物。

所有人都对他的意见表示赞同。

“兄弟们，出发吧!”维诺格拉多夫看了看表，命令说，“不然午饭之前我们到不了地方了。”

男士们都站了起来，弄得椅子作响。

马匹都已经套到了马车上。从昨天傍晚的时候维诺格拉多夫就在关心这件事。伊万总是跟先生一起去打猎的，他已经侧着身坐在了长长的车把上，耐心地等着先生们。猎人们说笑着都坐下了，还带上了猎犬。马匹非常普通，毛发蓬松，个头矮小，但是非常结实，它们突然起动，然后就敏捷地、快乐地快步跑出了大门外。

克拉夫季娅·尼古拉耶夫娜看着窗外，鞠了一躬，笑着。

当马车消失在视线里，她慢慢地离开窗户。家里一下子就变得空荡荡的，安静了。克拉夫季娅·尼古拉耶夫娜突然变得忧伤了起来，想要哭泣，柔弱的孕妇经常会这样。但是当她一想到这样会对孩子产生不好的影响，她便克制自己，觉得做错了什么似的，自己冲自己笑笑，克制住自己的眼泪。

从没有什么时候像现在这么明确，当家里如此空荡如此安静，她感觉到，她不是一个人，在她的肚子里生活着一个，未知的，但是对她来说永远珍贵的，但是仍旧不太理解的生物。他生活着，成长着，甚至时不时在运动着，轻轻地转身。因为这种愉快的特别感受，她整个肌体都充满了特别的无限幸福的让人心花怒放的恐惧感。

并且，克拉夫季娅·尼古拉耶夫娜开始觉得有些难受，她现在一个人感受到自己伟大的幸福。她非常想跟谁分享这种感受。这种愿望已经出现了不止一次，并且在这种情况下，她总是会走去厨房找阿库琳娜。

阿库琳娜几乎每年都会生一个孩子，她非常乐意跟夫人聊这些，并且在这个时候，她们两个人觉得自己的身份不再是夫人和仆人，而是两个一模一样的女子。

而现在没办法聊天。阿库琳娜非常生气：住在厨房里的一只灰色的胖猫，夜里生了小猫崽，并且将湿漉漉的脏兮兮的小猫崽都拖到了阿库琳娜的床上，放到了她用碎布拼起来的新的小床上。

当夫人进来的时候，母猫和小猫崽都被安置到了壁炉后面的地板上，阿库琳娜低沉着脸，在木盆里洗着被子，而帕什卡蹲在那里，看着小猫崽们。

一共有五只。一只黑色的，两只白色的，两只灰色的。它们都还没有睁开眼睛，小小的，它们在光秃秃的地板上一点儿也不舒服，并且地板很硬。尽管老猫努力让它们都在自己身边，但是它们立刻就在冰冷的地板上趴着，抱怨着，勉强能让人听到它们的叫声。大猫因此而痛苦，它不安地看着人们。但是谁也没有帮助它。

帕什卡对小猫们是怎么爬的非常感兴趣；他故意将它们放到远离母猫的地方，然后开心地笑着观察，它们是怎么样蠕动的，怎么无助地用猫脸乱撞着坚硬的壁炉和冰冷的地板。

“呀，好可爱的小家伙们。”克拉夫季娅·尼古拉耶夫娜叫了起来，她喜欢所有的小动物。

她蹲到了帕什卡的旁边，好奇地观察着小猫崽是怎么样吃奶的。

阿库琳娜走了过来。

“是不是很可爱?”夫人开心地抬起头来看看她，“特别是这只黑的……这只黑的我们一定要留着。”

“而我想着，夫人，都送人呢。”很不满意的阿库琳娜说。

“不，为什么……黑色的留下。你看看，它多可爱。再说了不留下一个小猫崽，母猫也会想它们的。”

一只小猫，不是那只打算被留下来的猫，突然转过身来，可怜地叫了一声。

“啊，小可怜的。”克拉夫季娅·尼古拉耶夫娜怜悯地伸过手去，小心翼翼将它捧在手里，把它放到了妈妈的胸前。

“那，帕什卡，你现在把黑色的留下。”阿库琳娜说，“而其他的，赶紧，现在就扔掉，母猫会适应的……马上，帕什卡就去扔了。”不知道为什么她跟夫人说。

克拉夫季娅·尼古拉耶夫娜开始可怜起小猫崽来，她转过身去，当帕什卡一个接一个地把小猫抓到衣衫的衣襟上跑出了厨房。克拉夫季娅·尼古拉耶夫娜在他走后锁上了门，带着惋惜，不放老猫出去，老猫不安地抱怨着，喵喵叫着，要不是关上了门，它肯定要去追帕什卡的。

帕什卡将其他的小猫都扔到了牲畜圈后面的沟渠里，并且很长时间都在那里看着，在不深的污水中溅起了怎样的泡沫。

第七章

天空明亮而有阳光。温暖而新鲜。在蔚蓝的天空上有着小小的，白色的卷云。大地已经四处变绿了。在道路的两旁，当耕地没有变成黑色，施过肥的土地不再是红褐色，从远处看去是嫩绿色的，让人欢欣的小草。空气清新而稠密，就像蜂蜜一样。

“这真是富饶。”谢尔盖兴奋地说，当他们经过乡村散架的栅栏，来到田野时。

“我们坐在自己的监狱囚牢里，像田鼠一样呼吸着各种污秽。”

“让人羡慕您的命运，地主。”格沃兹杰夫带着发自内心的羡慕对维诺格拉多夫说。

“也不总是。”维诺格拉多夫表示反对，他非常满意有人羡慕他。

当维诺格拉多夫一个人的时候，他很少去关注自然，也就说很少关注被称为这个名词的一切：田野，森林，动物，草，水，天空和太阳。他会在图画上和在书本的描写中关注到所有这一切的魅力，并且他会说自己热爱自然。在乡村的生活中，这种大自然丰富得都让他有些厌倦了，并且在他看来几乎单一无趣。这并不是因为他是一个冷淡的人，缺乏想象的人，而仅仅是因为他已经习惯了将自然看作是带给他安慰和满足他需求的事物。

而现在，当这位以描写自然而享誉的作家格沃兹杰夫羡慕他，在维诺格拉多夫的眼里，他生活在大自然之中立刻变得非同寻常地浪漫，有意思，并且是其他人所不能享受的，无法带着这种诗意的心境像他这样，满腔热忱地跟自然打交道。

“非常麻烦呢。”他说，尽管现在他一点儿也没有想这些麻烦事。

“唉，这算什么麻烦呢，”鲍里索夫反驳他说，“要知道，这可不是我们那些问卷琐事呢。”

“各有各的……”维诺格拉多夫开始说，满足地笑着。

“不是的，老兄，”鲍里索夫打断他的话，“难道可以比较吗：你这儿所有的一切都在发展……你的麻烦事是你的生活；而我们用我们的麻烦事在浪费自己的生活……我们，你明白吗，只有在从自己的麻烦事中解放出来的哪怕是一个小时，那对我们来说才算是生活，而你……”

“是的，我理解你想说的事情。”维诺格拉多夫打断他。

“我们觉得你们的麻烦事就是休息。”格沃兹杰夫插进来。

“你呼吸的全是新鲜空气，而我们已经忘记该如何呼吸了。”鲍里索夫结束道，不过并不是带着忧愁，这种似乎从他的言语中总能够感受到的情绪，而是带着某种欢快的满足感。

所有人都沉默了，带着享受地呼吸着厚重的散发着香味的空气，把嘴巴张得比平时要更大了，几乎是用爱怜的眼神看着变绿的辽阔。

马儿们慢慢地小快步地奔跑着，有力地摆动着鬃毛，伊万只是做样子甩一下皮鞭。在身后，新鲜的土地上，快速且均匀地留下了车轮印，看上去非常舒服，还有小水洼波光粼粼，就像是被打碎的蓝色和粉色的玻璃碎片。

“我们嘲笑托尔斯泰主义者，”鲍里索夫开始说话了，眯起眼睛幻想着，“但是看看周围，难道不想加入托尔斯泰主义者的行列吗？都想去当隐士了……”

“那就去吧。”谢尔盖笑着说。

“是的，去吧……”

“为什么不呢？”维诺格拉多夫也笑着问道。

“是因为我对自然来说是陌生人。我们从小都受到的教育是这样的，我们要将自然看作是散步和教育旅行的地方。给我们观看三株小草还有一小块石头就开始给我们讲解：它们是分别什么科、什么属、什么种，它们的不同形态、可变性等琐碎的事情……我们得到了这样的认识，‘玛莎虽好，但不属于我们’，上帝保佑它……作家先生们，停下，”鲍里索夫朝格沃兹杰夫的方向眨了一下眼睛，“给我们讲一些有意思的关于大自然的童话吧……”

“怎么？”

“怎么？我们开始喜欢自然是因为混合着对文学的爱和对艰难的自然历史的恐惧……并且总的来说，我们离大自然的生活太远了，所以只能以柏拉图式来爱着它。我现在一步都不敢迈出去……各种小昆虫一下子就把我给吃掉了。”

伊万看了看先生们，笑着抖了抖肩膀。

“瞧，想出了什么来。”他想着。

维诺格拉多夫看了看鲍里索夫，忍不住笑了起来：他觉得鲍里索夫非常虚弱、渺小并且无助。

“笑吧，笑吧，壮汉。”鲍里索夫并无抱怨地冲他点头。

“你是很厉害的，如果你能抓着牛角让它倒下，同时又能耕地，又能收割，你什么都可以，而我算什么呢……”

“虚弱者……”谢尔盖出乎意料地提示说。大家都笑了起来。

“当然是虚弱者……”鲍里索夫表示同意，“而大自然是忍受不了虚弱者的。需要给它注入力量。你看看，真是的，任何一个鹬都比我强，所有强壮的，健康的，没有什么柔弱的。即便是有什么柔弱的，就像是很快就会消失的畸形。而我是一个城里人，有文化的，有知识，等等，人在这里是最弱的生物，所以也是……”

“废物一个！”谢尔盖再次提示说。

格沃兹杰夫稍微听了下谈话，陷入了沉思，他已经闪过了不是很清晰的想法，关于开化的人和大自然之间的差别。在振奋人心的关于辽阔，空气，光亮的印象，这种陈词滥调在他看来不再是陈腐，而恰恰相反，让他觉得非常独特，新鲜并且也深刻。

维诺格拉多夫，用尽全力将空气吸入自己有力的肺里，因为听到鲍里索夫的话而感到自己是健康且有力的，看着周围不像是陌生的微不足道，而是当作是自己的，甚至觉得自己是自然的主宰。

谢尔盖仅仅是在享受，看着嫩草，并不是在思考关于它的事情，而是想到安努什卡富有弹性高耸的胸，她夜里去了他的房间。他思考着如何在城市里给她安顿下来，并且觉得生活很美好。

很快就露出了小草丘，去年的芦苇，流水在它们之间散发着光芒。土地变得更加柔软了，而草儿更绿了。流水和潮湿的小草的新鲜和气息散发出来了。伊万扯了下缰绳，从被压平的路上转了弯，车轮把轻柔的草给压倒了，不声不响地朝沼泽地驶去。

一下子就清晰地听到了悬在空气中的，经久不息的喧杂。

第八章

沼泽地的面积很大，凹凸不平，在中心的地方还有些浅浅的，水很清的小湖。

沼泽地的一边分布着数不尽的，稠密的绿色草地，而另一边，几乎没有任何叶子的小树林变成蓝色，勉强能够看到像细线一样的白桦树细细的树干。整个沼泽地上都布满了凸起的圆圆的土墩，水在这些土墩之间欢快地闪着光亮，芦苇变黄了。沼泽地上方的天空似乎更加明净，更加蔚蓝，而空气更加透明了。所有的一切都能看得很清楚，很明亮，最后一个苇秸在太阳下像金色棍子似的变成了黄色。

让人觉得，整个沼泽地富有生机：在每一个土墩后面都是生命，都蠕动着活的生物。鸭子平静地叫着，非常谨慎，它们均匀的叫声在河岸上都能听得很清楚。时而这里，时而那里，有个英俊的公鸭突然冒出来，在水面上发出一声叫声，滑翔出一个大大的半圆，然后落下，声音很大地划开蔚蓝的水，水面久久不能平静，整个都泛起波光，似乎是在对倒映在它上面的天空微笑。长腿的鹬长着尖鼻子，迈着细细的蚊子一般的腿，一个接一个地从一个土墩飞到另外一个土墩，欢快地叫着，朝着变蓝的小树林飞去，越来越远，越来越远。远处飞起了两三只草鹅，沉重地挥动着翅膀，追赶着彼此，它们在沼泽地的上方不太高的地方飞着，突然重重地落到芦苇之间发光的干净地上。在沼泽地里，小湖开始的地方更干净，可以看到数十个小洞，像黑点一样，在水上快速地转动着。近处，在浅水的地方，白鹭郑重其事地用一只腿站着，将头埋到肩膀里，傲慢地挥动着长长的喙，似乎是在欣赏大自然。白色的海鸥像往常一样到处盘旋，将自己白色的胸膛贴到水面，然后再次起飞，挥动着长长的，灵活的翅膀，警觉地观察着四周。远处，大雁一行行地飞着，落到了小树林外的某个地方，小树林淹没在蔚蓝的空气和光亮的浪潮中。

一切都喧闹了起来，叫着，叽叽喳喳。所有这些响亮的声音是美丽的自由生活的声音，融汇成一个庄严的轰鸣，笼罩着整个湖面。

伊万将车赶到水面前停了下来，扯住了马匹，用细小的声音说了句："吁……"

"我们到了。"维诺格拉多夫喊了起来，第一个跳到地面上。

在他的脚下小草轻柔。

"泥泞吗？"鲍里索夫下车时问道。

"没什么。"维诺格拉多夫反对说，跺跺靴子，水在脚下啪啪作响。

狗儿们神经紧张地在岸边转来转去，跑向水边，然后又退到人们旁，摇摆着尾巴，悄悄地尖叫着。

"我们从这里开始走吧。"

"一起还是分开？"

“分开吧。”鲍里索夫说，他喜欢单独行动去狩猎。

“好吧，那你们去那里，我们来这面。”维诺格拉多夫假装无所谓地说，将更好的地方留给了自己，“在那个小树林处我们碰面，到时候马车会直接去那里的。”

格沃兹杰夫已经在沼泽地里迈步行走了，轻声地打着口哨唤着自己的阿亚克斯。鲍里索夫跟在他后面，只是更靠近水岸。谢尔盖将霰弹放入自己新的后膛猎枪中，迫不及待地等着维诺格拉多夫，他在吩咐伊万，告诉他去哪里，该在哪里等着。

“好的，老爷。”伊万高兴地回答先生的所有命令，悄悄地，让马匹沿着水岸走着。

“好了，走吧。”维诺格拉多夫说。

于是他们出发了，深深地陷在潮湿的土墩里，警觉地注视着马尔克斯，它走在前面。

突然，有什么咔嚓一声，然后在远处小树林里像小颗粒似的划过湖面。

维诺格拉多夫和谢尔盖都转过身去看。

在沼泽地的绿草上方游动着一层蔚蓝色的薄雾，格沃兹杰夫和鲍里索夫的身影很明显能看出来，就像是画上去的一样。黄色的阿亚克斯，就像一小块红褐色的毛发，蹦跳着在土墩上跑着。

“瞧，多美丽!”谢尔盖欣喜若狂地说。

但是此时，马尔克斯正在伺伏，全身躬成一张弓，前腿紧缩，龇牙咧嘴地向前伸着狗头，看不到它的眼睛，但是根据它伸直的似乎长到草里一样的双腿上白色的皮毛可以看出它在打战。似乎这种不是很愉快，同时又非常愉快的颤抖也发生在两位猎人身上，他们屏住呼吸，打战地握紧武器。

“嗖！”谢尔盖断断续续地低声说着，似乎咬了一口空气。

马尔克斯冲了出去……

有什么跳动了一下，拍水声，嘎嘎叫，两只母鸭和一只公鸭，惊恐地叫着从土墩里冲了出来。完全是机械地，还没有让自己瞄准，谢尔盖和维诺格拉多夫就开枪射击了。一下子周围的一切都颤抖了起来。射击的轰鸣也震到了他们自己，烟火飞入空气中。轰鸣的回声在整个湖面上回荡，盖过了鸟儿们的喧闹。母鸭和灰蓝色的公鸭，无助地在空中翻了个跟头，像石头一般跌倒在土墩上，碰掉了羽毛和茸毛。而另外一只母鸭极度害怕地从猎人们的头顶上飞过，冲着格沃兹杰夫的方向飞去。瞬间，从那个方向也听到一声回响很大的射击声，看到了被击中的鸭子翻了个跟头。

“马尔克斯，嗖，去带回来！”因为激动而忙乱起来，谢尔盖叫了一声。

马尔克斯睁着激动的双眼，脸上满是血，它已经将公鸭拖到他们这面来了，公鸭已经没有生气的小脑袋在它的牙齿之间无助地摇来晃去。

母鸭还活着。马尔克斯费力地捉住它。母鸭挥动着一只翅膀，因为害怕而张大嘴巴，它从一边冲到另外一边，直到马尔克斯将爪子踩在了它被击中的已经无法飞行的翅膀上。母鸡还想自卫，并且它鲁莽地无意义地冲狗发狠。但是被激怒的猎狗直接抓住了它的脑袋，用爪子攻击它的翅膀，然后拖走了。

狗的胸前都被鲜血弄脏了，当猎人们接着往前走去，在被蹂躏和践踏过的草地上，在被搅浑浊的水洼里都能看到这鲜红血的痕迹，被扯掉撕成丝的羽毛，还有柔软的灰色茸毛在空中飞旋。

射击紧接着射击，从沼泽地的两端不时地传来。沾满了血的狗儿们在土墩上跑来冲去。猎人们走得越远，在绿色的嫩草上留下的血迹越多。

在每一次射击之后，鸟儿们的喧闹就会瞬间安静下来，而后在前方，又听到热闹的，开心的声音。在猎人的后方，他们所经过的空间，很长时间里还是被死寂和虚空所主导。

狩猎非常成功，射击声不断。被击中的鸭子翻着跟头掉落下来；田鹬和沙锥，就像是被苍蝇拍拍起的蚊子，很容易就滑到了水里，无助地摆动着长长的腿。灰紫色的烟雾像长长的丝带在湖面上升起，静悄悄地融化，消失在明净的空气里。被惊吓的鹭，挥动着宽大的翅膀，从原地起身，头也不回，害怕地向沼泽地深处飞去。

猎人们相互之间都不说话。他们的脸发红，眼睛发亮，帽子都歪到后脑勺了。他们已经不关心猎到的野禽了，匆忙地胡乱把它们塞到猎物袋里，然后又抬起凸起的，睁得大大的眼睛看着猎狗，猎狗伸着血淋淋还有口水的舌头在前面走着。

有一只个头很大的老鸭子，稍微射中一点，格沃兹杰夫的黄毛阿亚克斯怎么也无法摆平它。它抓它的翅膀，抓它的尾巴，但是它仍旧能够逃脱，只是在狗的牙齿间留下一撮茸毛和几滴血，并且它仍旧低沉而绝望地叫着。最终，格沃兹杰夫自己抓住了它。但是它仍旧活着，撕心裂肺地叫着试图挣脱。

在它身上那种生的欲望如此强烈，格沃兹杰夫甚至都想放掉它了，不过他再次鼓足勇气，抓住它的翅膀，快速且用力地将头撞到枪托上。从鸟喙里溅出血来，野鸭瞬间就不作声了。格沃兹杰夫甚至觉得奇怪并且有些不愉快，似乎周围所有的一切都沉默了。

“这就是打猎的可恶一面……”他心里想着。

但是阿亚克斯已经再次伺伏了，格沃兹杰夫腾空了武器，瞬间就忘掉了那只被打歪脑袋的鸭子，鸟喙里还喷着黏稠的血，在猎物袋里被摇来晃去。

走过整个大大的沼泽地，猎人们开始慢慢地汇合到小树林的林边。

沼泽地已经留在了身后。烟雾依旧如带状在上面升起，悬挂在枯萎的芦苇后面。依旧能听到鸟儿们的喧嚣，但是已经不是原来的那样了：在这种喧嚣中已经能够听到不安的苦闷基调还有短暂的停息，就像是在生活的喧嚣中有些地方偷偷潜入了死亡沉寂的无声。

鲍里索夫绕过泥泞的地方走到一边，干脆直接在嫩嫩的灌木丛上走，小树林的边界就是从灌木丛开始的。他总是比所有人离沼泽地都远，并且他打死的猎物最少。尽管他是一位痴迷的猎人，但是他所感兴趣的不是射中。他甚至都不喜欢太多次开枪：他喜欢的不是显现自己的灵活性，而是那种特别的，在他看来是诗意的心情，当他一个人，在田野里或者森林里，拿武器的时候，这种心情便会控制他。他真诚地认为，带着武器来消灭大自然中的生命时，他更多的是跟大自然融合在一起。这种想法如此明确，他的确也努力调整自己去适应这种安静的富有幻想的感受。

但是都是徒劳的：大自然并不能让他高兴，而是让他有了静静的，不明了的忧伤。这种感受在他走近小树林的时候更为明显地涌上心头。

四周都长着细细的泛白的白桦树，悬垂着纤细的树枝。灌木丛有些发红的枝条默默地向上伸张。地上还有一层去年的落叶，灰暗色的柔软地毯，吸掉了脚步和枯枝折断的声音。有一些不说话的发绿的鸟儿悄无声息地从一棵树轻盈地飞到另外一棵树上，无声地抖动着树尖。周围所有的一切都很安静。

鲍里索夫不知道，这种安静完全不是死亡的寂静。在这看似静止中其实在进行着有力的看不到的工作：树根用尽全力从土地里吸取水分，在所有枝条上丰满的黏黏的幼芽鼓起来，裂开，尖尖的年轻的嫩草刺穿枯叶向上生长开来。垂下的枝条上保有生机、柔韧和生气。在根部的某些地方能看到最早的小花们若有所思地隆重盛开的小眼睛。没有声音的小鸟飞向自己的窝，为了新生活在安置着鸟巢。到处都冒出了生活的气息，静悄悄的，不易被发现的，但是是强有力的。

不过所有这一切都隐藏在鲍里索夫的理解之外，所以所有的一切都让他觉得很忧伤，没有生机。寂静并没有使他感到安慰，反而让他难受。不过，当响亮的木头的敲击声打破了这种寂静时，他高兴起来，这对他自己来说非常意外。

“咚咚咚……”声音传遍整个小树林。

在距离鲍里索夫大约 30 步的地方，一只年迈的啄木鸟匆忙地跑在一棵老白桦树的树干上，它务实而匆忙地用喙啄着树干。

“真是一个穿着讲究的鸟儿，”鲍里索夫笑着想，“可以做一个很好的标本。”

他悄悄地，小心翼翼地瞄准，扣下扳机。

一下子整个小树林都轰鸣起来。近处的树枝哆嗦了一下，颤动起来。鸟儿们似乎都消失了，所有的一切因为硝烟都变黑了。几根被枪击中的树枝，静静地旋转着落到了地面上。而哪里都看不到啄木鸟了，鲍里索夫在那里找了很久。他都已经打算离开了，突然他看到了在白桦树的树根附近，在一个小洞里，这里全是枯叶。啄木鸟仰面躺着，七扭八歪的爪子温顺地蜷着，翅膀也折起来了。鲍里索夫捡起它。啄木鸟像两颗黑莓野果的黑色小眼睛张开着，但是已经不再转动。在它的翅膀下流着血，鸟喙没有了，取而代之的是一个模糊的短短的碎块，全是血。这只啄木鸟不适合做标本了。

“见鬼！”鲍里索夫沮丧地骂道，将啄木鸟扔到了落叶堆里去了。

一团花色的羽毛仍旧留在了地上，而鲍里索夫继续向前走去。

前面闪烁着一道道光线，听到越来越大的声响，笑声，还有马匹打响鼻的声音，还有伊万轻轻说话的声音。

“吁……”

“鲍里索夫，哎！”格沃兹杰夫叫着，他那尖锐的声音凯旋地回响在寂静的小树林。

“来了。”鲍里索夫回应着。

“走快点。”格沃兹杰夫又一声叫了起来。

“走……走……快……快……”回声响起。

猎人们已经坐到了马车上，逗留了很久的马儿们不耐烦地晃动着脑袋。

“你在那里打什么的?”维诺格拉多夫问。

“想打一只啄木鸟的。”鲍里索夫一边坐下一边回答。

伊万挥动缰绳，马儿们开始欣然动身，小碎步地快跑起来。很快就穿过了小树林，来到了水洼上。回去的时候已经是另外一条路了，离沼泽地很远，在两侧延展开来时而黑色的，时而红褐色的，时而绿色的田野。道路不平整，车轮经常噼里啪啦地碰到什么，马车也颠簸起来。一大堆猎获的野禽放在了马车的后背上，它们也跟着跳动起来。那些被击中的血淋淋的羽毛中间晃动着七扭八歪的僵直的爪子，还有那已经没有生气的眼睛，晃动的小脑袋，这些都让这堆战利品看起来奇怪而凄凉。

所有人都很开心且满意。一路上他们不停地说着，笑着，回忆着如何打死了那只还有其他的鸟禽。

在离地面很高的地方飞来一群大雁，宽大而平稳地挥动着翅膀。

“瞧，大雁。”鲍里索夫说。

“快，停下来，伊万。”谢尔盖说。

于是伊万停下了马车。

谢尔盖手里拿着武器跳到了地面上。

“你要干什么?”鲍里索夫问。

“想试试，能不能追到。”谢尔盖回答，然后举起了武器。

一声轰响，在这一望无垠的草原上这一声显得很小很轻，并且几乎不明显。

过了一分钟，所有的大雁都在望尘莫及的高空中飞翔着，平稳而大幅度地开合着翅膀。只有一只，最后的一只稍微将脑袋转朝下，但是眼睛仍是看着前方，似乎是用这种无言的蔑视来回应想要结束它生命的无意义尝试。

“追不到的。”谢尔盖说，然后又爬到了自己的位置上。

“非常高。”维诺格拉多夫回应说。

马车动了，车轮又敲打着不平整的道路。沼泽已经留在了后面很远的地方。

“难道你们今天就要走了吗?”维诺格拉多夫问。

“怎么办呢，兄弟，必须要走……我们不是自由之人。”鲍里索夫不知是开玩笑，还是认真地回答。

于是谈话转向了那些客人们回去所要面临的事情。

一个人的日记

第一章

在乡间别墅里曾住着一位伊万诺夫。这是一位善良的，有知识的人，他的妻子还很年轻，非常美丽，可爱。每天晚上我喜欢去他们那里。夏天的时候，在和煦的月明之晚，伊万诺夫和他的妻子，我和他妻子的妹妹纽塔，直到黎明都还坐在乡间别墅小小的阳台上——这被满月照亮的阳台上，静静地，充满憧憬地聊天，看着漆黑的森林，从森林里吹来一种久远的湿润，就像从小河上吹来的一样。有时候，我们一起去远处田野里散步，走在因月光和尘土而泛白的道路上，就这样走啊走，走向被月光的朦胧包裹着的越来越远的群山。

我和纽塔总是走在前面。不久前，纽塔满 17 岁了，她那黝黑的小脸蛋，还有精致的苗条身材，在沙沙作响的白色上衣下柔美地活动着，她用青春的温暖和新鲜，女性最初的春天，吹拂着我。

我已经喜欢上她了，当我将她在轻柔的袖子里摆动不定的娇嫩软润的玉手挎到自己胳膊里的时候，我会感到一种如此强烈，如此幸福的紧张感，眼泪都忍不住充满了眼眶。

有时候我们走在前面，将他们落在很远很远的地方，这个时候我们就停下来，稍微等一下伊万诺夫夫妇，我们往后面看看，而后不知为什么彼此对视一下，微笑着。在远处，模模糊糊地可以看见伊万诺夫夫妇了，他们久久地慢慢地靠近，因为月光而模糊的身影似乎是飘浮在白色的道路上方的，直到能够将他们小小的黑色身影同他们本身区别开来。他们走过来，也微笑着，就像是从美梦中醒来一般。伊万诺夫摘下礼帽，慢慢地用手拂过头发，说：

“真好呀，先生们!”

而他妻子眼睛里散发着光芒，这双大大的黑亮的双眼像纽塔的一样，抬起她那被月光照亮的面孔，偎依在他身上，美丽而不被人察觉。

而后我们一起往前走。我小心翼翼地牵着纽塔温暖的小手，跟她聊着幸福的妄语，筛选着我所知道的最美丽，最欢快和最温柔的词汇。在我们的身后响起轻盈的脚步声，还有悄悄的，远去的声音；在我们的头上看不见的夜间小鸟们叽叽地叫着；时而还有小昆虫不停地郑重其事地嗡嗡作响，而后扑通一下撞到了地上。月亮似乎站在同一个地方，用它那泛白的，神秘的面孔看着我们。我觉得，夜间的空气，平稳而有力地小心翼翼地吹动我们的头发，这不是空气，而是轻盈的美妙的幸福本身。

伊万诺夫夫妇知道我们的爱情，尽管他们出于礼貌尽量不去注意这一点，但是他们对我们的爱情报以轻柔的，倏忽的热情，让人觉得就像是乡间别墅周围的森林，阳光，还有傍晚明亮的霞光和在宽阔的小河上载着我和纽塔的小船——所有的一切都在思考着：如何赋予我们的爱情以最美丽和最精致的色彩。

但是最为主要的，赋予我们的爱情最为饱满、最为明亮的幸福感的是那持久的强烈的爱意——他们本人相互之间热爱着彼此的这种爱意。在这种美丽而深刻的感受里面有着所有的一切，即在男人和女人的关系中将两人融合为一体的伟大的秘密。从女性黝黑的面容上流露出的红晕，还有她美丽高大的身体娇慵的动作，我能猜出那种亲近，欲望的炽热爆发：她准备好在被太阳照得灼热的青草上，在永恒的蔚蓝的天空下，放弃自己的羞愧感，炽热地去接受他对她做的任何事情。而有时候，当伊万诺夫忧伤的时候，或者生病的时候，或者仅仅是陷入沉思的时候，年轻的妻子会来到他身边，如此温柔，如此感人的依恋，从她的身上散发着母亲的神圣，而他似乎是安静的，温顺的小男孩。有时候他们也会因为什么争吵，他们争吵得如此激烈，但是，与此同时仍旧饱含爱意，看得出，在这两个人——男人和女人——身上，有着同一思维在起作用。

他们在一起生活了 9 年，我很难说出谁爱得更深刻、更强烈，是我爱纽塔这位 17 岁的姑娘给我带来的新鲜愉悦，还是伊万诺夫爱他的妻子，他熟悉她的每一个爱抚，身体的每一个弯曲和动作。

我记得，有一次，在我们回家的路上，我在一片因为清晨的露水而变得发白的草地上停了下来，将脸转向纯净的欢快的霞光，这霞光从小河上升起，心里祈求着：

“上帝呀，请让我和纽塔的生活也如此……”

这种想法给我的爱情带来了基础和欢乐。我是一个情趣强烈而易受诱惑的人。每一位美丽的女子从我身边经过时，她那摆动的臀部，胸部还有溜肩，总会燃起我内心深处神秘的折磨。在我看来，这些生来就是为了得到爱抚和驯顺的。当我还完全是个年轻人的时候，在成年人的严肃中还有小男孩幼稚的幻想。我梦想着可以获得一种无边的催眠力量，能够征服任何一名女子！……这些幻想是一篇长诗，关于无尽的，贞洁的性欲冲动；是一篇长诗，在这里每一位年轻貌美的女子都会写入自己的，盛装或赤裸的诗节。虽已是成年人，但是我仍旧是这样一位幻想者，将女子的美看作是大自然赐给人的唯一的幸福。

或许，如果身边没有如此美丽的爱情，我不会考虑将自己的生活与纽塔这位女子的生活联系在一起。至今我仍真诚地想，任何爱情都会离去，任何狂热都会失去那种深刻的感受，那种一名新的女子所能给予的，而后慢慢变成累赘，就像是使人厌烦的，摆脱不掉的债务。并且我想，没有什么比这更可怕的了，念想着另一个女子的身体，当你还爱着，尊重着并且珍惜情人的心，因为她已经将她所有的一切都给了你。

“最好是不爱了，最好是厌恶了！”我说。

但是现在我明白了，一个女子可以填满他整个世界，可以浇灭他身体里还有一成不变的情欲中的所有欲望，并且赋予如此饱满的存在，使整个世界都变成完美的、完整的生活的七彩框架。

当然了，这是很少见的幸福，但是我看到了这种幸福的榜样，并且感觉到纽塔也是一位尼娜·阿列克谢耶夫娜，只是更为年轻美丽，也更让人销魂。所以现在我有意识地拒绝所有的女性，决定将自己全部的生命都献给纽塔一个人。在我看来，接下来将是漫长的，明媚的，充满美丽和温暖的，真正的阳光灿烂的日子在我面前展开。

纽塔了解我的想法——我从不对她掩盖什么，隐瞒什么，用她那神秘的微笑嘲笑我的想法。但是她的双眼闪烁着平静的快乐火焰，我不由得同她一起笑了起来，坚定不移地相信着自己的幻想。

第二章

小河是我们喜欢的散步地点。我们有自己的小船，不知道为什么被叫作“尼维尔内来的美女”，有两盏中国式的灯笼，像血一样红。有时候，我们会点燃它们，然后将船开到小河最宽广的河面中央。在星空的照耀下周围所有的一切都变成了天蓝色。星星在天空上闪动，在幽暗的水里徐徐摇动，而灯笼挂在船头的杆子上平稳地摇荡起来，在黑暗的深渊里投下泛着红色的斑点。这是如此之美，甚至让人都不想说话。

但是，在那里，小河在低处的草地上流动，每天晚上都会升起湿润的具有穿透力的雾气。当有月亮的时候，让人觉得，似乎在水面上走动着不祥的幻影。

“这就是幻影！”有一天我说。

“怎么会?”纽塔很惊讶。

“是这样的……这是伤寒、热病和肺结核的幻影。”

伊万诺夫笑了起来。

不知道是沼泽地的冷气传来，还是他的笑听起来太奇怪，让人觉得非常不愉快。我们久久地看着消瘦的幻影像苍白的人群一样在月光下行走，就像是它们从沼泽地里钻出来想在月光下跳舞一般。吹起了微风，看得出，它们聚集在一起，轻轻地摆动，被拉长，而后突然跑向一个方向，跑向冰冷的小河方向的遥远的田野里。

“可怕!”纽塔说，然后我们划离这个地方去了很远处茂密森林的岸边。

在河面上通常空无一物，并且很安静。只是有时候从邻近的乡间别墅，会有些女士穿着小俄罗斯式的服装出来划船，还有热心的大学生戴着歪到后脑勺的蓝色帽子，还有不同色彩的衬衣。在这里也不是很常见。他们在宽阔的水流上一前一后地划动着，唱着小俄罗斯和革命的歌曲。我们嘲笑他们，但是很喜欢：因为他们如此年轻，幸福。有时候他们煮粥，在岸边升起明亮的篝火，跳动的火光撩拨人心，照亮橡树低处的弯曲的沉思的树枝。森林和小河都活跃了起来，似乎明亮的欢快的火焰从四面八方围住了哈哈大笑着胡闹的年轻人。只有远处沼泽地的幻影孤独地游荡，在冰凉的月光下，在自己不祥的旋涡里，对明亮的火光和快乐的声音感到非常陌生。

我们把船开过去，去看他们野餐听他们唱歌。一种神秘的，类似美人鱼的笑声吸引了我们，这是穿着小俄罗斯服装的女子们的笑声，还有大学生不自然的英勇形象，他们创造着英勇和机智的奇迹，在自己的姑娘面前，冒险地去洗一个又一个的冷水浴。

如果是节日的时候，来河岸边庆祝的还有从城里来的小市民们。他们打扮得漂漂亮亮的，穿着红色长衫和有着褶皱的鞋子，女性戴着绿色、玫瑰色的丝绸头巾，还有那些无法用言语形容的惹眼的裙子。他们豪放地将手风琴一开一合，将我们可爱的小河变成一个水泄不通的小酒馆。在夜晚结束的时候，他们都犯浑了，喊叫着，打起架来，就像野兽一样，有时候还会溺水。这样一来，人们在整个河面上忙乱着，长达三个小时之久：挖起污泥，拖着潮湿的渔网，用钩子摸索着，扯拽出可怕的发绿的朽木；人们犯傻的，愚蠢的声音叫着，哭诉着，争吵着。而后，在潮湿的绿色草地的某处，在水边，久久地躺着孤独的赤裸的尸体，可怕的鼓鼓的脸从湿湿的粗麻布下面露出来看着蓝天，还有浑浊的鱼眼。旁边坐着监狱看守，吸着发臭的自卷纸烟。而所有这一切将毒化小河几天，提醒着青天白日下有多少白痴和畜生。

在这些日子里，我们不再去那些有月光下的幻影在游荡的小河湾划船，因为在一次这样的行程中，和着从森林里飘来的尖叫声和被扯碎的手风琴的断裂声，尼娜·阿列克谢耶夫娜受了风寒。

一个消瘦的，半看不到的幻影，悄无声息地从平静的水面上走到了她的身边，然后拥抱她鲜活的完美的身躯。

所有一切都是那么奇怪，人在任何时候都不会猜到死亡的临近。或许，尼娜·阿列克谢耶夫娜当时是幸福的，快乐的，当死亡已经开始计时她还有多少时日可以活的时候，她仍旧微笑着。她只是抱怨，天气开始变冷了，甚至都没有邀请我去她家里。

第二天，我还在城里，当伊万诺夫来我这里时，跟他一起来到我房间的还有某种陌生的氛围，并不是他身上总是散发着的那种善意的快乐。

“妻子要死了！”他声音不大地说，他的面容也没有变化。

这是一张石头般的面孔，已经达到了悲伤的极致，不再有泪水和抱怨，而只有沉默。

当时，我表现出更多的忙乱和恐惧。起初我怎么都无法相信，差点儿需要他说服我：他的妻子的确是在死去。而后，我面色苍白，乱了手脚，跑着去喊医生。伊万诺夫一直都沉默不语，也呆滞不动。从医生那里出来的路上我们去了一趟药房买第一次需要用的药。药物准备了很久。药剂师是一位非常冷漠的人，他被药房的气味浸泡着，因此他的整个人直到他的心脏都变干空了，他久久地，有条理地将每一种小瓶在两个、三个小纸片上转动，加印封上，重新系上，开始贴上封缄纸。他努力贴得平平整整的。让人觉得，他做这一切是为了满足自己，或者是故意如此。我因为焦虑无法在原地坐着，对药剂师的态度非常蛮横，生气，发火，在烦闷中从一个窗口走到另一个窗口。

伊万诺夫坐到一个靠门的小沙发上，他就这样一直坐着一动也不动。他的脸上有某种奇怪的神情，似乎他在内心里谛听着某种不同寻常的事情。有时候我觉得，他是在听药房地板下面的某些动静，让人觉得可怕起来。

“扎哥劳特的马车在前行，我听到了她的车轮的喧闹和轰隆声！……”[①] 机械地在我的脑海里回荡，死气沉沉且蠢笨地重复着。

或许，的确是这种声音，只有他自己才能听到的灵车的喧闹和轰隆声，它在靠近，为的是永久地带走他的幸福。而他似乎是在测

① 源自印度东部一年一度的游行，其中扎哥劳特的神像被载于巨型马车上，善男信女甘愿投身死于其轮下。

量这种距离，在不可避免的完结与自己个人的生命之间的距离，不是用思绪而是用自己的整个存在在思考，他是不是能够将自己的生命进行到底，他是不是还不得不活很久。

那是一个有阳光的日子，蔚蓝的天空用自己的晴朗在上空微笑着。远处的山峦，田野还有草地上发着光亮的小河的弯曲处，都是那么的飘逸，轻盈。

我已经稍微控制住自己了，斜眼看了看坐在我旁边的伊万诺夫凸现的侧面，我们一起坐在轻便马车上，我非常想但是却无法深入到他的内心里。在它黑暗的深处有某种可怕的东西已经完成了，任何一丝太阳光都已经无法进入这深处，从草地上传来的任何一个欢快的声音也无法进入。但是在表面上没有任何特别的地方，他的面孔让我想起明亮的平静的蔚蓝河水，在小河的底部却躺着溺水者。小河不流动了，它具有某种亲切的色彩，忧郁地晃动芦苇的穗状花序，并且在身上反射出白云的影子。而在那里的某个地方，在潮湿的绿色深处，延伸着黏稠的绿丝，爬行着河里的动物，此时，在那里完成着同死亡的最后的最恐怖的搏斗。

在乡间别墅里所有的一切都被打乱了，就像经历了一场浩劫。纽塔黯然的面容不再对我微笑，房子周围的树木不再晃动，似乎它们也在听，也在等，而它们绿色的黑暗的深处让人觉得厌恶，包藏着秘密，而当我偶尔走出来去森林里整理思绪，试图清醒过来时，我却被过于庄严的沉默所包围。

一天一夜，又一天，死亡就站在旁边，我们感觉到了它的到来，在可怕的沉重中，甚至都压过了各种声音。它似乎有些犹豫不决——进去还是不去，时而让人觉得，它马上就要离开去森林的树木丛中，回头看看，然后悄无声息地离开去绿色的密林中。土地又活跃起来，鸟儿又歌唱起来，我们的心儿也笑了起来，清晨的太阳被露水清洗一新，为了用新的快乐的阳光照亮我们的房子。

在最后一晚，尼娜·阿列克谢耶夫娜变得似乎好了一些。她醒了过来，尽管因为虚弱没有说话，但是她微弱地笑了笑，面色苍白。只是她用冰冷的闪亮的眼神从一个面孔移到另外一个面孔，她似乎是在询问什么我们不了解的事情。所有的一切都活了过来。点起了灯，喝起了茶，相互说着：

“谢天谢地……好像，危险过去了！”

但是当我出来走到房前的小广场的时候，我清晰地感觉到，就像是公牛在田野上感觉到血淋淋的公牛的骨头那样，死亡并没有离开。它就在那里，在门口，并且随时准备进入，让土地都失明的黑暗用黑色的斑点恐吓着我。森林靠近这座房子，用自己低沉的静止施加压力。

死亡还是进来了：当我回来的时候，纽塔因为悲痛而抽搐的面孔告诉我，尼娜·阿列克谢耶夫娜又不行了。

我走了进来，自己感觉到，我没有征询任何人的意见，也没有思考——这可不可以？就走进了年轻女子的卧室，在这个细节本身就蕴含着某种可怕，某种诀别。

我胆怯地久久看着美丽的发烫的面孔，在白色的枕头上散披的凌乱的黑发。而清晨的时候，当太阳升起时，她死去了，躺在床上如石头般平静，在灰色的墙壁上凸显出她土色般灰暗，石头般僵硬的侧面。

很久很久以前曾有过这样一个人，他过着自己明亮而美丽的生活。其他人看到他会感到高兴，并且会看到美丽，经历的深刻，生命的快乐，它们如此重要，在世界上任何其他事物都无法替换，任何其他事物都无法填充。让人觉得无法想象这个世界离开这样鲜活的，强大的身体，离开这个纤柔的，独特的心灵。然而某些事情完结了：某个光线消失了，一团土躺在那里如死寂的土堆一样；而在那个地方，曾经创造了，繁荣过生活最精细的花纹的地方，已经开始了丑陋的腐烂过程。

这很可怕，阳光灿烂的快乐世界充满着各种色彩和绚烂，被不可捉摸的黑绉纱所覆盖，而更为可怕的是，在世间留下的，并且需要接受和解决。

这位女子活着不仅仅是因为她行走，她笑，她唱歌，她爱着，而是因为她明亮的生活色彩深深地扎根并从其他人的生活中长了出来，这些人在她身上融入了自己的个人生活。所以当她不在的时候，根断了，而血脉的尽头，就像是裸露的神经末梢，在虚空中颤抖地害怕地跳动着。

爱得有多深，伤得就有多深。我记得，当稍微回忆起她生活中的琐事时，整个人就觉得恐怖，并没有给她应有的关注，没有从她那里取走她所能给的东西。似乎，这是可怕的错误，因为马虎，迟钝和愚蠢，损失了巨大的财富，而这种无可挽回的错误的感受像刀子一样锋利。有一种恐怖的想法更可怕，所有这一切都仅仅是看起来如此，而实际上，不管将多少爱，多少温柔和多少注意力放在她的身上，死亡迟早都会到来，它会来到所有人面前，因此，付出越多的爱和温柔，就会受到越多的折磨。

我永远也不会忘记那两个小时，当我们将装有尼娜·阿列克谢耶夫娜尸体的棺材运到城里。

离城市还有六俄里，整个路几乎都是由松散土壤组成的黄沙路，由干燥的微小灰尘捻成的旋风吹向田野。马儿一步一步地往前拉着，车轮在松散的泥路上划出深壑发出低沉的沙沙声，风沙在车轮上转动，棺材被太阳烧红，慢慢地在浓密的，贫瘠的天空下方在荒凉的田野上颠簸。

我们走在棺材的后面，它沉重的丑陋的前部在我们前面颠簸着。在这里面，在拥挤的木质硬壳里，已经死去的，僵硬的头应该也颠簸着，碰撞着木板。从棺材的缝隙中露出白色的薄纱，被钉子像钢牙一样穿透，如毒药般钉入纯洁的年轻的体内。也是从这个缝隙里已经散发出一股股让人厌烦的尸体的味道，它像令人憎恶的低沉云团在棺材的后面延伸着。

所有一切都结束了，那个女子，曾几何时，能够触摸到她温柔的身体对每一个活着的人来说都是幸福的事情，那个女子一生都努力用自己的美丽，优雅和温柔装扮自己，而现在，她已经不知道，她在用她尸体的腐臭味让我们窒息，引起我们的恶心，还有折磨人的憎恶感。

我欺骗自己，努力不去察觉这种腐臭味，我最最担心的是，当腐臭味进入我的口中时，自己不由自主的苍白和面部的抽搐会被伊万诺夫察觉到。我极力地绞尽脑汁去理解，他会怎么想，他的感受如何，他是与她最亲近的人，同这个分解的身体联系在一起的是关于秘密的，亲密的美好记忆，关于这个身体的赤露，关于活在这个体内的只有他自己完全了解的心灵。有时候我似乎开始想象某种不成形的，沉重的事情，但是大脑却疲惫地停止了，于是我迟钝地在后面走着，时不时那一浪浪有毒的，腐烂的味道让人窒息。

我们埋葬了她，抚平她和我们之间的土地，将她送给了蠕虫，在漆黑中，在地下的孤寂中。

第三章

生活变得空洞而沉重。我和往常一样经常出入乡间别墅。我和纽塔也像往常一样静静地走向森林里和田野里，但是我们的谈话变得无聊而苍白，似乎这些谈话里消失了鲜活的灵魂。

伊万诺夫活着。他在家里游荡，经常进城，然后就是吃、喝、睡。但是看到他总是让人觉得很奇怪，总是想问他：

“为什么?”

他从来也不回忆死去的她，这一切很容易理解：有什么需要回忆的呢?

我时常会觉得，所有的一切都结束了，他将就这样生活下去，就像一只被打断后背的狗，或者是一条被拖到沙滩上的鱼：它将看着光明，长大嘴巴然后合上嘴巴，活上不知道多少年，然后消失，再也不被任何人需要。

如果他提到了死去的她的名字，他会像说绕口令一样快速地转换话题聊及其他的。但是有一天，当黄昏的时候，我们两个人坐在台阶上，等着去城里的纽塔，伊万诺夫突然开口说话了：

“我害怕说出来，”他低沉地说，“但是我高兴，真的高兴，她现在离世了，而非之后……我高兴，现在我还有希望，将会碰到另外一个！”

最后一个单词他说得如此轻，附近的树木都不会听到，但是我觉得，我的大脑开动了。所有的一切都涌上心头：对死去的可爱女子的怜悯，惊讶，愤懑。

“什么？”我激动地叫了起来，“您怎么不感到羞愧！”

真是忍不住想扇他一耳光，打在他苍白的，扁平的面孔上，这个下流的，装模作样的雄性，他只需要一个新的雌性，撕碎了我整个身心。

一个人在他心爱的女子尸骨未寒之时，这个刚刚离世的女子曾将自己的整个生命都献给了他，像相信上帝一样信任他，而他却想着，并不是所有一切都失去了，还可以得到这样赤裸的，柔软的女人的身体，躺在她上面，颤抖着，因为享受而流着口水，面孔扭曲。

我不记得我对他说了什么，但是我记得，我起身，带着极其厌恶和恐怖的表情看着他。

突然，伊万诺夫静静地、静静地哭了起来。

“我亲爱的朋友，亲爱的，”他小声说着，“我该怎么做呢，我该怎么做呢？……要知道我什么时候都无法忘记她。要知道我编造关于别的女子的故事是因为我不相信这一切！您是不知道，任何人也不知道，并且任何时候都不会了解，可怕的是你们所有人都无法理解，她是怎样的人！最温柔的，最完美的，她的所有的一切都给了我……但是无论我怎样哭泣，怎么诉说，谁都无法理解我失去的有多少！……只有我自己知道，我自己需要忍受。您知道吗？我跟她认识的那一天是多么令人诅咒，不需要任何的亲热，任何的幸福，任何……这样的话，现在就不会！我在她身上找到了一切……您清楚这一点！所有的一切我都失去了……您想象一下，如果还会生活很多年，我们的生活圈越来越缩小，我们会更亲密地结合在一起，那样的话，对我们来说整个周围的世界就更加多余……而那时候她再死去。因为所有人都会死去，所以她离开了这个世界……并且没有什么需要哭泣的，她现在离开，因为她终将会离去，明天，或者后天。现在我还有力量。我可以做出很大的努力，如果不能忍受，哪怕自杀呢。而那个时候，当幸福越多，越久，不可避免的结束就会更可怕……您明白吗？……您不要去爱任何人，不要相信这种让人头昏脑涨的拉杆，这是某人对人类的嘲弄……您一个人生活吧，一个人死去！”

我站在那里，听着，冰冷和悲伤的感受从我的心脏往上爬动越来越高，并且恐怖的是，我的确无法理解这种黑暗的，无解的恐怖，这种从他的不匀称的，不可描述的语言中感觉到的，这也是我所畏惧的，因为迟早我将忍受这一切。

森林之外的天空变得苍白，茂密森林的质量在泛白的月亮的朦胧中开始被分开，露出了远处的处女地，黑色的神秘的树干。

他无助且无用地哭着；森林用它苍白的双眼看着，听着，而我则产生了束手无策的荒唐的忧伤感。

这件事之后不久伊万诺夫就开始酗酒了，而后变得丑陋，野蛮，让人不舒服，再后来，似乎他真的找到了另外的女人，更美丽、更年轻、更有活力。在这种情况下能说明什么呢？他并不是像我和他自己想象的那样爱着他的妻子，出于同情也应该希望事实如此。希望让爱变得少一些——这真是荒唐！……上帝与他同在！我不知道结局如何，因为我没有娶纽塔，并且好久都没有见到他们了。

但是现在，当我回忆起那段纯洁的幸福时光，想起已经被遗忘很久的尼娜·阿列克谢耶夫娜，纤柔的纽塔，伊万诺夫的时候，我只是会闷闷不乐地深吸一口气，并且我觉得，我现在做得很对——避免可怕的痛苦。

爱得越深，所爱之人的离世就会带来越大的悲痛。而这种悲痛无法避免，我们非常清楚这一点，比世界上任何其他事情都更清楚、更了解。迟早都会有死亡的到来，将人们分开，将其中一个扔到虚空之中，就像抛弃小狗一样。

就是这样。数百名女性在我生命里出现过，她们的身体纤柔，匀称而羞涩。当我看到过她们完美的裸体后她们变得不再羞愧。她们隆起的胸部，她们渴望的眼神，还有她们洁白牙齿外面炽热的稍微张开的嘴唇——是她们照亮了我的生活，某位残忍之人强加给我的生活，赋予它彩虹的七彩，深邃，始料未及还有力量。

但是我哪一个女子都不爱了。现在，当她们都离开了，在我的内心里有许多充满感激的记忆，是她们的宠爱带给我了快乐，没有丝毫的可惜和苦闷。

我独自一人面对着死亡，当它到来的时候，我将独自一人死去，没有痛苦没有折磨，内心里只有巨大的仇恨，仅仅是针对赋予我人的生命和人的死亡的那一位。

关于一记耳光的故事

第一章

明亮的圆月从板棚黝黑且散乱的屋顶后面露出了脸来，似乎是在仔细查看院落，然后确认了没有什么可怕的事物，就开始变得越来越圆，钻出来，挂到屋顶上方，圆圆的，发着黄色的光芒，微笑着。

院子里一下子变白了，在栅栏和板棚的后面出现了神秘的黑色影子。变得凉爽起来，轻快并且清新。令人困倦的炎热一天终于结束了，现在终于可以用全胸腔深深地呼吸了。

在通向小河的菜园里，卷心菜开始变成银色，在每一个叶球下方都藏着一个圆圆的小影子，而在菜园之外，在水中闪亮着一个宽宽的月光柱，青蛙们的叫声一片，似乎是一种不知名的快乐降临到它们的身上了。

从街上开始传来手风琴尖细的声音，还有姑娘们的说话声和笑声。

在我们直接摆在院子门廊前面的桌子上，杯子里闪烁着蓝色的小火光，茶炊努力用自己整个凸出的侧面反射出月亮圆圆的脸；不过，并没有成功，月亮圆圆的发出光芒的脸蛋变成了类似长长的黄色柠檬的形状。

伸出了一天都在沼泽地奔波的疲惫双腿，我，扎伊采夫医生和米林老师坐在桌旁，而我们的猎人——医生这么自豪地称呼他，一位瘦弱的小市民伊万·费拉蓬托夫，外号——甜瓜，他穿着长长的沾满油污的黑色常礼服，他自己个头出奇的高并且非常瘦，他坐在一边，恭敬地用双手握着茶杯。

所有白天狩猎的感受现在都已经被穷尽了，就连回忆也消耗殆尽，但是仍旧不想去干草棚睡觉：夜晚如此美好，月亮也触痛了内心的某些东西。

我们的主人没有在家—— 他去田野里过夜去了——是他的妻子招呼我们的，这是一位高头高挑消瘦的妇女，长着一双美丽的有些凶恶的黑眼睛还有包着的面颊。

“怎么了，马拉莎，牙疼吗?”医生善意地问道。

漂亮的马拉尼亚刻薄地闪动了一下她黑色的明眸，从桌子上用力一扯将茶炊撤掉，带到黑乎乎的穿堂里去了。

甜瓜恭恭敬敬但不无阴险地在一旁嘿嘿笑。

“牙齿!”诡秘地低声说。

“凶狠的娘们!”医生对我们说，不知道为什么开玩笑地眨着眼睛，似乎在这动作里面隐含着什么好玩的东西。“请告诉我，为什么越漂亮的女人她就越邪恶呢……善良的女子总是翘鼻子，虚胖，平淡无奇……而在这种骗子身上总是藏着 100 个小鬼!”

医生不知是怆然，还是有深刻寓意地摇摇头叹了一口气。

我不由得想到了医生美丽的妻子，但是我没有吱声。

“是这样的，每一个娘们身上都有一个小鬼!”细长的甜瓜回应道，他以自己的方式理解着医生的格言。

马拉尼亚从我们身边溜过便消失在门后了。

“丈夫揍的!”甜瓜非常突然地冒出来这样一句，自己还得意地笑了起来。

“难道她老公会打她?”安静的米林惊讶地反问道。

“为什么不会呢?”甜瓜反倒惊讶了起来，“难道不需要打娘们吗……”他神采飞扬地吹了一声口哨，然后笑了起来。“娘们是必须要打的!”稍微沉默了一会，他掷地有声且坚定自信地补充说。

“为什么打她呢……这么漂亮?”米林悄声说。

“漂亮!”甜瓜不屑地打了个响鼻，“可能，就是因为漂亮才打的!”

在这神秘的解释之后大家都沉默了。

月亮直接爬上了桌子，在人们的内心里引起了一阵不安，似乎唤醒了什么。漂亮娘们恶狠狠的黑色眼睛不安地出现在我们面前，她的丈夫因为她漂亮而打她，让人觉得忧伤，同时又可怜着什么。

医生的黑色塞特猎狗，乌科罗普，突然从桌子底下钻了出来，四条腿支起来，摇着尾巴，并不是冲着什么人，而是抬起瘦长的头，亮闪闪的大眼睛，久久地看着月亮。而后，松了一口气，就地弯成一个小球，在尘土中将头藏到爪子里安静了下来。

“您说什么，不能不打女人……”突然医生说话了，“为什么?”

“都知道为什么。”甜瓜怒气冲冲地说。

米林耸了耸肩。

“这是什么问题，尼古拉·费多雷奇，打女人……这，在我看来……”

“在您看来怎么了……”

“不，这这，您，上帝知道是什么！”米林拖长了声音，似乎是有些生气，“首先，女性比您要柔弱，而其次呢，这都明白！”

“我什么都不明白……要知道，我说的不是要一直殴打女性，”医生不耐烦地打断他的话，“不能平白无故地打任何人……要知道会出现这种情况，那时候不得不打……就像，如果有流氓袭击您，您会怎么做，难道您要给他行屈膝礼吗？”

“那是流氓呀！”

“那如果不是流氓，仅仅就是有一个人无意中给了你一拳，您能受得住吗，那时候您就不想他比你弱了吧？”

“这完全是另外一码事！”

“奇怪的事情！”医生不听他说话，继续道，“难道流氓就不能比您弱10倍了吗？有的娘们比流氓还要厉害百倍呢！……所以根据您的理论的话，那就双手合十，说：痛快地打吧，因为你比我弱……”

“您到底说什么呢，真是的！时而流氓，时而女性……您自己很清楚区别在哪里，只是故意要争吵！”米林感到窘迫，在月光的映衬下很清楚地看到他异常惊讶的面孔。

“不是的，我不明白！您知道吗，我不明白！……您难道没有见过滑稽的，愚蠢的，凶恶的，乖戾的女子，她们爬到你的鼻子上钻进你的耳朵里，让你的生活不愉快，并且破坏你的神志和健康？女人啊！如果你是女人，期望特别的骑士关注你，那么你自己就要让自己像一位骑士女士。你要当这样的女子，除了骑士对你的关注，其他的关注都不需要！更柔弱！那就记住你更柔弱，不要钻进……记住，大家怜惜你，正是因为你柔弱，出于宽宏大量，而不是……"

"这是另外一个问题了。"米林打断说，他开始激动起来，"但是殴打女性，殴打明显比自己更柔弱的生物，并且永远不会被这个柔弱者殴打，这是卑鄙下流的。我相信，尽管您在争论，但是您自己从来不会对女性下手……殴打女性！呸，龌龊！难道您会尊重殴打女性的男子吗？"

医生挖苦地冷笑了一下。

"您尊重我吗？"

米林死死地盯住他。

"这是什么问题？"

医生更加轻蔑地撇了一下嘴。

"不，您回答！"

"当然了……我相信……"

"您完全是白相信了！"医生奇怪地看似开玩笑地反驳说，"这么说来，我不得不失去您的尊重了。"

"难道您……"米林尴尬地开口。

"是的……我生平唯一一次打人，打的是女性！"

米林不知所措地摊开双手，想说些什么，但是只是发出了含混的细小声音，就像是在唧唧叫。

所有的人都变得尴尬不已。

月亮越升越高。现在它是那么的小，那么的白。在街道上像刚才一样传来手风琴的声音，说话声和笑声。在村庄的边缘处，有人应该是喝醉了，他在狂野地尖声乱叫着。黑色毛发的乌科罗普，翻来覆去，打了一个喷嚏，不知是因为灰尘，还是因为爬到了它头上的月光。

第二章

“您似乎是在为我感到羞愧，”医生又开口了，“而我要告诉您的是，当我想起这件事的时候，我唯一的感受，就是强烈的愉悦！……并且正是因为不是那种轻柔的耳光，而是真正地扇了一巴掌：她都摔倒了！”

甜瓜笑了起来。

米林不知所措地耸耸肩。

“不能理解！”他厌恶地拖长声音，弯下身子去端装着已经完全冷掉的茶水的杯子。医生沉默了一会。

“我还是不想失去您的尊敬，”他半是挖苦半是真诚地说，“所以最好我给您讲一讲，究竟是怎么一回事……”

米林期待地盯着他看。

“您知道吗，我需要预先声明一下，这已经是很久远的事情了，还在我上大学的时候，当万恶的生活还没有教会我对任何事情都不要表示愤慨。当然，现在类似的事情再也不会发生在我身上了，不过，我觉得，这并没有让我觉得荣幸！”医生叹了一口气，似乎是在思考片刻。看着他虚胖肥大的面孔，我不禁暗自心想：“是的，现在估计没有什么能打动你的了!”

“是这样的……这发生在夏天，那时我升入了三年级。经过一位慈善太太的推荐我获得了一份在 N 教授家里当家教的差事。是教他女儿学……”

“N?”米林很快就问了一句，“这就是那一位……”

“正是，‘就是那一位’。”医生强调地说，“正是！家教的差事也是让人羡慕的：报酬很丰厚，地点是教授的庄园，那里风景如画，除此之外，教授本人是一位权威学者，不仅是对我们学生来说……他的名字在国外都名声显赫，尽管因为特殊原因他好久都不在任何地方授课了，但是这在当时的年轻人眼里也为他增添了光环。整个俄罗斯知识阶层都对他无比崇敬，他的确名副其实。此外，他是一位非常优秀的学者，他还是一位勇敢真诚的公民，而当时非常看重这一点！……所有的朋友都羡慕我，我也的的确确感到了某种光荣，似乎我不是去当家庭教师，而是成为伟大人物身边亲近的人。所以你们当然会理解，我的心怦怦跳，带着无比的景仰前往的，在我的内心里整个人都变得更加庄重了，梦想着向教授展示：我配得上他的选择。尽管当时并没有什么选择!”

我到达的时候已经是晚上了。教授本人接的我，将我送到侧房，在这里已经为我准备好了非常棒的房间，他还关心地让人给我送来晚饭和茶水，稍微跟我聊了聊大学，所有的一切都是那么简单，那么亲切，我都有些不好意思了：我感觉到，没有办法不感觉到，跟他相比我是一个小男孩，小狗崽，是渺小的小灰尘，仅此而已！……并且我开始觉得惭愧：本来我想用自己优秀的品质让他惊讶，而那些品质我并不具备……现在，我当然已经冷淡了，迟钝了，但是当时我的确有着热情，我能够珍视人的才能。

米林感同身受，并且意味深长地点了一下头。

“总之，当他跟我说了晚安离开之后，我是如此激动，被迷得神魂颠倒，惊喜若狂，甚至被深深地感动了，一直都在心里想着，一个真正的伟大之人就应该是这个样子的：平易近人，彬彬有礼，和所有人平等，因为他没有什么可担心的，也没有谁可羡慕的。的确是这样，他身上散发着某种美丽：高个子的白发老头，有着一双完全是年轻人的善良的双眼，还有那种善良的迷人的带点儿讽刺的微笑，让人什么时候都无法搞清楚，他跟谈话者是说正经的呢，还是将谈话者看作是孩子……不过这也不会让人感到委屈，反而让人感动，就像是一只善良的强壮的大个头的狗，它长着一张聪明的严肃的脸，允许某条轻浮的长耳朵小狗崽扯它的耳朵……或许，这个比喻有些不恰当，但是……”

医生有些前后不连贯了，但是米林帮他解了围，再一次感同身受地点点头。

“您知道吗，当时我有些拘束，就像所有自尊心很强的男孩子一样，但是跟教授在一起的时候觉得自己是如此轻松而简单，我自己都觉得很奇怪：难道大家说的那个人就是这一位？没有任何架子，也没有趾高气扬，没有说教，什么都没有，只有温柔的，灿烂的宽容之人，对所有人都很包容！

“夜里我睡得很好，就像是在家里一样，尽管夜莺有些打扰我的睡眠：它们如此疯狂地啼叫，这些混蛋，它们就在窗户的正下方，似乎不想让人在如此明亮、温暖的夜里入睡。而第二天清晨我起得很早，精神饱满，情绪高昂，我到河里洗了一下澡然后回到院子里。但是，原来我有些迟到了：教授已经在自己的办公室里工作了，是他的妻子接待的我。

“需要承认的是，我当时想着，教授的妻子应该是一个丰满的热心肠的太太，大约四十岁，所以当我在阳台上看到年轻娇媚的女性感到非常难为情，她有一双大大的幽暗的眼睛，浅色的头发，穿着天蓝色的镶着花边的宽大上衣，胳膊裸露着，胸前开领。

“请您相信我，当时我对教授的尊敬是如此至真至深，我甚至都没有想到将他的妻子看作一位女性。我几乎是带着景仰在她面前深深地鞠了一躬，因为在一个单纯的年轻人的心里有这样一个想法，能够成为如此优秀之人的妻子的女性，她本人应该也是与众不同的，完美的，了不起的！怎么会是其他情形呢？要知道，他跟她如此亲近，跟她同甘共苦，分享着自己伟大生活中的荣耀，全世界都珍惜他……

“的确，当时我至多才 23 岁，每一位美丽的女子不可能不让我心潮澎湃，不可能不吸引我。但是我记得，最初，当我看到她裸露的胳膊，内心无意识地产生阴暗的感受时，我自己都会觉得不好意思，并且赶紧转过脸去，似乎在揭发自己某种亵渎的行为。当时我还不了解生活，先生们。”医生轻轻地叹了一口气补充说。

“利季娅·米哈伊洛夫娜见到我很开心也很亲切，似乎我们已经认识很久了，只是昨天刚分开。我的尴尬立刻消失了。

“她请我和女儿喝了很多茶，跟我聊了很多小事，问我还需不需要什么，有未婚妻吗，然后就带我去了要上课的房间，笑了笑，打着伞去花园了。

“不得不承认的是，我的眼睛不由自主地随她去了，我觉得，这位年轻美丽的快乐女子身处绿色的满是春天色彩的花园里，是我这一辈子所见过的最美好的场景了。当然，我来到教授家里的愉悦感加倍正是因为她不是丰满的善良的四十岁左右的夫人！此外，当时我并没有想这些，而是热忱地开始上课了。

“小姑娘非常聪明，温顺而又听话。给她上课非常容易。周围的一切都是那么的美好。太阳光一缕缕地投射在窗户上，麻雀在花园里叽叽喳喳叫着，能看到湛蓝的天空和绿色的树木……房间很特别，很简单，很舒适，很干净，还有些不易捕捉到的知识分子的色彩，可以一下子就看出，这里住着真正的，聪明的，可爱的，纯洁的人们。

“只是，尼诺奇卡，这是我所教的女孩子的名字，在我看来她有些少年老成，出奇的安静。她长着一双和她母亲一样的大眼睛，只是稍微黑一些，纤细的胳膊，稍微有些晒黑的露在外面的双腿。尽管她非常像她母亲，但是某些地方又非常像她父亲。不知道为什么，我一下子就对她产生了某种温柔的怜悯。我觉得她是非常脆弱非常珍贵的物品，所以总是担心着别有什么伤害到了她。

“那天上午我没太在意，但是后来我回忆起来，当在花园里响起利季娅·米哈伊洛夫娜响亮的声音，尼诺奇卡战栗了一下，满脸苍白，将头伸向窗户，整个人全神贯注地听着，就像小鸟在危险面前都会做的那样。直到听到利季娅·米哈伊洛夫娜的笑声，她才放下心了，苍白的面颊再次红润起来。她是极其脆弱的小姑娘！……现在她会在哪里？……她的生活会不会被破坏了？……应该是的！”

扎伊采夫医生稍作沉默，不知道为什么我们中没有任何人想去打破他的沉默。奇怪，甚至连甜瓜都叹了一口气，闷闷不乐起来。偶然间想起的，从小就受到摧残的温柔的心灵的纯洁形象，从我们头上飞过。

或许，我们中谁也没有注意到，不理解自己的感受，也搞不清楚，他到底是触动了我们哪一根忧愁的思绪，为什么，但是所有人都心痛起来，忧伤起来，对上帝赐给我们最为美好的事物表示惋惜，我们人类，不善于，也不想去保护它。

第三章

“是啊，”医生似乎有些不情愿，再次开口了，“我在教授家的那段时间里我经历了很多，也感受到很多。但是，起初，生活是以最为平和最为愉快的节奏进行的，我教尼诺奇卡学习，同利季娅·米哈伊洛夫娜聊天，散步，游泳，有时候很长时间都跟教授聊科学，聊文学，聊生活，胃口很好，睡眠也很好。与此同时，好奇地观察着这些人的生活，他们的生活，在我看来，应该是美丽的，睿智的，真正的人的生活。每一位年轻人都有对自己失望和怀疑的时候，我也有这样的时刻：经常开始给自己规划自己未来的生活，就像现在这个样子，县城医生的生活，在偏僻的小县城里，有牌，有流言蜚语，有酒，还有肮脏的生病的娘们，那种忧伤一下子就涌上心头，真想一下子吊死自己算了！在这些可恶的时候我非常沮丧，满怀嫉妒：要知道生活着这样的人，他有自己喜爱的伟大事业，荣耀，迷人的妻子，可爱的女儿，美丽的雅致的住所，各种高尚的兴趣……为什么我们，普通人，需要容忍惨白的渺小的存在，无聊，下流还有没有任何痕迹的死亡呢？……为什么有些人什么都有，而另外一些人什么都没有呢？……这是偶然吗？……我对这种偶然性感到委屈和不公，让它见鬼去吧！……是的。

“很快我在这个家里就成了自己人。

“我特别喜欢教授对待自己妻子的方式：很明显，她不仅是家里的主宰，而且是他整个生活的主宰：安排所有的一切，像一位年幼的女王一样发号命令。根据她的任性改变了整个生活秩序。她经常打断丈夫最紧张的工作，甚至都没有注意到这一点，并且我什么时候都没有在他脸上看到任何的不愉悦或者是不耐烦。要知道全世界都饶有兴致地在等待着他研究工作的成果！让我非常感动，这样一位巨人如此顺从，甘愿忍受小小的妻子之手的压迫。我当时还非常年轻，看待女性不像现在这个样子……”

“非常遗憾，您的观点改变了。”米林不带有任何挖苦地说。医生立刻回应道：

“遗憾吗？的确，很遗憾！请允许我问您，这是谁之错，如果不是女人自己的错？……她非常看重环绕在她身边的小伙子和诗人们的纯粹的崇拜！……她有没有考虑过她配不配得上这种崇拜？……她是否足够自尊，不会从大自然创造出的非人间的尤物，纯洁，温柔，富有乐感，变成一个肮脏的，凶恶的，微不足道的，贪婪的，爱吵嘴的妇女？……每一位年轻的女子都是一位公主，为什么后来我们并没有看到女王，而只见到了愚蠢呆板的雌性？……我们，男人们，愚蠢且漫无目的地用打牌、喝酒，无意义的争吵和清算等方式度过自己的一生，我们肮脏且平淡无味，但是我们并没有要求什么特别的恭敬！……我们知道我们是什么样子的，并不想着成为被崇拜的对象！……而女子，玷污了所有一切大自然赋予她的美好事物，变成了愚蠢的呆板的雌性，侮辱了自己，还有另外一位男性，跟她有联系的男子，同时还要求别人的尊重，装作是什么……能是什么呢！在嘲讽之前，你们先考虑考虑，然后到这个地方来，我们再谈一谈！”

“得了，得了……”米林心平气和地嘟囔着。

“什么得了！……在嘲讽之前，必须……”

“您也需要！”

“当然了！”医生一点儿也没有平静，反倒激动起来了，“我是一个愚蠢的人，庸俗的人，我现在已经无法进入喜悦的状态了，也无法愤怒，无法因为感动而流泪，是谁在我的心上扔了第一块泥巴？正是这非人间的尤物，你们要求对她要有骑士的恭敬态度。”

医生沉默了，难为情地打了响鼻然后抽了一下鼻子。

“好了，您停在了……”我小心翼翼地提示说。

医生怒气冲冲地耸耸肩，但是看得出，他再次鼓足勇气劝说自己不值得生气，继续讲道：

“好吧……是这样的……我在教授家的前几天让我进入了一种欣喜的状态……春天的大自然，鲜花盛开的花园，天才般的人，如此简单可爱，还有迷人的年轻女士，姿态优美的小姑娘，所有这一切都是如此美丽，我这样一位出身粗鲁、庸俗的小市民之家的人，在那里人们不仅会争吵还会打架，在我看来，我似乎是进入了一个特别的世界里，这里到处都闪耀着幸福。‘所有的人都应该是这样的！’当我一个人在自己的房间里的时候，听着夜莺在洒满月光的花园里饱含激情地啼鸣的时候，我欣喜若狂地想。夜晚带着自己的夜莺，月光，星星和蓝色的天空从四面八方包围着我，整个夜晚之美无意识地在我身上同一位年轻的女性形象融汇在一起，她刚刚笑着在花园的漆黑中对我喊了一声‘晚安!’我还要重复一遍，当时，我并没有任何罪恶的想法……怎么会有呢！当时我真心相信，有幸成为这样一位非凡的人的爱人，她是不可能会注意我这样一位渺小的大学生的，并且我没有任何出色的地方。我只是在睡觉时梦想着自己什么时候可以配得上另外一个这样的女子。我还年轻，这种可能性对我来说并不是完全不可以实现的!

“并且，生活也证实了这一点，但是以怎么样的方式呀！不是我高攀了她，而是她低下身子到我这儿来的。这是如此愚蠢、肮脏和下流！当我得到了我曾经欣喜若狂梦想的事情之后，我才发现，原来并没有什么值得去梦想的，也没有什么值得人去崇拜的!”

第四章

“我在教授家里住了有两周的样子。

“有一天，当我散步回来去吃饭，我被一种笼罩在餐桌前的奇怪的氛围吓倒了：教授似乎不知所措。尼诺奇卡看起来非常惊恐，她几乎不把自己眼睛从餐盘上移开，只是偶尔会胆怯地有所祈求地看看母亲……利季娅·米哈伊洛夫娜难看的脸色也吓到我了，至今我所看到的都是一成不变的快乐且有魅力的女性：她的面颊上有红色斑点，头发凌乱，眼神就像黄鼠狼的一样冷酷凶恶。

“教授赶忙跟我聊起考茨基的小册子，这是他昨天给我的，但是看得出，其实现在他顾不上我，我的出现让他感到痛苦。午饭吃得非常无聊，非常压抑。利季娅·米哈伊洛夫娜一直都在沉默着，神经兮兮地拉动着碗盘，断断续续地跟仆人说着什么……一直以来都是她自己将汤分给大家的，并且第一碗是送给丈夫的。我注意到，这一次，当仆人端上来汤时，丈夫如此看着她，似乎是担心，当着我这样一位外人的面，她不会送给他汤盘……这种害怕如此明显，向我打开了很多关于他们的真正关系的细节。我感到心痛，也为他们感到羞愧，不由得垂下了眼睛。一切都很明白：他们吵架了，他们像最普通，最庸俗的夫妻一样吵架了，像某些官员和官员夫人们一样吵架了，这对我来说如此出乎意料，让我变得忧伤起来，似乎我丢失了什么珍贵的东西。

“有几次教授尝试着跟妻子说话，但是她坚持沉默，做出不理会他的尝试的样子。而他卖力地开玩笑，以便我发现不了事实的真相，而我将所有的一切都看在眼里，为他，为她，也为可怜的尼诺奇卡感到痛心，也为突然从高空摔到泥淖中的自己伤心！……

“在丈夫的某一句玩笑之后，利季娅·米哈伊洛夫娜突然起身，将盘子推到一旁，已经完全控制不住了，从桌旁走了出去。

“我努力不去关注这一切，没有抬起眼睛。教授发窘了，但是他控制住场面说：‘利达有一些不舒服……她神经有些衰弱……’

“与此同时，他的脸通红，眼睛如此张望，似乎是祈求我相信他的话。

“我困惑不解，沉重地回到自己的房间里去，在床上翻来覆去了很久，抽着烟思考着：利季娅·米哈伊洛夫娜终归需要记得，我是一个外人，不要让我成为他们家庭不愉快的见证者。虽然不知道他们争吵的原因，但是我的直觉告诉我，所有的错误都在于她，特别是想到教授最后一个祈求的目光，我怜悯地对自己说：‘多么有礼貌的，柔软的人！多么宽容的心！’

“不过，这第一幕在我看来是一种偶然。晚上，利季娅·米哈伊洛夫娜又像往日一样快乐，而教授也像往常一样对她温柔且关注。

“但是这一幕开始重复了，并且越来越频繁！看得出，利季娅·米哈伊洛夫娜起初是不好意思当着我的面，而渐渐地，这对她来说太沉重了，一天天，她任性狂妄的举动越来越粗鲁，越来越不漂亮。

“最终我明白了，她仅仅是一位糊涂的、好争吵的女子，在这个世界除了她自己，她谁也不认可。她坚信，她的年轻和美丽给了她无上的权力，不用去考虑任何事物任何人。她谁也不尊重，更不尊重自己的丈夫。她无法理解，丈夫是出于爱，原谅了她那些原本无法被原谅的事情。而她不明白，仅仅是因为爱，有礼貌和温柔的心灵妨碍了丈夫摇醒她，让她有自知之明，而她却将此当作是他的胆怯，当作是自己的正确。她甚至当着我的面喊他傻瓜或白痴！

“当这个场景第一次发生的时候，我都不敢相信自己的耳朵，当我离开的时候还听到了变成蛮横无理凶恶的声音，这种声音一点儿都不会让人想到年轻的优雅女性，她叫着：“让他见鬼去吧！呸……我真是需要呢！”

“这个女子的性格非常恐怖，她特别固执，只有女性会如此固执，在她身上什么都不会起作用，只有恐惧。她认为她是最好的，比所有人都聪明，都可爱，所以她大言不惭地忘记自己任性的举动，并且一点儿也不在乎她在欺负侮辱一个比她善良，比她高尚，比她纯洁一百万倍的人。

“起初我的脑子里一片混乱。我怎么都不能理解，为什么这么一个聪明的、强大的、伟大的人可以允许这样一个愚蠢的娘们侮辱自己，哪怕她比天上的天使还要完美！直到后来我才明白，永远都是这样的，自信的，愚蠢的和厚颜无耻的小人总是占上风，骑到有礼貌内心温柔的人的头上，因为只可以用粗鲁与粗鲁对抗，而为此需要成为如此厚颜无耻，如此凶恶的野兽。

“后来我明白了，教授非常痛苦，他会非常乐意离开这个女人，如果他不是怜悯想着利季娅·米哈伊洛夫娜离开他肯定就完蛋了。而他爱着她！可怕的事情就是爱！强大的感受很难扯断，而它是悄悄地生长的。

“她对所有的一切都不屑。断裂一点儿也不会吓倒她，因为她对自己不同寻常的女性优势非常自信，并且她会毫不犹豫地用上所有的优势。

“在我的面前一天天打开他们生活中原来不被我所看到的内幕，我已经开始察觉，现在我对教授的尊重几乎没有剩下什么痕迹了，我开始轻视教授，这位不久之前我还非常恭敬的人。而所有这一切都拜这个女子所赐。

“与此同时，利季娅·米哈伊洛夫娜最初作为伟大人物的妻子所引起的我的崇敬感也消失了。的确，我越来越不喜欢她了，甚至蔑视她，但是感觉到，不管我是什么样的人都可以盯着这个女子看了，带着自己哪怕是最肮脏的想法，我开始以游戏的模棱两可对待她，当教授不在场的时候甚至更加厚颜无耻。

“ 唉，我坚信，她非常喜欢这些。除了自己的姿色之外，她还非常放荡。她的这种好奇的冰冷的放荡是所有愚蠢的，轻浮的，残忍的，什么都不尊重什么都不承认的女性的那种放荡。

“她对自己的美丽，自己的身材，自己的双臂和双腿，自己的皮肤都非常自豪，因此她穿得非常透明，还常常做一些冒险的动作。看得出，教授对此很痛苦，并且有一天我听到他在说话：

‘利多奇卡，不能这样……你几乎是光着的！’

“利季娅·米哈伊洛夫娜不能忍受任何批评，所有她做的一切都是完美的，独一无二的，迷人的！我觉得，她对自己的缺点也认识得非常清楚，只是她自信，就连她的缺点也有着某种与众不同的魅力！所有的女子都这么想……所以每一个意见，哪怕是最小心的，最关切的意见在她看来都是对她的侮辱。

“‘但是很美呀！’她回答。‘这有什么美的?’教授悄悄地，带着无可奈何的痛苦表情说。‘没什么好说的！’她用挑衅的语调蛮横地说，‘我想怎么做就怎么做。’

“并且，她还回应了某句我没有听到的反驳的话：‘是的，我马上就脱掉！’

“我赶快离开。

“在那时，我在她面前已经不是毕恭毕敬的了，而这些话——赤裸的，我马上脱掉——在我的内心里激起了不纯洁的感受。我久久地在花园里散步，看着星星，漆黑的树木，而在漆黑之中，在我面前轻轻地晃动着女子赤裸的身体，她的身体。

“教授喊住我。或许，他想确认下我是不是听到了谈话，也或许他本人想散散步，但是他悄悄地走在我旁边。我已经不记得当时我们聊了什么，但是伴随着他那严肃而又平静的声音，我为自己的想法感到羞愧，很害怕他会猜到它们。

“躺下睡觉的时候，我非常紧张，带着青年人的狂热想着如何帮助这个人，帮助他睁开眼睛看清自己的妻子。我总是觉得他是被她蒙骗了，没有看清她的愚蠢，庸俗和轻浮。在那一刻我当然太天真了，但是我的想法是善良的，光明的。

“但是事情的进展完全不是这个样子……我自己跌入了这个泥淖中，原本想把另外一个人从中救起来，而在这件事上犯错的就是这万恶的娘们！是这样发生的：一天傍晚，利季娅·米哈伊洛夫娜建议我去划船。在花园之外流着一条水大且深的平静小河……那儿有森林；一边河岸上是暗色的古老橡树，而另一边河岸上是芦苇和赤杨小树林。

“我坐在划桨的地方，而利季娅·米哈伊洛夫娜在方向盘那。她穿着一个长长的轻盈的居家上衣，似乎是罩在或者是非常薄的睡衣外面，或者是直接在赤裸的身子上。透过这个上衣明显地能看到她的身材，某些地方甚至还能看清楚，这让我心潮澎湃。在黄昏中似乎让人感觉，她的眼睛是暗色的，并且总是看着我。虽然我没有看到她的眼神，但是让人觉得这双眼睛非常神秘，像美人鱼的一样。

“起先，利季娅·米哈伊洛夫娜详细询问我喜欢什么样的女子。她总是只关心这些事情！这样的谈话更是撩拨我的内心，我本能地努力不去看她。‘那，您喜欢我吗？’她突然发问，并且同时还笑了起来。是那种不怀好意地笑了起来……

“当时我的脸应该非常红，因为我突然觉得出奇的热。但是我想表现得勇敢且无畏，所以笨拙地回答：‘非常！’‘原来如此！’她哈哈大笑起来，并且往我身上泼了些河水。

“后来我们聊起流行小说，主人公无意中看到女主人公在水滨浴场游泳。需要跟你们说的是，那些日子里，我们只有当着教授和尼诺奇卡的面不会聊这些话题，而当我们两个人单独相处的时候，利季娅·米哈伊洛夫娜立刻将话题转移到爱情，卖弄风情和类似的话题上来。我当时已经明白了，她喜欢我，我的年轻、新鲜触动了她的神经。并且我从来都没有摆脱掉阴暗的感觉，感觉自己在做某种下流的事情。但是，青春充分显现出自己的力量，我无法不去寻觅这些聊天。

“接下来，当我们划过水滨浴场的时候，浴场在橡树下的河岸泛着白光，不知为什么，当时我们两个人都朝那个方向看了看，应该是有一个相同的念头在我们两个人的脑海里浮现。这个想法吓到了我自己，就像我是往深渊里张望了一下，我的头开始眩晕起来。我们四目相对，理解了彼此。‘您想不想看我……我怎么游泳的?’利季娅·米哈伊洛夫娜突然问道，并且再一次尴尬地笑了起来。‘当然想了!’我鼓足勇气回答，并且用尽全力继续向前划去。

“我们沉默地划了很久。我感觉自己的手和脚都在颤抖，并且全身涌动着某种甜蜜的慵懒。利季娅·米哈伊洛夫娜坐在那里不动，将一只手伸到水里，在那里认真地想着什么。而我却害怕猜测她的心思。

“小河一个急转弯，而后便是田野和大大的村庄了。

“利季娅·米哈伊洛夫娜缓过神来说：‘我们往回划吧。’我顺从地转动小船，我们又一次往树林里划去。当时天已经非常黑了。当我们再次跟水滨浴场并行的时候，利季娅·米哈伊洛夫娜舒展开来，看着旁边说：‘您知道吗，我的确会游泳。我喜欢每天晚上来游泳。感觉自己就像是一尾美人鱼，并且从灌木丛后面似乎有某位牧神在偷窥你。’

“我当时的感受近似恐惧。在这一刻我已经知道了接下来将会发生什么，所以我慌张了，不知所措。我突然觉得憋闷，并且感到苦恼。‘快，划过去吧。’她不耐烦地说，似乎她很失望，我竟然如此胆小。

“没什么可做的，我便将船靠了岸，当船咯吱一声钻到了沙子里的时候，我也跟着颤抖了一下。

“她去浴场了，而我一个人在船的旁边。天已经彻底黑了，周围是黑黑的神秘树木，水有些奇怪，在水上浮动着最先亮起的星星的倒影。听到了浴场上的沙沙声，然后传来了水花声，在因为河岸黝黑而显得明亮的河中央，露出了利季娅·米哈伊洛夫娜的脑袋。

“我的视线无法离开她的身体。在周围浮动的水下，我猜到了她的身体，我几乎因为炽热的想象而寂寞难耐。

“利季娅·米哈伊洛夫娜往回游了，消失在浴场里。水花声安静了下来。她出来了。都没办法给你们描述，当时我在那几分钟里的内心感受：我知道她想让我走过去，我也告诉自己，这种时刻，或许再也不会出现，应该利用这个机会，但是与此同时我在说服自己，只是我自己有这种卑鄙的想象，其实一切都只是我觉得如此而已……但是她却在喊我。

“我都没有听出是她的声音，这个声音如此奇怪，我回答的声音似乎也是某个陌生人的而非我自己的声音。‘怎么完全听不到您的声音？您在这里吗？我害怕！’她叫着。

“当时我起身走过去……当她看到我在浴场，她叫了起来，挥动着双手。‘别过来，别过来，我还没穿衣服呢！’

“但是我已经无法离去了，记得当时我似乎是傻傻地笑着一步步靠近她。利季娅·米哈伊洛夫娜已经穿上了居家上衣，但是我一下子就看到了，她只是胡乱地将上衣罩在了胴体之外，而她的衬衣还在椅子上。我完全沉默地靠近她。她也如此沉默地推开我，让人不能理解的黝黑的眼睛一直盯着我看，她的表情是凶狠的，动物般的。

“当所有一切都结束了，我坐在椅子上抽起烟来。我无法说话，而她当着我的面赶紧穿上衣服。我感觉到某种灼热的快感与厌恶混合在一起，因为我已经有权利坐着看她如何穿衣服了。

“回去的路上我们都沉默着，只有跳出小船的时候，利季娅·米哈伊洛夫娜说：‘瞧我们都干了什么！’

“我十分愚蠢地回答：‘没什么！’她伸出了手指恐吓我，然后卖弄风情地甩甩头，回家去了。

“在阳台上还亮着灯，教授和尼诺奇卡喝着茶。

“我无法想象我怎么去直视他们的眼睛，但是利季娅·米哈伊洛夫娜替我解了围，她快速地走到前面，用完全若无其事的语调说：‘我们回来了！’‘走累了吧？’教授亲切地问。

“她开始讲，我们去了哪里，我看了看她，我觉得很可怕：她刚才还委身于我，现在怎么能如此轻松如此快乐地聊天，对丈夫和女儿微笑呢？……你们知道吗，后来我很多次碰到欺骗丈夫的妻子，但是每一次我都惊讶于那种轻松，那种精湛的技巧，女性们如何撒谎的……她们不仅用语言撒谎，还用她们的声音，举止，消融，自己身体的每一个细胞……她们是如何撒谎的呢！是带着一种享受！在这之后我们的关系维持了很久。这是一种放荡的关系，没有任何情感，仅仅是因为我当时需要女性，而她喜欢我的年轻和清新。

“但是因为年少，因为淳朴无华天真，我为此感到痛苦，并且努力让自己相信，我们终究是爱着彼此的。有一天，我甚至对她说，我不满足于这种关系，同时还愚蠢地说她‘仅仅需要这些！’

“利季娅·米哈伊洛夫娜带着发自内心的满不在乎看着我，然后有三天的样子折磨我，拒绝和我亲近，并且当我靠近她的时候，她反唇相讥不停地重复：‘为什么？要知道您是不需要这些的！这是肮脏的！’

“她折磨得我都准备好拒绝自己所有的信念了，只要她委身于我。她退步了，但是做出样子，似乎是为我才做出伟大的迁就。

“很奇怪，我感觉到她对我有一种不可战胜的吸引力，与此同时又从内心里蔑视她。每一次，当她离开我的时候我都感觉到一种厌恶感，并且保证要断绝这种关系，但是自己非常清楚，什么都不会改变，明天我还将得到那……

“折磨我的还有跟尼诺奇卡和教授的关系。当我靠近尼诺奇卡的时候，我觉得，我因为某种下流而弄脏了她，而当教授一如既往地亲切地认真地同我交谈的时候，我口吃起来，脸色发白，变红，举止应该是迟钝到了极点，他看着我有些莫名其妙。我无法正视他的眼睛，蔑视自己，所以很快就感觉到对他的仇恨。有时候我甚至觉得得意：我背着他……都说你是伟大的人物，著名的学者，而我，渺小的，平庸的一个破学生，但是你的妻子却属于我。而我开始觉得开心，在心目中以侮辱他为乐，似乎我就是以这种方式为自己的下流而报复他。而他什么都没有察觉，对我非常亲切，并且一如既往地疼爱着自己的利季娅·米哈伊洛夫娜。

“唉，下流的娘们！起初她还有些顾忌，后来彪悍了起来，几乎是当着丈夫的面钻到我这里来的。她应该是特别喜欢冒险。

“我记得，有一天，教授只是去阳台上一下，而她就坐到我身边来亲吻我。我害怕了，甚至故意离远一些，而她故意抱住我，以我的害怕取笑……这个时候教授进来了，如此之快，她勉强来得及跳到邻近的椅子上，并且还差一点儿坐个空……他应该察觉到什么了，因为他猛地转个身出去了。

“我跟她有几分钟就那样坐着，不敢对视。然后她起身追他去了，而我怎么就没有上天赐予的力量站起身来……我坐在那里，毫无来由地开始咳嗽了起来……

“你们知道吗，现在回想起这个咳嗽，我都觉得脸红！

“我听到他们快速而且尖锐地说着什么，感觉自己越来越弱……教授很激动，但是跟我说话通常都是亲切的，只是我觉得，他太过于亲切了。

“后来，我才了解到，是她把所有的错都推给了他，原来是他有不好的想法。

“她只是在吓唬他，而他如此出乎意料地进来，又如此意料之外地出去，这已经是很愚蠢很讨厌的事了。因为我可以想到，他的确有些嫉妒……总之，她把他绕糊涂了，可怜的教授对一切表示后悔，请求她的原谅，而对我更加亲切和关注。

“这样的事情发生了不止一次，她总是能扭转局面，让人觉得她比雪山的雪都白！你们知道吗，她自己真心觉得自己是洁白无瑕的！你们都在笑？而我说，这是真的……你们知道吗，有一天我自己问她：丈夫猜不到吗？

“‘他压根都不会想到，他太了解我了！’她带着一种无比的高傲回答。你们知道吗，她对我，自己的情人说什么，丈夫太了解她了，压根不会想到她可能会有情人！……就这样，大致过了整个夏天，最后爆发了大灾难。

“需要告诉你们，这种关系对我来说实在是一种负担，此外，我也厌倦了她冰冷的放荡。一切都变得让人厌恶……我们开始吵架，整天整天地不说话，所有这些天里她都像一个泼妇……

“说起来有些可怕，这个女人将自己跟情人的不愉快都转移到丈夫身上。他看到她如何发神经，眼睛从没有离开过她，而她弄出很多出戏，那些她是不敢跟我闹的。生活变得不可忍受。尼诺奇卡受到很大惊吓，教授自己也不在状态，而她一天天地更加乌七八糟，厚颜无耻，她甚至当着丈夫的面公开跟我对骂。他怎么就什么都没有察觉呢，我真是不能理解！爱情！应该是他太害怕察觉什么了。

“有一天夜里很晚的时候，教授来到我的侧房里，坐下抽起烟来。他开始温和地小心翼翼地询问我的生活，我的打算。我对他撒谎说我有未婚妻。他亲切且忧伤地微微一笑：‘唉，我亲爱的，亲爱的……怎么办呢，您也无法避免得了，我们所有人都无法回避的……能怎么办呢。但是请记住一点：任何时候都不要让自己对女性的爱凌驾于自己的生活之上。女性是另外一个世界的尤物，她无法理解男子可以和应该如何生活……所有家庭生活的不和谐和不幸也正是因为此。女性会毒化你的心灵，撕碎你的心脏，让你的智慧变得庸俗，侮辱你的自尊心，并且所有的一切她都做得如此轻柔与精湛，你都不会注意到。我亲爱的年轻人，你要惧怕爱情，它不知不觉地到来，并且变成比意志、良心和理性还要强的东西。有一种寄生的植物：它在一棵大树的底部出现，形态是一种不被察觉的温柔的苔藓，起初它看起来是如此温柔，如此柔弱，如此无助，但是当它嫁接上，它会快速地将自己的根部扎入活的树体，啃噬掉树皮，缠绕着整棵树，使它枯萎然后毁灭它……女性也是这样：当她靠近男子的时候，她的声音就像是竖琴一样美妙，服从他所有的想法，感受着他的感受，像变色龙一样灵活地学习一切，他认为神圣和珍贵的东西，用这种方式来刺入他的心里，成为他心脏的一部分，然后就抛掉面具，露出自己全部的肤浅、愚蠢和凶恶……而当爱情的根已经扎入心脏里之后，她不仅仅会让这个人的生活变丑陋，还会让这个人变丑陋：他所喜爱的，她会让他学会仇恨；他所尊重的，她会让他蔑视；会激起男子内心里的狭隘，贪婪，自私和下流……请畏惧女子的爱情。’

“教授跟我说的如此或者几乎是如此，通过他的表情可以看出来，在自己最为沉重的心力交瘁的时刻，他这是在跟自己自言自语，几乎没有注意到我，这样一个偶遇的交谈者的存在……

“我听着几乎是被毒打了一顿！特别揪心的一句话就是：‘迫使你去蔑视曾经尊敬的！’

“我回忆起自己最初的对待他的纯洁的美好的态度，还有那种险恶的、微小的、下流的想法，我在内心里盘算着欺骗的得意，他的受辱，还有所有一切在占有他的妻子的时候优越于他的感受。

“当他离开后，我抓着自己的头，完全看清楚了。在所有的无耻和下流中看到了自己，诅咒利季娅·米哈伊洛夫娜，并且无数次，全身心地发誓要离开这里。

“夜里，她像往常一样从自己卧室的窗户里钻了出来，到我这里来，厚颜无耻，得意扬扬……她笑着跟我讲，是如何让丈夫消除一个偶然的怀疑的。我驱赶她……

“我们争吵了，有一天吃饭的时候，凶恶疯狂的她开始找尼诺奇卡的碴，教授维护受到惊吓的哭泣着的女儿，利季娅·米哈伊洛夫娜则开始冲他吼叫，骂着污秽的话，就像是个女厨子。这一刻发生了什么，我都记不起来了，只是记得丈夫对她说了什么，她抓起盘子，然后就扔到了他的头上。

“她坐在我旁边，在她扔盘子的那一刻，我的嗓子里像是被什么堵住了，我昏头昏脑，用尽全力在她脸上打了一巴掌……

“她摔倒了，野蛮且狂暴地叫了起来……而我，没有等大家痛苦和哭泣的时候，自己叫了起来：‘她是我的情人……真是一个败类！这是她应得的！’然后我就跑了出去……收拾了自己的东西，走着去车站了……

第五章

医生的故事讲完之后，谈话没有再继续下去，我们很快就决定去睡觉了。

我们的床铺在了板棚里，在新鲜的蓬松的干草上。医生很快就打起鼾来，而我仰面躺着，看着月光的亮带映在对面的墙面上，想着教授、他的妻子，想着男子女子，还有整个人类生活的荒唐。

想必米林也睡不着，只听见他翻来覆去，似乎有跳蚤在咬他。当我已经昏昏欲睡的时候，听到了沙沙声，似乎还是说话的声音。我睁开眼睛，看到米林，他正悄悄地推开板棚的门。

“您去哪里?”我睡眼惺忪地问。

“太闷了，想去院子里坐一会。”他回答道，然后就出去了。

或许我后来就睡着了，并且睡了很久。当我听到开门的声音就醒来了。有个人快速地跳进板棚里。这是米林。已经天亮了，板棚的门缝也是明亮的。我感觉，米林的脸色充满恐惧且苍白。此外，可能也是因为清晨阳光苍白而淡蓝。

米林一下子钻到干草里，用大衣盖住头，安静了下来，就像是藏了起来。

在院子里我听出了马车的声音，马匹的响鼻，还有两个声音：迟钝的男子的声音和尖细的女子的声音，漂亮的马拉尼亚。“应该是丈夫回来了。”我猜想着。

因为什么而争吵着。男子嗡嗡的声音恐吓着，女子在辩护着什么，从这里能够听出来，这个声音是如何虚伪，如何支支吾吾地唧唧叫着。

渐渐地，丈夫的声音变得安静了下来，而女子的声音开始变得亲切，最后两个声音汇成某种胸腔里的呼噜声。然后，一切都安静了下来。

医生什么都没有听到。米林在自己的大衣下面一动不动。当院子里一切都安静了下来，蜷着身子躺在一边的甜瓜，突然重重地叹了一口气说：

“唉，万恶的娘们!”

米林在大衣下动了动，但是并没有回应什么。

清晨的阳光透过墙上的缝隙，已经非常明亮。在上面，屋檐下，麻雀们开始忙碌起来。近处的某个地方有一只公鸡开始震耳欲聋地叫了起来。

坏 蛋

第一章

天蒙蒙亮的时候，房间里所有人都起床了，点起了灯。窗外还是蓝色的夜间的雾霭，但是这雾霭已经被即将到来的清晨的灰色斑点所触碰。清冷，整个身体都微微颤抖，刺眼，被强行叫醒的人都会有这样一种感受，一种深刻的不幸福感。

在厨房里已经准备好了咖啡，当弗伦奇先生努力地扣上迟钝的领扣，被浆过的衬衫的硬挺挺冰冷冷的领子碰到而不由得打了个冷战，传来了忧虑的声音和尖锐的响声，是餐具。

“托米，咖啡准备好了……已经将近五点了。”弗伦奇的太太怯生生地喊着他，她年轻的嗓音似乎有特别的含义。

弗伦奇感到似乎有什么压在他的心窝上，艰难地呼吸着，神经在颤抖。

“好的，马上。”他非常生气，徒劳地克制着自己的愤懑，回应了一句，将自己的黑色常礼服扯平整，他刮得干净的脸还有特别明显的尖下巴，再配上这件礼服，让人觉得他是仪表堂堂，同时又彬彬有礼，就这样他来到了餐厅里。

妻子胆怯地迎面看着他，然后立刻转过身去，做出在忙咖啡的样子。那种有些满意而自豪的感觉，昨天和前天弗伦奇一直都有这种感觉，当他告诉熟人和妻子，他，弗伦奇，将出席绞刑现场，这种感觉再次在他内心被激起。他觉得，在他本人身上有某种特别的，强壮的，一贯的特征，就像司法本身一样。毫无疑问，在某种程度上，他觉得自己是英雄。柔弱的女子，他的妻子，当时觉得可怕，但是他，弗伦奇觉悟要高很多，他意识到，现在在履行巨大的公共职责。

但是奇怪的是，尽管有这种无法撼动的认识，但是好像不是因为餐厅里冷（毫无疑问，是冷的），整个身子才不停地打战，这是一种细微的不舒服的内心的颤动，但是弗伦奇怎么都无法控制它。

他暂时一点儿也感觉不到什么味道，喝着咖啡，努力做着这些动作完全是因为一直都是这么去做的。妻子沉默不语，直直地盯着一旁。她年轻美貌的面容有些苍白，似乎她生病了一样。

“好了，要出发了……”弗伦奇看了看表说，然后就起身了。

与此同时，在她的内心里似乎有什么一沉，但是两个人都装作淡定。只是在前厅，当弗伦奇寻找防水套鞋的时候，妻子胆怯地说：

“托米，难道你就不能请病假吗？”

一股强烈的气愤在弗伦奇的内心里爆发，似乎她执迷不悟，不公正地侮辱了他。

“为什么！……这我完全不需要！”弗伦奇高高地抬起了眉毛，生气地耸耸肩，表示反对道。

“这究竟是沉重的……你会沮丧的……”妻子越来越不自信地嘟囔着。

弗伦奇胸腔里满是沸血。突然间他真想大吼起来，甚至想打她。但是他自己也不知为什么会这般恼火，便努力克制住自己。

“我知道，不容易的……但是如果所有人都这样推论，那么对于坏蛋和凶手来说这是最好的了！……只能选其一：要么我们是维护公共安全的公民，要么什么都不是！”

他又说了几句类似意思的话，当他说出这些的时候，他自己觉得轻松了很多。

“的确，”他想了想，他似乎是第一次想到，“我在履行职责！”

于是在他的内心里再次被激起了认为自己是英雄的想法，他是坚定地、英勇地在履行这一悲伤的职责。

妻子注视着他的双眼点点头，似乎是在表示同意，但是这仅仅是因为她无法进行反驳。

“这的确是职责，该怎么办呢！”她安慰着自己，重重地叹了一口气。

已经在门口的时候，她才想起了大歌剧院早场剧的事，胆怯地提示：

“托米，要把票送回去吗？”

“为什么……恰恰相反，终归……”

“是呢，稍微给你解解闷……”她表示同意，不知道为什么两个人都觉得轻松了很多。

他出门后，她关上了门，回到了屋子里，忧郁地扳弄着手指。

第二章

在街上，天已经彻底亮了。天空变得灰蒙蒙的，从天上洒下看不到的潮气。马路，柱子，电车，墙壁还有招牌都是潮湿的。开始了生活的喧嚣。还没有睡醒，有些瑟瑟发抖的人们处处可见，他们匆忙地在人行道上走着，填满了高架电车、公共马车叮当当响的车厢，商店也已经开门营业了。

弗伦奇在车厢里找到一个位置坐了下来，路上闪过那些还没有打开的几乎是漆黑的窗户。很多人都还在睡觉，尽管日常的清晨忙碌，工厂的鸣笛，电车的轰鸣，还有打鼾的声音，大城市还是让人觉得一半是死气沉沉的。

在弗伦奇对面坐着几个穿工作服的工人，一位美丽的女士，灰色的眼睛睡意犹在，还有两个年轻人。

只是弗伦奇感觉到一种沉重的没有睡足的疲惫感现在已经消失得无影无踪，他情绪饱满，同时坚强自信，冷眼看着美丽的女士和工人。他们不会怀疑，在他们面前坐着的是 12 名陪审员之一，以法律和公共福利的名义将出席处决那位凶手的现场，关于这位凶犯的兽性罪恶全城都在议论纷纷。弗伦奇又一次感觉到，在他身上有某种特别的气质，赋予他一种阴森的庄严。

“他们将会如何看待他，弗伦奇，如果他们知道……”类似的思绪在他的脑海里闪现。并且他想到，他将紧张地，有意思地，漂亮地描述绞刑的恐怖细节，还有自己的感受。

与此同时，美丽女士的在场让他觉得有意思并且很愉快，激发了其他的男性气概。他斜视地时而看看她睡眼惺忪的眼睛，这双眼睛让人想到她刚刚离开的，被她揉皱的床铺，时而看看她短上衣下面软润的胸部，时而看看她一缕缕淡黄色的头发，弗伦奇似乎有些忘记了：他坐车去哪里，为什么去。但是所有这一切只是看上去如此，实际上他记得很清楚，不过这已经不再像先前那般沉重，让人苦闷到甚至恶心的地步，而是与女性的亲近交织在一起，使他男子的感受又增添了自豪的认识，他会吸引住她的，如果他愿意的话，要知道，他怎么着都算是一位英雄，他将出现在对凶犯处以死刑的现场，他将非常英勇，带着一种刚直不阿的责任感。

车停了。有种东西在胸前不舒服地哆嗦了一下，然后又压制了呼吸。弗伦奇应该努力地站起来。他想再坐远一些，哪怕将某种可怕的事情再推迟一分钟。但是他站起身来了，最后一次看了看睡意犹在的灰色眼睛，走到了潮湿的，被灰色晨雾包围的站台上。

第三章

"差五分钟六点……到时间了……"检察官说着，站起身来。

有的人慢一些，有的人快一些，12 名陪审员，医生和警察局的官员全部都站起来了。所有人的面部表情都是苍白严肃的，但是黑色常礼服，还有熠熠生辉的大礼帽配以剃干净的脸，赋予所有的一切庄严平静的样子。

弗伦奇也是这样庄严平静地昂着头，他是跟在检察官之后的第三位。

监狱的走廊里空空荡荡的，15 个人的脚步声汇在一起传来轰鸣，非常清晰，似乎是有节奏地落下了什么霰弹。

执行绞刑的大厅里，非常明亮。

大大的窗户，虽然用铁丝网罩着，在冰冷的地板上投下清晨的灰色光线，整个房间里冰冷且不舒服。沿着精心粉刷成灰色的墙壁，放着一排黑色的椅子，不知道为什么，这些椅子一下子就进入了弗伦奇的眼帘。

只有在坐在了自己的位置上，从边上数第三位，弗伦奇才开始观察大厅。他感觉到他又开始打战了，并且他用尽全力努力让别人看不出来他在打战。

在大厅的中央放着一把椅子，像是普通的摇椅，只是有着白色的皮带，到处都悬挂着，把手上，背上，椅子腿上，还有头部用的某种金属托架，玻璃制的脚扣，紧紧地固定在同样是玻璃做的毫无光泽的白色底座上，这一切让这把摇椅看起来像医院里用的，似乎这是专门为了手术而准备的。正是这个比喻在弗伦奇的脑子里冒了出来。

“怎么说呢……这的确是手术……摘除被感染了坏疽的社会成员！”他对自己说。

突然大门敞开了，越来越近的脚步声猛地响起了，似乎是一整群人走了过来。所有人都站立了起来，弗伦奇还没有理清楚是怎么回事，必须要起立，还是仅仅不能坐着？

这一秒钟，让人觉得无比久，无比地折磨人，长方形的大门开向漆黑的走廊，空空的，而在接下来的一分钟，两个警察走进了大厅，平稳地迈着步子，然后就站在了大门的两侧。而在他们的身后出现了“他”……

所有人的目光都聚焦在了他身上。如果这并不是一个人，而是某个幻想的生物出现，没有人会感到惊讶。但是出现的却是一位年轻人，个头很高，因为他只穿着内衣，所以显得更高了。而周围的人都穿着黑色的常礼服。

从这一刻起，弗伦奇已经无法将视线从他身上移开。一种强烈的无法克服的好奇让他着迷于这一个年轻的，十分普通的，有些发红的面孔。他感到很痛苦，尴尬地看着，但是与此同时，他又没有力气将视线移开半分钟，似乎是完全无法错过任何一个面部表情，那是如此的鲜活，并且立刻就会死去。

凶犯精神饱满地走了进来，迈着大步，不友好地向前面看着。到了门口的时候，他似乎有一瞬间犹豫不决了起来。

“马上，马上……”心儿平静了下来，带着一种强烈的好奇的愿望，让所有的一切都真的是按照“马上”这样发生，这个单词在弗伦奇的脑海里不停地回荡。

但是凶犯克制住，一步迈入了大厅里。他瞬间用一种奇怪的，似乎是期待和寻找的眼神扫射了陪审员的面孔。当他的视线与弗伦奇的眼睛相遇时，弗伦奇觉得，在凶犯的小眼睛里闪过某种特别的东西。在这个瞬间，弗伦奇回想起，要知道他是投了死刑票的，他的目光无法忍受凶犯的目光，立刻就低了下去。全身打了个冷战。

短暂的沉默。所有的形式和过场都走完了，接下来该执行死刑了。杀死。

在这最后的时刻，所有人都有一个相同的感觉，这完全是不可思议的，所有十二个人穿着黑色的常礼服，还有熠熠生辉的大礼帽，杀死这么一个鲜活的，普通的人，他睁着一双有意识的，鲜活的眼睛看着所有人。

似乎再过一瞬间，就会发生什么可怕的事情了，但是这一瞬间过去了。而行刑前的一切发生得都是那么的平淡，甚至平淡得有些不合时宜。

刽子手的两个助手有礼貌地抓住凶犯的手，将他领到椅子上并让他坐下。他顺从地坐下，姿势自然了一些，然后带着一种让人无法理解的表情环视了一下。突然忙乱了起来。白色的皮带紧紧地绑住了他的手脚，似乎还顾及着他的舒适度。刽子手的两个帮手的黑色背部挡住了凶犯，当一分钟之后，他们走开了，弗伦奇看到了意料之外的改变了的人形。他变得消瘦了，整个身子被皮带分成了几块，内衣鼓起来的部分和细细的深深的捆扎处。

看得出，凶犯现在都无法活动了，甚至都无法扭头，但是他的眼睛还快速地奇怪地转动着，似乎他想将一切都收入眼底，确切地说是记住，或者似乎是在寻找什么。

弗伦奇看到凶犯背后的两只手，但是他没有看到这是谁的手。

这两只黑袖子里的手，将某个奇怪的圆圆的金属头盔抬到凶犯的头上方，认真地，娴熟地，快速地将它戴上，直到脖子的地方。弗伦奇最后一次看到快速转动的眼睛投来的目光，停留在他身上，然后人就消失了。

在椅子上坐着某个东西，只是像一个人，穿着潜水员服装，但是很奇怪，它是静止的，似乎被掏空了里面的内容物，莫名其妙地好笑而奇怪，似乎从头到脚都被缠上了绷带似的。

弗伦奇明白了，最后的时刻已经来临，现在正在发生的是无法正视的，令人极其厌恶的，不可思议的，恐怖的事情。他闭上了眼睛。

在笼罩着他的灰暗之中，透过生理的呕吐，颤抖，还有恶心，他听到了什么动静，轻微的声音，低沉的嗓音，说了些什么，然后就是沉默。

在大厅中央仍旧放着一把奇怪的圈椅，白色的，因为皮带的五花大绑而变丑陋的身躯。在他周围空空的。

弗伦奇带着恐惧看到，这乍一看起来一动不动的身体在那里急剧地颤抖并且在跳动。动作是非常细微的，但是根据被扯着的皮带，还有颤动能够明白，力气是非常之大的，让人能够明白正发生着某件无法想象的恐怖的事情。

“够了！”旁边有人声音不是很大地说。

在放在角落里的屏风后面听到了动静。身体还在抖动。

出现了恐怖的忙乱。所有人都离开了自己的位置。从各个方向传来几乎是妄语的简短的问题和叫声。有人跑到屏风那里。“电流，电流。”检察官用压低的嗓音指挥着。

传出了一声轻微的啪啪声，突然身体一震，一个皮带裂开了，发出了呲呲声。弗伦奇感觉到，他没有了知觉。散发出被烧焦的头发的味道，还有其他什么味道。

颤抖也停止了。

“够了！”

白色的身躯不动了。黑衣医生靠近尸体，弯下腰去。

“都结束了。”弗伦奇心想，激昂地闪亮着眼睛，环视了一下。

“终于结束了……这……这太可怕了！”

“还活着！电流！”医生突然改变了声音叫了一声，匆忙往后跳了一下。

“不可能！”

“电流，电流，快！”

这时候，弗伦奇看到他从来都没有预料到的，这让他的脑子里满是疯狂的恐怖：在金属的头盔上方，固定在椅子上的，出现了滑过的瞬间闪烁的蓝光。一阵青烟从头盔的下方冒了出来，还有被灼烧的肉的味道，让人恶心且恐惧，这种味道似乎充斥着整个屋子，某种不可穿透的可怕的烟。

当有人扯了扯他的衣袖，弗伦奇苏醒了过来。所有一切都结束了，现在需要在处决被判有弑父罪的凶犯的活动记录上签字。

弗伦奇迟钝地顺从。他已经无法思考了，无法将失去理性的睁大的双眼从这不动的白色的身躯，没有头而是头盔的身躯上移开。死亡的沉默从这个头部开始传播开来。

弗伦奇在整个回去的路上都什么也没有看到，什么也没有想。他像机器一样机械地走着，他整个身体都蔫了，被一种以往从来也没有感受过的痛苦所折磨。

似乎需要回忆起什么，某种最为主要的，最为恐怖的，似乎他错过了什么细节，这里包含有一切，而这赋予了所有发生的一切以意义，给弗伦奇本人以价值，还有整个周围发生的带着日常喧闹忙乱节奏的生活以意义……

“是不是杀死了坏蛋，还是他，弗伦奇，在现场那里……还是死亡的确很恐怖，让人无法想象地折磨人？不是，这不是，那，那究竟是什么呢？”在弗伦奇的脑海里闪现着，“究竟是什么呢？”

似乎再加一把劲，马上马上，所有的一切都会清晰明了了。但是这一把劲怎么都没有加上，他什么时候都不会回忆起，也不会记得。

而这就是在那一刻，当头盔戴到了还是鲜活的，睁大的眼睛上的时候，这双还活着的，但是马上要被杀死的人的双眼里表现出对其他人来说很难理解的感受，最后一刻，下意识的，没有希望的人对帮助的哀求。这是当弗伦奇明确地理解了这个表情，但是他并没有离开自己的位置，而是带着极其的好奇，像所有人一样，将杀害的每一个瞬间都印在脑海里……

兰德之死

第一章

冬天，小城平静了下来。富有青春的、浮躁不安的所有一切都四散去了大城市里。只剩下了那些精神和体力上都是老者的人，他们按照雷打不动，一成不变的秩序生活着：打着牌，工作着，读书，并认为这才是正确的生活方式。冰冷的白雪覆盖物静静地躺在街道上，而房子里则静静地，半睡中蠕动着没有希望的人们。春天，当湿润的黑色大地开始散发出芬芳，到处都绿草如茵，太阳也欢快地照耀着，晒干每一个雪堆，而每天晚上都是那么寂静，那么敏锐，每一天都会有人坐着火车从大城市回老家，而在街道上也会出现活泼的新鲜面孔，也是如此青春欢快，像春天一样。如此自然，就像是鸟儿飞回到旧的鸟窝一样，在老地方长出新绿草，正是在春天的时候，所有热爱生活的年轻人回到自己小小的，寂静的，稍微有些忧伤的小城里。

瞧，在五月份，县城地方自治署主席的儿子，数学专业大学生伊万·兰德回到了家里，前不久他的父亲刚去世。

他跟母亲坐了一整天，母亲一直老泪纵横，跟他讲述着父亲的离世；而当天黑的时候，他拿起制帽，朝街心花园走去，花园位于一条大河的岸边，这条河因为春水而显得更加宽阔。在某一个地方，河岸以一个陡峭的悬崖俯冲了下去，而在它的上方有两个小亭子，用古旧的防潮的绿色软木板拼成。

河岸的另一边都暗了下来。它的远处伸向漆黑的辽阔之中。在越来越黑的深邃天空中静静地，不易被察觉地闪烁着星星，所有的一切都充满了庄重的寂静，有时候让人觉得，有一位看不见的，伟大的，平静之人正站在土地的上方。

只有在下方的远处，在河流之上，轮船拖长着声音，带着不可理解的巨大忧伤叫喊着，完全就是在警告并提醒关于某件悲伤且不可避免的事情。宽阔如玻璃的水面出奇的明亮，当周围都变得灰暗而漆黑时，惊慌的黑色斑点快速地在身后留下均匀的宽宽的银带。

街心花园里已经没有人了，空空如也。只是从俱乐部的窗户里洒落黄色的光带在地上，在光带里有些影子悄无声息地运动着，而在悬崖上模糊地看到几个变黑的身影，突然亮起卷烟颤抖的火光，并且从远处传来说话声和笑声。兰德平静地朝那里走去，他微笑着。他是一位身轻且瘦小之人，在柔软的土地上几乎听不到他的脚步声。“让我们来唱首歌吧，或者吼叫几声，让对岸听到！”一个洪亮饱满的女性声音说，这些话语温柔且欢快地在稠密的温暖空气中突然亮了起来。

“开始吧！”兴奋的男子声音，只听见有个人笑了，兰德走近了，说了声：“你们好！”

他的声音很轻，并且有些含混而平静。

“啊，兰德！”一位个头小且棱角分明的大学生高兴并且非常刺耳地尖叫了起来，隔着别人的头朝兰德伸出了宽大的手掌。

兰德微微地笑着，他非常乐意地并且紧紧地握着大学生的手良久，充满爱意和亲切地开始同其他人打招呼。所有人都兴奋地握了握他那消瘦的手，在这共同的快乐里有某种朴素，某种真诚，还有美好，这种快乐甚至都感染到了从未谋面的从外地来的画家莫洛恰耶夫，一个块头大且强壮的戴着宽大礼帽的人。

当兰德走近他身边说："我是兰德，让我们认识一下吧。"

画家说："非常乐意！"并且带着微笑看了看他的脸，简直就是透过他清澈的平静的双眼在观察他的心灵。

"对您早有耳闻！"他补充说。他的声音是铿锵有力的，就好像他在敲打一个铜钟。

"真的吗？"兰德问，他笑了一下，立刻就转过身去。但是在这句话里没有冷漠，而是有某种暗藏的亲密，似乎他认识他很久了。

"你们在聊什么呢？"兰德问道。

"玛利亚·尼古拉耶夫娜想跳到月亮上去！"个头小的大学生笑着回应说。

"这很好呀！"兰德笑着回答。

生病的大学生谢苗诺夫嘶哑地咳嗽起来。

"你还生着病呢？"兰德亲切地问，拥抱了一下他的肩膀。

"仍旧……"谢苗诺夫悲伤地回答，"老样子。"

"没什么！"兰德说，他的嗓音有些颤抖。

"不，兄弟，我就要完蛋了！"谢苗诺夫反驳道，微笑中很不自然地扭曲了自己因为疾病而满是褶皱的苍老面庞，他的声音也已不受意志所控，从中细腻而又明晰地流露出强烈的绝望感，“很快就会在我身上长出旺……盛的牛蒡草!”

所有人都安静了下来。某种冰冷的，陌生的，与此同时对所有人来说又极其熟悉的事物出现在他们的内心里。也因此能够清晰地听到兰德静静的声音，就像是被轻轻拉开的弓，当他说：“好了，我亲爱的！不要这样说！不要说谁都不知道的事情。某个时候我们所有人都会死去，不是我，也不是你一个人，而是所有人，并且所有人在一起，都知道，是不是完蛋了，是不是牛蒡了，就像你说的，或者是另外的生活。所有人！难道你不理解这个单词背后的意义吗？……不可能这样的痛苦，爱情和思想的力量无法立于土地之上，而变成牛蒡。所有人都感觉到这一点，并且相信这一点，你也相信的，只是不想去相信，因为你害怕，就像小孩子一样害怕新事物，害怕不能理解的事物。要知道我们不了解死亡，死亡对我们来说之所以是可怕的正是因为我们不了解它……

朴实的话语中充满了某种庄严的真诚，兰德带着这种真诚说出了自己有些混乱，回荡在空中的话，这种真诚对忍受痛苦的大脑产生了作用，就像是捉摸不定的柔和气味，也像温暖的水流，使内心变得愉快，让人平静，同时还将人紧张的思绪吸引至某种不确定的，如遥远的霞光般明亮的事物。孩子般轻信的希望开始胆怯地在颤抖着的心灵的黑暗深处发光，甚至都不用去思考他的话，而仅仅是感受它们。

谢苗诺夫更为平静更为灿烂地笑了笑。

“信者得福!”他轻松而开玩笑地说。

这个时候，所有人都更自由地松口气，又开始说起话来，活跃了起来。看不见的冰冷的幻影悄悄地退下，抽掉自己恐怖的沉重的手。

在街心花园里走过一个黑得像影子一般的高个子，他用自己长长的腿划过沙沙作响的沙子。

“这是菲尔索夫，”兰德说，然后扯着嗓子喊道：“菲尔索夫!”

“这是谁?”莫洛恰耶夫轻轻地问。

“这是，国库的官员……”希什马廖夫轻蔑地，似乎对兰德表示失望，摆了摆手。

黑色的影子慢慢地停了下来。

“您似乎是，伊万·费拉蓬托维奇?”有些不确定的口吻，所以很难理解他是带着什么样的情感说这句话的，他用刺耳的木讷声音问道。

“是我。”兰德回答说。

菲尔索夫划动着双腿，平面的影子慢慢变成了细长的瘦骨嶙峋的人，他走了过来。

“您好，伊万·费拉蓬托维奇，您好!”他夸张地兴高采烈地说起话来，显然是努力尽可能大声并且非常激动，他紧挨着就座之人的脚尖钻到兰德身边。

“小心点，您!”谢苗诺夫不友好地说。

“您好，菲尔索夫！过得怎么样?”兰德紧紧地握着他的手说。

菲尔索夫搓揉着自己的双手，“我能过得怎么样。工作，工作——这就是全部的生活！我只是靠着对教堂的信仰而活着，面目一新。”

在他刺耳的声音中总是响着某种自我感动的细微的虚假的音调，当他在说关于自己的生活时，似乎让人觉得他是在兰德的面前夸耀自己的生活。

“您的日子不富裕啊。”希什马廖夫带着公开的嘲笑说。

菲尔索夫慢慢地，似乎是发出咯吱咯吱的声音转向他。

“您这样想吗?”他不情愿地说，并且补充道：“我还真不知道还有比跟上帝交流更大的财富……当然了，您可能不这么看。”在他的声音里有一种潜在的威胁悄悄地哆嗦了一下。希什马廖夫蔑视地看看他，然后恶狠狠地转过身去。

“是呀……”菲尔索夫拉长了声音，稍作沉默，“我，伊万·费拉蓬托维奇，这几天在法院里当陪审员。碰到一件有意思的事情。您知道吗，在审判一个从作坊里撬锁盗窃的案件……这个人在我们的蒸汽织布厂当师傅。您或许认识他：他的姓氏是特卡乔夫……”

“特卡乔夫?”兰德惊惶地叫道，“不可能!”

“是的，”菲尔索夫带着满足感说着，“因为偷窃。这件事情本身没有什么，但是他的行为……您能想象吗：他拒绝辩护律师，自己说……的确，我偷了东西，但是陪审员先生们，你们中有谁没有罪，那请他第一个来判我的罪吧！……尴尬，他说到点子上了！但是在当时只有我明白，这些话的分量……”

“问题并不在于这些话!”谢苗诺夫回应说。

菲尔索夫突然整个人都发怒了，噘起嘴来。

“不，就是在于这些话！……在这些话上!”

于是他开始混乱地证明，正是这些话，像奇迹一样，像“神谕”一样，并不取决于谁说它，将它用在自己恐怖而苦难的生活上，“直叩心扉”。他说的有些干巴无趣，大家都不听他说话了。

玛利亚·尼古拉耶夫娜将手从白色的宽大袖子里伸了出来，就像是一只白鸟大大的翅膀，大声地说：

“月亮，月亮升起来了！”

菲尔索夫一下子就不说话了，脸上带着恶狠狠的委屈的表情看了看她。

“是啊，当然……月亮更重要！”他嘟囔了一句。

“都重要。”兰德亲切地安慰他，笑着说。

在幽深的灰暗中，不知是过于近，还是过于遥远，从漆黑的地平线处小心翼翼地在张望，这是一个红色的人，他悄悄地旋转并长高，立刻在暗色的水里亮起了火花，看到细细的，颤抖的金色小桥从一个岸边架到另一边，就像是神秘且不言语地建议转到另外一边，进入某个暗翠色，银亮色的世界里。

“太美了！”玛利亚·尼古拉耶夫娜用她那饱含感叹的声音说，她的声音有力且新鲜，在悬崖上方快乐地响起。

兰德抬起眼睛看看她，久久地带着喜悦看着这洋溢着青春的美丽面容，她那天蓝色的双眸从他身旁看向远处。

“伊万·费拉蓬托维奇，”菲尔索夫用刺耳而沮丧的声音说着，起身了，“我们还会见面的，当然……而现在我要走了。”

“当然还会见面的。”兰德轻轻地握了握他那双冰凉而手指湿润的手掌，说道。

菲尔索夫沉默地同其他人告了别，然后就离开了，划着双腿。

“你何苦跟他扯上关系呢，”希什马廖夫冷冷地耸下肩，当菲尔索夫走远的时候，“伪君子，吝啬鬼……在教堂里闲逛，折磨自己的孩子。”

“他……”兰德开口了。

“哎，得了吧，请别说了！”希什马廖夫失望地打断他。

兰德苦笑了一下，不作声了。

月亮升起在大地之上，挂在高空中，圆圆的，沉默不语，明亮无比。

“瞧，画点类似的场景吧，莫洛恰耶夫！”玛利亚·尼古拉耶夫娜头也没有转过来，就说着，“那样的话，我会马上把你当作伟大的画家的！”莫洛恰耶夫不说话地看着月亮，他的眼睛睁得大大的，开始变得柔和而深邃，似乎他看到了某种别人没看到的，某种神秘的伟大的事物。

希什马廖夫轻蔑地看了看他。

“画吧！”他也说，转身冲向兰德，开始快速，急剧且关切地说：“兰德，我们这儿在维尔希洛夫磨坊刚刚发生了一件事。维尔希洛夫开始卖腐烂的肉，他们连那种……打碎了窗户，管家被打了……抓了 22 个人呢！”

“兰德，他们做得对吗？”突然谢苗诺夫带着善意的嘲笑问道。

“对……”兰德坚定地回答。

“嗯……”谢苗诺夫发出不确定的声音，皱起眉头。

“他们的家人现在状况很糟糕……很坏的事情！”希什马廖夫抖

了抖头。“我们也为他们做了些什么！……”

所有人都沉默了。兰德看看地面，无力地动了动纤细的手指。

谢苗诺夫轻轻地咳嗽了一下，声音清晰地传到悬崖之上。

月亮不知不觉，完全是偷偷地，升得越来越高，在某种黑色的，不为人知的事物上方。它升得越高，这黑色的事物变得越来越明了，越来越明亮，很快清晰地，但是幻影般地显出对岸，还有水洼里的一条条白色的雾团，在黑色的深水上苍白的沉默的幻影在走动。

夜晚变得潮湿而阴冷。谢苗诺夫扣上了大衣的扣子，将制帽往头上扯了扯，因为他的耳朵就像是蝙蝠的一样可怜地露了出来。

“我要回家了……”他说，“天冷了……你呢，索尼娅，走吗？”

“不。”一位纤细如草的小姑娘若有所思地回答，她一直是安静地坐在悬崖的上方。“那随你吧……”谢苗诺夫，含混的声音，无所谓地说，“天冷了。有空的时候请去我那，兰德！”

“好的。”兰德回答。

“再见！”

“什么？”莫洛恰耶夫机械地回应。

“在沉思呢，画家！再见！”

谢苗诺夫病态地弯了下背，慢慢地沿着街心花园走开了。

“听着，廖尼亚……”兰德开始小声说，看得出，他一直在思索这件事，“需要帮助那些……”

“是的，所有能做的我们都做了。没有任何钱了！”

兰德站起来。

“哪里会没有任何钱的？”他若有所思地说，“明天你到我这儿来……而现在我要回去了。妈妈等着我的。”

很快就变得非常冷了，土地，天空，水，还有人们的面容，所有一切都因为月亮寒冷的光亮而变成浅蓝色，看起来像天蓝色的冰一样透明而冰冷。希什马廖夫和索尼亚走向同一个方向，而兰德，莫洛恰耶夫和玛利亚·尼古拉耶夫娜走向另一个方向。

第二章

“我要给您画一张画!”莫洛恰耶夫说，他轻轻地靠近玛利亚·尼古拉耶夫娜的脸，被月亮照亮的脸蛋。

“哪怕画两张呢!”她笑了起来，在她的眼睛里闪耀着快乐而自豪的满足。

兰德抬起头来看看他们，说：“真好……”

他想说的是：真好，你们两个人都是如此青春，如此美丽，你们彼此喜爱着对方！但是他没有说出来，只是笑了笑。

“您觉得应该为工人们准备什么?”玛利亚·尼古拉耶夫娜想起了，严肃地问。

兰德稍微摊开双手。

“没有什么特别的……但是，作为第一阶段……钱我是有的。”

莫洛恰耶夫看了看他，在他被月亮照亮的，并不俊美的消瘦脸上，有着一双完美的大眼睛，让画家感觉到一种平常的却又不可摧毁的坚决。一种不愉快的，不确定的嫉妒感在莫洛恰耶夫内心里蠕动，就像是在月光之下，他的某种潜在的混沌的思想在内心深处挤在了一起。

“献给他们?”他不信任地撇撇嘴，问道。

“是的。”兰德问。

“全部吗?”莫洛恰耶夫带着坏笑继续问。

“不知道，真的，亲爱的……”兰德善意地思索着，就像是在跟他讨论，“可能是全部……看需要怎么样吧。”

“您有很多钱吗?”莫洛恰耶夫故意讥笑道。

“又在标新立异!”他暗自心想，感觉到对他的嫉妒而只想着不好的一面，并且变得凶狠了起来。

玛利亚·尼古拉耶夫娜仔细地看了看兰德。

“我有……”

兰德整理了一下制服，平静地说：

“不太多……有四千。”

莫洛恰耶夫又没往好的地方想：“这停顿非常有效果呀!”

而后他无意地看了看玛利亚·尼古拉耶夫娜，瞬间忘记了兰德的事情。

“您的脸就像是从施图克画上走下来的一样，当您笑或者思考的时候!”他用诚恳的赞叹语气说，他的眼睛贪婪地发着光亮。玛利亚·尼古拉耶夫娜笑了起来，月光下突然明晰的半张开的嘴唇里，她洁白的牙齿因为瞬间的明亮而神秘地变得更白了。兰德看了看她，他看到，她的脸泛着白色，充满力量，温柔又严厉，就像施图克作品上的一样。她整个人也是如此高大，如此匀称，如此强壮，散发出某种清新和激奋人心的东西。

“这么说来您会把所有的钱都给他们?”玛利亚·尼古拉耶夫娜

将脸藏在莫洛恰耶夫后面，问兰德。

“是的，全给！”兰德愉快而亲切地对她美丽且明亮的眼睛笑着回答。

他的声音是如此平静，温暖人心，玛利亚·尼古拉耶夫娜瞬间陷入了沉思。某种深层的，温暖的而又细小的流水敏锐地在她内心的最深处做着回应。

“他是多么地可爱，也是奇怪……神圣的！”她带着微笑回忆起谢苗诺夫对兰德的称呼……“不，他不是神圣的！”

她期望所有的一切并不是这样。不是因为兰德正站在她面前，而是因为，现在，在深夜里，她期待着在身边，在鲜活和有意识之间能够庄严而直接地闪耀出力量与完美的光芒，就像在月光之下，在星空中，在庄严而平静地入睡的大地上所发生的一切那样。

“我来这儿……”兰德犹豫不决地说。他不想离开他们。“再见了！”莫洛恰耶夫冷淡且快速地回应。

兰德想了想，轻轻地笑着离开了。

“让他们去吧！”他告诉自己，在他的内心里有某种宽大的感动的情感，就像是拥抱。莫洛恰耶夫和玛利亚·尼古拉耶夫娜久久地走着，沉默不语，庄严的寂静充满她的内心。

“这个兰德真是个圣愚似的人物！”莫洛恰耶夫带着不屑的表情说。“傻瓜……或许，相反，完全不是个傻瓜！”他做了个鬼脸补充道，并且突然直接而细心地说。“他的脸不英俊，但是非常有意思，您，除了自己的艺术，什么都没有看到！”玛利亚·尼古拉耶夫娜说，声音不大地笑了起来，并把脸转向月亮。“不是的，所有的美我都能看到!”莫洛恰耶夫反驳道，赋予自己并不重要的言语某种特别的，对她来说亲近且明白的含义。

“那除了美的呢? ……”

“鬼才知道呢! 什么都没有了!”莫洛恰耶夫耸了耸他宽大的肩膀。

玛利亚·尼古拉耶夫娜笑了。在白色的衬衫之下，酥胸随着笑声而涌动，在月光下明显地勾画出深沉的潮湿的影子，这个胸部似乎是赤裸的。她整个人在明亮的，稍微有些发蓝的月光下变成某位特别的女子，格外美丽，不像平日一样。

莫洛恰耶夫睁开大大的眼睛看着她，并且有某种力量将他往她那里扯啊推啊。

“啊!”他的脑子里爆发了。他熟悉的力量和欲望结合在一起的感觉现在就在他的双腿和胸膛之间颤抖，他很久以前就有这种感觉了，并且很喜欢自己的这种感觉，它突然升到地面之上，并且与整个世界分离开来。似乎月亮不再发光，也不再冰冷，而是闷热，空洞，只有她自己格外地神秘和美丽，就像黑暗之中的星星，明亮而独立，非常近而又非常远。莫洛恰耶夫弯下身去，从侧面看到善良的黑眼睛，这双眼睛并没有看着他，似乎在无声地等着什么，并且神秘地许诺着什么。

一切都寂静无声。只有在某个远处，在房屋的后面，时而黝黑灰暗，时而白亮冰冷，但是，只有一只小狗轻轻地叫着:

“汪……汪……汪……汪……汪!”所有的一切动静中都有着共同的，奇怪的，紧张的东西。

“真想活着！”玛利亚·尼古拉耶夫娜轻轻地，而后越来越大声越来越有力地说，“想做些什么，想去爱……”

突然她出人意料地笑了起来，非常清脆。

“真想跳到月亮上去，就像希什马廖夫说的那样！”她想起来了。

所有一切变得很美，平凡并且普通。

“睡觉，该去睡觉啦！”她像歌唱一样补充道，“怎么说！再见了！”

“再见……”莫洛恰耶夫还是用颤抖的声音回答，深深地紧张地叹了一口气。

他们已经走到了她家的栅栏处。

“再见！”

轻盈的脚步声消失在栅栏后。在某处响起了一下又一下的门闩的啪啦声。听得到，门是如何被沉重地推到房间里，某个人睡眼惺忪地问了句什么，然后又是寂静和空洞。

莫洛恰耶夫久久地沿着空无一人的街道走着，洒满了月光的街道，看着遥远的月亮，开心地什么也没有想。

第三章

当兰德回到家的时候，他的母亲坐在桌子旁，看得出，已经等他吃晚饭很久了。

家里笼罩着兰德父亲去世后那种忧郁的空荡，她非常无聊，恐惧，并且可怜自己，在她看来，世界上所有的一切都终结了，死去了，而她的全部生活也被一种黑暗的厄运的力量劈成了两半。 那些曾经的无聊和沉重她已经忘记了，并且她觉得，过去的，恐怖的，遥远的，都只是稍纵即逝的，所有的快乐和温暖似乎被灼人的明光只照亮了一瞬间，而现在只有空洞和冰冷，而以后将更加黑暗，更加灰暗，有时候真想死去。只有当她想到儿子，某种明亮的感觉才会在她面前闪现，并且她所做的一切，才变得更有些意义。

“万尼亚?”她从灯光下悄悄地问。

“是我，妈妈!”兰德回答，将制帽扔到桌子上，走到她身边，坐在旁边，将他的头靠到滚圆的，但是已经没有弹性，温暖的就像暖炕一样的肩膀上。她抚摸着他的头，还有少有的非常柔软的明亮头发，并且想，在他的身上承载着她全部的未来，信仰，快乐和意义，还有整个让人捉摸不透的恐怖生活。“想吃东西吗?”她问道，将手放到他的肩膀上。

“想。”兰德说，然后开始静静地温柔地亲吻她圆润的手，长着布满皱纹的短手指。

“我亲爱的孩子！”母亲满眼泪水地说。

某种坚固的，对他来说很久以前就非常熟悉，非常珍贵的感情在他们之间传递着，兰德再也无法讲出来，他一直在思考的事情：

“妈妈，爸爸走后留下多少……总共？”

母亲对这个问题一点儿也不惊讶，因为兰德还不清楚，他还有没有经济能力继续他的大学，所以她以为这是他询问的原因。

“不多，万尼亚……”她悲伤地说，想着另外的事情，“就是这房子，还有给我的退休金，感谢上帝，还不少。而钱总共只有四千。”

“我想的也差不多是这些。妈妈，房子和退休金，当然是属于你的，而钱，可不可以现在让我拿走，我有用……”兰德说，而瞬间在他的内心里出现了某种沉重的，惊恐的感觉。

“啊，好的，拿走吧……拿走吧……要知道这些钱就是留给你的遗产。”

母亲若有所思地看了看兰德，抚摸了一下他的头发。

“你拿它们做什么呢？”她静静地，亲切地笑着问，就像对待小男孩一样。

兰德从没有想过隐瞒她什么，他看着她的眼睛，简单而清楚，他的脸变得更为明亮了起来，他坚定且平静地回答说：

“我，妈妈，想把它们都送给那些工人的家人，那些被维尔什洛夫赶走的人。”

“什么?”母亲重新问道，她笑了笑说，“你真是我的小傻瓜，就像小孩子一样，尽管已经长出胡子来了……”

兰德悲伤地笑了一下，不言语了。

“你可千万别这么做！要知道你会出事的!”她突然用另外一种惊恐的警告语气说。并且，在她劝说之前，她根据他那清澈的，异乎寻常瞪大的眼睛判断出，他说的是真的。她沉默了有一分钟，惊恐地看着他的脸，然后努力让自己相信，她说道：“愚蠢！那你自己靠什么生活呀?”

“总会有办法的……”兰德忧伤地回答，他感觉到在他们之间无形中竖起了一面不可穿透的冰冷的墙。

“愚蠢!”就像是在保护不受什么敌对的，邪恶的攻击似的，母亲固执地重复道。这对她来说的确是敌对的，邪恶的，因为它将冲刷掉她赖以生存，度过如蚂蚁般渺小的生活的一切。

兰德沉默了，在他的内心里已经有什么被撕裂开，某种血淋淋的东西。

深夜里，当他躺在床上的时候，他在想：“该怎么办呢？妈妈是不会明白的，并且她也不想明白。这对她来说是巨大的悲伤；但是我又不能不这么去做……我们都妨碍了彼此的路，因为我爱她，所以我将让步于她……不能这样！这意味着，我需要离开她!”

一种火热的感受标记出这种决定；胸膛里有某种东西压得他喘不过气来。他平生第一次将同他无尽热爱的人断绝关系，而在断裂之前，他觉得寒冷而可怕。不知道为什么弓着腰的，将死的谢苗诺夫站在了他的面前，在他的心里出现了某种不熟悉的惊恐。

“是我躺在这里的，”突然兰德想到了，“我自己带着信念，需要断裂，引起了悲伤和疼痛；或许，终究……终究……”周围只有空洞，只有漫无边际的空洞。而在远处的某个地方有星星，只有星星！我不是一粒沙尘，而更小，无尽地变小，并且我的生命在永恒之中都算不上瞬间，而是某种……就像完全不存在一样。而我生活着，相信着，自己离开……那么我该做什么呢?”

兰德的头发在头上动了动；一种细微的抖动纠缠不休地敲打着他的左腿。瞬间让他觉得，他被悬挂在某种冰冷的，死气沉沉的，极其恐怖的空洞中。无论是下面还是上面都是漆黑的，空洞的。而后他想到了那只小猫，维尔什洛夫的马车夫当着他的面抓住脖子的那只小猫，抓了起来，然后扔到地上，当场就把它摔死了，兰德觉得，这是他被悬空了，被抓住了领子，在空洞之中，在离死亡只有一瞬间的时候，无助地摇晃着他的爪子。突然有什么丢弃了他，狠狠地就像雷电一样击中了他，然后就安静了，不动了，黑暗了。孤独之感变得不可忍受，对于绷紧的神经来说，并且痛苦地极度希望，也需要，能有谁对他说一句，他不是一个人在这巨大的像永恒一样的世界里，所有的一切不是这样的。兰德颤抖着将头扭到后面去，他那睽睽的双眼盯着黑漆漆深渊的某处，在他的上方的，全身的细胞都紧张地处于某种可怕的冲动中，他开始向某人祈祷：“上帝啊，上帝啊……上帝，我的上帝！”

在他的脑海里，在一种不可描绘的混沌中旋转着各种想法，它们闪过，相互之间混乱地碰撞着，从这个祈祷中流出来，整个身体和全部的精神都疲惫不堪。除了这些话，他的脑子里没有任何其他的东西了，但是他全身心地聚拢到这些话上，并且在这巨大的紧张之中，这紧张达到了人所能承受的极限边界，在这紧张中生出了某种强有力的、伟大的，某种似乎不可能是没有目的的事物。

“上帝啊，上帝!”

他似乎已经感觉到，有人在听着。一个威严而平静的人。

突然在乱如麻的思绪中，有一种思绪开始分离出来，强化，明亮起来。这对他来说有些出乎意料，不可理解。

“我是躺在温暖的床上祈祷的，而维尔什洛夫的工人们则是在繁重的毫无希望的一天劳作之后，在光秃的地板上……”有什么停住了，并且侍机倾听，他的内心和他的周围，寂静，出奇地寂静，兰德自己听到了，他是如何紧张且艰难地呼吸。

“那么，这要说明什么？我需要做什么?”兰德询问自己内心的某个人。

在他内心深处的某个地方起初出现了某种不易察觉的，而后越来越强烈，呼之欲出的欲望，他起床然后躺到冰冷的地板上。

“但是，要知道问题不在这里!”兰德告诉自己。

“上帝!”兰德试图同他搏斗，又一起祈祷，但是呼声在他的内心里引起的只有空洞和死气沉沉。

这时，兰德一时冲动，快速地从床上起身，然后又跪了下去，而后将自己滚烫的额头放到冰冷的地板上。

周围也是寂静，漆黑。

他的双眼突然泪水满眶，他的内心里变得平静了下来，就像一切都因为被允许的紧张的期待而松了一口气。兰德立刻又想到，明天他将把钱给工人，将所有能给的都给，献出自己，献出内心里最喜欢，最明亮的。应该怎么去做到这一点呢，兰德不知道，也不去想这些事情，就像他不会去想这件事会让母亲悲伤，会让很多人反对自己，并且让自己的生活变得更加艰难。

完整的愉快感情在他内心里升起，并且周围所有的一切都充满了某种巨大，明亮和清晰。恐惧消失了，如烟一样。地板上冰冷，所以兰德的整个身体都颤抖着，但是他却因此感到很愉快，因为通过这将他再同某个人联系在一起，这样他就不是孤独一人了。而后周围所有的一切：地板的坚硬，冰冷，漆黑，还有自己半赤裸，可笑地在地板上抖动的身子——所有一切都离开去了某个地方，并且变得不被察觉，不被需要。

“上帝呀，我的上帝!”兰德带着一种不知疲倦的力量再一次祈祷。

在这种紧张的，快乐的状态下，类似于最为伟大最为深刻的幸福，他完全愣住了，平静了下来，也开始忘却了，在地板上睡着了，当窗户里已经开始看到某种明亮的，灰暗的，透明的东西。这最后一次出现在他的生活里，当他产生了怀疑，当他有那么一瞬间感到难为情，在他预见到艰难的决裂的时候。

而后，在他的内心里打开了一条明亮的笔直的道路。

第四章

第二天一早，兰德去了监狱。在郊外嫩绿的草地和小河宽阔的斜坡上白墙白得有些刺眼，一样的士兵变黑了，在太阳光下闪闪发光的刺刀穿入蔚蓝的天空。

兰德被领到看守长官那里，看守长官的胡子长到腰部，花白稀疏，就像苏兹达尔平面圣像中所画的那样。他有礼貌地盯着兰德看。然后蠕动着不信任的薄薄的嘴唇问了一句。

“我的姓氏是兰德。您或许认识我？……我非常想见那一位特卡乔夫，3号的时候在法庭里被宣告无罪的。我听说他还在你们这里……”

像圣像画中画的一样的监狱的看守长官挥动着他消瘦的手指。

“有可能……他还在我们这里。当然可以见他！”他重复着，似乎是在努力说服自己相信，“我可以带您去……或者，把他叫过来？”

“最好我自己去他那里吧，他，可能，不想到我这里来。我跟他，说实在的，几乎是不认识的。”

看守长官瞪着眼睛看着兰德。

“西多罗夫，带着去！”他突然生气地皱起眉头，说完不再看兰德。

“您知道吗，我将安置他们?”兰德信任地说，“您看到了吗？我将给他提供……”

“这您到那里跟他说吧!”监狱长更生气地嘟囔了一句，开始翻动桌子上的文件。

兰德开始替监狱长感到羞愧，为他的粗鲁和冰冷，所以他加快了动作。

年老易怒的士兵刮过了胡子，穿着黑色的肥大制服，腋下都开裂了，他朝着兰德挥动了一下他的袖口，上面的镶条都被磨掉了，说：“听从您的吩咐，长官！……请，先生!”

兰德跟着他走到院子里去。

院子很干净也很大，只是里面还有长草，并且很闷热，尽管有柔和的春天的天空在头顶上闪烁。

散发出酸酸的白菜汤，裁缝铺，还有十分强烈的茅厕的难闻气味。

“你们这儿不太好……”兰德说。

西多罗夫用他那双乡下人的小眼睛环视了一下院子，似乎是带着欢快的不理解在寻找，到底有什么不太好的地方。

“是这样的!”他还是这样回应了，如此之快，如此之乐意，似乎赞同兰德的话给他带来了很大的愉悦。

兰德看了看，他如此沉重而结实地迈着弯曲的乡下人的双腿，补充说：

“你们这个差事很让人厌烦的：看守人!”

“是这样的！”西多罗夫同样还是非常乐意地回答。

“还不如在乡村里耕地呢！”兰德继续说着，对他表示同情。

“是的，”西多罗夫说，“在田里耕地很好的。”

因为他欢快而乐意的话语兰德也变得开心了起来。

“为什么你们至今还不释放特卡乔夫？要知道已经宣布他无罪了。”

“是他自己不要走的！”西多罗夫笑着回答。

“为什么？”兰德很奇怪。

“他跟我说，他没地方可去……奇闻！怪人一个！”

兰德陷入了沉思，一种悲哀的阴影压在了他的脸和他的心上。

他们已经穿过了整个院子，沿着狭窄的拱形走廊走；立刻变得出奇的黑暗，特别是经历过院子里明亮的阳光之后；到处都冰冷冷的，满是泥的白石还有古旧的绿色的生铁。

有一群人从一个门到另外一个门冷漠地懒散地走着，穿着污秽丑陋的衣服，他们中有年轻的也有年纪大的，但是所有人都有着相同的，没有血色，不健康的，浮肿的脸。他们用非常不友好的恶毒眼神目送着兰德，站在墙的旁边，然后冷漠地，就像影子一样走向潮湿的走廊深处，在这些无意义的，冷漠的动作中有某种可怕的，危险的东西。在一个牢房里有一个人在竭尽全力地唱歌，看得出，他是故意花费更多的力气在做这个动作，所以歌唱更像是诅咒——那种野蛮的基调，还有那么多污秽的话。

“特卡乔夫！”西多罗夫沿着走廊利索地喊了一声。

“哎，特卡乔夫！……哎，你！喊你呢！……听见没！”几个声音嘈杂地喊起来，他们非常高兴有一个借口可以让他们叫嚷，不是乱叫，而是为了某种需要。

在一间牢房的门槛处出现了一个人，穿着一件不合身的宽大的囚服，很瘦且黑，颧骨突出的黝黑面孔盯着兰德看，心情沉重且充满不信任。

“我是来找您的……”兰德信任地笑着，似乎努力用这个微笑变得与特卡乔夫更亲近些，更能理解他。兰德说完伸出手来。

特卡乔夫有些不自然，似乎并没有惊讶于他的到来，伸出了自己的手。

“我想跟您聊一聊……”兰德补充说。特卡乔夫更加不信任地看了看他，咬了下薄薄的干裂嘴唇，然后不情愿地退到一旁，往后退了两步的样子，用发颤而低沉的声音说。

“我就在这里住……这儿……”

兰德跟着他来到了一个单独的牢房。这是一个拱形的房子，如此矮，如此潮湿，散发着霉味，真是让人觉得不可思议，这里竟然住着大个头的人，而不是某个个头小的胆小的动物。

特卡乔夫想了想，皱着眉，递给兰德一个小板凳。

“请坐……”他带着不确定的表情说。

兰德坐下了，柔和地看着特卡乔夫。

“您想从我这里得到什么?”在他的注视下，特卡乔夫不安地皱着眉问道。

当他皱眉的时候，他的脸不再那么严肃，而是有些可怜的表情，通常受到委屈的孩子都会有这种表情。

“我什么都不要……”兰德善意地反驳道，“我只是听说了关于您的事情就来了。”

“为什么呢?”特卡乔夫不信任地嘟囔了一句。

“是这样的，我很难过，您是如此被激怒，如此不幸；我想如果我来看您，您可以会好过一些……”

“同情？我可不需要!”特卡乔夫断断续续地低沉地反驳道，转身朝向窗户，在桌角上用不干净的消瘦的手指敲着。

兰德静静地抓住特卡乔夫的手。

“您为什么这么说？要知道这是不公平的……要知道您是不幸的，您被激怒去偷了东西，仅仅是因为您在自己的生活中看到了很少的同情和关爱。我到您这里来没有什么其他用意，只是敞开心扉，发自内心地想帮助您……为什么您要对我如此凶?”

特卡乔夫受惊地看了下兰德的手，如此轻柔如此信任地握着他黑色的手指，他突然脸红了。

“我谁也不需要……”他悄悄地但是很执着地回答，并且悄悄地抽走了自己的手，“所有这一切都是很愚蠢的事情……”

“为什么?”兰德伤心地抬起眉头，问道。

特卡乔夫扭过头来看他，蔑视地冷笑了一下。

“您的这个幼稚的问题让我处于很愚蠢的境地……”透过不自然的文绉绉，明显能听出某种愤怒和痛苦，他用一种逞能的语气说，“您……为什么我要跟您聊天了?”他耸耸肩，转身朝向窗户，在窗台上有一群鸽子，在玻璃和铁网外面走来走去发出咕咕的声音。

“我在喂它们……朋友们!”他沉默了一会儿，突然说了起来，在薄薄的流露出痛苦表情的嘴唇的一角不好意思地微微一笑。

“鸽子吗？是的！”兰德对这个微笑表示开心，他自己也笑开了。“当然是朋友！要知道，永恒的仇视和必须剿灭都是不对的……没有这种必须，不可能有，不可能！恰恰相反，需要维护……所有人维护一个人，一个人维护所有人……并且甚至成为朋友，成为兄弟！我，您知道吗，坚信所有的一切都是错误的，所有的一切不应该是这样，所有的一切需要改正，结束……这是什么的，这就是人的使命！我坚信！”

“我理解不了您的华丽辞藻！”特卡乔夫执着地，愁眉苦脸地回答，让兰德觉得，他是故意这么回答的。

兰德笑了。

“我不善于更好地表达……难道，您真的不理解我吗？我感觉，您没有理解……我想说的是没有人与人之间的凶恶与仇恨，它们需要被消除，这一切会在改造世界之后出现……”

“瞧你说的，”特卡乔夫讪笑地插话，“很容易。”

“不，不容易……很难，极其难！但是不是不可能：没有什么仇恨和凶恶是不能战胜的！”

“您跟我说这些干什么？”特卡乔夫尖锐地打断他。

“我这么说，是因为，”兰德赶忙说，他害怕特卡乔夫马上就要离开了，又一次抓住他的手，“因为我看到……我觉得，您不再相信这种可能性，而相信邪恶是永恒的，邪恶到处都是胜利者，不需要跟它搏斗了，而是服从于它！这非常可怕！不是这样的。您只是丧失了信心，变得凶暴起来，而现在您只是人为地浓缩了凶狠的空间，想象着，终于学会了真正地呼吸……哎，特卡乔夫，这是一个极端的错误！要知道您能感觉到：您呼吸非常困难，很艰难吧？是不是？”

特卡乔夫愁眉苦脸地沉默不语，用鼻子艰难地呼吸着。

“不应该用仇恨去解决仇恨！”兰德说，他闪烁着睁大的眼睛，似乎并没有在想他所说的话，并且他不是在说话，而是在歌唱，发自内心的歌曲：“这样仇恨就胜利了！就感觉不到快乐，轻松，满意，当您战胜自身的恶，不用它来回应其他人的恶！难道这种感受不能说明路在哪里吗？能感受到这一点是怎么的快乐！为了这种快乐什么恐怖的痛苦不能忍受呢！哪怕人们对你很糟糕，很残忍，哪怕你的生活条件很差，就让它这样；但是要知道生活的外在条件在所有人那里是无法完全一样的，从根本上来说，这一点是容易接受的，如果……”

“您什么时候挨过饿吗？”特卡乔夫突然冷嘲热讽地打断他，“啊，兰德先生？”

“天呢，您为什么这样说话！”兰德带着哀求急忙说，带着一种刺入内心的哀求，“要知道，您也知道，为了信念是可以忍受饥饿，痛苦还有死亡本身的……殉难者都是在极度恐怖的折磨中死去的……”

“那是殉难者！”特卡乔夫摇摇头，表示反对道。

“难道您认为，特卡乔夫，所有的殉难者都是某些特别的人吗？不是的，是我，是你，是任何一个最渺小的人都可以为了信念去承受的，只要这个信念是他的信念，他的感受！对不对？”

“可能是对的……”特卡乔夫愁眉苦脸地回答。

“当然是对的!”兰德高兴地抓住他，他的整个脸都散发着光芒，“真理在人身上，这个伟大的力量，它正是存在于人的身上！既然如此，这就意味，他什么都可以，任何事情都可以！可以同任何力量作斗争并且取得胜利……您为什么偷窃，特卡乔夫?”

特卡乔夫为之一震，很快就脸色苍白，很明显看得出来，他的血从面部流走了，睁大的眼睛，能够看到可怕的受折磨的伤口，他疯狂地盯着兰德。

“这跟您有什么关系?”他沙哑地说出，把瘦瘦的黝黑的脖子伸向他。

“我知道为什么，”兰德坚定地说，他哆嗦了一下嘴唇，“并且我想说关于这件事……”

特卡乔夫一动不动可怕地盯着他的眼睛。而兰德在这么近的距离看到了他黑色的瞳孔变得圆圆的，透过它们看到了无助的，永远隐藏起来的永久的委屈和仇恨在看着他。兰德不知道为什么想，如果他眨眼睛，特卡乔夫要么会打他，要么会对着他的脸唾弃。所以他没有眨眼睛。

特卡乔夫突然低下了眼睛。

“您什么都不知道!”他静静地，粗鲁地带着挑衅说。

“不，我知道!”兰德坚定地反对说，“要知道我了解您的全部生活，人们都跟我讲了很多……您自己也说了很多，当您在法庭上时……我都听说了。您是如此真实如此明确地描述它，这很难是……”

特卡乔夫脸上出现了不聪明的，夸耀的表情。

“您认为，只有你们，大学生先生们，会说话吗？不是的，那个时代已经过去了！现在……”他不合适地说了起来。

“要知道您之所以偷窃，是因为从来都不是一个小偷……”兰德不听他说话，继续说着，“我知道，您总是很艰难地生活着，但是您不仅不偷窃，甚至都不喝酒，不抽烟……难道您就学不会这些吗？我知道……我知道您是如何学习《福音书》的，您是如何不吃肉的……”

“这都是荒唐!”特卡乔夫带着不自然的，装出来的不屑反驳道。

“不，不是荒唐！这是伟大的事情，人都应当如此要求自己！这需要很大的，巨大的力量。而您拥有这种力量……现在为什么它没有了呢，特卡乔夫?”兰德抓着他的双手，哀求地问道，“为什么您不斗争到底呢?”

“到什么底？请允许我问您，兰德先生。”特卡乔夫整个面孔都变成了炽热同时又可怜的模样，抽脱自己的双手，问道。

“到胜利，特卡乔夫!”兰德起身走向他说，“人为了自己的信念总是可以取得胜利的，而您有自己的信念，所有人都是相同的，生活，感受都应该是相同的，并且是美好的！您会取得胜利的，特卡乔夫，您是强大的人！为什么您丧失了信心，发生了什么事了?”

特卡乔夫沉默了。兰德也在某种奇怪的颤抖中不说话了，他说话时那种强烈的亢奋让他现在没有了力气。浅色的头发落到额头上，嘴唇和双手都在颤抖，只有双眼还是一如既往地闪烁着友爱和怜悯。

特卡乔夫沉默了非常久。

“听着，兰德先生，”他抬起头，开始说话了，但是并没有看着兰德，“您说您了解我，并且说得不错，您了解……我整个被剥夺了幸福的生活，还有我所有的痛苦经历……您了解……是的……不过要知道，我也了解您，兰德先生，并不比您差！是这样的！您，兰德先生，是一位非常好的人，所有人都这么说，我也知道。或许，在这个城市里没有比您更好的人了……所以我觉得，您，或许是神圣之人，因为您的心灵是纯洁的……就像玻璃一样！但是请允许我问您一个问题：您在哪里，当……所有的这一切发生在我身上的时候？”

兰德举起一只手。

“不，现在请允许我讲完！”特卡乔夫用果断的凶狠的声音打断他，“您在我的生活中非常重要，兰德先生，如果说实在的话：我很早之前就知道您，那时候您还是个孩子；而我，要知道，也不是一下子就是个成年人的……当时您对我来说非常重要！您还记得吗，兰德先生，我去您那里借书看？您当时正准备出行，在前厅里打包着行李箱……我为了见到您，等了三年，而您给我说了什么？”因为折磨人的激动兰德整个人都颤抖了起来。

“特卡乔夫，特卡乔夫，这是真的，只是，要知道……”他抱怨地叫了起来。

特卡乔夫将黝黑的石头般的脸转向他，尖细的声音透过牙齿说：“而您那时候对我说，说什么您要出行了，您没有时间，而后答应找时间聊一聊！总共仅仅……而我当时从您那里等来的话……不知道是什么：或许您没有理解我，看看我一切都很正常，或者您看到了，但是您要出行，事务总是更重要。是这样吗，兰德先生？或者，我没有理解……”

“对着上帝向您发誓，”兰德叫了起来，“当时如果我知道了，我肯定就留下来了……您自己弄错了，特卡乔夫！当时需要再直接一些，再勇敢一些，直接敞开心扉！要知道您看到了，我只是不明白！”

特卡乔夫慢慢地恶狠狠地冷冷一笑。

“看到了，问题就在这，看到了。正是这一点，或许，一下子就永远让我迷路了。”

兰德瞪大了眼睛。

“如果您当时，兰德先生，将自己的事务出行，将自己的利益放在高于一个人带着自己的灵魂来拜访您之上的话，而我，只能朝您唾一口，然后说：败类，像所有人一样都是败类！而实际上不是……我看出来了，您只是不理解我，没有看到我的痛苦……”

兰德痛苦地握紧拳头。

“要知道，这可能发生在任何人身上！要知道都会有这种时候，当一个人的心灵还在睡觉……那时候我的心灵应该是睡着了。而您……为什么不唤醒它，不推醒呢？”

特卡乔夫又一次慢慢地恶狠狠地冷冷一笑。

“我想着也是这样，兰德先生……”他低沉的声音里充满着庄严，期待已久的，从内心里经过痛苦而消失的自白，“要知道，人，最完美的，或许一辈子都不会碰到另外一个这样的人了，但是想敲醒他的心灵那是很难的……”

“不总是这样的，特卡乔夫……”

“不总是……要知道这是怎么样的一个人！下一次还需要去推动他，让他痛苦着别人的痛苦！那其他人呢？……要知道，是推不醒的……您怎么认为？”特卡乔夫讥笑地问。

“不可能！需要推醒……可以的！”

“要知道有时候都没有足够的力气去推醒别人……那什么时候去生活呢？啊？”

特卡乔夫得意洋洋地不说话了。兰德灿烂地一笑开始静静地说：

“特卡乔夫，要知道生活就在于此！……回应这种敲击就是幸福，最吸引人的，最伟大的幸福——听到回应，并且意识到，哪怕我们不能推醒所有的心灵，让他们融入统一的人心里，但是要知道我们所开始的敲击声并不会就此销声匿迹，其他人会继续敲，在我们之后，它会从一个心里走入另外一个心里，总有一天……特卡乔夫……”

“啊，哈！”低沉但响亮，不知特卡乔夫是哈哈大笑，还是因为疼痛叫了一声。“嘘！”他吹了一声口哨。

“您觉得这可笑是吗，特卡乔夫？”兰德睁大了眼睛问道，“您不相信？”

“那您怎么想呢？这是不是就是说，靠着一个梦想在活着，在痛苦中寻找幸福？那自己呢，自己……就像活着的那样死去？似乎什么都没有敲醒？吼吼！喝酒是死，不喝酒也是死！真是找到了冤大头，是吗？这种最好谁都不需要！”

他的声音开始变成乱叫，毫无顾忌并且空无一物。如果兰德曾心存希望，认为特卡乔夫会理解他，而在这个时刻，伴随着他的这种声音，在他们之间立刻立起了一堵看不见的，无法克服的，不可穿越的墙，这面墙的冰冷穿透到两个人的心脏。接下来所发生的一切已经有些荒唐，怪诞，不像样子。

“特卡乔夫，”兰德胆怯而不知所措地开口了，“醒一醒，难道您不理解吗？离开这里吧，是可恶的环境影响了您！”

“去哪里呢？”特卡乔夫挖苦道。

“随便去什么地方……到我这里去……我给您带来了钱……您拿着，离开这里，忘记；而当时间过去了，您醒……”

“钱？”特卡乔夫眯起了眼睛反问道，突然他粗鲁，剧烈且绝望地叫了一声：“我不需要你的什么钱！打算用钱来堵住我的嘴吗？拿走——走！”

“特卡乔夫，特卡乔夫……为什么这样？您以后会感到羞愧的！我亲爱的特卡乔夫，要知道我……”兰德痛苦地说，颤抖着抓住他的双手。

但是特卡乔夫用力地挣脱了，抡起胳膊转过身去，快速地走出了牢房，但是立马又转过身来。他站在门槛处，有那么几秒钟一动也不动，然后盯着兰德看，而后似乎是自言自语说了声：

“蒙福的，”更低声但是带着挖苦和仇恨，似乎是在流出毒药，又说：“拄着拐杖的神圣的心灵……傻瓜！”

然后他像士兵一样急转身，沿着走廊走去。

“特卡乔夫！”兰德喊着，“特卡乔夫！”

但是特卡乔夫并没有回应就离开了。

第五章

晚上希什马廖夫来到兰德这儿。这是一个个头小的大学生，声音很尖，动作匆忙，他整个人都深受兰德的决定的影响，决定拿出自己的钱。但是他自我感觉怪怪的，兰德想做成的事情，令他惊叹，并且让他的内心里充满了感动，还有一种不同寻常的激昂的感受，但是与此同时，他觉得奇怪，并且尴尬，似乎他自己在做一件不应该做的蠢事。

“说实在的，跟我有什么关系呢?”他安慰着自己，但是总觉得有些尴尬。

他匆忙地走进屋里，握着兰德的手，不知为什么不敢直视他的眼睛，说：“我来了……”

兰德马上钻到桌子下面，拿出钱——四包长长的漂亮的纸币，在他纤细的手指间发出沙沙声。

“我想告诉你……”突然，好像有什么推了他一下，希什马廖夫用他尖细但害羞的声音说，“或许，不用全部?”

兰德似乎在想着别的事情，简单地说：

“都一样，去分了吧，全部……”他沉默了一下，想了想然后补充说：

“廖尼亚，我不跟你去了，你自己去分吧。我跟你解释下为什么：因为这些钱妈妈很生我的气……需要去安慰她，跟她说说。”

希什马廖夫不确定地拿起了钱。

“瞧，你母亲都生气了……”他不自信地反对说。

兰德苍白地一笑，但是很坚决。

“在这些时候不应该考虑母亲的事！”他严肃地回答。

希什马廖夫还是没有动静，他越来越觉得尴尬了。

“我，真的，不知道……”他说，“我自己怎么……”

兰德又笑了，不过已经是很灿烂并且很亲切。

“怎么都行，”他挥了挥手，“心会提示该怎么做的。上帝也不知道这是多么艰难的事业。”

“就这样吧！”希什马廖夫还是犹豫不决地勉强同意了，然后拿起制帽。不知道为什么他突然可怜起兰德，流下了泪水。这个房间里非常不舒适，空荡荡的，并且散发着某种禁欲、孤独的气息。

兰德面容憔悴且沮丧。这违背了希什马廖夫的愿望，令人奇怪且无法理解，为什么做如此善意的大事情的人，他的脸上没有笑容和自豪感。

“他真是一个奇怪的人！”希什马廖夫想，但是这个想法，对他的认识来说微不足道，却不自觉地削弱了他内心里对兰德和他的行为的感受。“再见，”兰德说。

“万尼亚！”兰德母亲用颤抖且奇怪的声音在门口叫了一声。

兰德的嘴唇痛苦地抖动了。

“最好快走吧！”他轻轻地但是很坚定地对希什马廖夫说。

希什马廖夫犹豫不决。钱似乎在灼烧他的双手，就像是偷来的一样。

“这应该停下来！”他带着稍微有些模糊的不愉快和沮丧说。

兰德摇摇头。

“不，”他说，“需要去做完。那里是可怕的贫穷，痛苦……而妈妈只是觉得，她在受苦……终归这些钱我可以花在自己身上的。”

兰德母亲走了进来。她总是很柔和，她年迈的脸上流露出悲伤和善良，此时，这个脸上流露出凶恶和残忍。她艰难而又频繁地呼吸着，所以这个呼吸声整个屋子里都能听得到。

兰德赶紧迎上去，抓住了她的双手，放到了自己胸前。

“妈妈……”他坚定地说，看着她的双眼，“不要！”

希什马廖夫尴尬地鞠了一躬。母亲抽出自己的手。

“什么不要？”尖细且响亮，愤恨的，爆发的声音，根据这个声音可以听得出她哭叫了很久，她说：“你没有这个权利！父亲工作了一辈子不是为了什么乞丐们！傻瓜！”

希什马廖夫站在那里满脸通红，他不知该如何是好，机械地把钱抓在自己面前。

“走吧，廖尼亚！”兰德痛苦但是很平静地跟他说。

母亲猛地跳了起来，堵住了道路，尽管希什马廖夫并没有离开原地。灰白的头发从她的头上滑落到额头上，在她瞪得圆圆的，神经错乱的眼睛里流露出某种凶猛的，非人类的神情。

“您这是在迷惑他！”她开始极度愤恨地叫了起来，“您怎么敢？

我要去上告！这是抢劫……您开心了吧！”

“我……”希什马廖夫不知所措，受到委屈地开口。

“给我！”老太婆尖叫了一声，迅速地从希什马廖夫手里抓过来钱，就像飞禽一样蜷起了多骨的手指，一下子就将手变成了像爪子一样的钩形。突然，极度的愤懑和委屈出现在小个头的大学生脸上。

“那您就拿着吧！”他抖抖肩，握紧了拳头，猛地吼了一声，声音如此之大，在街道上都能听到。

一下子周围一切都安静了。老太婆看着他，睁大了眼睛，感到奇怪而又可怕。希什马廖夫转身朝向兰德，蠕动了下嘴唇，气喘吁吁，痉挛让他的左眼和面颊都抽搐了。他因为委屈和愤怒而喘不过气来，而这些感受都是针对兰德的。

“不能这……这样……”他说，“再见，我走了……嗯……”

“走吧。廖尼亚……”兰德也是悲伤并且也如此平静地回答，“别生我的气！”

希什马廖夫动了动，不知所措地撇着嘴，似乎还想说点什么，但是他没有说出来就离开了。

房间里开始安静了。兰德母亲紧紧地把手放到装着钱的口袋里，钱被牢牢地抓住，而兰德忧伤地看着她，瞪大着眼睛。只有他们两个人在小小的房间里，但是每个人都感觉到似乎是一个人。

“你最好把这愚蠢的念头从头脑里赶走！”仍旧是压低的声音，母亲最后终于开口了。

“这不是愚蠢的念头……”兰德摇摇头。

“你想通过这么做让谁惊叹？”母亲挖苦地继续道，“你怎么不感到惭愧呢，这是在干什么!”她突然可怜而又要哭了似的，将手从口袋里抽出来哭了起来。

“不是我想干什么……”兰德反驳说。母亲哭了。兰德沉默了，痛苦地攥起了手。房间里阴暗且忧伤。

“你后面自己会对我说谢谢的!”母亲已经平静地说。

“不知道，听着，妈妈，既然你不给我钱，我也不会要求了。它们就给了你……”

强烈的痛苦的委屈刺入了母亲的心脏。

“你这是在说什么啊!”她哭着不满地说，责怪似的拍拍手，“难道我是为了自己？我要它们干什么！我都是将死之人了……你这是说什么啊！清醒清醒吧!”

兰德沉默不语了。

“我知道……”他说，“但是我想说的不是这些。要知道，妈妈，我爱您，非常非常。但是您觉得，为我存这些钱，就能救我不死。而我觉得，您这样说是在让我死去。难道您觉得，我拿这些钱只是为了自己？……但是不管怎样，无论如何，我可能都会把钱给那些觉得应该分给钱的人……因为……”

“你究竟是怎么回事，疯了吗，难道?”她叫了起来，她的声音听起来充满了不满和不理解，“那你靠什么生活啊?”

“怎么着都能过，不用考虑这一点的。”兰德坚定地回答。

“就一直靠我了?”她恶毒且粗鲁地问。

“不，”兰德带着平静的忧伤反驳道，“我要离开您。我们很难生活在一起，您无法让我按照我想要的方式生活；而我对您来说也是折磨……最好我自己单独生活。”

母亲睁大了眼睛，脸色立刻变得煞白。

“万尼亚……你在说什么?”她害怕地嘟囔着，她的脸色和她的声音都变得惊慌失措，可怜无助。

兰德静静地叹了一口气，走到她身边，开始跪下，并且温柔地吻她因为泪水而潮湿的手。

她看着他的头，柔软且稀少的头发，感觉到某种巨大的，不可抗拒的事情就要发生在她身上。

“别哭，妈妈！……这样会更好……”兰德静静地说，语气坚定而平稳。

第六章

玛利亚·尼古拉耶夫娜坐在打开的窗户前，聚精会神地看着长长的街道，想着什么事。街道的一边被有些发绿的月亮的蓝光所照亮，而另一边则非常暗。星星在遥远的地方明亮而冰冷地眨着眼睛，幽暗的树木，像石化了一般，立在月光里。空旷而冰冷。

从远处传来孤独的脚步声，明晰而安静地敲打着人行道的石板。有一个看不清的人影在黑夜中走着，越来越近，越来越近，听到这些声音让人觉得奇怪而神秘，就像是声音自己靠近响亮的冰冷的寂静，带着自己某种孤独的秘密。

玛利亚·尼古拉耶夫娜将头探出了窗户外，当在黑暗中开始出现黑色的影子，她仔细地去看，认出了，喊了一声：

“伊万·费拉蓬托维奇，是您吗?”

兰德一惊，然后停了下来，开心地笑了一下，走了过来。

“您这是去哪里呀?”姑娘看着他，问道。

“回家……去谢苗诺夫家……要知道我现在在他那里住……暂时……”兰德疲惫而柔弱地回答。

他站在窗户旁边，所以女子从近处看到了他的面容，有着一双不自然的大眼睛。一种好奇的怜悯之情，兰德总是能引起她内心的那种感受，在她胸中升起，如此纯粹，如此新鲜，如此强烈的感觉，就像是年轻女子的胸部一样。

“伊万·费拉蓬托维奇，”她很轻柔，有些害怕他，问道：“您真的跟母亲彻底决裂了吗？”问过之后她就害怕了，忙乱起来，似乎她为自己这突然冒出来的问题而感到痛苦。

“我之所以问您，是因为我为您还有您的母亲表示惋惜……要知道，可以问您关于所有的事情……是不是？”

“可以问我……”兰德机械地回答，看得出，他没有察觉出她的害怕，忧伤而若有所思地回答，“我并没有同她决裂，我任何时候也不会同任何人决裂的……我到现在也爱着我的妈妈，或许，更加热爱了，因为她不幸福……我仅仅是离开想一个人生活……有时候需要作出选择：或者不像我所信仰的那样去生活，或者离开……我觉得，您也会这样做的……就是这样……”

玛利亚·尼古拉耶夫娜看着他，眼睛里充满了沉思与温暖。

“不，我做不到的……我能去哪里呢！”她微微一笑。

“您知道吗，”兰德并没有听她说话，继续道，在他的声音里也流露出某种庄重的悲伤的基调，“牺牲生命更容易，比……不过，我现在还不能说出来！”他淡淡地苦笑了一下，沉默了。

“啊！”突然在远处，花园之外听到一个人轻轻地拖长声音叫了起来，而后变得更加安静了。

兰德稍微听了一下，叹了一口气。

“您去哪里了？”玛利亚·尼古拉耶夫娜沉默了片刻问道。

“去了修道院。”兰德回答说。

“祈求上帝了?”姑娘开玩笑地说。

“不，我就随便去的……那儿如此安静……”兰德严肃地回答，似乎并没有评判也没有参与到她的笑话中去。

“那您相信上帝吗?”她带着年轻姑娘的那种幼稚的好奇心问道。兰德看了看她。

“不能相信他!”他似乎很惊讶，轻轻地但是很坚定地反驳说。

“为什么不能呢?虽然我也不信!”玛利亚·尼古拉耶夫娜稍微弯下头，似乎是想倾听下自己美丽的声音。

“不要这么说!”兰德忧伤且激动地反驳说，“这是不对的。所有人都相信，您也信……”他突然伸出胳膊，抓住她纤细温柔的手指。

“您看一看，您所看到的，是不能不相信的……您看一看天空，看一看!”他用某种激昂的祈求要求说。

玛利亚·尼古拉耶夫娜不自觉地抬起头，她的大眼睛，兰德从下面看起来觉得它们在祈求，非常美。

天空的辽阔没有边际，闪烁的深邃没有底。她看得越久，星星就越远越高，无力地消失在看不到边际的辽阔里。似乎，神秘的庄重的沉默变成了永恒的冰冷，包裹了某种看不到的，没有边际的辽阔。一种非人类的力量在空间升起一架可怕的不可穿透的透明拱桥，在可怕的紧张中静止下来了。

“那儿很可怕!”玛利亚·尼古拉耶夫娜突然声音颤抖着说，“突然所有一切都破灭了……上帝啊，能想象吗，能想到吗，发生了什么事?”

兰德亲切且安静地笑了起来，开始抚摩她的手。

“不会的，不会破灭的!”他说，“看，多么恐怖的，无边的巨大，而我们如此渺小，甚至无法看到那种席卷一切的疯狂的旋涡……您会理解的：一个人是多么地渺小！每个瞬间，每个瞬间的百万分之一，巨大的运动将世界的庞大带入让人无法理解的远处；而我们看到了死气沉沉……应该出现无尽的声音的飓风时，而我们仅仅感受到庄重的寂静！终究我们这些渺小的，如此自由地行走，就好像所有这些巨大的都在给我们让路。似乎有一只手在引导我们，它可以穿过自己的奋斗意志去引导！它最小的部分都可以清扫掉我们，但是人类的历史仍在前行，如此自由地发展，似乎它就是一切的中心。为了让如此渺小，如此柔弱的能够走自己的道路，如此自信地，将一切进行到底，需要让它在世界上被需要，为了世界的意志保护它到那个时候……”

兰德沉默了，他闪烁的双眼往上看了看说：

“您不觉得，所有一切都沉默了，暂时在这里，在土地上等着，还没有完成应该发生的事……而当完成的时候，所有的一切都会向前发展，这里就会毁灭，那里会建造，闪烁出新的光，出现新的形式，新的运动。”

“有时候让人觉得……”玛利亚·尼古拉耶夫娜静静地说。

她觉得十分难过。感觉在她面前有某种巨大的东西，似乎在从永恒走向永恒，从一个空间走向另外一个空间。夜晚的寂静让人觉得像是某种庄严恐怖的乐曲。

“所有这一切都是美妙的，所有这一切都是复杂的!”兰德带着某种神秘的喜悦说道。“最大的永恒和无尽，其中没有小的，没有大的，在里面没有时间，这些时间将各个世界的生活瞬间与一个人的生活瞬间变得均匀！难道这是机器冰冷的死寂的秩序吗，这个机器是无生命的物理法则所创造出来的？这是创造的可怕悲剧感，包罗万象，里面没有为任何事物所进行的区分！只有这种创造的灵魂。世界的心灵……不能不相信，不能不看到！……不去听到，不去感受到！”

不知道从哪里冒出来的冰冷的，神秘的恐惧感开始爬上玛利亚·尼古拉耶夫娜的心头。她神经敏感地蜷缩起来，眼睛瞪得圆圆的，就像一只看到了什么莫名其妙的，恐怖事情的猫。

兰德沉默了，周围变得安静了，如此安静，让人觉得似乎有谁沿着地面走着，金属制的，清脆地迈着沉重的神秘步伐。

“我耳朵现在有些耳鸣了！”玛利亚·尼古拉耶夫娜全身颤抖了一下，说，“好冷……再见了！”

她向后退回到房间的漆黑之中，关上了窗户，浑浊的玻璃闪烁着灰暗的光。

只剩下兰德一人，他在空荡荡的大街上站了许久。闪烁着光芒的眼睛仰望着星辰之间深蓝色冰冷的深处。

第七章

谢苗诺夫裹在被子中，露着细细的赤裸的双腿，像一个没装扮好的幽灵，为兰德打开了门。

兰德眼睛还饱含着湿润的辽阔和星星的光芒，灯光冷淡的黄光让他觉得奇怪，看起来易碎的小家具，蓬乱的床上放着小小的热乎乎的枕头，谢苗诺夫冷淡的，不幸的泛黄面孔，还有他像木棍一样纤细的白皙的双腿。

谢苗诺夫坐在床上，他的样子很吓人。他土色的脸上满是皱纹，稀疏的头发，弄湿后就会贴到被干燥的皮肤所包裹的两鬓，细细的身躯勉强地挂在窄窄的突出的肩胛骨上，所有的这一切都用朴实的可怕的语言诉说着孤独的，无人能理解他所经受的痛苦之巨大，还有隐藏在一个人内心的毫无意义的疾病，隐藏在那个毁灭之地，他整个世界——痛苦，绝望和恐怖。

谢苗诺夫看着兰德，用他那睁大的，闪烁着亢奋的双眼，当兰德坐到床上在他身边时，他开始说话了，语无伦次：

“太好了，你来了……糟透了……某种可怕的东西。兰德，我很快就要死了。”

让人觉得，他不是在对兰德说话，而是对他病痛的经受折磨的身体深处的某个人，他狂热，巨大，受着折磨，说服他不可避免的，但是还没有意想到的结局。

兰德被一种强烈的怜悯之心像病痛一样所包围：他将整个身体转向谢苗诺夫，用双手抱住他消瘦的，流着冷汗的双肩。透过磨坏的，不结实的衬衣能感觉到狂热的干瘪的身体和骨头，尖锐的恐怖的。

“万尼亚……我亲爱的，可怜的！”他开始说话了，并且开始用他自己热爱并且天真地相信的事情来说服他：生活不仅仅是为了尘世，人们所付出的努力和承受的痛苦如此之大，它们不会就这么消失的，而不在大地上提炼出什么，如若不然，人的精神带着灿烂的理性，柔韧富有的思想在无尽的，匀称的伟大永恒的世界里将是多么贫乏，多么不可理喻，任何意义都没有。

兰德说了很久，并且很匆忙，似乎他害怕来不及用自己的语言阻止那灰暗的巨大的事物，害怕来不及堆出一条出路，那巨大的事物一直都在不屈服地进攻着，慢慢地俘获受苦的心灵。谢苗诺夫坐在那里一动不动，眼睛盯着灯的火光。他薄薄的嘴唇紧闭着。兰德从侧面看到他闪烁着光芒的圆圆的眼睛，反射着灯的黄光，时不时他觉得，谢苗诺夫并没有听到他说话，兰德带着巨大的悲伤和绝望，真想趴到他耳朵上叫着，呼唤，摇动他的肩膀。他恐惧地看到，这孤独的痛苦仍旧是置若罔闻的，封闭密不透风的，就像铁棺材上的盖子，冰冷的，无语的，将可怕的只有他一人知道的秘密，都埋藏到自己心里。

“万尼亚，我知道，你曾经相信过!”兰德痛苦地说，“你记得吗，我们当时多么幸福，多么灿烂，当时我们聊关于上帝，关于永恒的生活，永恒的快乐！……你怎么沉默不语，万尼亚？说些什么呀!”

“听着，兰德……”谢苗诺夫突然回应了，但是他并没有回头，似乎是将自己脸上某种神秘的表情隐藏起来，他说话的方式不像以往平时说话的那样——一点儿也不严肃，并带有嘲弄的口气，就像成年人跟孩子说话一样，而是可怜的，无助的，不知所措的声音，带着孩子那种突然发出的声音，“我想告诉你，兰德……真不想死去!”

细小但强烈的悲伤在哭泣，在祈祷他所说的，他的声音折磨人地钻入了耳朵里。“真不想，兰德……就让所有的一切就这样，或许……而我……只是在你之前达到共同的目的……就让上帝，所有的一切……不想死去，兰德！可怜生活，可怜你，可怜自己，可怜太阳，可怜花草……所有的一切……或许，我再也看不到了……兰德!”

兰德哭泣着，大颗的泪水在他消瘦而紧张的面部流着，而双手无力地颤抖着。

谢苗诺夫沉默了。他站了起来，弄乱了浅色的稀疏胡子，想了想什么事情，然后又坐下了。满是皱纹的脸一下子变了，变得冷漠而泛黄。

“你真是傻瓜，兰德!”他凶恶地冷笑着说，“难道你认为，所有这些关于上帝的荒唐想法都有意义吗，当一个人真正要死去的时候？……所有这一切都很美好，都很愉快，当想着不死……必须想着如何去活。而当你在死去，无论是在你前面还是后面都看不到任何上帝的时候……不要欺骗，不值得去做……你什么都不要跟我说了！……这只会让我生气！……”

他用一种细细的但是凶狠的语气喊出来最后一个单词，他的下颌不由自主地哆嗦了起来！……

“现在我在忍受折磨……你会相信，我现在不是闹着玩的，是真的在忍受折磨。”他嘴撇着冷笑了一下说，“生活已经结束了，所有的快乐，意义……所有的一切……都完蛋了！……只剩下痛苦……似乎，正是现在需要上帝……现在折磨已经是荒唐的！……但是你的上帝在哪里？……他为什么不来？……要知道，当我垂死的时候，我的双脚将会冰冷……你理解这吗？……啊……但是我仍旧不会明白，这是真的吗，存在上帝吗？……我为什么要知道！”

谢苗诺夫的声音是一种极度可怕的语调，像打胡哨一样尖叫起来，穿入泥土里撕裂了。谢苗诺夫脸色变白，野性地瞪大眼睛，整个人都在颤抖，突然痛苦地，带有痰的扯破嗓子的咳嗽将他因为恐惧，仇恨和痛苦而变得扭曲的脸撕成了碎片。

兰德抓住他，用颤抖的双手扶持着他。谢苗诺夫瞪大眼睛看着他的脸，那双像痛苦一样巨大的眼睛，努力地在说些什么。“这……样……你的上帝价值几何？”他喘了一口气，野蛮地用已有痰和血的手帕擦了一下又说道，“对于活着的人来说。人，他认出他，如果他存在的话，只有当所有人性的东西，他体内的，所有的活着的东西都消失了之后……当人已经不存在了，只有尸体，而不是人……睡吧……我把灯熄灭掉……”

兰德什么都没有回答：谢苗诺夫的话音落下了，没有任何危害，没有让他愤慨，只是变成了某种巨大的深刻充满了他的内心；但是没有什么话可以作为回应，他无力传达自己的感受和自己的信仰，给另外一个人，一个距离他两步远的经受折磨的人。

谢苗诺夫敏锐地看了看他，带着痛苦的享受冷笑了一声。

“你知道我今天想什么了吗，兰德？”他用自己平时的语调开始说了，稍微撇着嘴巴，“所有的人都是我的兄弟，所以的确会来，并且会给我兄弟般的亲吻……但是我只会告诉你，”他仍旧带着一种紧张感克制着疯狂复发，“能给我带来安慰的只有一件事，那就是所有的人都完蛋！……”

他躺到床上，将头也裹到被子里，小小的，瘦弱的身体，就像被杀死的小鸡，停止不动了。

兰德熄灭了灯，脸朝下躺着，他并没有脱衣服，整个脸埋在枕头下面。在这天夜里他没有睡着；而夜晚对他来说几乎不知不觉就过去了，似乎他位于时间之外。没有睡眠，没有安静，他在想，他无法深入到，也无法全神贯注于自己快乐的信仰，因为他无力转达它，因为他自己在忍受折磨，尽管是别人的折磨，他希望得到仁慈，消除和治愈，尽管是为了别的。怜悯像闪电一样从上而下划破了他对伟大真理的颠扑不破的信仰，还有，关于上帝的永久存在的无边无际的思想。那时候他第一次在思考，对他柔弱的智慧来说，生活实在是太复杂，太大，太奇怪，在生活火花的闪烁和破裂中他失去了真理的光芒，只剩下孤独，还有对自己内心的集中深入让他再次具有了对信仰的明晰性和坚定性，这个信仰因为他的怜悯而动摇了起来。

这种想法，还是不明确的，不确定的，在他的内心里生根发芽了。

第八章

任何一次，当玛利亚·尼古拉耶夫娜见到兰德时，总会有某种纯洁的温和的感受控制着她，温暖她的心灵，就像是清晨明亮而安静的晨光。哪怕她在生气，在无聊，在莫名地贪婪地渴望着什么，她一下子就会平静下来，只要她看到了兰德，他那孩童般的，充满信任和善良的清澈双眼。

在一个晴朗的温暖的夜晚，几乎是在兰德到来之后一个月的样子，当他们两个人一起去城市的郊外散步的时候，这种充满信任而又明晰的平静感用一股特别的力量控制着她。

当郊区最后一排房子，紧紧地贴着地面的房子结束之后便开始了颗粒般大小的白色沙浪。太阳已经滑落到后面的某些地方，他们长长的影子，不自然地抬起长长的腿，朝前迈着步子，就像是在给他们指路，就像无尽的黑色弓箭。在远处丘陵上，在空旷的田野里，在蓝色天空上明显地刻画出一个影子，并且被低沉的太阳照得发亮，那是一个人在坐着。

“这是莫洛恰耶夫。”玛利亚·尼古拉耶夫娜说。

看得出，画家在一个白色小画架前面做着什么，这个画架有些滑稽地立在细细的易于劈开的画架腿上。

“您喜欢莫洛恰耶夫吗？”玛利亚·尼古拉耶夫娜问，她有一种感受，快乐地等着那个平静而善良的回答，这种答案，在她看来，只有兰德一人总是会如此回答。

兰德笑了一下。

“我喜欢所有人……”他说，“所有人从本质上来说是一样的，喜欢人的人，他喜欢所有人和每一个人……”

“但是，要知道，存在着更坏的和更好的人呀。”

“不，我不这么认为……这只是我们觉得，当我们开始不是根据好的感受来评价人的时候，这些感受在每个人身上都有，不管他是谁，而是根据他自己对待那些事实的态度，这些事件从我们的个人视角来说让我们觉得是好的……要知道这是不公平的……能这样去判断，首先必须相信自己是无过错的！……是的……任何一个人都有爱情，善良，分寸，诚实，自我牺牲，人的心灵富有一切。只是人们的生活条件是不同的，所以这些感受不是单一指向的……但是谁都不会仅仅为了感受而成为凶恶的，嫉妒的，残忍的和贪婪的人，任何人都不会对此表示满意的……”

“而我却有时候会感到满意，当自己残忍的时候……”玛利亚·尼古拉耶夫娜沉思着表示反驳道。

兰德带着一种亲切的温柔从侧面看着她纤细骨感的身材，还有温柔的，透明的总是让人觉得悲伤的侧面，不管她脸上的实际表情是什么样子的。

“要知道这是一种折磨人的病态的满意……”他说，“就连怙恶不悛的恶人都不会感受到残忍所带来的真正的平静的明亮的快乐，只要他不是精神异常，也就是说已经不是人了。任何一个人都应该喜欢些什么，怜惜些什么，为了什么而牺牲自己；他会永远为自己塑造上帝，因为上帝在他的内心里。如果生活将他的感受指引到不是真正的道路上，这不是他的错……所有这些都是由于外在条件，因为生活偶然间所选择的轨道。莫洛恰耶夫也是这样……要知道他痴爱着自己的艺术，美；我知道，他会为了任何的功勋和为了它而做出牺牲去行动的。这么说来，他是具有能力的，甚至是巨大的能力去爱。而另外一个事情，另外的推动力，他巨大的爱就转向了另外的方向，因此，从我们的角度来看，有些狭隘的空洞的画家会变成忘我牺牲者，仁人……就是这样！”

“您相信人们！”玛利亚·尼古拉耶夫娜悄悄地说。

“相信！”兰德坚定地回答。

“是什么让您产生这种信仰？”玛利亚·尼古拉耶夫娜悄悄地问，不知道为什么她对自己这个问题感到惭愧。

“对上帝的信仰！”兰德仍旧是这种语调，似乎是在继续地回答，“我相信，我感觉，上帝的神灵，被上帝抛入混沌之中，为了创造类似自己的，透过人而迎接神的旨意，创造路上经过恐怖的，艰难的痛苦，为了让伟大的神圣的孤独轻松一些……我无法表述这些，但是我相信人，像相信未来的开始一样……相信！”

兰德过于激动而不说话了，紧张地笑着，眼睛里闪烁着光芒，湿润而明亮，他把消瘦的柔弱的手指弄得咯咯响。

他的紧张奇怪地感染了姑娘。

“那死亡呢?”她带着模糊的希望和惊恐问道，也是在回答自己的思绪。

“您害怕死亡吗?”兰德没有回答而是问道。

“害怕!”玛利亚·尼古拉耶夫娜拖长了声音回答：听到了自己的回答自己也笑了起来。

她的笑声清脆而又响亮地传入小小的嫩松树林里，他们正慢慢地走进这个小树林暗绿色的地带。

“不，请不要害怕!”兰德也开心地笑了起来，“不能害怕自己的死亡……在世上，任何事物都不会害怕自己的死亡，只有人会害怕，并且害怕的不是死亡，而是某种未知……死亡恐惧这是一个柔弱之人的疲倦，在无力地努力试图提前渗透到秘密中的人。但是他无法承受这个秘密，没有成熟的……死亡时没有的……我相信!”

他们来到昏暗中，最初的毛茸茸的嫩绿的枞树，在它们的下方光线很暗，似乎已经是夜晚了。针叶慢慢地在树木旁边的绿色草丛的上方摇摆着。有什么小鸟悄悄地在树根之间冲向地面。

“这么说，您相信棺材里的生活?”玛利亚·尼古拉耶夫娜带着孩子的不连贯的好奇问道。

“我只是感觉，不可能悄无声息地消灭掉……”兰德回答，并不奇怪她的问题，“但是究竟会是什么，我不知道。人所能评定和想象的只有在他现实存在的范围之内的，在他现在的理智和感受范围之内的。无法想象得出永恒的生活，因为这已经超出了我们肉体的生活：身体无法……只能预感。”

“我不能理解，”姑娘胆怯地回应，“如果它存在，这就很奇怪了……”

“不，不奇怪。这有什么奇怪的呢，你无力去对自己解释的伟大的预感，当在我们体内本身的感受，我们都无法对自己作出解释……什么是爱情？……您不觉得这也很奇怪吗？”

“爱情？”姑娘敏感地回应。“是啊，爱情！”她低声地重复了一遍。

“永恒和无尽是上帝神灵最伟大的特性……”兰德憧憬地说，“人离接受这最终的秘密还是如此之远……而当到来……”

“是谁？”玛利亚·尼古拉耶夫娜害怕地说，停了下来。

有两个人从灌木丛后面朝他们走来。他们凸显的有些花色的身影悄无声息地在干燥的土地上踱步，在松树林绿色的，湿润的昏暗中。他们靠近了，不慌不忙，甚至悄悄地，手臂下垂，但是在他们身上有某种特别的，让人感到不安的，可怕的就像隐藏的威胁。

兰德平静地抬起头，看了看他们。

“特卡乔夫！”他大声而惊讶地说。

还有几步远的时候，两个人停下来了，往后看了看，也环顾了下。这种不安的查看在这明朗而寂静的昏暗中是那么的不自然和让人害怕。

“我们跑吧！”玛利亚·尼古拉耶夫娜在兰德耳边害怕地低语了一句。

他都认不出她的声音了，被压低的冰冷的声音，惊讶地看了看她。

特卡乔夫，黝黑，干瘪，衬衣外面穿着破烂的夹克衫，站在原地。而另外一个人，不认识的，灵活地摆动着赤脚走到他们身边，玛利亚·尼古拉耶夫娜不知道为什么一辈子都清晰而又吓人地刺入她的眼帘：他光着的脚趾，绿草的嫩芽在他的脚趾之间歪倒。

“有没有钱可以去打点酒?”这个人伸出一只大手问。

玛利亚·尼古拉耶夫娜打着冷战抓住兰德的胳膊肘，靠近他。特卡乔夫并没有动。

“啊?”赤脚的威胁地重复道。

兰德吃力地用自由的胳膊掏出钱包。

“给……”他忧伤且严肃地看着赤脚人的双眼说。

特卡乔夫在远处冷笑了一下。

“怎么，这么少?”赤脚人快速地将钱包藏到什么地方，匆忙地问，“把夹克衫给我……快点！……小姐，您是不是离开一下……这样不太好!”他讥笑地补充说。

玛利亚·尼古拉耶夫娜，睁大了眼睛看着他，整个人都在发抖，她站到了路上。兰德又一次忧伤地笑了笑，脱掉了夹克，他就只穿着一个破旧的衬衣，在胸前还打着补丁，没有熨烫整齐，这样看上去他变得更消瘦更虚弱了。

“也很好……”赤脚的就在兰德眼皮底下不安地打量着，抖动了一下夹克衫，又说，“是不是要脱下来?”

“您需要它吗?”兰德平静地反驳，但是立刻就坐到了草地上。“您离开吧，玛利亚·尼古拉耶夫娜……”他说，“上帝同他们……”

玛利亚·尼古拉耶夫娜突然感觉到一股神经质的，疯癫的笑。

似乎某人在开玩笑，但是却用力地握住了她的嗓子，如此野蛮和恐怖，但是与此同时又好笑。半赤裸的兰德带着严肃和柔和的表情坐在草地上，而赤脚的扯着他的腿。特卡乔夫动了一下，发出了某种奇怪的，低沉的声音，谁都没有去在意；他抖了一下肩膀，似乎他觉得冷了，然后又不动了，盯着兰德看。

“走吧，玛利亚·尼古拉耶夫娜！”兰德重复说。

“哎……小姐！停下！”赤脚的抓住她，“这是什么？”他将手伸向她的胸前，在胸前有一个长长的表链在晃动。

在这个动作中姑娘感觉到某种可怕的，极度粗鲁的东西。她像蛇一样弯曲着，钻到了一边，然后突然，她快速地高举漂亮的裙子，开始沿着道路奔跑，似乎是一阵疾风吹过，白色的大花朵被折坏了。

“哪里跑！”赤脚的喊了一声，直接把夹克扔到兰德的头上，然后灵活地从他身边跳过，轻松地就像狂野的林中野兽。

就在这个瞬间野蛮的，细细的像针一样尖的女子的喊声穿透了松树林，并且高高地刺入已经黑下来的天空。

这个叫声被走到拐弯处的莫洛恰耶夫听到了。也是这样快，就像平日他碰到任何事情的时候一样，他扔掉盒子和画板，从原地跑了过来。赤脚的看到他跑在所有人的前面，一下子停了下来，在草地上滑了一下，然后他弯向了地面，看了莫洛恰耶夫一秒钟，用睁大的充满野性的瞳孔，然后他突然在灌木丛里带着声响和嘈杂跑得远远的。玛利亚·尼古拉耶夫娜撞到了树上，她整个身子撞得很疼，她停了下来，头发散乱，眼睛里也失去了理智，不清楚自己发生了什么事。

莫洛恰耶夫匆忙地跳着跑了过来，沉重地流着口水，他也经过了兰德身旁，兰德站起身来，整个人苍白，消瘦且柔弱，站在道路边缘的草地上，莫洛恰耶夫撞到了特卡乔夫的身上。特卡乔夫在很远的时候就看到了他，一个瞬间觉得他就要跑了；但是他没有跑，只是蜷缩起来，满身黑色，执着地站在那里，等着跑近的莫洛恰耶夫。他咬着牙齿，他黑色的眼睛里还有闪烁着灰暗的怒火。莫洛恰耶夫沉默地跑向他，在特卡乔夫走动之前，他将拳头用力打向了他的脸。特卡乔夫悄悄地，害怕地“哎哟”了一声，挥动双手；他的帽子歪到了背上，他自己重重地坐下了，另外一击从上面下来，打到了头上，特卡乔夫侧面倒下，奇怪而又笨拙地在路上滚了起来，头碰到了地上。

“莫洛恰耶夫，莫洛恰耶夫！”兰德竭尽全力地叫着，尽管他只穿着内衣，但是他扑向他们，抓住了莫洛恰耶夫的手：“请住手！”

玛利亚·尼古拉耶夫娜害怕地靠近一棵松树，从远处看着他们。

莫洛恰耶夫沉重地呼吸着，整个人都是通红的，被激怒的，他放下了双手，而兰德急忙跪在地上，努力地扶起来特卡乔夫。被打得一动不动，他的脑袋在长长的细细的脖子上无助地在地面上抽搐。

“您把他打死了！”兰德恐惧地嘟囔着。

“瞧……这是他应得的！”莫洛恰耶夫残酷地回答。

特卡乔夫突然快速地用双手支撑着站了起来，在他的脸上流着稠密的鲜血，在太阳穴处还有泥土，他整个左半边的脸上，还有鼻子上有着恐怖的，脏脏的血淋淋的色彩。

“又活过来了！……下一次再尝尝！”莫洛恰耶夫毫无怜悯之情愤怒地说。他的双手在颤抖，攥了起来，似乎他还想去厮打。

兰德没有听他说话；他从落在草地上的裤子口袋里掏出了手帕，把它塞给特卡乔夫。

“您擦一下……血……哎，上帝，这是怎么回事？”毫无联系的，带着无尽的恐惧和痛苦嘟囔着。

特卡乔夫并没有动，也没有接过来手帕。他的一只眼睛肿起来，而另外一个眼睛看起来孤独而可怕。血从下巴和打破的嘴唇上流到夹克沾满污垢的领口上。

“你还想跟他聊什么！”莫洛恰耶夫此时说，“让我来把他丢到他应该去的地方，这样……哎，你！走！”莫洛恰耶夫粗鲁地抓住特卡乔夫的领子，他如此用力，那个歪歪斜斜无力地迈了两次步子就又滑倒了。

“不要这样！”兰德愤怒地叫着，他整个柔弱的身子都扑向莫洛恰耶夫的手上。

莫洛恰耶夫奇怪且凶恶地看看他。

“您，这是什么傻瓜小鬼冒出来了！”他冒出了一句，但是突然意外地放下了手，不语地看着脱掉衣服的兰德，哈哈大笑起来。玛利亚·尼古拉耶夫娜，自己也没有注意是如何走过来的，她惊讶地看看莫洛恰耶夫，然后看看兰德，她清醒了过来，脸红到耳根，快速地转过身，沿路跑开了。

“哎，您呀。”莫洛恰耶夫透过笑声说。

特卡乔夫黑色的，血淋淋的面部突然扭曲了，他嘶哑且凶恶地笑了起来，将鲜血溅起。这个被打之人的笑是如此丑陋，如此恐怖。兰德看着他们，平静而又悲伤地笑着，一如往常。

“快穿起来吧，您这真是见鬼了！”莫洛恰耶夫喊了一声，挥了挥手，去追姑娘去了。

兰德并没有理会他，就像莫洛恰耶夫并没有在那里一样。

特卡乔夫停止了笑，用一只眼睛看着兰德，然后跟着莫洛恰耶夫的方向，转身，开始慢慢地走了。

“特卡乔夫！”兰德喊了一声。

特卡乔夫停住了，他侧过半个身子。兰德走了过来。

“特卡乔夫，”他带着请求的眼神说着，抓住了他的衣袖，“您是不是故意这么去做的：我根据您的眼睛看出来了！……为什么这样呢，特卡乔夫，为什么？”

特卡乔夫吃力地眯着眼睛看了他一眼，似乎什么都没有听到，而是在思考着另外的事情。

“您看到真正的人了吧？”他嘶哑的声音问道，“瞧，看看吧！”他将消瘦细长的脖子伸向莫洛恰耶夫的方向。“这是人……力量！而你呢……如此，废物一个！你有什么用呢！”

“或许如此，”兰德表示同意，“但是，您到底为什么仇恨我呢？难道就是因为我比他差吗？”

特卡乔夫沮丧地沉默了片刻，眼睛看向别处。

“因为我相信您这么多年！而自己却到了什么地步……”他痛苦地捶打着自己被打伤的脸，“并且现在我看到，真是一个傻瓜，竟然相信了甜美的谎言……而生活在哪里？就这样过去了……而我现在怎么样，还能成为一个人吗？我……你现在明白了吧？你？而他，我会还给他的！”突然他补充了一句，然后带着无力的仇恨晃动着黑色拳头，“我自己会消失的，但是我会记得他的！等着吧！”

特卡乔夫猛地转身离开了。兰德觉得，他是在嘶哑地静静地叫着；特卡乔夫再也没有转身，而是很快就消失在松树林绿色的灰暗中了。兰德久久地看着他的影子，然后带着迷茫的深深的绝望把手指弄得咯咯响，叹了一口气，穿起衣服，也慢慢地转身去追玛利亚·尼古拉耶夫娜和莫洛恰耶夫去了。

“现在他还是处于残酷无情的状态，等他平静下来，我会找到他的……”兰德脑子里模糊地闪过这样一个想法。

“我在这就听到了您的喊声！”画家生动地讲着，从路上捡起了匣子和画板，“要知道我很久就注意到您了，本来想追上的，只是丢掉了腻板，所以找了很久……瞧，感谢上帝，还是挺及时地赶到了！”

玛利亚·尼古拉耶夫娜感觉到兰德来了，她稍微环视了一下。他还是信任地亲切地对她笑了一下，但是她很快就转过身去，发出更加神经兮兮的笑声。这个时候她只是觉得兰德是如此可怜和可笑。

莫洛恰耶夫也看了看他，带着幸灾乐祸的鄙视说：

“哎，您啊！……英雄啊！”

“我不是英雄……”兰德带着对他来说极少有的沮丧挥挥手。

“看出来了！”莫洛恰耶夫幸灾乐祸地撇撇嘴。

在整个回去的路上，他都是粗鲁残忍地讽刺着兰德，并且带着炫耀的满足感讲述自己惊人的体力。兰德忧伤地笑着，而玛利亚·

尼古拉耶夫娜斜着看着莫洛恰耶夫，带着一种奇怪的肉体上的好奇看着莫洛恰耶夫，她细细的透明的鼻孔悄悄地鼓起，就像是纯种马那样。她既觉得有意思，又有些反感。

第九章

当兰德走在回家的路上的时候，天色已经很黑了，不过月亮还没有升起来。他想的全是特卡乔夫，他的思绪是持续不断的，也是痛苦的。

“当他对我笑的时候，他应该比我自己都痛苦。这我看出来了……这真是可怕，但是谁之错呢？他，我……或者是我们之外的另外一个人呢？……我不知道……应该去搏斗，但是怎么搏斗呢？当我甚至都不清楚，这来自哪里。……”

一切都很寂静。兰德走着，他全神贯注地用什么都没有看到的双眼盯着漆黑的土地，土地在他的脚下慢慢地后移。

“爸——啊！”在近处的某个地方有一个小孩子绝望地，带着一种近似病态的祈求叫了起来，整个安静的，空荡荡的黑暗街道突然亮了一下，因为野性的，嘈杂的声音而热闹了起来。

“爸爸……我不会了……爸爸！”小孩子无助地叫着，似乎是跑了出去。

“你不会？……不会？……不会？”冰冷的男低音带着旋律，越来越高地，将声音发得越来越清晰，断断续续地说着。让人觉得，在单词简短的间隔之间发生着某种荒唐的可怕的事情。

某人站在侧房的窗户下面，敏锐地听到什么。一个细细的苍白的姑娘的影子，苍白的小脸蛋，还有因为可怕的感受而睁得大大的眼睛，在灰暗中奇怪而又模糊地摆动着。

“是您吗，索尼娅？”兰德模模糊糊地辨认着谢苗诺夫的妹妹，抓住了她干瘦的手问，“这是怎么回事？……”

“听到了吗？他会杀死他的！”她用一种奇怪的半孩子半男性的声音回答，她带着强烈的野性的好奇将脖子伸到窗户那。

兰德，艰难地从自己的思绪中脱离出来，突然他明白了，啊了一声，猛地就跑进了院子里，膝盖撞到了在黑暗中没有看到的马路柱子，跳过台阶，推开了房间门。

在那里亮着灯，火光很大且明亮，一束束火花像许多从角落堆积到屋顶的形象。而屋子中央，菲尔索夫面朝着门，奇怪地，同时又是某种放荡地弯着身子站着，穿着一件背心制服，上面有着小小的明亮的纽扣，他斥责着，用细细的长皮鞭均匀地抽打着已经变红的小小身体，这个身体被紧紧地夹在他穿着灰色短裤的长长的瘦骨的双腿之间。

“你不会！不会！”他咬紧了牙齿，用刺耳的声音重复着，并且在每一个间隙响亮地带着享受地用皮鞭抽打着，将粉嫩圆润柔软的身体打出青一块紫一块。

兰德似乎当头受到了什么冰冷的雾蒙蒙的一击，他还没来得及思考应该做什么，几乎是疯狂地扑向菲尔索夫，抓住他消瘦的青筋嶙嶙的手，用尽全力推他的胸部。菲尔索夫两脚一滑在地上乱蹬，丢掉了皮鞭还有孩子，抓住了桌子……只听到什么响了起来，什么摔倒了地上。

“这又是怎么回事！您这是要干什么?”他攥着拳头，吼叫了起来。

兰德将号啕大哭的孩子紧紧地抱在怀里，瞪大了愤怒的双眼看着他。

“菲尔索夫，您清醒清醒!”他颤抖着嘴唇，但是却是用一股无法克制的奇怪力量在说话。

菲尔索夫疯狂地直视他的眼睛大致有一分钟，似乎没有认出来，而后突然就满脸通红，在他圆圆的眼睛里燃烧着的阴暗的兽性火光一下子就消失了。他颤抖着用手摸了摸自己的脑袋，嘟囔了一句：

“啊，这是您啊，伊万·费拉蓬托维奇！对不起……我……”

“又是这样，菲尔索夫，又是这样!”兰德用一种责备的强烈语气说，“您怎么不感到惭愧，怎么不觉得是罪恶呀!”

他转过身，轻轻地推了下孩子让他去找索尼娅，索尼娅沉默地站在门旁。

菲尔索夫发黄的长长的面孔变成青铜一般。

“请允许我，伊万·费拉蓬托维奇……”他用嘶哑的声音开始说，“您不知道……我并不是无缘无故……”

“您有什么缘故!”兰德仍旧是如此有力并且是带着愤怒的蔑视叫着，“任何理由都不能证明这种恐怖是对的!”

菲尔索夫突然走到他跟前，举起了瘦骨嶙峋且颤抖的手。

“不，有!”他露出了泛黄的牙齿根，又瞪了瞪眼叫了起来，“您知道吗，他，这个小兔崽子，做了什么？您知道吗？”他带着一种越来越强烈的庄重吼着。

“什么？”

“瞧是什么！……您自己好好欣赏欣赏！”他带着一种恶意的凯旋姿态退到一边，伸出了长长的手指，将它指向圣像。

兰德不解地看了看，起初只看到了一个装着颜料的盒子，毛笔，还有装着脏脏的绿色水的杯子。

“什么？”他又问道。

“瞧！”菲尔索夫仍旧带着这种胜利的语调，抓住兰德的手来到圣像前。

这个时候，兰德明白了，两个被印到纸张上的《圣经》场景，让孩子的颜色胡乱地给乱涂了一番，女性的脸上被加上了胡子。

“啊！”兰德平淡地说。

孩子静静地呜咽着。

“别哭了……我们再也不让……”索尼娅的眼睛仍旧盯着兰德，机械地说。

“要知道，这只是个孩子，菲尔索夫！”兰德抓着他的手，努力安慰他说。

“我知道他是孩子！”菲尔索夫怒气冲冲艰难地呼吸着，昂起头，“要不是看他是个孩子，我可能就把他打死了！”

“您这是在说什么呀！”兰德挥挥手，惊讶地说。

“是的，可能会打死他，打死了！”菲尔索夫用瘦骨嶙峋的手指敲打着桌子，固执地吼了一声。

“菲尔索夫，停下来，”兰德威严地命令道，抓着他的手，看了看索尼娅，“住手吧，因为这种小事！……”

菲尔索夫很快就直起腰来，似乎就等着这句话了。

“小事，啊?”他不自然地拖长声音，重复道。

“是啊，难道要赋予这件事什么正儿八经的意义吗？难道您不知道，您比这个可怜的孩子要犯下更重更多的罪恶了?”兰德肯定且忧伤地回答。

“啊！您认为，这是小事？这样……”菲尔索夫开始，突然，他似乎是故意用马刺刺自己，也用那种假装的发疯的声音叫起来：

“小事?”他怪里怪气地叫起来，然后跺着脚，“滚，滚，从这里滚开！亵渎神者，魔鬼！滚，别让我看到你！……”

“菲尔索夫，”兰德惊讶地说，“您这是怎么了?”

“滚!”菲尔索夫故意不去听他说话，跳着跺着脚，的确疯狂了起来叫着。

在兰德生命中第二次觉得，这样吼叫的并不是人，而是他内心的某个狡猾的凶恶的人。他开始觉得可怕而又反感，这种感觉如此让他不喜欢，如此折磨他，他很快就转过身，后退了。

“我走……”他赶忙说，“您现在是个好奇怪的……最好我明天再来……只是现在我要把谢廖扎带着，不然您……”

菲尔索夫气喘吁吁，他瞪大了眼睛，沉默不语了。

兰德转身看着索尼娅。

“我们把他带着吧，索尼娅!”他说。

索尼娅将眼睛转向他，沉默地点了一下头，用力地，皱了皱眉头，抱起哭泣的沉甸甸的小男孩，走到了门口。

“我们走了，菲尔索夫，谢廖扎也带着了……”兰德重复说。

“赶紧走!”菲尔索夫嘶哑地说，他长长的个子，蓬乱的头发，似乎是定在了角落里的圣像旁边。

“我们带走他，仅仅是因为您太生气了。”兰德调解地说。

“好吧，好吧!”菲尔索夫幸灾乐祸地点点头，“后来送回来的时候……我们再见!”

兰德有一秒钟的工夫站在那里不动，不愉快地且哀伤地看着菲尔索夫的双眼。但是菲尔索夫转过身去，眼睛时而看看圣像，时而看看地板，看看其他方向。

“您这到底是怎么了?”兰德痛苦地喊着，“您从来都不是这样对我的。”

“好了，好了!”菲尔索夫嘟囔着，“您只是想自己……别想了！……有比您更纯洁的，尽管，可能不会钻到前面……像其他人那样！而，这个浑小子，我要让他知道……”

“但是，要知道，这首先是您的儿子啊!”兰德用拳头在自己胸前捶了一下。

“您没有权力教我如何对待儿子!”菲尔索夫又一次野蛮地顶撞说，“您知道吗？您没有！也不要教我！上帝能看到真理在哪里！儿子，我知道是儿子！……但是我的上帝是第一位的，然后才是儿子!”他突然转过身，又叫了起来。“瞧……”

他无法说完，只是颤抖着开始去抓住圣像，有什么掉在地上，他怪诞地嘟囔着：

“所有的都在这里……所有的……瞧！……”

兰德不解地看了看菲尔索夫，沉重地耸耸肩，离开了房间。

“我最好还是先走吧……我的在场让您很愤怒，应该……”他悲伤而又轻柔地说。

索尼娅站在台阶旁，手里抱着孩子。

“我们走吧，不能再跟他说话了……他今天像疯子一样!”兰德说。

他将孩子接到自己怀里，抱着他，温柔地将小孩子胖嘟嘟的小脸蛋靠到自己脸上。索尼娅在后面走着，机械地擦自己的湿手，看着兰德的后脑勺，用某种不自然的欣喜若狂的眼神。

第十章

第二天菲尔索夫穿着常礼服和高高的领子，消瘦而挺拔，就像木棍一样，他走进了谢苗诺夫的房间里。兰德已经穿好了衣服，坐在窗户旁，头侧向一边，认真地，稍微用些孩子的认真笔迹誊抄着长长的手稿，这是谢苗诺夫为他找来的。生病的大学生还躺在床上，抽着烟。

“啊，菲尔索夫！”兰德高兴地叫了起来，他起身去迎他，将墨水滴到了干净的誊抄好的纸张上。谢苗诺夫从远处看到了这个墨滴，但是什么都没有说。

菲尔索夫用呆板的眼光看着兰德，并没有伸出手去。

“我是来接儿子的！”他冰冷地说，出奇地正式。

“谢廖扎已经跑到院子里有一会了……”

“索尼娅让他去玩的……”谢苗诺夫冷淡地回应。

“感谢你们！”菲尔索夫仍旧是这么不自然地冲着他的方向鞠了一躬，“而从这里到那里，还请见谅……”他转过身去。

“菲尔索夫，这是什么意思？”兰德痛心地问。

“为什么？”菲尔索夫带着一种灵敏的满意耸耸肩。

“您会知道的！”兰德因为他的语调而伤心地皱着眉头，走过来，反对说。

“像傻瓜一样装模作样！”谢苗诺夫生气地回应。

菲尔索夫突然转身朝向他，他那像棍子一样的干瘪身子突然柔软地像一条蛇。

“我不知道，究竟谁是傻瓜！”他冷嘲热讽，愤怒地回答，“但是既然如此……还请允许我来解释……”

他很快就将棍子和帽子放到椅子上，也是如此快，瞬间就坐在了旁边。“非常需要！”谢苗诺夫打了个响鼻。“穿着奇怪的小丑！”

“不要这样，万尼亚！”兰德请求地说。

菲尔索夫假装没有听到，他转过身盯着兰德看。

“我不得不先从远处一些的说起……”文绉绉的，带着明显的内心的喜悦，为准备好的言辞，说起来了，“您……伊万·费拉蓬托维奇，您在某个时候对我产生了巨大的影响，我承认……并且真心地承认……我都可以说，我们曾经是朋友……”

菲尔索夫干瘪的松弛面颊上出现了红砖一般的红晕，有那么一瞬间让人觉得，他有些结巴了，似乎是害怕兰德会反驳这一点。

“总是对您有好感，菲尔索夫……”兰德带着亲切的感受回应说。

在菲尔索夫的眼睛里闪过了某种类似神秘的，不可察觉的有失体面的满意，而后他立刻又变得粗鲁，放肆。

“您用自己行为的表面迷惑了我，那时候因为年轻我无法辨识其真正的意义……”

“要知道我了解您，似乎已经是年迈的人了……”兰德天真地打断他，非常受到吸引。

菲尔索夫又一次脸上露出苍白的红砖一般的红晕。

“是的……当然，我……我想说，当您还是个年轻人的时候，您去看望穷人，病人，将您所有的一切都分给……还有类似的，我都认为我看到了真正的基督教徒……而您的话语更是让我对此坚信……当时我感觉到对您有着很深的情谊。我现在也承认这些……您用自己的华丽辞藻吸引了轻信的青年，您成为了，可以这么说，是中心……是……是很多人的偶像。就连我，是个可以毫不自惭地说是个坚定的人，有着自己坚定的信念，但是我很久都无法在您的言语和行为中找到真正的意义……”

“您觉得，应该有什么意义存在呢？”兰德好奇地问。

“您自己知道，什么样的……”菲尔索夫带着狡猾和尖锐的目光，稍微停住了他举起的手指，反驳说。

“但，终究是？”

“应该是某种……如果您的确对此想知道的话……不要参加任何教堂的活动，您似乎是想强调并且……并且想突出，真正的基督教是在教堂之外的……是的！许多人被吸引住了，他们不再去教堂了，甚至对宗教信条开始批评！……很多人，但不是我……当然，这并不合您的脾胃，但是我对您来说不是小男孩般的大学生，您也无法把我引上歧途。应该是我将您引向真正的道路！……”

“啊，上帝啊！”兰德痛苦地叹了一气，“您在说什么呀，菲尔索夫！……”

谢苗诺夫克制着自己的愤怒，在床上沉重地翻转着。

“是的，是的！”菲尔索夫凯旋地、固执地重复着，“无法将我……”

“我仍旧是不能理解，这所有一切都是为了什么？”兰德摊开双手。

“瞧是为了什么！”菲尔索夫大声且粗鲁地说，暗灰色的络腮胡子都竖立了起来。看得出，他有些语无伦次了，并且意识到这一点，自己感到痛苦，感到自尊心受到了伤害。“请允许我，终于可以直接问您了：您是基督教徒还是不是？”

谢苗诺夫打了个响鼻。

“我，的确，不知道……最好我们另外找个时间聊吧……”兰德柔和地，替菲尔索夫感到难过，试图回答。

“如此！”干巴巴地硬生生地打断话，就像是被某种力量所控制，菲尔索夫又继续，“您相信东正教教会吗？”

兰德激动起来，在房间里走来走去。

“菲尔索夫，您这是什么问题？……为什么说这些？……如果您真的需要的话，我并不相信教会，这是最……”

“这样！”菲尔索夫打断，站起来，带着一种肤浅的得意搓着手，“这个谈话，还有很多其他的，跟您背弃母亲有关……”

兰德瞪大了眼睛。

“这不是真的，我从来没有背弃母亲……只是我觉得跟她分开单独住，因为……”

“你还真是喜欢跟这个废物说话！”谢苗诺夫突然生气地叫了一

声，蓬头垢面地坐在床上，面色蜡黄，“你为什么允许任何混账在自己的内心里乱翻呢!”

“我明明白白！……”菲尔索夫咬牙切齿仍旧是假装作克制地说，害怕地伸出了礼帽，“我没有什么好问的了，尽管我还有些话想说……或许，”他用一种意志消沉的骄傲的谦虚补充说，“或许，这些话能给您带来些帮助……但是既然如此……够了！……现在我知道，我该怎么做了……并且请您相信，我所要做的，是我的义务和良心命令我做的……是的……”

菲尔索夫郑重其事地起身。

“哎，你真是一个老畜生!”谢苗诺夫愤怒地吼了一声，他想跳起来，但是开始咳嗽了，非常厉害，嘶哑的声音，他将脸埋到枕头里，浑身都是冷汗。他消瘦的光脚，从被子下面露了出来，因为用力而颤抖得厉害。

菲尔索夫，幸灾乐祸地龇着牙，看了看他。

“是这样的!”他凯旋般拖长了声音，又转向兰德。

“对您我还想说些什么：您所有的行为都仅仅是谎言和假装……您不理解真正的信仰，或许您把人们都想着低于立着的人……而您是反基督的仆人……”

“去见鬼吧!”谢苗诺夫气急败坏地吼着，他生病的，紧张的声音响亮地划破空气，“从这里滚出去！……”

菲尔索夫骄傲地看了看他，戴上了帽子，推开了门。

“死狗!”他带着无尽的仇恨和幸灾乐祸在门外漫不经心地说，“还不如不说话呢，已经被上帝判死刑的人！……就要入土了!

……”

兰德脸色苍白，不知所措，他站在房间中间，无助地笑着。谢苗诺夫看看他，似乎为自己的发火而感到惭愧，他仍旧浑身发颤，气喘吁吁地开始穿衣服。

兰德双手举起轻轻一拍，抓住了自己的头。

“上帝啊！……这是多少仇视和愤恨啊，为什么呀？……难道我……”

谢苗诺夫没有看他，静静地回应：是你自己乐意去关注……

但是兰德，并没有听他说话，他只感觉到一种不可辨别的需要——现在，刻不容缓地去扑灭那种仇视和愤恨，这种在他这里闪现过，并且他觉得，这是因为他的错，因为他没有能够预先提醒他们，这些仇视和愤恨让人无可忍受地灼伤着他的心脏，他突然转身，然后一下子就跑出了房间。

“你去哪里？”谢苗诺夫害怕地叫了一声，他害怕那种不需要，在他看来一定会受到侮辱的，他想了想，兰德可能想做的事情。

“我马上……”兰德嘟囔了一句，从台阶上跑开了，跑到菲尔索夫的侧房前。门是锁着着，兰德坚定地用力推了推。

“菲尔索夫！……请开门！”兰德喊了起来，抓住门把手。

在门后什么都听不到，除了迟钝的，得意扬扬的沉默，让人觉得，有个人幸灾乐祸地就藏在那儿，在门后；藏在那儿，并且沉默不语，欣赏着……兰德转动着，拉扯着门把手。

“菲尔索夫！……这是不对的！您开门，我给您解释所有的一切……开门啊！”

菲尔索夫并没有回应。兰德忧伤的双眼看了看四周，他咬起了嘴唇为了不表现出痛苦，走开了。

瘦弱苗条的索尼娅从小花园里走出来，走到他跟前，她用透明的白色三角巾稍微遮着太阳，从三角巾下露出了好奇的，灰暗的大眼睛。

“万尼亚，”她严厉而认真地说，“离开这儿吧，您这是在侮辱自己。”

“索涅奇卡，”兰德认真地反驳说，“难道可以这样放弃吗？要知道这很可怕，很荒谬……为什么，这种愤恨有什么用？”

“他是混蛋，废物，什么都不是！”索尼娅肯定地说，“他很早就恨您了，因为您比他更好……”

“您说什么傻话呢，索尼娅！”兰德挥挥手。

“这是真的！”索尼娅坚持地叫着，把头上的三角巾都扯掉了。

“就算是……但是问题不在于此，索尼娅，谁更好，谁更差……这不重要。”

谢苗诺夫出门来到台阶前，半穿着衣服，没有梳头，脸色蜡黄，就像番红花一样。

“兰德，”他严肃地喊了一声，“快来这儿，马上！要不然我就揍你了！……”

在他的声音里能够明显地听出爱意和怜悯，还有某种灿烂的惊讶。

第十一章

晚上在菲尔索夫的侧房里亮起了灯，就在这死气沉沉的，静止的黄色灯光下，菲尔索夫直直地不是很舒服地坐在桌子前，给高级僧侣写告发信，指责兰德。鹅毛笔在纸上刮着，就像是啃东西的老鼠；很闷，很热，因为沉闷的空气，也是因为沉重的愤怒充满了菲尔索夫被损伤的心灵。

窗外亮起了一轮明月，蔚蓝色的凉爽干净的夜晚轻松地呼吸着。在林荫街道上可以在月光下看书，所有的一切都让人觉得是透明的深邃，纯洁，就像铺上了一层稍微有些绿的蓝色的珐琅。人们在散步，他们的黑色影子轻松而明晰地躺在光滑的地面上。

兰德和谢苗诺夫，一个人穿着破旧的短上衣，而另外一个穿着一件扣子全扣着的学生大衣，他们在人群中走过，坐到陡坡上方的椅子上。

“我想告诉你，”谢苗诺夫坚定地挥挥拐杖，“人们已经受够了寻找某种幸福的折磨了，并且他们老早就要唾弃这个想法，并且分道扬镳了……”

“不，”兰德忧伤但坚定地反对说，“这是绝望，而绝望是一种罪恶，因为它意味着意志的丧失。我们不知道上帝的意愿，所以也没办法擅自摆脱它。不管怎样，我们会创造出派遣我们的上帝的意愿，并且我觉得，不需要绝望，也不需要愤怒，而是思考，如何更好地去完成我们没办法去完成的生活！这对人来说才是最好的事情。”

谢苗诺夫不屑地挥动着木棍，他黑色的身影也重复了一下他的动作。

“那谁来告诉我们，应该如何更好地完成呢?”

“心，”兰德坚信地回答，“良心。”

“兄弟啊，人们的良心都是不一样的……”

“不需要考虑这些，万尼亚①……谁也没有要求我们，让我们去评价和衡量良心：每个人只需要考虑自己的……这是骄傲，万尼亚……现在就去评判，就去弄清醒，这简直就是给所有一切下的判决。只需要让任何一个人都真心地认为自己在自己所做的事情方面都是对的就可以了。”

“这所有的一切都很美好……”谢苗诺夫反对，并且冷笑了一下，“但是这有多大用呢……就这样!”

被月光雕刻的身影在房子和树木黑色背景下朝他们走来：希什马廖夫，莫洛恰耶夫，玛利亚·尼古拉耶夫娜，还有索尼娅，她对玛利亚充满了一种欣喜和喜爱的感觉，小女孩对待成年的，美丽而勇敢的大姑娘都是这种喜爱。

玛利亚·尼古拉耶夫娜有些犹豫，尴尬地握了握兰德的手，不

① 此段两处万尼亚是谢苗诺夫的名字，因与兰德名字一样，特标注，以免读者混淆。

由自主地笑了，想到他在受到攻击那天晚上的形象。她转身到悬崖，用柔软的肉嘟嘟的手拥抱了一下索尼娅。

莫洛恰耶夫站在悬崖处，被月光冰冷的银色所包裹，英俊而高大；小个子希什马廖夫匆忙地跟兰德说。

“听着，万尼亚，上帝知道怎么回事！”他尖锐的声音，紧张地挥动着双手，搓着手，开始说了起来，“难道你终究不善于分辨人们吗？要知道这个菲尔索夫，是公认的废物，伪君子，告密者，俄罗斯会议成员，而你跟他扯什么扯……索尼娅跟我讲了，你几乎是祈求他的宽恕。”

“他不是这样愚蠢的人……”兰德静静地回答。

“但是要知道，他每时每刻都在做下流的事情！”

“他不清楚在做什么，也不知道这对自己有害。如果他知道了，他就不会去做了……需要跟他讲清楚，更多地可怜他，他会明白的……”

“呸！”谢苗诺夫唾了一口。

希什马廖夫不言语但是也不理解地看着兰德。

“别生气，我亲爱的！……”兰德对谢苗诺夫简单地说，“虽然这会惹你生气，但是我，真的……”

“如果你想知道，”希什马廖夫强烈且热情地说，“这种爱是无意义的……需要爱那些配得上去爱和去怜悯的人，而那些只配得上去蔑视的，需要去蔑视和消灭，就像消灭病原，为了清洁空气使其健康，因为所有人都在呼吸着空气。这种著名的爱身边的人，没有区别，没有意义的爱的理论只会培植出，助长那些原本需要消灭的，有危害的，邪恶的人！”

“有许多人，对他们来说，无论是你，还是我，都是有害的人……我不相信，在人们之间存在害人……”

“你是无法不相信这一点！”希什马廖夫急躁地反驳说，扯了扯短上衣的袖子。

瘦弱的索尼娅紧张地一叹，又不作声了，眼睛盯着兰德一直都没有移开。

“不，我不信！”兰德摇摇头，“哪怕存在着邪恶的人们，他们也不是有害的人。如果不是他们的恶，就没办法呈现出并且成长出人心里最美好的最神圣的方面：自我牺牲，宽恕，舍己精神，纯粹的爱……这些应该要出现的，没有这些方面生活将是没有意义的存在。”

“真是感谢！”希什马廖夫愤怒地反对，“这么说来，恶臭也是有用的喽，这样才能让人感受到空气的清新？”

“或许……”兰德笑了笑，“不过这完全不是……不是这么简单：人是十分复杂，十分强大和更加完美的，以至于无法用这些可以去衡量粪便的标尺去衡量。”

“上帝啊！……他还在说俏皮话！”谢苗诺夫带着滑稽的恐惧感笑了起来。

“我……并不是说俏皮话，这就是这样，偶然间说出的。”兰德天真地不知所措了。

“万尼亚真好！”索尼娅悄悄地对玛利亚·尼古拉耶夫娜说，整个人都笑成了一朵花，这种灿烂的笑容对于她总是充满激情的面孔来说不常出现。

玛利亚·尼古拉耶夫娜心里放松了下来。她最后一次看到兰德那种可笑的，可怜的，那种不知不觉却让她感到沉重的，在这个晚上所有的一切都远去了，突然间就消失得无影无踪了，退出了心里。出现了安静的，轻松的，某种欢快温柔的感受。她将头转向兰德，看着他消瘦的，因为月光和紧张的思绪而泛白的面孔，对自己说：

“他所说的，总是对的！在这里，只有他一个人是理解真理的！没办法用言语来解释，但是这是对的……亲爱的，神圣的！”

她脸红了，转过身，将索尼娅紧紧地靠在自己身边。

“先生们，你们什么时候会厌倦争吵啊，”莫洛恰耶夫带着自信的蔑视回应说，“你们将一生就花在这样的争吵上……我们还是去划船吧……就让每个人按照自己所想的那样去生活吧！……”

“你们真是说出了神圣的真理！”谢苗诺夫回应说，挥了挥手，“只是由于你们公正的意见我不去划船了，而是回去睡觉了。”

“我也不能，”希什马廖夫说，“需要去读点什么。”

兰德笑了笑。

“你们自己去吧，玛利亚·尼古拉耶夫娜，因为我也要走了……有些不舒服。”

他们就离开了。

当小船行驶到河中央，开始变得异常明亮，宽广，让人呼吸轻松。索尼娅一动不动地坐在船里，盯着月亮看。

小船周围的水让人觉得是黑色的，沉重的，无底的；在黑色深处藏着冰冷的恐惧。玛利亚·尼古拉耶夫娜弯腰到船舷之外，迎面吹来深处冰冷而凶猛的气息。水中不清晰地倒映着她的面容，在那里是如此苍白和死气沉沉。

“啊，好可怕！”她说着向后躲开了。

莫洛恰耶夫甩了一下头，笑了起来，唱起歌来。他的声音，似乎带着挑战性，拍打在光滑的灰暗的水面上，然后传到某处遥远的辽阔之中。

“轮船……”索尼娅静静地说。

他们回头看，在离自己很近的地方他们看到了某个巨大的，沉重的，黑色的，就像是从灰暗中成长出来的东西。乌黑的浓烟喷了出来，形成巨大的，压制的柱子，弄脏了天空和星辰。红色的火光敏锐地，凶猛地看着他们。

已经能够听到，水是如何灰暗而凶恶地澎湃着。

一声剧烈的铜制的呼啸划破天空，充满了天空和水流，还有周围所有的一切，让人觉得，甚至在内部，在这个瞬间，一个巨大的影子将月光遮蔽住了，将所有的一切都用灰暗覆盖住，用沉重的冰冷的海浪拍打着，笼罩上令人窒息的烟，这烟雾同深处被搅浑的水花和波浪混合在一起。小船被冲击，拍打，倾斜向某个可怕的潮湿的深渊，并且又一瞬间让人觉得，他们可能就要沉入水底了。但是在这个时候影子掠过了，月亮又跳了出来，又变得明亮而平静，现在的水花旋转着，闪烁着，极度欢快。

“太好了！”莫洛恰耶夫欣喜若狂地叫了一声。

“太好了！”玛利亚·尼古拉耶夫娜也响亮地回应，她将双手放到胸前，飞扬着青春和新鲜的力量。她补充说：“我都心慌意乱了……我还以为，我们要沉船了……死亡！……”

“我可没有害怕!”索尼娅出乎意料地平静地说，“什么时候死去，难道不都一样吗！……我不害怕。”

莫洛恰耶夫带着滑稽的惊讶瞪大了眼睛。

“哦，上帝……小兰德！一个就够了！……”

玛利亚·尼古拉耶夫娜看了他一眼，在她看来他是如此强大而英俊，她深深地舒了一口气，也跟他一样笑了起来。

“你们无法理解兰德!”索尼娅仇恨地表示反对，并且她很自信。莫洛恰耶夫不屑地摇摇头。

“或许……还能怎么样呢！但是我理解生活，爱情和美……用自己整个存在……生活，力量，青春，美，万岁！……玛利亚·尼古拉耶夫娜，对不对?”

玛利亚·尼古拉耶夫娜紧张地舒了一口气，带着一种幸福的忧伤，苛求而有所期待的青春，静静而有力地伸直了身子。

“是的……对的……”她悄悄地用奇怪的声音回答。

“哎!”莫洛恰耶夫变得野性又狂热，幸福的他没有来由地叫了一声，远处在水面上，他响亮的神秘的叫声传播开来，很远很远。

水浪缓慢而平稳，闪耀着，也徐徐吹动月光水柱，在小船的周围起起伏伏。

第十二章

花园里有些幽暗且强烈地散发出一种温暖的干燥，看不到一棵棵树木或灌木：它们在一起汇成了一个深深的黑色庞然大物，萤火虫在这里面静静地，神秘地，静止不动地发着亮光，就像白色的小小蜡烛在夜晚漆黑的宝座之前。

莫洛恰耶夫和玛利亚·尼古拉耶夫娜在黑暗中走着，用脚步摸索着看不到的结实小路。

“坐一会吧，这儿有个长凳……”玛利亚·尼古拉耶夫娜说，她的声音与花园里的寂静截然不同。

他们就这样摸索着像走路一样，找到了椅子，坐在一起。白色的蜡烛仍旧静静地在灰暗的深处亮着。莫洛恰耶夫弯下腰，在湿润的温暖小草上找到并且捡起了萤火虫，有些蔚蓝色磷光，发自这个祖母绿宝石般的小斑点，照亮了他宽大有力的手掌。玛利亚·尼古拉耶夫娜弯下腰，他们的头在微弱的光亮中靠在了一起。

“没死……”玛利亚·尼古拉耶夫娜静静地说，她害怕惊扰了这个一动不动躺在那里，静静地发着光的小动物。

她说话时静静的呼气轻柔地碰到莫洛恰耶夫的面颊。他抬起眼睛，在透明的光亮中看到她纤细温柔的侧面，还有隆起的胸部的上方。

在近处，有什么轻轻地掉进了草丛中，听到了小枝杈稍微抖动了起来。他们哆嗦了一下往四周看了看。莫洛恰耶夫小心翼翼地将萤火虫放到了草上，周围又变得黑暗了，温暖的湿润的青草的味道更浓了。

莫洛恰耶夫内心里强大的神秘而又吸引人的感受也轻轻颤抖，并且甜甜地在他心中发出声响。让他觉得，他听到了她的心儿紧张的跳动声。纤细弯腰的女子在他面前变得模糊起来，越来越白，在黑暗中让人觉得，她离得很远，但是她让人兴奋的身体和头发的轻微味道又近又强烈地迎面扑来。寂静变得更加紧张了，灰暗越来越浓烈，所有的一切都离去了，只剩下了黑暗和空旷包围着他们，在这里也只剩下了他们两个人，他们相互吸引的，强烈被刺激同时又忍受着折磨的身体。他们之间的距离缩得越来越近，在黑暗中凸显了他们，似乎有神秘的迷人的光亮环绕着他们，寂静得如同黑夜一样，紧张而颤抖着又如欲望一般。

突然，黑暗中闪烁着数千火花，声音喧闹，在出现的树木、灌木还有喧闹的夜间灯光之间隐没，消失：玛利亚·尼古拉耶夫娜挣脱了莫洛恰耶夫的双手，像邪恶而又美丽的蛇蜿蜒转动，响亮地讥笑着，跳到了一旁。她细碎响亮的笑声，跳动着传到远处的花园里，这一下子就唤醒了他。

莫洛恰耶夫不解，并且有些难为情地站起来，慢慢地伸直了自己巨大的，沉重的，颤抖得还有些甜蜜酸痛的身体。

“玛利亚·尼古拉耶夫娜……”他低沉而颤抖地说，“这是什么玩笑！……”

“什么?”玛利亚·尼古拉耶夫娜用他觉得是假装的，邪恶且讥笑的声音问道，“什么玩笑？发生了什么？……”

响亮的美人鱼的笑声又一次散开，在黑暗中响起，其中有野性的害怕和好奇的欲望。

一种沉重的，报复的，动物的感受从下而上地冲入莫洛恰耶夫的脑子里。他的头发落在滚烫的额头，眼睛里满是迷雾，头脑在静静地、迟钝地打转。

“啊！……”他嘶哑地说，低着头，就像公牛一样，朝她冲过来，忘记了一切，抛掉了一切，只看到了她，她弯下腰吸引着他，戏弄着他。他的整个身体都清楚，她想要的和他想要的是一样，只是她有些害怕，逗弄着，固执着。强烈的欲望与一种突然出现的性欲的嫉妒，还有粗鲁的暴力的贪婪，无尽的屈辱和不知害臊的疼痛混杂在一起。

“瞧，瞧，瞧……”姑娘害怕而又激奋地叫了一声，用一根潮湿的带刺枝条打了他的手，将冰冷的水珠溅到他的脸上。

“我们还是回家吧……您今天实在是太……危险了!”她颤抖着，控制着他说；并且带着强烈的享受，那种当人看到深渊时的感受。姑娘嘲笑着挽起了他的胳膊。

他们出发了。她仰视着他的面容，嘲笑着他的无力，将紧张而刺激的笑的露水和火花都喷向他；而他顺从地，胆怯地，压制着内心想将她扔倒在草地上的欲望，用自己的力量和狂热使其顺从，使其折服，他尴尬地走着，内心充满了炽热和野性。

第十三章

夜晚酷热，令人窒闷，充满了折磨人的稀奇古怪的梦境，还有激昂，威严，不满足的血腥。只有在凌晨的时候，姑娘才入睡了，进入了平静安稳的温柔梦乡，在太阳升起的时候，她就早早地醒来了。一束明亮的光线，清新的空气，还有露水，快乐的绿色都冲入窗户，将快乐清晨轻柔但灼眼的阳光填满了整个房间。

枕头被弄皱了，床单垂向了地板，衬衫从肩膀上歪到了一边，露出了温柔的双脚。她的身体圆润丰满，面容清秀，用白色的波浪凸显出青春活力。黑色的秀发散开着，双手做着悠闲且柔韧的动作放到脑袋后面。双眼快乐而带有疑问地看着，在黑暗的深处有某种模糊的与此同时又确定的期待。

她感到惭愧而又奇怪，昨天发生的事情是那么吸引她；圆润的双腿粉嫩的脚趾在静静地动着，在这唯一可以被察觉的动静中有着某种强烈的和执着的东西。这是沉睡的，充满回忆的，奢侈的，新鲜的柔软的身体。

她慢慢地低下眼睛，看到自己整个身体，慢慢地在身上抚摩着，她自己，不知道为什么，心儿突然愉快而惊吓地怦怦跳，自己也颤抖了一下，跳起来，用力地伸直了粉嫩的身子，半赤裸着，温柔且白皙。

在她这里过夜的索尼娅张开眼睛，她没有动，在有些灰色的被子下显得小巧而孱弱，好奇而严肃地看着玛利亚，似乎她了解也在讨论玛利亚内心的感受。

玛利亚·尼古拉耶夫娜看到她睁得大大的严肃的黝黑眼睛，战栗了一下，非常害怕也很心痛，她自己也不知道这是为什么，扑到她跟前，用自己圆润赤裸的双手去抱住她消瘦的身体，用柔软的富有弹性的胸部紧紧地靠着她。

“啊，索尼卡，索尼卡！”她开心而有些惭愧地把脸藏起来，说：“活着真好！”

索尼娅抬起泛白的，乱蓬蓬的头，想了想严肃地说：

“不知道……”

玛利亚·尼古拉耶夫娜在自己内心里用那种看不到的深邃眼光看了看她，然后带着怜惜和优越感笑了起来。

“你还是个小傻瓜，索尼卡！……你什么都不懂！”

索尼娅起身，坐了起来，放下了瘦瘦的赤裸的双臂。

“我什么都懂！”她带着不可动摇的坚定信念反驳说，“只是有时候我还不善于说出来……在生活中只有伟大的才是重要的！”

玛利亚·尼古拉耶夫娜开始晃动她的肩膀，并没有看着她，而是看着自己伸出来的粉红色胳膊的弯曲处淡蓝色的嫩皮肤在如何流动和蠕动。

“你怎么回事，索尼卡，如此好笑……严肃？”

“严肃并不意味着好笑……这两个是不可能并存的。”索尼娅带着一种同情的优越性，就像是在跟一个淘气的孩子在说话，反对说。

“不，可以的！可笑的，严肃的……亲爱的！”玛利亚·尼古拉耶夫娜浑身散发着狂热的快乐，拉长声音说，“你，可能，任何时候都不会变成另外的……你也将不会生活！”

“我知道该如何生活……”索尼娅若有所思地回答。

“怎么?”

“我知道……特别……值得去活着，为了……功勋……我将像万尼亚一样活着……”索尼娅郑重其事地结束了自己的话，但是突然，她脸红得都想流泪了，她变得出奇地温柔，善良和可爱，让人真想带着温柔的眼泪和笑容去亲吻一下。

玛利亚·尼古拉耶夫娜吻了吻她笑了，扯了她一下，她们两个人都倒下了，在白色的床单里，半裸着，一个柔软，强壮而富有弹性，另外一个纤细而脆弱，就像是两只淘气的雌性野兽，拥有着某种强壮，幸福，野性和完美。

第十四章

这一天，谢苗诺夫坐白天的火车去了雅尔塔。医生们都说，那里可以拯救他，虽然他不相信这些医生，但是他却宁肯相信这一点。所有人都去送他了。

谢苗诺夫现在的身体状况非常差。不管是太阳，还是温暖，还是人们，还是天空，还是绿茵都无法让他高兴起来。酸痛的无休无止的痛苦充满了他的体内，包围着他，就像是某种特别沉重的迷雾，透过它他几乎看不清楚周围的一切了。他冷淡而冰冷地离开，似乎他的身体已经死去了，而精神则被包裹在内心的某处，在孤独痛苦的无尽深处。大家都来送他，他却并不开心也不发怒。对他来说，一切都无所谓。只有兰德一个人让他担心，所以看到这个让人无法理解的关注让人觉得很奇怪，就像在一动不动的冰冷的死者脸上露出笑容一样。

“你，兰德，留步吧，好好地活着！”他干咳着说，“你该怎么吃饭呢？”

“总有吃的……”兰德笑着安慰他，开玩笑地补充说，“您看天空的鸟儿：种都种不完……”

“你个傻瓜!”谢苗诺夫生气地反对说，“你又不是鸟儿……不会给你吃的，你会饿死的。真是奇怪的事情！……要是我是上帝的话，我早就把你给带走了……送到疯人院去。”

兰德笑得有感染力，快乐而善良，“亲爱的万尼亚[①]，你比我所见过的所有人都要好……”

“而你要更笨……”谢苗诺夫病态且不耐烦地挥了挥手。他不作声了。

“希什马廖夫答应给你弄到课本。瞧，这样很好!”兰德高兴起来。

“只是这会很难：要知道整个城市都知道你的大名……”

希什马廖夫和莫洛恰耶夫都来了。

“出发了吗?”画家无所谓地问。

“当然!”谢苗诺夫带着没有表情的不友好回答。

“我给兰德找到课本了。”希什马廖夫仍是这种语气说，似乎是在怀疑什么。

“瞧，这……听到没?”谢苗诺夫看了看兰德。

“很快就要进站了……”希什马廖夫关切地看了看手表，指出。

当谢苗诺夫出去了，莫洛恰耶夫无所谓地说：

“他去哪里？雅尔塔吗？用什么费用呢?”

“符合规定……”希什马廖夫耸了耸肩说，“大学生方面的!”

“去上课?”莫洛恰耶夫很惊讶，脸上瞬间闪过怜悯的阴影，“他

---

① 此处万尼亚是谢苗诺夫的名字。

去哪里上课呀？弱不禁风的！”

兰德站起来，捂住自己的腮帮，似乎是突然疼痛，然后又坐下了。

“怎么！”希什马廖夫说，似乎他觉得很愉快能说出这些话，“对我们的兄弟，穷光蛋，不能只说这些温柔的话！现在还没有倒下呢？好了！”

在窗户下方闪烁着黑色的透花小伞，另外一个是粉色的。

“玛利亚·尼古拉耶夫娜和索尼娅来了！”兰德说。

她们跟谢苗诺夫一起走了进来。索尼娅走进来的时候很严肃，静静地收起了小伞，规规矩矩地坐到兰德对面，在一个角落里。玛利亚·尼古拉耶夫娜激昂而腼腆地笑着，匆匆地打着招呼，在房间中间停住了，将张开的伞在地上转动了下，笑着，眼睛闪烁着，她赤裸的胳膊在冰冷的宽大的白色袖子里温暖地发出粉红色，她并没有朝莫洛恰耶夫的方向看。

当她走进来的时候，莫洛恰耶夫感觉到，在膝盖下方有什么脉搏在颤动。他也站了起来，倚在窗户上，只是偶然快速而又贪婪地看她一眼。

车夫来了。听到了四轮马车发出的叮叮当当的声音，还有马儿们打着响鼻。

“我们来了！”谢苗诺夫无所谓地说。

所有人都来到了太阳和空气中，阳光刺得眼睛睁不开。玛利亚·尼古拉耶夫娜撑开了伞。

兰德本来想帮着拿箱子，但是莫洛恰耶夫说：

“您这是要去哪里！”他自己拿起箱子就像拿一根羽毛一样轻松，他享受这种展示自己惊人力量的机会，把箱子拿出去了。玛利亚·尼古拉耶夫娜匆匆地看了他一眼，然后又看着谢苗诺夫。有些驼背，生病的大学生已经坐到了四轮马车里，穿着褪色的有些发绿的，纽扣也变绿并且失去了光泽的大衣，将帽子戴到了耳朵上。

“瞧，再见了！”他沮丧地说。

“再见！再见！”富有活力的青春的声音对他喊着。

“停一下！”他让马车夫停住了，“你，兰德……哎，其实，这关我什么事呢？随你自己吧！再见！”他突然生气且不愉快地打断了自己，然后就离开了。

他外貌普通并且有些驼背的身影在道路上颠簸着，灰暗且奇怪，让人觉得，在明亮的白天，在光亮和快乐之间，只有在他身上没有明亮温暖的阳光照耀……索尼娅静静地哭泣着。

“我送您吧，玛利亚·尼古拉耶夫娜！”莫洛恰耶夫说，在他的声音中有某种对她来说有威力的，自信的成分。

某种特别的，奇怪的，有些淘气的，与此同时有种真切的害怕笼罩着她。

“我留在这里跟索尼娅一起……”她慌忙地说了一句，尽管她并没有这种打算。

莫洛恰耶夫的脸涨得通红，一种冲动的报复的感受慢慢地涌上心头。

“好的！”兰德高兴地说，“我真的有话想对您说！”

莫洛恰耶夫看了他一眼，突然一种瞬间爆发的烦人的嫉妒让他强有力且英俊的身体蜷缩成无力的丑陋的愤怒。

“随你们……再见!”他嘶哑地说，不像往常的声音，“我们走吧，希什马廖夫!”

他们沿着明亮的，燥热的街道走了。

在谢苗诺夫的房间里空荡荡的，非常凉爽。玛利亚·尼古拉耶夫娜坐在朝向花园的窗户的位置，索尼娅抱着她柔软的双腿，而兰德坐在旁边。

“您为什么会有话想跟我说呢?”玛利亚·尼古拉耶夫娜笑着问。

“因为，您如此青春，美丽，善良，所以现在让人特别想跟您说话……太阳照射得如此温暖，如此美好……”

玛利亚·尼古拉耶夫娜幸福灿烂地笑了起来。

“似乎我真是这样?”

“当然了，就是这样的!”兰德天真地确认说，“这是多么美好的事情!”

“什么?”

“有像您这样美丽、温柔、年轻的女性存在啊!”兰德兴高采烈地说，“我总是觉得，上帝赐给人们女性的青春，美丽，温柔，是为了让他们不要沮丧，不要忘记快乐和爱情，哪怕现在还是可怕的，艰难的，没有光明的改造生活的工作。”

索尼娅的眼睛一直盯着他看，她苍白的面颊变得泛起了红晕，伴随着他的话语而振奋起来。

“这么说来，当这项工作结束的时候，就不需要这样的女性了?”玛利亚·尼古拉耶夫娜沉思着，带着温柔的注意力问道。

“不是的，为什么这样想呢?”兰德高兴地反驳说，“她们还会在的……这些完美的人儿，只是到时候，他们所有人和所有的一切都会如此完美，青春和温柔。那时候，所有一切都是明朗的，灿烂的，而现在她们只是从那里射进来的一束光，来自那明亮的未来。”

兰德沉默了一会儿，又悲伤地说：

“我很遗憾，不知道为什么，或许，这是一种愚蠢的想法……当年轻的快乐姑娘跟一位男子……如此贪婪，粗鲁的男子相爱时……我为他的幸福而高兴，同时又感到遗憾。就像是某人拿去了，熄灭了或者干脆带走了明亮的，照亮所有人的灯火……我，此外，这样想也不是出自那种愚蠢的想法，因为我遗憾的是在人世间这样的灯火如此之少……”

“要知道不可能出现另外的情况!”玛利亚·尼古拉耶夫娜低下头，小声地反对说。她觉得，他正在说她。

“是的，是的，”兰德匆忙表示同意，“不可能！……我只是感到遗憾，这个青春和美丽无法成为公共的财富。此外，人们会觉得这是很愚蠢的……我不清楚，或许……”

安静且明亮。透明纯净的空气让每一个音节都镀上了银，而显得清脆，让每一次呼吸都充满了快乐。玛利亚·尼古拉耶夫娜抬起双眼看着兰德。在她心中有一种奇怪的感觉划过：那么一瞬间，她是如此快乐和富有激情，这是从来没有过的，她如此渴望生活，并且她觉得，她可以并且将会爱所有人，为所有人都带来享受，快乐，光明和欢乐，用自己的青春和美丽，自己完美而有力的身体。这种感觉瞬间出现而又消失了，留下深深的皱纹，沉思的温柔，还有对站在她面前的虚弱之人的爱慕，他瘦弱，安静，有着一双完美的眼睛。兰德清晰而快乐地看着她，在这一瞬间，她的内心里第一次出现了不清晰的，静悄悄的秘密的愿望——同他在一起。这种轻浮的，有些羞愧的，明亮的思绪滑到前方，像太阳一样明亮，这种优美的身体与那种在她内心里出现的奇怪的完美梦想结合在一起。预感到无尽的幸福，像不可遏制的波浪涌向她，带着感动和慵懒。

玛利亚·尼古拉耶夫娜轻柔地摊开圆润的肩膀。索尼娅突然在她的双腿旁稍微动了动，似乎是发出了咯吱声。

“在生活中我从来没有觉得如此奇怪，如此美妙！”玛利亚·尼古拉耶夫娜不经意地发出了声音。

“您应该一直都觉得美妙！”兰德眼睛湿润地说，“要知道这是一种多么大的幸福，感觉到自己身上有这种魅力，感觉到这种快乐能够传递给所有人！”

“不总是！”玛利亚·尼古拉耶夫娜用勉强能听到的声音反驳说，她把头往后仰，用后脑勺靠在冰冷结实的窗樘上。

“这是因为，”兰德说，“人们因为自己的痛苦而不理解，这是怎样的一种财富和快乐——女性的青春和美丽。他们粗鲁，不在乎这些美……如果他们理解了，他们会全力去追求，用自己内心里最美好的力量，为的是没有痛苦，也没有任何粗鲁、残忍、凶恶会出现在她周围。这将会让他们的生活变得高尚起来，灿烂起来，这也将会让他们的工作和等待变得轻松！”

“兰德！”希什马廖夫一进院子里就大喊了一声，“你在哪里？”

所有人都为之一颤，并且所有人都觉得沉重而奇怪。兰德匆忙走出来。只听见，希什马廖夫直接就讲条件，告诉他：

“我们来找你的。我给你找到的那个中学生的母亲，她请求现在就带你过去谈一谈。”

“我马上……”兰德机械地说，似乎有些忧伤。

玛利亚·尼古拉耶夫娜深深地松了一口气，静静地将拥抱着她纤细脖子的索尼娅靠到自己身边。

“马尼娅……”索尼娅郑重其事意味深长地喊了她一声。

玛利亚·尼古拉耶夫娜沉默不语地看着她的双眼。这双眼睛离她很近。黝黑的，坚定的，包含着不自然的激动和兴奋。

“我想跟你说……”索尼娅仍旧如此郑重其事地继续着，“嫁给万尼亚吧！”

玛利亚的脸上出现了轻轻的，愉快的，瞬间就消失的红晕。她仍旧不语，温柔地吻了一下索尼娅高高的冰冷的额头，上面还有梳理柔顺的，像空气一样轻柔的头发。

兰德进来了。

“需要走了！”他遗憾地说。

“我跟您一起……”玛利亚·尼古拉耶夫娜特别地，久久而深沉地看着他的脸，回应说。她站起身来整理了一下头发。在她内心有一种坚决的，平静而又饱满的感受。

但她跟着兰德走到台阶时，她突然看到希什马廖夫旁边莫洛恰耶夫英俊、生硬也有些发白的面孔，他直直地盯着她看。她沮丧且遗憾地转过身去。

“昨天我怎么能这样！”在她脑子里闪过一个沮丧的念头。

索尼娅一个人留在那里，她一动不动地久久望着窗外，花园里的绿茵在她的眼前渐渐模糊。她站起身来，颤抖着松了一口气，挽起了连衣裙轻柔的袖子，用尽全力去咬自己白皙而纤细的手臂。在白皙而纤细的皮肤上出现了两排白点子。索尼娅久久地盯着看，这些白色的小斑点快速地回了血，然后形成了一个小小的红色花环。

第十五章

夜已经很晚了，蓝色的黄昏已经在城市之外沉寂了，灰尘也落下了，一切是那么的安静且美好。兰德一个人下课回来，他低着头想着：

“15 卢布……自己留 5 卢布完全足够了，而 10 卢布需要寄给瓦夏……只是他一定会生气的！……”

兰德痛苦地擦拭了一下额头。

“需要写信告诉他，我上两份课……”他想出来这个主意，高兴了起来。

天已经彻底黑了下来，所有的一切都变得柔和而可爱。在开着的窗户旁，因为漆黑的空荡而越来越黑，这儿坐着兰德的母亲。在她房间的漆黑中，勉强能够看到她的身影，衰老而凄凉，透露着悲伤欲绝和孤独。兰德从很远的地方就认出了她，他的心头充满痛苦地猛地一紧。她曾说再也不想知道他的任何事情，直到他改变了自己关于生活的愚蠢看法。在这之后这是他第一次见到她。当她用那种尖细的陌生的声音吼出来之后，兰德很痛苦很不愉快地看着她。他带着沉重的悲哀和某种惊吓离开了她，他一直觉得，不是她在吼叫，而是她体内的某个人，凶恶且卑鄙。在这之后他就害怕去她那里，他觉得，她将会再次用不是自己的声音吼叫着，因为这个行为她自己也将会忍受折磨并且很可怕。

但是当他看到她，孤独，弓着腰，他整个身体里都充满了明亮的温柔和强烈的怜悯。兰德跳过了水沟，跳到窗帘架上，并没有说什么，而是抱住母亲。她也一句话都没有说，只是快乐地哭了起来，开始亲吻他的头，将头紧紧地放到自己柔软的年迈的胸前，用温暖的泪水打湿了他的脸。

“我的妈妈，妈妈!”兰德轻轻地喊着，他的嘴唇亲吻着因为温柔和高兴而颤抖的手。

“我亲爱的，我最珍贵的孩子!”一个珍贵的抽噎的声音在他耳边回答着。

他们的心因为爱而紧紧地融合在了一起。

“你再也不会走了吧……不会丢下自己的妈妈了吧?”她问他。

“不走了，哪里也不走了，妈妈!”他用整个心在回答。

不知不觉中，夜晚静静地到来了。兰德仍旧站在窗帘架旁，他感觉非常好，温暖，似乎除了这安静的甜美的爱和亲切，在整个世界上他什么都不需要了。

一个黑色的高个子从窗帘架的另一边靠近他，问道：

“伊万·费拉蓬托维奇，是您吗?”兰德转过身，认出了莫洛恰耶夫，跳到了马路上。

“我马上回来，妈妈!”他匆忙地说了一下，跳过小沟，问道：

“是我……有什么事?”

莫洛恰耶夫喘着粗气，看起来有些阴郁且难为情。

“我想跟您说几句话!”他鼓足勇气说，“我们稍微走一走吧!”

“请!”兰德表示乐意地答应了。

他们沿着黑暗且空荡的街道向外面走去。莫洛恰耶夫仍旧是那么艰难地呼吸着，紧张地看着自己的前方。

“我想跟您说……您跟母亲和好了?”他自己也觉得突然，竟然是这样的问题。

兰德笑了笑。

“我跟她并没有吵架。”

“哎呀，是哦……我忘了，”莫洛恰耶夫凶恶地撇撇嘴唇，“您不会同任何人吵架的，不会妨碍任何人，不管什么时候……而我想说的正是，您现在妨碍我了!”他勉强地，但是却是带着越来越强烈的仇恨说出了这句话。

“真的吗?”兰德悲伤地问。他的嗓音轻微但严肃，其中有某种模糊的羞愧惹怒了莫洛恰耶夫。

“请不要装傻瓜了!”他粗鲁地叫了一声，停住了，“您很清楚我在说的是什么!”

兰德也停了下来。

“您不要冲我吼……”他痛苦地皱起眉头，“我，真的，不想……”

但是那种模糊的，疯狂的愤怒、尴尬，还有羞愧的浪潮涌向莫洛恰耶夫，将他像木屑一样吹得眩晕。

“我要告诉您，”他凶狠地，咬牙切齿地，声音越来越大地说，在兰德面前挥动着一个鞭子，“怎么……如果您要挡我的路，那我就将您……像废物一样扔掉！……”莫洛恰耶夫气喘吁吁，快速地转身，然后就走开了。

“我什么都没明白……”兰德悄悄地悲伤地说。

第十六章

在城市的花园里有游园会。在暗绿的树木中，路灯的七彩斑点就像是童话里发光的鲜花一样在一动不动地亮着。演奏着军队的音乐。音乐的青铜声音让绿色的黑暗中充满了跳着狂野舞蹈的响亮的幻影。旋律来到树木下方，来到花园的边缘，一个个单独地，响亮地，匆忙地在黑色的空荡的林荫道上迅速地飞过，追逐着彼此，时而是号叫着的清脆的忧伤，时而是疯狂的欢快。人很少，在长长的林荫道上都没有什么人，让人觉得，这些静止的发光的花儿只为那些孤独的看不见的飞驰而过的旋律照亮了道路。

在主要的林荫道上，在乐队和小卖部旁的小广场上更加明亮，简单而平静。在这儿，音乐如此之响亮，如此之近，在它震耳欲聋的轰鸣中其他的任何声音都听不到了，除了喧嚣。灯火汇成一道明亮的黄光。人群拥挤地走着，有说有笑，还有其他的喧闹。散发着粉扑、舞台化妆用的浮渣和香水的味道。

玛利亚·尼古拉耶夫娜和兰德一起来了。这两周来她几乎都没有让他离开自己。有他在场的时候，她是如此简单，明亮而安静，让她觉得，她爱着他的温柔而平静。兰德说话的时候从来不停，声音很低并且说得很好，从没有看出他有什么欲望和冲动。她也从没有跟他聊起过爱情，但是在她的内心深处，在美丽强大的身体内部，有某种折磨人的甜蜜的等待悄悄地、害羞地燃烧着，虽然没有火焰。这是对某种灿烂美好的等待。在她的眼神里，当她看兰德的时候，能够看得出这种如水晶般纯洁的，顺从的快乐的感受。

她很久都没有见到莫洛恰耶夫了。起初他试图跟她说话，粗鲁且执意提起那个可怕的撩人的夜晚；后来，当她害怕地躲闪他时，他威胁自己要离开，然后就真的离开去了什么地方。那时候她自由地舒了一口气，但是当她听说，他又回来了，一种类似不安的高兴和好奇在她内心里被唤醒。她不安地看了看周围，似乎是在确认，是不是没有人看到她的这种感受。这种感受让她感到痛苦也感到奇怪。

“这是怎么回事？难道我这么不堪吗？”在她的脑子里闪过这么痛苦且幼稚的想法。“要知道我爱着兰德……迷人的、阳光的、纯洁的。而不是那个……野兽！”

她回忆起莫洛恰耶夫，但是他让她觉得是一个英俊但粗鲁，惹人讨厌的放肆的野兽。这非常有意思，尽管她觉得，这有些不堪。她是带着厌恶和害怕想起关于他的事情，在这些感受中还有折磨人的好奇，让人的鼻孔张开，使人的胸部隆起并且紧张，让充满欲望的双眼瞪得很大。

在那天夜里，当他离开的时候，他在语无伦次的奇怪对话之后，威胁说要离开，这个对话更像是炽热的梦话，单词都是断续的，带有暗示并且充满着愤怒，多是谎言，而眼睛说着真实。玛利亚·尼古拉耶夫娜模模糊糊地感觉到，在她的身体里进行着某种斗争：某种纯洁的明亮的在鲜血沸腾失去理性的执着且汹涌的波浪中无力地喘不过气来。夜里，当她脱衣服的时候，她内心里出现了一种无法克服的有些羞愧的脱光的强烈愿望，并且她带着那种不安的好奇，很久都看着自己匀称的，并无羞愧的裸露的身体，从大镜子冰冷漆黑的深处凸显出来耀眼的曲线。

快清晨的时候，她感觉到冷了，羞愧难耐，在孤独的害怕还有无力的混乱中她寻找着兰德，呼唤他的名字，她看着这双纯洁平静的眼睛，在他快乐但不连贯的话语中平静了下来。

她知道，莫洛恰耶夫来了，并且他将到花园里来。后者是她根据那种惊恐的冰冷感觉到的，这种冰冷袭上她的胸口，让她丰满的双腿在硬硬的裙子下方不由得颤抖起来。

“他来——来了……需要离开！需要离开!”她下意识地想着，但是她并没有离开，欺骗着自己，在等着什么。

“这是因为，我跟他没有任何关系！……我只是害怕他的……鲁莽!”她替自己开脱，但是自己感觉到自己在撒谎。

音乐停了。寂静从沉默的静止的树木的下方传来，只听到散步人的脚步声在林荫道的沙子里兴奋地、断断续续地发出沙沙声。

“您知道吗，”兰德说，“索尼娅走着去朝圣了?”

玛利亚·尼古拉耶夫娜用了一秒钟从自己的思绪中清醒了过来，惊讶地看了看他。

“不可能吧？去哪里?”

“在一百俄里外的地方……她为自己找到了同路人—— 一位普

通的老太太，然后就去了。她曾问过我的意见。”

“您就建议了？”

“不。她是那样问的，我看出来了其实她是不需要的。所以我什么都没有说。”兰德严肃地回答。

“她爱上您了！”玛利亚·尼古拉耶夫娜带着一种不太好的，但是她自己并没有察觉的感受说。

“不！”兰德坚定且平静地反对说，“她，或许，是觉得她爱上了我……我注意到这一点了。但这不是真的，她并不是爱上了我，而是……我真不知道，该怎么表述……”兰德无力地笑着，挥动了一下手臂，“她是爱上了某种伟大……她是非常特别的小姑娘，这个索尼娅！在她身上有一个宽宏之心，但是爱却少了些。有这样一些人，他们是不幸福的：他们总是想用自己的心去装下某种巨大的事物，整个世界，功勋，痛苦，所以他们没有足够的爱去拥抱他们周围的渺小的……”

从他们坐着的地方，在静止的发着暗红色光的路灯的下方，看到在林荫道的尽头有一个深不可测的黑色大门的入口。从大门的灰暗中探出来，似乎是黑色的触角，黑色的长长的影子，突然间就消失了，然后在光亮处出现了人们黑色的身影。玛利亚·尼古拉耶夫娜听着兰德，一动不动紧张地朝那个方向看着。她看到了莫洛恰耶夫，当他一走进花园她就看到了，而他没有看到他们，走向了另外一个林荫道，她并没有动。

“莫洛恰耶夫，他们在那儿！”近处侧面猛地传来了希什马廖夫的声音，他们就走了过来。

莫洛恰耶夫不说话地握了握姑娘消瘦而温柔的手。

希什马廖夫立刻就机灵地跟兰德大声聊了起来，玛利亚·尼古拉耶夫娜并没有听他们说话……她频繁地呼吸着，高高地挺起胸部，坚定地看着自己的前面。伞柄敲着地面，很像是紧张的猫儿尾巴的颤抖。

“我这是怎么了？”她问自己，带着调皮的沮丧咬着自己的下嘴唇。

“我觉得，”她突然之间听到了兰德的声音，“人们在追逐幸福的时候会聚集在某一扇门前，就像是火灾时的人群。每个人都觉得，救赎在于，用力，尽可能快地，早于所有人冲到出口，而在可怕的挤压中所有人都死去了。”

“为了生存的斗争！”希什马廖夫说。

“任何斗争都不应存在！”兰德坚决表示反对，“不能放倒了累累尸骨而自己走出去……需要清醒过来，停下来，谁也不妨碍谁，谦让着……”

“有两位有礼貌的法国人相互让路，结果两个人都从泥泞里走了！”莫洛恰耶夫带着冰冷的恶意，听得出他嘲笑的不是兰德的话，而是兰德本人，他指责着，笑了起来。

音乐又悄悄地、平稳地响了起来，就像是在风暴般的声音之后疲倦了。

“所有这些都只是心软！”莫洛恰耶夫提高了嗓门，生硬且粗鲁地继续，“生活就是生活……如果有谁比我弱的话，那不是我的错……”

他沉默了片刻补充说：

“我跑到泥淖里，用头顶着倒立而走过……”

兰德忧伤地摇摇头。

“只需要拨开泥泞……不是生活，而是死气沉沉的沼泽地！”莫洛恰耶夫继续说着。

“那如果有别人站到你头上怎么办？”玛利亚·尼古拉耶夫娜并没有看着他，冰冷地问。莫洛恰耶夫很快就转向她。

“那让我们试试看……！”他阴沉地说，沉默了一会又说，“那也是生活……玛利亚·尼古拉耶夫娜，我需要跟你说几句。”

他似是而非地笑了一下，他的声音里充满了虚假。

“我给您讲一个关于……他的谣言！”他冲着兰德点着头。

兰德惊讶地抬起眼睛。

“就在这儿说吧！”姑娘耸了耸肩。莫洛恰耶夫又虚假地笑了起来。

“我可不能当着他……您是害怕我吗，难道？”他低声地补充说，充满挑战同时又亲切地看着她的双眼。

玛利亚·尼古拉耶夫娜高傲且恐慌地笑了一下。

“那我们走吧！”她站起身来。“兰德，您到那里去吧！”她说。

“好的！”兰德平静地回答，并且又转向希什马廖夫。

玛利亚·尼古拉耶夫娜痛心且冰冷地感觉自己很孤单。她有些害怕。当他们来到远处的林荫道，无尽地陷入空洞和灰暗之中，她听到兰德在说话：

“当人开始尊重自己的权利的时候，他这时候并不是幸福的，而是当他学会爱自己的时候。但是离此还很远!”

他们走到花园的深处。音乐的声音勉强能听到一些，空荡荡地飘荡至此。路灯灰暗地亮着，死气沉沉，发出普通路灯的光芒。树木稀少了，在树木之间露出了星空和冰冷。

“您究竟想跟我说什么?”玛利亚·尼古拉耶夫娜问。

莫洛恰耶夫急促地呼吸着。

他原本打算对她做的一切，并且他计划的灰暗但美丽的，快速的事情，突然之间，在她意志坚强的冰冷目光之下，在她挺拔的穿着板硬裙子的身型前，显得不可能，并且出奇地沉重，出奇地龌龊。

“我……”他说了声，再也不知道自己该说什么好了；他的颌骨不由得闭在了一起，就像是钢铁做的，似乎在这里，现在所需要的正是沉重的沉默。

玛利亚·尼古拉耶夫娜感觉到有一种巨大的可怕的危险向她靠近。奇怪的是，正是有这种感觉，她内心的恐惧反倒消失了；她变得轻松了，是那种摄人心魄的愉快和有意思，就像是在深渊的上方，还想再靠近些去看一看，去感受一下，那种无意识的想法的明亮闪光在她头脑里点燃，让她的两颊满是炽热的红晕。

“啊，多么有意思的生活!”

莫洛恰耶夫，似乎是服从某种外在的力量，低低地弯下腰却嘶哑地笑了起来，将双手朝前伸开。玛利亚·尼古拉耶夫娜机械地向后退了一步，很快，她大大的黑礼帽猛地一下子盖到了她的眼睛上。她觉得所有的一切都破灭了，心灰意冷了。

“玛利亚·尼古拉耶夫娜，您在哪里?”兰德开心地喊着。

莫洛恰耶夫为之一颤，放下了双手，不知所措地转过身去看。玛利亚·尼古拉耶夫娜好笑地看了他一眼，似乎是从深渊旁躲了回来，伸手去整理帽子。

第十七章

大约晚上九点钟的时候，仍旧有透明的轻柔的光，来自明亮的晚霞，也来自早早就升起的，泛白的月光，还有小河宽阔的平面上。

兰德比其他人都晚一些来到悬崖边，比平时都要忧伤而沉默。

希什马廖夫用一种强烈的愤怒的声音冲他喊。

“到我这儿来！我收到谢苗诺夫的信了……这真是愚蠢！你到底在胡闹什么！谢苗诺夫写信说，你给他寄去了 10 卢布。”

兰德抬起他大大的忧伤的眼睛看着他。

“别说了，廖尼亚！”他就这样说了一句，然后就转身朝向河流。在他消瘦的脸上留下了小河冰冷的泛白的反光。

“什么别说了！”希什马廖夫发火了。

兰德痛苦地笑了一下，并没有转过身去。希什马廖夫看了看他，蠕动了下嘴唇，转过身去感觉到尴尬和冰冷的沮丧。

“见鬼去吧！”他暗自心想。

“您怎么了？为什么如此悲伤？”玛利亚·尼古拉耶夫娜轻柔且充满爱意地问，将自己的手指在兰德灰色短上衣的袖子上稍微触摸了一下。

兰德很快就转过身来，在他的眼睛里闪烁着柔和、亲切的微笑。

“母亲在折磨我！”他痛苦地说。

这种痛苦透过明亮的安静的微笑奇怪地闪耀着。

莫洛恰耶夫带着冰冷的嫉妒将视线从玛利亚·尼古拉耶夫娜放在兰德袖子上的手臂上滑过，转过身去，开始抽烟卷。

“以怎么样的方式呢？”姑娘静静地反问道。

“她要求我去过我没办法胜任的生活……她纠缠着让我拿着钱出国，但是我并不想。在那里我无事可做。到处的人们都一样……”

“那是另外一种生活！”希什马廖夫反驳说。

“不，生活仍旧是那样的生活，”兰德回答，“因为所有人都一样。我不认为，铁路的数量，大学的数量以及其他的能决定生活。生活在人的内心里，所需要做的是善于使用它。而再说了……如果真的存在着另外一种生活在那里，我为什么要去那里呢？我无法以另外一种方式生活的……”

“哪怕去看一看！”希什马廖夫带着一种发自内心的激动和狂热的幻想说。

“但是，从我这个角度来说这很傻……”兰德温声细语地反对，觉得自己有错地笑了一下，又说，“不，我真想就这么简单地……离开去什么地方……”

“去哪里呢？……意义何在呢？离开人们，还是就这样，离开去什么地方？”希什马廖夫不相信地问。

兰德若有所思地沉默了一会，他抬起双眼看着天空，静静地稍微挑起眉毛。

“随便去什么地方，离开人们……不是彻底，只是一段时间……有时候我经常会有这样的想法，每个人都应该有段时间离开所有人随便去什么地方，去沙漠还是什么的……我总是这样想，生活如此巨大，我们如此简单如此轻松就能进入生活中。应该也正因为此，人们很少生活得好。需要让人们在一定的发展时期独处，然后用一段时间集中思考关于自己的问题。”

“您自己首先应该去独处！”莫洛恰耶夫粗鲁地打断他，并且整个人都凶恶得脸变歪了，“是的，您最好如此去做！”

兰德久久而严肃地看着他，然后叹了一口气，摊开瘦小的双肩静静地说：

“我知道，我妨碍您了。对此我表示非常遗憾。”

玛利亚·尼古拉耶夫娜快速地用自己长长睫毛下闪烁的眼睛看着他，她的手摆弄着已经蓬乱的花束，里面的花有些枯萎、泛白，她停住了，然后有些紧张有些不自然地动了动。

“我也非常遗憾！”莫洛恰耶夫挑衅地回答，声音里带着日常的坚决和无情。

恰巧这个时候在马路上走着一个瘦弱的黑色的人，他突然从小路上来到草地上，他在莫洛恰耶夫背后迈出了两步奇怪的鬼鬼祟祟的步伐，然后明确地挥起细长的木棍，将它敲打在画家的头上。

像刀刃一样锋利的恐惧在所有人的脑子里闪过，玛利亚·尼古拉耶夫娜疯狂且声音尖细地叫了起来，弄乱了长裙子，后退跳到悬崖处，她勉强地停下，整个人都弓着腰在悬崖上方，用双手捂住了脸。希什马廖夫丢掉了帽子，无助地站了起来。兰德跳了起来，不知道为什么他抓住了索尼娅的手；而她伸直了身子，睁大了散发着强烈好奇心还有某种贪婪感受的双眼。莫洛恰耶夫并没有被打晕。他英俊的面容因为疼痛、惊讶和锁定他的疯狂而扭曲。他猛烈而灵活地用左手抓住棍子，猛地将它往地上拉，特卡乔夫差点儿摔到前面去了，夺过来，然后龇牙咧嘴地横着打特卡乔夫的脸、头，还有手臂。

特卡乔夫因为疼痛和无力的仇恨惊慌失措起来，他踉踉跄跄，丢掉了帽子，用手护着。似乎鲜血四溅。

第四下剧烈而恐怖的打击落在了兰德的胳膊上。他朝莫洛恰耶夫伸出胳膊，就像是某种奇怪的疾病发作了，脸色苍白，他坚定而威严地说：

“不要……您怎么敢!”

并且毫无勉强和反抗地护住了特卡乔夫。莫洛恰耶夫用一秒钟的时间疯狂地直视他的眼睛。

“你究竟是干什么!”他嘶哑地说，颤抖着放下之前握紧的木棍，突然他瞬间抡起了拳头，极其恶劣，极其有力并且很可怕地打在他的腮帮上。

兰德歪斜了起来，脸色煞白。在他的眼睛里充满了一颗颗晶莹的泪水。他的眼睛睁得如此之大，整个脸都消失在湿润的痛苦的光亮之后。

“就让它……这样……”他稍微动了动颤抖的嘴角，上面满是鲜血，一点儿也不动摇地直视着莫洛恰耶夫的双眼，没有动也没有转身。莫洛恰耶夫带着盲目的无意义的残忍，放下木棍，又抡起拳头，用左手打他，往前走了一步，又打了第三次，最后一巴掌扇得更可怕，响亮且平常。兰德往后退了一步，撞到了椅子上，重重地可怕地，无力地侧着从椅子上翻了过去，双腿跷得高高的。

莫洛恰耶夫猛地转身，用一股可怕的力量推开特卡乔夫，迈着快速且坚定的步伐走开了，没有看任何人。

后来发生的一切像严重的谵妄：所有人都慌忙地叫喊了起来，一群人冲到兰德那里去，特卡乔夫黝黑阴暗的脸上带着恐惧和祈求，用颤抖的双手扶起他来。玛利亚·尼古拉耶夫娜吻着他惨白而颤抖的手指。希什马廖夫试图戴上帽子，毫无联系地叫着什么。索尼娅用自己纤细的双手抓住他。他们在悬崖边跑来跑去，就像是一群奇怪的惊弓之鸟。

“上帝呀！这到底怎么了?”玛利亚·尼古拉耶夫娜带着无尽的恐惧质问所有人，她匍匐在他的双脚附近，她有一种无意识的，但是却明显的罪恶感，带着无尽的兴奋，怜悯，爱意和愤慨。她美丽的脸庞变得难看，头发散开了，礼帽歪到了背上，灰色的裙子无助地在泥里颤抖。

“伊万·费拉蓬托维奇……对不起……对不起!”特卡乔夫含糊不清地嘟囔着。

兰德一下子就将自己红肿得可怕的脸转向他，努力地挤出笑容，无意识地用自己颤抖的虚弱的手去抚摸、去抓住所有人的手。他的眼睛突出来，鼻子和嘴巴里都流着血，鬓角还沾着泥土和被压倒的绿草。

“这没有什么……”他艰难地抖动着肿胀的嘴唇说，“他不想让我……后面他自己会感到痛苦的……我去找他……等我一下……”

索尼娅猛地拍了一下纤细的手掌，往后退了一步，整个人都散发着幸福的欣喜，用响亮的声音叫了起来：

“万尼亚，您是圣徒！”兰德虚弱地摆摆手。

“哎，索尼娅，您在说什么胡话呢！”

特卡乔夫绝望地抓住自己的头发。

兰德匆匆地冲他一笑，站了起来，伸出胳膊走了。所有人看到，莫洛恰耶夫并没有走远。他站在离他们十步远的地方，将双手插在口袋里，撇着嘴，固执地冷冷一笑，看着兰德。

玛利亚·尼古拉耶夫娜整个身子为之一颤，她颤颤巍巍地拦住兰德的去路。

“您胆敢，胆敢！”她带着一种痛苦的，折磨人的紧张，用刺耳的声音冲兰德叫着。

但是兰德严肃地推开她。

“您都不知道您现在在说什么！”他只是说了一句。

而索尼娅仍旧带着那种欣喜和享受的表情在脸上，扯了下她的袖子。

兰德走到一动不动站在那里直勾勾地盯着他看的莫洛恰耶夫的面前，向他伸出双手。

在他不堪的脸上显露出怜悯。莫洛恰耶夫的脸慢慢地全红了。在他的眼睛里灰暗地闪烁了一下令人窒息的仇恨，他带着冷笑和凶狠从牙缝里挤出来：

“感人的喜剧！”

然后他快速坚定地转过身去，一点也没有停，就离开了。

兰德久久地看着他的背影，一下子整个人就倒下了，坐到了凳子上，用双手盖住了脸，这个动作充满了痛苦和忧郁。

“这到底是怎么回事!”希什马廖夫带着愤慨厉声叫道，“你是不是傻瓜啊!”

在他们周围聚集了一群形形色色的人，有人开心且好奇地嘿嘿笑。希什马廖夫清醒了过来，快速地环视了一下，然后猛地转过身去，匆忙地离开了。

“见鬼去吧，糊涂虫……圣洁的!”他带着一种折磨他自己的痛恨嘟囔着。

特卡乔夫垂下双手，似乎有谁突然用冷水泼他，他从不理解的梦魇中清醒过来，奇怪地看了看兰德，他小小的凶恶的牙齿歪着。

“所有这一切都是徒——徒劳……”他带着一种轻微的挖苦突然说，似乎是在回答，在警告兰德。

所有人都沉默地站在兰德周围。奇怪的冲动波及了所有人，现在无力地消失了，变得冰冷，尴尬且荒谬，让人想离开，结束这让人觉得不像样的一幕。

第十八章

临近深夜的时候，兰德开始发烧了。他被殴打的头部酸疼得死去活来，眩晕。希什马廖夫觉得可能会出现神经狂热，所以玛利亚·尼古拉耶夫娜和索尼娅决定整夜都守在他身边。兰德亲切地看着她们，不说话，因为他的内心充满了巨大的，只有他一个人才能明白的感受。她们久久地坐在桌子的两边，面前放着书，但是她们都没有翻阅，眼睛忧伤地看着灯火。已经深夜了，索尼娅离开了，而玛利亚·尼古拉耶夫娜一个人留了下来。

索尼娅在黑暗的走廊里停了下来。并没有谁赶她，但是她想要痛苦和感动，所以她将双手放到胸前，静静地蠕动嘴唇：

“就让她，让……我离开！”有某种庄严的，甜美而又痛苦的感受让她内心一怔。

房间里灰暗且寂静……灯灰暗地照亮一个圆圈，玛利亚·尼古拉耶夫娜不知道为什么觉得这个圈是有魔力的。她坐着，将双手放到双膝上，低下头。她坐在那里一动不动，在这静止中翻滚着沉重的杂乱的思想风暴。她想到，现在所有的一切都完蛋了：整个城市明天都会知道：她一整晚都待在这里的，那时候将会发生恐怖的，冰冷的污浊的事情。她好久都觉得这会很可怕，并且自己也觉得惭愧，但是后来，一种灼烧内心的想法越来越清晰，越来越占据上风：从今开始，终于，她将永远与兰德联系在一起，同迷人的兰德，她所认识的人当中最好的一位。她将像他一样对其他人来说很陌生，她将全身心属于他，新的生活，完美的，包含痛苦和快乐的生活将像灿烂的云朵一样降落在他们身上。这个想法是如此之温暖，如此简单，如此有力地将她从沉重的混乱中解脱出来，她的心中充满了爱意和幸福。

玛利亚·尼古拉耶夫娜转身朝向兰德，在她炯炯有神的美丽眼睛里久久地闪烁着泪花，看着兰德。

兰德躺着，就像人们要求他的那样，在床上，苍白，消瘦，长长的白皙手臂在被子外面伸着。灯光并没有照到他，在床周围是透明的灰暗，被打伤的模糊不堪的面颊在阴影里，在这里兰德的脸显得明亮而英俊。

突然，顺从于某种不可克服的力量，将她的身心都带入一种炽热的苦闷中，玛利亚·尼古拉耶夫娜慢慢地在床前跪下，俯在他身上，慢慢地将自己美丽的黑色的头放到他的胸前，闭上了闪烁着幽暗火花的双眼。

“就是他!”不知道为什么她这么想，她觉得，她整个前半生都是空虚的，无意义的，就像一片枯叶，从她身上滑落。她周围所有的一切都飘浮在灿烂的云朵中，泪水纷纷从她温柔的圆润的面颊滑下。

兰德的心脏在近处怦怦地跳着，很柔弱，声音很小。她听到他身体散发出奇怪的不熟悉的气味，感觉到瘦骨嶙峋的坚硬的胸膛。

兰德睁开眼睛，似乎并没有感到惊讶。他静静地小心翼翼地抬起她小小的，凸出的柔软的下巴，将她的头抬起来靠近自己。她已经不哭泣了，泪水一下子就从明亮的眼睛里干了，她幸福且羞涩地看着他，期待着他会对她做什么。她稍微伸直了身子，她柔软且滚烫的嘴唇碰到了兰德的嘴唇。兰德亲切且温柔地亲吻着她就像亲吻孩子一样。

姑娘觉得，在她的身体内燃烧着某种火热的，强烈的，无尽的。这是一种新的感受，但是似乎又是熟悉的愉快感受充满了她渴望已久的，因为力量而灼烧的身体。她闭上眼睛，起初胆怯地，似乎是认出了什么，然后就越来越强烈越来越持久地，整个人都处于享受和渴望中，开始亲吻他。她富有弹性的温柔的身子哆嗦了一下，然后顺从且迫切地靠近他。

突然，她猛地睁开眼睛，用模糊的，带着疑问的双眼，直直地盯着兰德的双眼。他面容冰冷，感到惊讶，窘迫，现在让人觉得有些丑陋。

“不……不要……这样！”兰德惊慌失措无力地笑着说。

意识到这是不可挽回的可怕的错误像一道强光刺入姑娘的脑子里。她有一秒钟的样子看着兰德，聚精会神，饱含羞愧和绝望，然后她的脸变得通红。面颊、额头和脖子都泛起了红晕，让人觉得，她的身上充满无尽的羞愧和委屈的红色火焰。她低沉地啊了一声，往后退去，突然站了起来，用双手捂住脸。

兰德不知所措地从床上坐了起来，“玛利亚·尼古拉耶夫娜，难道这……是必须的吗？……我喜欢您……但不是这样！为什么这样呢?”他可惜且痛苦地嘟囔着，将颤抖的手伸向她。

姑娘躲开了他的手，退到桌旁，她重重地坐到凳子上，并没有放下双手。而后她开始颤抖，就像被射中的鸟儿，时而想站起来离去，时而又坐下，毫无意义地笑着；她的眼睛里时而充满了绝望和羞愧，时而带着一种内心的不解，时而觉得自己有错，时而又带着仇恨将眼光滑过兰德。

“没什么……这是……错误……我是开……不知道……”她努力说话，感觉离他越来越远，进入了充满孤独的羞愧和冰冷的仇恨的空洞之中。

索尼娅听到噪声静静地走了进来，她在门槛处停了下来，瞪大了严肃的眼睛看着。

“玛利亚，你怎么了?”她严肃地，似乎警告地问。

“没什么，没什么，索涅——奇卡!”她突然停了下来，“我要走了……我该走了……”匆匆地整理下裙子，肩膀还碰到了门上，她走出了屋子，像幻影一样在空荡的冰冷的街道上跑着，穿过风和漆黑。索尼娅等她走了以后，小心翼翼地锁上门，走到兰德跟前。

“索尼娅，亲爱的……我错了！我现在该怎么办呢？我怎么没想到这一点呢?”兰德抓住她的双手说。

索尼娅咬紧牙关，这样一来在她透明的脸上生硬地显示出消瘦的颧骨，并且在她的眼睛里闪烁着不怀好意的高兴。

“您什么都没有错!”她坚定地说，并且带着恶狠狠的庄严补充说，“他们所有人都是畜生，禽兽……她也是这样的畜生!”

兰德绝望地拍了一下手。

“我恨他们所有人!”索尼娅仇恨地眯起眼睛说，“他们所有人都很下流，肮脏……像狗一样！……”

兰德睁大了双眼和嘴巴，他带着并没有掩盖的恐惧看着她，他觉得，这不是索尼娅，而是某个小小的凶恶的魔鬼。

第十九章

街心花园的吵闹让兴奋的流言蜚语四处飞蹿，像沼泽的气味一样污秽而纠缠不休。玛利亚·尼古拉耶夫娜的名字在全城都被谈论，因为与兰德的名字联系在了一起。无论她走到哪里，都会碰到人们极其好奇且隐藏着快乐的蔑视的眼神。精疲力竭不知所措的姑娘从一边奔来突去到另一边，无力地努力战胜污浊的冰冷的看不见却包围着她的一切。有时候沉默的绝望让她觉得，整个生活全完了，在这个时候，在降临的寂静中，像火红的小花朵一样慢慢地长大，因为羞愧、绝望还有委屈，在她的内心里升腾起对兰德的强烈仇恨。

但是当他第一次来找她的时候，在她的内心里终究有模糊的希望，希望所有一切会改变，像一场噩梦似的会过去，到时候仍旧会像现在这么美好，灿烂和快乐，和以往一样。

兰德静静地走进来；他的头用宽宽的白色绷带包扎着，脸和眼睛也都被包了起来，让人觉得出奇的大，就像是一朵巨大的白色蒲公英，在细细的摇摆不稳的茎上摆动着。

“您好！”他静静地说。

玛利亚·尼古拉耶夫娜惊慌失措地站了起来，她并没有打招呼，用颤抖的手指在桌角敲打着。在她的心里有某种美好的，无助的和可怜的事物出现。

“我来是想告诉您……”兰德开始了，靠近过来抓住她的手。她的手颤抖起来，并且姑娘将自己湿润的大眼睛抬起来看着他。

“我来是……”兰德重复说，“要是您知道，我是多么地爱您，玛利亚·尼古拉耶夫娜！”他带着意料不到的紧张叫了起来，“在我看来您是如此阳光，如此完美，如此神圣，就像天使一般！……”

姑娘的眼睛感动地闪烁着，温柔的凸起的双唇微微颤抖，努力做出不太勇敢的微笑。她的心儿在胸前低沉而快乐地怦怦跳。

兰德说起话来很吃力，他沉重地呼吸着，握紧了她的手。

“只是我无法做您的丈夫……”突然他用降下来的声音结束了自己的话。

玛利亚·尼古拉耶夫娜如此颤抖了一下，似乎有什么东西重重地打在她的脸上。刚刚出现的快乐和希望突然间又坠入了某个深渊，而从这个深渊里以闪电般的速度生长出令人极其厌恶的，势不两立的屈辱感。

“这是什么……嘲笑?”她用响亮的同时又不祥的低沉声音说，整个人都直起了身子，就像蛇一样，临深履尾。

寒冷和痛苦包围了兰德；他带着忧伤的责备看着她的双眼。

“您知道，不是这样的……我从来没有嘲笑过任何人，而您更不会了……您为什么要这样说呢？……我把我感受到的说了出来：我爱着您，只是不是这样……要知道我从没有这样……爱女性……我不知道，或许，我丑陋……但是难道就没有另外一种爱了吗？……

难道必须需要这吗？……我无法做到……请理解我！……”

兰德有些语无伦次，说了许多没有关联的荒唐话，徒劳想缓和他们之间那种折磨人的可怜而又痛苦的强烈感受；但是玛利亚·尼古拉耶夫娜已经无法理解他了：在他和她之间似乎关上了一扇沉重的门，透过它，言语都会被曲解，失去自己原本的意义而获得某种特别的，使人感到屈辱的，邪恶的含义。有一瞬间她的心停止了跳动，头开始旋转起来。她听不到说话声了，她的耳朵里全是某种轰鸣，在纤细的茎上的白色球像一团可怕的难看的东西刺入她的眼睛。

“我并没有请求您……请离开！……”透过因为内心的痛而咬紧的牙齿说。

兰德机械地抓着她的手，但是这让她觉得有些反感。没有联系的话语在他颤抖的牙齿间跳跃着，他将自己的整个心，饱尝痛苦和爱意的心都放到了这些话语中；但是姑娘带着不自然的迟钝的凶狠和厌恶的表情，咬着下嘴唇，不吱声地把手抽了回去。

“放开……我！”她的声音已经不像是她的了。

兰德机械地将她的手靠近自己，用饱尝痛苦的眼睛努力看到她的内心里。但是，她就像是聋子一样，并没有回应他，也没有看他。那种兰德激发的她内心的灿烂感受，还有那种被唤醒的苛求的贪婪的爱欲，现在都变成了盲目的仇恨，兰德越是想战胜这种仇恨，它就越尖锐突出。他巨大的压力无力地打在并且从这个仇恨上滑落下去，一点儿也没有进入心里，就像是赤裸的血淋淋的心，以飞跑的冲力被扔到了坚硬冰冷的冰块上。

“亲爱的，请理解我……要知道，有另外一种爱……存在着是不是?”兰德握着她的手说。

“请放开我!”她带着一种强烈的迟钝的苦痛说,“我很疼。”

兰德清醒了过来,放开了她的手。

“请原谅我,我并没有想……”他用低下来的嗓音嘟囔说。

姑娘用一种狭隘的凶恶的蔑视瞥了他一眼。她带着一种不自然的平静整理头发,把发卡弄掉了地上,突然她从他身边冲出了屋子,可望而不可即的冰冷且不友好。

兰德周围变得空荡,黑暗,甚至是冰冷。窗户里灌进来蓝色的死气沉沉的昏暗,充满了整个房间。在突然降临的寂静中,让人觉得,似乎还灼烧着紧张炽热的低语的片断。

“玛利亚·尼古拉耶夫娜!”兰德静静地呼喊着,孤独的声音唤醒了黑暗角落里某种可笑的轰隆声。

门静静地嘎吱响,走进来一个小女孩,手里拿着一张折起来的纸。她长着一双圆圆的傻里傻气的眼睛,带着惊恐就像小野兽一样看着兰德。

兰德机械地拿起便条:“看在上帝的分上,请放过我吧!或许,我愚蠢,令人厌恶,但是您在折磨我。我不能,我恨您,您让我觉得厌恶……就像一个恶棍!”字写得歪歪斜斜,并且笔迹是那种不自然地用力。

“需要放过她。”兰德的脑海里模糊而沮丧地闪现了这句话。

“好,请告诉小姐,我再也不会来了……”他坚定且亲切地说,拿起帽子离开了。在他的内心里有一种无边的无力感,就像是站在墙面前的人。

“需要离开，远行……随便去什么地方，为了不给她造成多余的痛苦。”兰德想着。

已经很黑了，特卡乔夫喊了他一声。黑色的，消瘦的他从灰暗的某个地方走了过来。

“伊万·费拉蓬托维奇？”他低沉地说，“为了上帝……需要聊一聊……我已经观察您两天多了。”

兰德高兴地停了下来。

“您好，亲爱的！您为什么来找我？……我很高兴见到您……”

特卡乔夫不好意思地傻笑了一下，用自己僵硬的手指握着他的手。

“我，或许，可以来的……只是您那里有人……而我需要单独说……”他嘟囔着。

“啊，我太高兴了，特卡乔夫，您终于来了！”兰德整个人都激动起来说，紧紧地握着他的手。“或许，去我那里？我们喝点儿茶。我跟您讲所有关于我的一切……现在我没有谁可以说话了……而有许多话我想说出来……就现在……我们一起走吧，亲爱的！”

“好吧，走吧！”特卡乔夫静静地表示同意。

离那里不远，所以他们路上并没有说话。兰德点起灯，端过来茶，坐到了特卡乔夫的对面，带着爱意看着他的双眼。

“您是不知道，特卡乔夫，您的到来带给我多大的快乐！”他灿烂地笑着。

“我好久前就想来了……从那时候……在森林里……”特卡乔夫不好意思地把眼睛看往一旁，回答说。

“是的，是的!”兰德高兴地回应说。

“当这个人打您的时候，我这里所有一切都豁然开朗了！……那时候我一下子明白了……真理不在我这一边，而在您那里。没有另外一个人会像您这样，伊万·费拉蓬托维奇!”他突然停了下来，甚至稍微站起身来。

兰德开心地笑了。

“您说得真好，特卡乔夫!”特卡乔夫紧张地松了一口气，似乎准备着举起巨大的沉重物。

“我认为，伊万·费拉蓬托维奇……我无法说出口……”

“说吧，特卡乔夫！您所有的一切将说得很好!”兰德安慰地抚摩着他的手，“您说吧，也喝点茶……”

“我说……要知道，我也是为此来的……您听着，伊万·费拉蓬托维奇……”

“我在听……”

“当时我在监狱里跟您说的一切，所有的这一切都是因为绝望！我经历了多少痛苦，看到了多少邪恶，不公和下流，对人失去了信心……我曾想，所有的一切也将会如此了！……人都是混账，都完蛋吧！……不管往哪里看去，周围全是野兽！……是这种绝望，这样的凶残控制着我，我都无法转达给您……再说了，您也不会理解的，伊万·费拉蓬托维奇！……我仇恨人们，也仇恨自己，还有生活!”

特卡乔夫瞪大了眼睛，吃力地喘着粗气。兰德忧伤地看着他的双眼，静静地抚摩他的手。

“都已经……而您却让我睁开了眼睛，伊万·费拉蓬托维奇……”特卡乔夫颤抖的声音说着，“我只有在您身上看到了，什么是真正的人！人可以成为什么样子的！……我一下子就想到了，上帝原本想为了两个……所以我想，这样的人可以让生活翻天覆地……”

“特卡乔夫！”

兰德想打断他。

“不，您等一等，”特卡乔夫严肃地让他停了下来，“您等一等，我知道，现在并不是任何人都能理解您的，但是会过去的，会渗透到所有的一切中！……而后，人们会回忆起，会明白的……只是您可能……我现在，伊万·费拉蓬托维奇，有这样的规划……”特卡乔夫稍微站起来，弯身离兰德很近很近，近得用自己炽热的呼吸灼伤着兰德面孔，而黑色的忧郁的双眼直接就穿透到脑子一般。

“需要将新的信仰的消息散播出去！”他低沉地说着，闪烁的双眼让人感到威胁的存在。

“这是什么？”兰德惊讶且害怕地叫了起来。

“新的信仰！……就是……人们都痴痴地等待着呢！因为……周围全是痛苦！全是！……人们会从四面八方到您这里来，从整个俄罗斯到这里来！……只需要把消息散播出去……您将位于所有人之上，您将指引所有人……伊万·费拉蓬托维奇！”

特卡乔夫整个人都在颤抖，脸红起来。

“什么信仰，您在说什么？特卡乔夫！”兰德严肃地反对说，“我能给他们什么呢？”

“您？您什么都可以，伊万·费拉蓬托维奇！……而这种信仰，只是为了开始……为了轻轻动摇！”

兰德站了起来，脸色苍白且严厉。

“不是这样的，特卡乔夫！”他说，“难道您不理解您想要的是什么吗？这是可怕的邪恶、欺骗和罪恶！从欺骗中不会有真理的，我不会做这些的……不要想这些了！”

特卡乔夫的脸一下子黑了下来，显出无尽的痛苦。

“伊万·费拉蓬托维奇！……您是唯一的……世上没有第二个了！……难道所有人就这样死去吗？”

“谁都不会死去，特卡乔夫！”兰德仍旧是如此严厉如此庄重地反对，“您在说什么？……死亡在于您想要……您是不会成功的，因为这些是不需要的！……不需要强迫，欺骗……会有斗争，是因为需要斗争，就像熔炉一样……但是在这场斗争中的每一步都应该是直接的……首先正是因为这不动摇的真理才会走向胜利。难道您不明白这一点吗，特卡乔夫？谎言是邪恶……需要努力不作恶……”

“仅仅这样吗？”特卡乔夫反问道。

“是的，仅仅如此！”兰德坚定地回答，“这是傲慢在跟我们说话，特卡乔夫！……谁给了我和您权力去用力量和欺骗根据自己所想去改造人们的？或许我和您是最傻的，最过时的人呢？……怎么去了解，为什么为了什么周围所有的一切都存在！……就走您自己的路吧，谁愿意跟随您就让他跟着吧。您走在前面，但是不要催赶后面的！如果您的生活是正确的，那么它的痕迹是不会消失，而会流芳百世！……”

特卡乔夫垂下了头，沉默不语了。兰德也沉默了，带着爱意和同情看着他低垂的脸庞。

“这么说，不？……”特卡乔夫吃力地，完全低沉地说，“这么说，我错了……”

在他越来越低沉的声音里听出来巨大的痛苦，一下子并且是永久地坍塌的宏伟梦想，模糊的但是深刻的希望。

“够了，特卡乔夫！”兰德充满关爱地说。

已经是深夜了，当特卡乔夫走在大街上的时候，他没有目的，没有意义地走在冰冷的，有风的寂静中。

“哦，我真是遇到鬼了！”他带着无尽的绝望大声叫了一声，颤抖着抓住自己的头发，愣住了，将头靠到挺硬的冰凉的栅栏上。“要知道，原可能会……圣愚，不幸的！”他恶狠狠地小声说。

打更人在黑暗中的某处猛地敲打了一下梆子。

第二十章

兰德因为一夜无眠而虚弱，并且病情加重，第二天他起床了。整个夜里他都在想关于特卡乔夫和玛利亚·尼古拉耶夫娜的事，他的内心里饱含着明亮的忧伤。

“他们两个人都是那么的强大，他们有着强烈的生活欲望！……可怜的，亲爱的特卡乔夫！这是何等的幸福如此喜爱生活，如此追逐生活……现在他们是不幸的，但是这一切都会过去的，而鲜活的力量会留下，他们将会幸福，不论是在幸福中还是在痛苦中。”

早上他决定去找莫洛恰耶夫。

画家在家里，他愁眉苦脸地坐在窗旁，一根接一根地抽着烟。他看到了兰德，很快就站起来，脸通红。某种让人不解的巨大的什么在他的大脑里闪过。

兰德径直走到了房间，不说话地笑着，向他伸出了手。他的脸灿烂而平静。

一瞬间一种温暖的感受突然充满了莫洛恰耶夫的心里，他不可遏制地想简单地、真诚地用力地握住伸出来的手；但是在下一个瞬间，在他的心里所有的一切都错乱了。他在兰德的这个行为中感觉到某种委屈的东西，莫洛恰耶夫整个人都缩成一团，整个英俊的脸不自然地挤出了侮辱性的有礼貌的笑容。

“非常高兴……”他冷笑了一声，从鼻子里挤出来这句话，矫揉造作，带着一种夸张的尊重握了握兰德的手。

“请坐！您身体如何?!”他问道，他故意用目光扫视了一下脑袋位置的白色气泡。

兰德用手碰了碰头巾，淡淡地说了一句：

“不太好。您打得我太重了。”

莫洛恰耶夫突然不知所措了。他的脸涨得更红了。他努力控制住自己，同时用那种侮辱人的有礼貌的语调反驳说：

“我，真的，非常遗憾……”

兰德用明亮平静的目光直视着他。

“不，别这样?”他静静地反对说，“您一点儿也不遗憾，要知道您就是想狠狠地揍我一顿的……”

一种沉重的混沌感受涌上莫洛恰耶夫心头。似乎有什么在挤压他，并且有一种模糊的意识，兰德并不可笑，可笑的是他自己，可笑且渺小，冰冷痛苦地浇筑到胸口。

“我专程来是想跟您说，”兰德语气温和且平稳地说，“我感到非常遗憾，让您走到这一步。我知道您是嫉妒我跟玛利亚·尼古拉耶夫娜……而我一点儿也没有想妨碍您。我的确喜欢这个姑娘，因为在她身上才有的伟大而鲜活的生活；但是只是我喜欢她并不是这样的……现在她为这一切仇恨我，为她看错了。您去找她吧，她会爱上您的，我觉得……而我，请您原谅，不要觉得我是坏人。我喜欢您——您是如此强大，如此英俊的人……现在我要走了，我知道您现在还不想跟我说话。再见了！”

兰德起身又伸出手去。莫洛恰耶夫咬着嘴唇，和玛利亚·尼古拉耶夫娜一样的动作，伸出了手去。兰德离开了。而当他走后，一种厌恶的，凶狠的，受屈辱和嫉妒的感受再次控制了莫洛恰耶夫。他在房间里走来走去，故意想放大和燃起自己的感受。似乎他做到了，他嘲笑兰德；不过与此同时他感到很无聊，似乎还惋惜些什么。他怎么都不能理解，究竟是什么；但是这种感受非常深刻并且折磨人，他开始觉得，这种感受可能永远都会留在他的心里，并且这一辈子都将如此让人觉得讨厌，难堪和苦闷。

第二十一章

兰德的生活变得越来越孤独，让人感觉到这里有某种不可避免的东西。他燃烧着爱意，越来越经常会沮丧，忧伤就像是鲜活的绿色树枝所结上了透明的冰冷冰层，不可穿透。而在最近的日子里他总是一个人。只有索尼娅纠缠不休地跟着他，但是，兰德不知道为什么有些害怕她，全世界就害怕她一人：他总觉得，她有病，眼里看到的不是他，而是某个另外的人，当她发现了自己的错误时，她会立刻用自己全身心憎恨他，并且她的仇恨无边无际，巨大无比。

在一个孤独的忧伤夜晚，兰德给谢苗诺夫写了一封长长的炽热的信，在信里他提出了许多折磨人的问题，关于真理，关于人们，关于幸福。生病的大学生如此回复这样一封信：

“请别打扰我了！我在死去，我顾不上你了！在我面前现在最重要的、最后的事情，也是人生中唯一的问题，如何死去？……当一个人总是要孤独地死去，难道还有必要聊及人们，爱情，孤独，无论他对待人们的态度如何！你，当然，无法理解这句话的真正含义：含义是恐怖。这种恐怖我需要一个人承受，任何人都不能，你理解吗？任何人都不能陪我，哪怕这个人在这个世上就想这样去做的人也不行。现在所有的一切对我来说是分成两半的，没有任何联系：其中一部分，微笑的——整个世间的生活，而另外一部分，不可测量的巨大——我的死亡！现在当我远离一切，自己一个人站在空洞之中，我看到了，事实上，以往也永远都是这样的，只是我一个人觉得，我并非一个人在生活。”

“我一辈子都勤勤恳恳，希望能有更好的命运，努力在自己周围培育出信仰、思想、爱情和怜悯的胶合物，并且以为，这很坚固，不可动摇，但是将我刚刚把自我的全部重量都悬挂在死亡的空洞之上，所有的一切一下子就瓦解了，就像是干掉的泥巴一样，而我独自飞起来，像石头一样。不是今天就是明天我将死去，而人们还将继续活着，不管怎么样。所以你还在胡言乱语什么呢？你感觉到自己孤独、不幸，因为人们并不能感受到你的热情，没有投入你兄弟般的怀抱中？……真是奇怪！难道你不知道吗？不管怎么样，你终究是要死去的，当你死去的时候，人们甚至都无法理解你的感受，并且会被迫将你从最有力的拥抱中放出去……你，此外，还是有信仰的人，我刚才忘了这一点了；你一生中哪怕有那么一次会明白，如果我们所有人都在那个另外的生活中相见，关于它我们什么都不知道，也无法知道，到那时候我们再来聊，到时候在符合心情的场合下，到时候我们就明白了！……我知道，如果人们为你取暖，你会生活得更加温暖，但是，有什么好说的呢！……怎么办呢？跑遍大街小巷，喊着：‘哎，人们，人们，人们！’他们跟追着你跑，然后也会喊着：‘哎，兰德，兰德！……’仅此而已！痛苦仍旧是你一人要忍受，因为如果你的肚子疼，即便是在最好的朋友那里，在兄弟那里，在妻子那里，都不会因为同情你而为你的闹肚子支出有效的招数。

“我再一次请求你：请别打扰我了！总有一天你自己会明白的，所有这一切都是愚蠢的，并且你会仇视人们，因为你为了他们所努力去扮演的那种愚蠢的角色。就像我现在所仇恨的一样。如果你知道，所有人激起了我内心里什么样恐怖的让人窒息的仇恨……让你们所有人都被诅咒吧！如果我可以的话，我会踩踏整个土地。我为什么活着啊，兰德？上帝啊，太可怕了，太空虚，太冰冷了！为了上帝，别再找我了！”

兰德因为这封信在脸上留下了冰冷的恐惧。在孤独中死去的谢苗诺夫的形象出现在了他的面前，就像是彻头彻尾的，鲜血淋淋的痛苦。

“可怜的万尼亚[①]，他怎么了，从哪里来的这种恐惧，这样的仇恨？要知道，这种恐惧，它没有别的名称，这就是死亡！……不可能，这应该不是凭空出现的！这是因为他独自一人，因为害怕，因为疼痛。需要去他那里。”

兰德的所有感受和想法都汇成一点：需要去他那里。他不知道该说些什么，如何为消沉的心灵鼓舞；但是在他身上有明亮的庄严信仰——爱会完成一切：爱会穿透痛苦，温暖心灵并且让心灵活跃起来，这样一来，心灵就会像朝霞下的小花，闪耀并且接受有爱的庄严信仰。

---

① 此处万尼亚是谢苗诺夫的名字。

全部的鲜血都充到了兰德的脸上和心脏里，所以他眼前模糊了。这种强烈的感受折磨着他，把他撕扯得有些疼痛，直到热病的状态。他机械地走出了台阶，久久地站在那儿，没有戴帽子，看着远处的天空，从上面洒下看不见的毛毛细雨。寒冷而富有弹性的风像宽大的水浪撕扯着他，吹动他的头发，狂暴且冰冷地打在他的脸上，让他呼吸困难。

“需要搞到一些钱!”兰德脑子里闪过这样的想法，“没地方去弄!”他立刻又考虑，“不能去求妈妈，她不会给的。现在我所想要的一切只会引起她的仇恨和反向行事。但是其他人都没有。希什马廖夫或许也没有……”

兰德不知所措，眼睛打转，回到了房间里。他立刻盯着灯看想到了：

“我去找帕维尔神父。”

兰德也无法解释，他为什么做出了这样的决定。在他的记忆里就这么简单地出现了一位年老的编外神职人员，他头发稀少，头发泛红，善良的老者面孔，白色的教袍，还有那小眼睛里散发出的似乎是亲切的同情目光，他们见面的时候他就是用这样的目光目送他的。

第二天，兰德仍旧是包扎着的脸，闭着的眼睛，就像是重病刚起来的人，他穿过布满灰尘、长满青草的大面积广场，推开篱笆门，走向一个小小的，舒适的似乎暖和的小院子。这一天灰暗，干燥，静止；但是落满金色叶子的高大树木让人觉得被明亮的太阳照亮，在院子里明亮，寂静且欢快。在窗前的小花园里静静地长着可爱的花色繁多的花朵。散发着苹果、秋叶，神香，还有某种特别的寂静和安静的气味。

年老的神父坐在被扫得很干净的台阶上，穿着干净的白色长袍，整个人显得粉嫩白皙。

兰德满脸思绪地快速走过来。

“您好，帕维尔神父！”他开口了。年老的神父看了看他，几乎对他的到来一点儿也不感到惊讶。

“您好！”他有礼貌地回答，“请坐！有什么能效劳的吗？”

兰德仍旧是这样匆匆地坐到了台阶的另外一端。

“我有事请求您……”他急忙开口，因为他觉得，某种巨大的充满他内心的事情，只要他说出一个单词，任何人都会明白，所以应该说得很简洁，“我有一位朋友……您，或许，知道他——谢苗诺夫。”

年老的神父沉默了一会。

“听说过……”他不确定地回答，然后用满是皱纹的小手摸了一下自己干燥的银白色头发。

“是这样的……这个谢苗诺夫现在得了痨病……在慢慢死去……”兰德匆忙说。

“上帝的意愿！”年老的神父庄严而简单地说。

他叹了一口气画了一个十字。

“我收到了他的来信，”兰德说，他信任地将头靠近神父，“很可怕的一封信！……看得出，现在他陷入了最后的绝望中，内心里只有仇恨和凶恶……我给您看这封信！……”

兰德匆忙地从短大衣的口袋中拿出这封信。

老神父看了看这封信，什么都没有说。

“他身上有多少痛苦、孤独还有悲哀！”兰德带着一种悲伤的紧张说着，“多少绝望和缺乏信心！……当读到这封信的时候，真害怕停下来……可怕并且让人怜悯到流泪！您理解吗？一个人在完全缺乏信心中死去会经受多少苦痛！真的无法给这种痛苦命名！……瞧，您读完这封信！”

神父又看一看这封信，但是他的手并没有动。

“我感觉，我相信，”兰德将信拿在伸出来的手里，没有注意到这一点继续说着，“如果我能够去他那里，我可能会让他轻松许多。我感觉，我能够，因为我相信这一点。他会感觉到他不是一个人，这就足够了……只是我没有上路的盘缠。”兰德突然像孩子一样笑着，补充说。

他看着神父的脸，突然他觉得，神父善良的双眼并不是一双眼，而仅仅是深深的小洞，善意仅仅是因为炯炯有神的粉红色皱纹，在这些小洞的深处是一位渺小的邪恶且刻薄的人。他本能地吓了一跳，沉默了，然后不知所措地看着神父。

神父也不说话，看着他。在神父的身后无声地旋转着金色的树叶，寂静地落到地上。

“给，您读一读这封信吧！”兰德匆忙地嘟囔着，将揉在一起的纸伸到神父的双腿处。

年老的神父叹了一口气，捋了一下自己的头发和小胡子，拿起了信。

他久久而平静地读着这封信，似乎在读平和的甜蜜的圣徒传记。而后又叹了一口气，折起了信把它交给兰德。

“瞧，看到了吧!”兰德活跃地用手指了指说，他拿起信放到了台阶上。

“您把信拿走，这样的坏蛋在我这儿不合适!”神父静静地但是充满威严地说。

兰德没有明白他的话，但是他把信收了起来，放到了口袋里。

“所以我想请您出些钱……您看到了，必须有人去那里一趟。”兰德严肃且直白地说。

年老的神父叹了一口气。

“是的，或许非常需要。只是我没办法给钱，还请您原谅……即便是有，您听清楚了，也不会给的。”

兰德的脑袋就像是受到了冰冷的重物一击。他绝望地跳了起来。

“为什么？您自己不也看了吗?”

年老的神父也站了起来。

“是因为，您听仔细了，”他回答，“这个谢苗诺夫我早就认识，并且了解得非常清楚。他是一个不信神的有害之人，您听仔细了，不信教的，离经叛道的人。所以您听仔细了，我也不建议您去。”

兰德瞪大了眼睛。

“这么说来，放弃他？就让他在绝望中死去？……”

“什么样的行为配什么样的死亡!”年老的神父说，他将双手背到身后，又一次从他粉色的面具之下露出某种残忍和凶恶。

“请敬畏上帝!”兰德叫了起来，“您在说什么呀，神父!”

“不需要您教育我，听仔细了！”神父反驳说。

“要知道您是教堂的神职人员……基督的教堂！”

“谢苗诺夫先生本人老早就放弃了教堂，所以教堂不会追在他身后的，听仔细了！”年老的神父说。

兰德带着沉默的绝望看了看他。年老的神父站着，平静地将手放到背后。在他小小的眼睛里有什么在跳动，似乎快乐起来了。

“要知道……没有钱我没办法去……”兰德机械地嘟囔着。

“那您逃票呀……”年老的神父突然说，“或者您走着去！”

兰德惊讶地看看他，但是神父的神情似乎是严肃的。

“要知道，这是非常远的！”他说。

老神父叹了一口气。

“远。怎么着呢？您听仔细了，在您的理解里这是伟大的事情……所以您要努力……”

兰德在这位秃顶的，粉红白皙的老神父身边突然感觉到一阵寒冷。他机械地转过身朝篱笆门走去。

“但是这需要尽快……他会死掉的，当我还没走到的时候……”他停住了。

老神父挖苦人地回答，带着毫不避讳的冷笑：

“如果上帝愿意，您将会见到他还活着……”

兰德不说话了，神父就像是金色背景下的白云，站在平静的干净院子里。

“那好吧，”兰德说，“需要走着去了。如果弄不到钱，我就会走着去，但是问题不在于这……您以后一定会为此感到羞愧的！”兰德悲伤且庄重地补充说。

神父举起干枯的手。

“赶紧走，听仔细了，从这里走开！”

“神父，我本没有想惹您！”兰德叫了起来。

“快走，快走！”

在他低沉而清晰的声音里有某种冰冷和坚定，兰德再也没有说什么，他低下头，离开了。

只听到老神父走到篱笆门旁边挂上门钩。

第二十二章

兰德将这件事告诉了母亲。她苍老的脸上充满了仇恨，看着他，用咝咝的声音说：

“这又是花招！……上帝啊，最终什么时候这一切才能结束啊！”

她站起来，带着冷酷迟钝的仇恨在心里，猛地关上门。

兰德悲伤地看着她离去的身影，拿起帽子，去希什马廖夫那里去了。

小个头的大学生一个人坐在小房间里，在小茶炊旁边喝着茶。一本大大的被打开的书放在他的面前。

他看到了兰德，有些笨拙地站了起来，伸出一只手。

“啊，是你啊……你好！请坐！想喝茶吗？”他生硬地似乎不是在说出，而是喊出来。

“不，”兰德说，“我喝过茶了……我收到谢苗诺夫的来信。”

“啊！……他写了什么？”

“你自己看吧，我没办法转述这些……”兰德回答。

小个子大学生认真地久久地看着信。

“哎，可怜虫！”他叹了一口气，看过之后，将短上衣短袖里的双手放到双膝之间，搓揉着它们，似乎他变得有些冷。

“我想去他那里！”兰德说。

“为什么?”希什马廖夫严肃而认真地问。

他尖细的声音不知道为什么给兰德留下这样的印象，似乎他在他胸口的某个地方插了一把细细的但坚硬的刀子。

“你在那里又能做什么呢?”希什马廖夫又重复了一下问题，在兰德正打算回答的时候。

“我不知道我能做些什么……”兰德回答，“我只是感觉到，我应该去。”

希什马廖夫已经有好久都回避跟兰德多接触了：他的顺从在小个子大学生这儿显得无力，无法去斗争。有时候他甚至觉得这种顺从的背后有某种让他感到惊讶的东西，不过他尽量避免这些，故意用冷淡的眼光看待这些，小个子大学生有些线条分明并且不通融，他对自己所不能理解的事物都非常冷淡。

他用严肃的视线看着兰德的脸，然后将巨大的手掌在双腿之间塞得更深了，他表示反对。

“我不知道……你如此强调这个感觉，似乎这儿有某种魔力……至于我，我觉得，你的出行并不能起到任何作用。反倒是自己受折磨，也折磨他……最好还是放弃……为什么呢?”

“你说到为什么……”兰德若有所思地回答，“在这个问题里已经有着使人陷入不幸的想法……不应该去问。需要去做你感觉到的事情。这高于我们。当我们附加上自己的尺度时，我们就是在扼杀自己的心灵……”

希什马廖夫猛地耸耸肩，并没有拿出手来。

“那是什么样的心灵啊？……”他沮丧地表示不同意，“还请放弃吧……总应该需要有行为的什么准则……不过既然你想去，你应该给自己解释清楚，这样做有什么益处。”

兰德忧伤地叹了一口气。

“我不知道……或许，并没有任何益处……”他悲伤地说。

希什马廖夫惊讶地挑起眉毛。

“那究竟是为了什么呢?”

灯似乎因为他尖细的声音颤抖了起来。

“为了什么？为了那个我感觉到的真理，它在召唤我!”兰德用胸腔里的深沉声音说。

“又是这个真理！……或许，你会说，最崇高的真理!”希什马廖夫带着讥笑的语气问。

“当然，最高的，因为比这再崇高的就没有什么了!”兰德严肃地回答。

希什马廖夫并没有耸肩，而是猛地甩出双肩。

“最高的真理只有一个，那就是理智所赋予的——思想!”他叫着，“我们这儿没有任何东西，除了思想所达到的理解!”

兰德拍了拍双手。

“你说什么呢！如果真是这样，生活将是如此贫乏，如此可怜!”

希什马廖夫跳了起来，摊开了双手，他窄小的双肩这一下子几乎都够到了耳朵。

“什么，贫乏？我觉得这个贫乏能够用童话来安慰自己，提前给自己的思想一个边界！”

“它自己知道自己的极限……”兰德静静地反驳。

“它什么极限都不知道！”希什马廖夫尖叫着，“思想的地平线没有极限！因为我们现在并不是知道所有的一切，但是这并不代表着，我们任何时候都不会了解到。思想就像整个世界一样没有边界！就像可能性！……随着可能性理论的扩展，思想也在扩展……没有边界！”

“扩展到空虚？”兰德睁大双眼，痛苦地问。

“是的，扩展到空虚！”希什马廖夫激动起来，尖细地回答，声音比先前更尖细。

“但是要知道这很可怕！”

“就算可怕……我自己知道，用关于统一的全都联合在一起的金色的心灵梦想来安慰自己还有类似的当然容易得多！但是，如果说到我的话，比起那真理我更偏爱空虚，那真理之所以是真理，是因为带着它可以很轻松很愉快地生活。嗯！”他沉默了，整个人都因为激动而颤抖，他将自己红色手掌深深地塞到短上衣的口袋里，用手指在里面快速但不安地敲打着。

“我不想跟你争吵，”兰德简单地说了一句，“因为你比我更聪明，因为不需要争论这些事；但是正是因为我感觉到人的思想的内在力量是无尽的庞大，所以我不能相信它源自绝对的虚空，并且会像沼泽地里的无意义的火，产生在泥淖中的，融入虚空之中！……它燃烧得太亮了，燃烧得太强烈了，包围了整个世界，照亮它，温暖它！……不，我感觉到真理……我终究还是要去谢苗诺夫那里，廖尼亚!”

“这是另外一回事了……”希什马廖夫克制地回答，“如果你想，如果你可怜他，那你就去吧……这是你自己的事!”

他坐到桌旁，开始用小勺子搅拌，静静地敲响半空的杯子。他的双肩因为激动仍旧颤抖着。

“我要去，只是我没有钱。”

“我这儿也没有啊，兄弟!”希什马廖夫用抱歉的口吻回答，感觉自己有错似的摊开双手。

兰德弄得手指啪啦响。

“哎，上帝啊……我该怎么办呢?”

希什马廖夫又摊了一下双手。

“等等！或许，可以想些办法……”

“不,”兰德摆摆手，“现在没有时间等了……我走了……”

希什马廖夫猛地抬起头，搞笑的惊讶让他的嘴巴张得大大的。

“你走？怎么走？步行走?”

“步行，当然了……在什么地方可能会有人用车送一程……”兰德平静地回答。

希什马廖夫注视着他，嘴巴还是张得大大的，然后他突然严肃起来。

“听着，兰德……任何古怪都是有限度的!”他耸耸肩，直白地说。

“这不是古怪。我是因为没有钱去坐车，所以我将走着去。朝圣者都能走几千俄里呢……”

“朝圣者……”希什马廖夫瞬间忙乱了，“这，首先，是朝圣者，其次，不是秋天……你走不到的!”

“或许，我能走到呢。”

愤怒再次控制了希什马廖夫。

“朝圣者走着去是为了信仰……他们所有人的信仰是一个……”

“我走着去也是为了自己的信仰。”兰德笑了笑。

“是的……但是，要知道你应该酌情而为啊!”

“根据环境来确定自己的生活是如此简单!”兰德温柔地责备说，他明亮的眼睛里也露出笑意，“所以可以不再相信自己，而是在所有的事情方面都相信环境……不，就让它这样吧：我感觉到需要走着去，就走着去了……无论怎样……”

“你要理解，首先，你这样做事实上什么都不能改变!”

“我们并不知道这个!”兰德严厉地说，“这只是让人觉得是这样……”

希什马廖夫无力地沉默了一会儿。

“这是愚蠢的，你走不到，什么都改变不了！……这是愚蠢和无法实现的。”

“才不是呢。”兰德叹了一口气，若有所思地看着他，“我知道，你觉得这是愚蠢的，不可能的，荒谬的，但是……我仍旧要去……亲爱的，不要阻挡我，不要这样!”

希什马廖夫带着奇怪的感受耸耸肩。

“鬼才知道这是什么!”他嘟囔着，弯身到自己的杯子旁边。他们沉默了。

“好了，我要走了，暂时告别了!”兰德起身说。

“再坐一会儿!”

“不了，亲爱的……还有些准备工作要做……”

他亲切地握了握希什马廖夫的手。突然小个头大学生感觉到模糊的悲哀。

“你真的还是要走着去吗?”他笑得更厉害了，不过嗓音有些颤抖。

兰德高出他一头，所以他带着爱意俯看着他。

“我将走着去!”他点点头。

希什马廖夫想说些什么，但是奇怪的感受堵在他的嗓子处，他只是虚弱地耸耸肩。

他们站在漆黑的前厅，这里只有从房间里透出来的窄窄的光条，兰德想起了特卡乔夫。

“你还记得那个人吗，因为他莫洛恰耶夫还打了我?”他问了，“他曾到我这儿来……”

兰德将自己跟特卡乔夫的谈话讲了讲。他讲得很简单，简短，但是某种巨大和强大慢慢地在希什马廖夫脑子里浮现了出来。巨大的幻想控制着他，奇怪的形象化身为兰德漆黑的身影，站在他面前，用新的吸引人的感受迷住了小个子大学生。他突然抓住兰德的袖子，猛地叫了一声：

“要知道这是巨大的！你能怎么办呢?”

“是的，”兰德说，“我会很心痛毁灭他的梦想……他很不幸……什么时候都不能对内心里这种风暴表示安心……”

“这么说，你拒绝了？”他带着某种恐惧问。

兰德笑了笑。

“难道我可以同意做先知吗？我不是先知啊！”

希什马廖夫突然清醒了，搓了搓手，含糊地说：

“是的……”

他将兰德送到台阶处。

天黑且凄凉。

“再见了！”兰德消失在黑暗中说。

“再见！”希什马廖夫说。

他久久地站在台阶上，然后转身回到房间里，坐到了桌旁。灯很亮，但是光很窄，迟钝而无精打采地在周围躺着。房间的角落里已是半明半暗。希什马廖夫将书推到自己面前，但是并没有看到心里去。一种奇怪的紧张感控制着他。他时而站起来，时而坐下，似乎某种巨大的事情进入了他的体内在折磨着他。他所有的思想和感受都有兰德的身影。很难思考关于他的事情，因为所有的思想都在跳动，混到了一起，一个替换着另外一个。兰德的声音虚弱而轻柔，在耳旁回荡，他不清晰的形象似乎就在他的身边，也在他的体内，朦胧而巨大。

希什马廖夫突然耸耸肩，不自然地猛笑起来，尽管他以前从来没有在一个人的时候发笑。这种笑声在他自己的耳边很刺耳地响了起来。

“鬼才知道，这是怎么回事！”他嘶哑地说。

当时在他固执的内心里有这样一种感受，突然出现一道深深的火沟，火沟的边界延伸到前方，在未来生活无尽的远处迷失了。

第二十三章

初秋的夜里，当空气已经变得稀薄且寒冷，兰德悄悄地离开了家，他穿着破旧的，从僧人那里买来的黑色紧身长袍，背上背着一个口袋。

“这样走起来会轻松，简单……”他自己心里想。

整个城市寂静且空荡。天空中只有苍白的乌云，漆黑的云层，没有月亮，也没有星辰。漆黑的房屋带着锁起来的不透光的窗户慢慢地朝身后的远处走去，还有冰冷的树木沾满了黑色的漆黑。兰德很快就来到了田野里。风刮动着他紧身长袍的大摆，并且在耳边呼啸，悠长而忧郁。在漫无边际的田野周围空旷且冰冷。似乎乌云越走越远，越飘越高。干枯的草儿在黝黑的土丘上忧伤地摆动着。兰德内心里有无法拥抱的辽阔感，与此同时还有明确的意识：他走不到了。但是这种意识里没有怀疑，没有忧伤和绝望，相反，他变得轻松而自由，似乎正是这一点他开始走向了直路，终于，直接通往目的的路，他的内心甜美地一紧，似乎感觉到了灿烂的快乐。

但是这仅仅是意识，还不是思想。在他的思想里只有病态的受着痛苦的人的形象，他要去他那里，并且他也没有想过，接下来他跟他将怎么继续呢，似乎他没有感觉到可惜和悲伤，他留了下来。在他的内心里是明亮的，所以周围都是明亮的，他轻松的快速步伐，就相当于土地富有弹性自己在推动他的双腿，他走在宽阔而轻柔的路上，往前走着，快乐且惊讶地环顾四周，快乐地倾听草原上的任何声音，沿路呼啸而过的孤独忧伤地吹过的风。

清晨到来了，然后是白天，又是黑夜，又是清晨。他五天里走过了许多村庄，庄稼汉们都不信任地看着他，阴沉着脸，不情愿让他到自己家里去过夜。很少有人跟他说话，因为很少有人理解他，尽管他能够朴实地、轻松地同所有人聊起来。老太太们用手擦着干枯的面颊询问，他从哪里来的，是不是来自谢拉菲姆；而男人们只是斜视着并不说话。第五天的时候一个大块头的黑发男子，他留着黑色的似乎是用斧头砍过的胡须，长着凶恶的眼睛，忧郁地跟他说：

“快走，快走，很快就会被警官逮起来……好多你们这样的人在闲逛!”

在这话语中有某种不友好，不理解，陌生的内容，兰德开始觉得恐怖而可惜。他睁大了眼睛仔细地看着这个村庄，这个村庄就这样从身边过去了，如此与外界隔绝的，让人不可理解，如此赤贫而又富有生活，就像那些巨型的牲畜，杂乱一群，当他经过的时候，它们慢慢地朝他转过来有角的强壮的头颅，用神秘的大眼睛目送他。兰德带着爱意和感动柔情地看着这些人，他们像这些犍牛，也看看这些犍牛，它们也像一些奇怪的人们，感觉自己对他们来说很遥远，不被需要，不被理解。非常想眺望远处的某个地方，忧伤但充满憧憬。但是视线迟钝且无力，很沉重。只有当田野里完全空荡了下来，太阳在整个辽阔无边的旷野上照耀着，似乎是为了他一个人。兰德很高兴，很舒服，很轻松。但是这非常少见，因为在任何的方向都有数不清的人们像蚂蚁一样爬来爬去忙个不停。

当人们给他指了一条穿过森林的最近道路的时候，森林在他面前像有雉堞的城墙，他走进森林庄严而寂静的绿荫中，他变得高兴起来，他平生第一次感觉到轻松，因为在这里的任何地方都没有好奇的，暗藏的，让人不理解的人的面孔。

他一整天都沿着森林里勉强能够看得到的，被压出来的车辙，在他周围耸立着高高的，沉思的树木，并且向四周都扩散着它们通明的深层绿色。没有发出声音的小鸟在他周围跳来跳去，似乎是假装没有看到人的出现。在某处有树枝在晃动，似乎在森林里行走着一位什么，但并不是人。

而后树木变得稀少，传来潮湿还有不明白但是能明确感受到的力量，在树木之间有什么开始闪耀。这是一条很深的，水很多的宽大小河。只有在岸边才长出了绿色的薹草，窄窄的叶子神秘地在深处的上方摆动着，就像锋利的绿色击剑，饱满且自由的水体慢慢地平静地流淌着，纯净且宽阔。在另外一道河岸上，也是立着如此暗绿色的森林就像密密的一堵墙，后面晃动着沉默不语的树木，它们将自己有结节的枝条伸向河面，似乎是在对暗色的深处施展魔法。

兰德若有所思地坐在河岸上，周围很空阔，并且好长时间都是如此空阔。后来沿着河岸无声地划过一只小船，如此泛着绿光，就像是树干干燥而充满野性，在里面蹲着一位浑身湿漉漉的同时也是绿色的骨节突出的男子。他没有打破河水和森林的平静，而是和它融为一体，所以，他的视线并没有停留，从他身上划过，就像是看薹草，看水面，看天空一样。

“老大爷！”兰德在河岸边站了起来，喊了一声。在河岸另一边，在森林里，有人用奇怪的，回响很大的尖细声音叫了起来。

“呜……啊一啊！”然后在十分遥远的某处就不作声了，似乎有谁抓住了尖细的声音，然后很快就把它们带到森林的深处一样。

男子将船桨横放在自己的双膝上，小船就自己滑行了很久，身后留下一道窄窄的银色丝线，发出声响，就像玻璃做的一般。

“哎！”男子回应了一下。

“啊——啊！”在森林里悄悄走近的人回应了，然后匆忙又跑到深处去了……

而后男子久久地划着船穿过小河，而兰德坐在小船的船头，水里映出了长长的黑色影子。

“要走老远吗？”男子用有些低沉的林中的嗓音问道。

“很远。”兰德非常乐意地回答。男子用他小小的不断转动的林中眼睛看了看他。

“这样……”他说，然后停止了划动，看着水里，“人们都说，在西伯利亚会更自由自在……”突然他开始说话了，似乎兰德所说的内容跟他久久而又执着的思考有关，“是这样的，人们走着去寻找，哪里更好些……这真是没有办法，但是这一点儿用也没有……都在寻找真理，但是真理在任何地方都不存在……都是一个样，不管是在这里，还是在那里，你只是为自己生活的，就像我，在森林里……你会觉得，除了上帝对你有控制力，没有任何人……所有的一切都来自上帝，而你自己走向上帝，任何人都无法帮助你；实在不行，来了一个不认识的人，也不知道为什么，他拿着……人们是没有开化的，不知道，或许，需要如此，了解他的人！想着可能会有人说出来真理所在！……就这样，一辈子弯着腰，伸展开，注视着，刚叹了一口气，想起了上帝，就这样一下子！然后就没什么了！……而后就去了小酒馆，所以不可能……亲爱的人，真理是不存在的，没有！……不管是这里，还是那里，都是一样的，因为到处都是一片土地！……”男子用低沉的独白说着，话语里带着隐藏的狂热，这种狂热不需要吼叫就已经在叫喊着关于痛苦到极点的心灵。

“真理在人自身，”兰德悲伤地说，“不是在土地里。所需要的首先是爱和怜悯彼此，而其余的后来都会实现的！”

男子忧郁地冷笑了一下。

“亲爱的人，我们都清楚，将会有什么！”似乎没有赋予这什么特别的含义，这并不是不可避免的，也不是像明天一定会到来一样，他说，“而现在该怎么生活，你倒是说说！你说要去爱……到哪里去爱？当为了一小块面包皮，甚至都会咬断喉咙！……就是这样。”

男子沉默了一会，然后带着内心深藏的仇恨补充说：

“那些先生们说得真好……这些神父先生们！……不，你去寻找真理试试！”他愤恨地说着，然后和船桨一起将自己多骨节，长满茧子的，被腌鱼所腐蚀的手推向兰德。

“这样……”他用另外一个声音，安静且悲伤，沉默了一会开始说，“上帝能看得更清楚，事情往哪里发展！……我们就这样生活的，不然……在世上是没有真理的，或许，这是所有事情的症结：比起温饱上帝更需要真理；然后人们接受苦难，并且真理通过苦难就会来到人间！……是不是这样，亲爱的人儿？”

“是这样的，是这样的！”兰德点着头高兴地回答，“世上所有的一切，所有的科学，所有的事务，所有的思想，所有一切都是经过痛苦前行的……不存在苦难的话，所有的一切就会停止，就连心灵都会死去！”

小船钻入岸边。兰德慢慢地犹豫不决地下船走到岸上。男子还在水里。有那么一分钟他们沉默地看着彼此。某种牢固的强大的感受在他们中间延伸开，在这个瞬间他们彼此之间既亲近，又遥远，就像被扯紧的粗绳。让人感觉到一种强烈有力的欲望想说些什么，某种重要的，能够连接起来的；但是却什么也无法表达出来，因为没有如此强烈的词语，能够让两个人都理解的，对于男子和兰德来说。

“再见了，老人家！”兰德忧伤地说。

男子愁眉苦脸地嘟囔了一些让人不理解的东西，然后离开了岸边，又在河面上划行，就像水里的根块一样。兰德久久地看着他的背影，直到他悄无声息地划到拐弯后，直到在宽大的水制镜面上长长的银色丝带变平。兰德又感到沉重，忧伤，再一次想离开去绿色的小树林。

傍晚的时候，他迷路了，无意中碰到了一个破旧的被丢弃的窝棚，便留在里面过夜了。

夜里很冷，如针扎般刺骨，兰德因为寒冷和疲惫没有睡好。

浓雾在整个夜里都像是一层浓密的白色幕布在一动也不动的高

高树木之间立着，向清晨飘去，变成灰暗色。在空气中有某种不可捕捉的东西颤抖了一下，所有的一切都快速地轻松醒来了，似乎像说好了一样。有一只小鸟唧唧地悄声叫着，似乎是在询问某人关于什么的事情。乌鸦沉重地从受潮的树枝上飞起，笨拙地挥动着被露水打湿的翅膀碰到细细的树枝，它在树木之间飞行，不去潜入下方的浓雾里。小草战栗一下，叶子微微一动，天空突然欢快地亮了起来。浓雾干脆地向上向下轻轻摆动，似乎有些紧张，伸展成轻盈的，晃动的雾柱，匆忙且无声无息地在树干之间走动，就像是神秘的空气魅影在教堂高高的冰冷大柱子之间晃动。伴随着不易察觉到的声音在空中散发出温柔的粉色光照。

兰德从窝棚里钻了出来，他瘦弱黑暗的身影在苍白嫩绿的羊齿草上伸展开来，就像是白色浓雾中的黑色曲线。整个晚上他都冷得打战，他的脸色苍白，灰暗，满是皱纹。他环顾了一下四周，乍看起来，在摆动着的浓雾中他觉得很奇怪也很孤单。

不过清晨越来越亮了。雾气顺从地消散了，没有留下任何痕迹。苍白而透明的幻影，当它们看到追赶过来的粉色的弓箭时，也悄无声息地逃到某处去了。在近处和远处开始出现了森林生活里看不到但是很有力的合唱。树木的顶部闪亮出粉色的黄光，天空在它们的上方变得越来越蓝。兰德整个身体都充满了鲜活的温暖和散播到四处的光芒。

他不想离开这里。他坐在窝棚旁边的土地上，静静地坐着，用紧张而欢快的双眼观察着四周。

白天到来了。耀眼，无比强大和鲜活的光亮温暖了内心。兰德时而坐着，时而躺到树下，金色的叶子轻轻地从树上落在他的身上，他贪婪地注视着对他来说是新的神秘的森林生活。他觉得，他开始模糊地理解它了。

他越来越明显地感觉到快乐的宁静，身体变得越来越虚弱。

他注意到这种虚弱时便吃了一些东西；但是食物并没有进入喉咙，进食后他变得更虚弱了。兰德站起来，但是他无法行走了：奇怪的令人疲倦的虚弱在他的双腿上颤抖着，头很沉也有些眩晕，而心脏静静地慢速地跳动着。

“我生病了……”兰德并没有恐惧也没有惊讶地想了想，似乎就等待着这一刻，并且他觉得，他的确在等待并且清楚这一点。“应该是夜里冻着了，”他机械地想着，“需要留在这里。”

模糊而平静的快乐感静静地在他的内心里升腾起来。

“我在为什么而高兴呢?”兰德对自己笑着问，“是因为还需要在这里留下来吗，还是因为别的什么？……不知道……只是如此明亮，安静，如此美好！……”

他一整天里没有固定的思想，整个人都带着沉思和亲切的感觉看着自己的前方。

有如此多的光线，色彩，透明和生机，所以幸福并且感动的思绪灼痛了他的眼睛。

各种声响的轰鸣传遍了整个森林，但是兰德只看到了沉默无声的小鸟，尾巴是绿色的小鸟，除此之外其他的什么都没有看到。在正午的时候，从林子里，在羊齿草长势很好的那一边，走出来一头消瘦的毛发蓬乱的熊。它黑黑的小眼睛盯着兰德认真而严肃。它蹲在后腿上，稍微转动了一下脖子，叹了一口气，然后又盯着兰德。周围所有的一切都是那么安静，那么清晰。某一只小鸟静静地在穿入天空的绿色枝头间跳来蹦去。

“上帝啊，多么美好！”兰德对自己重复说，他的眼睛开始变得湿润。

熊发出了奇怪的类似哽咽的声音，又摇了一下脖子。

“亲爱的！”兰德说，他非常想走过去抚摩熊棕褐色的毛发，那脱落的一团团的熊毛。但是他担心会惊吓到它。

他一点儿也没有想到，这头小熊可能会袭击他，因为在他的内心里一切如此平静，如此温顺，任何愚蠢、残忍和凶恶都没有进入内心里。

“给它点面包吗?”兰德想了想，自己也为这种想法觉得可笑。

熊沉重而拖长声音地叹了一口气，瞪着自己的黑眼睛看着，站了起来，轻轻地摇摆着走动，然后就去森林里去了。兰德忧伤但快乐地看着熊是如何在高高的像柱子一般的树木之间离开。

“哪怕在这里死去……”兰德突然流着热泪闪过这样的想法。

关于死亡的想法，明晰地意识到它的靠近，威严但是平静地进入到他的内心里。

“那万尼亚①呢?”他想起了，但是这个想法静静地闪烁了一下，然后就消融在白昼欢快有力的光芒中，似乎离开去找另外一个人，更强势的人了。

---

① 此处万尼亚是谢苗若夫的名字。

第二十四章

倾盆大雨下着，整个森林里喧嚣起来，一刻都没有停息。有时候让人觉得，在近处，灌木丛后面，有谁在抽噎，哭泣，声音细微而清脆。而后渐渐听清楚了，是水在淙淙响。

兰德躺在窝棚里，周围潮湿，沉闷，并且还有不可穿透的黑暗。有时候兰德觉得，他躺在了无尽的空洞之中，而当他吃力地举起因发烫而颤抖的手，他的脸撞到了没有看到的，沉重的潮湿的树枝上，于是从他脸上滑下冰冷的大水滴。头在发烧，整个身体都因为强烈的寒噤而撕裂开来，兰德无力地在地上蠕动，徒劳地想在潮湿的紧袖长袍下取暖。在他睁大的眼睛前方，在黑暗中闪烁着火花，金色的圆圈在转动。肉体的折磨压迫着内心。

“我在死去……”兰德想了想，“就这样吧……上帝，就按你的意愿吧！”

因为寒冷，也因为疼痛他哭泣起来。孤独的，谁也无法看到的热泪滴在了潮湿的土地上，落入口中，敲打着打着冷战的牙齿。

“上帝啊，上帝啊！……”他静静地喊着，这孤独的声音在灰暗和森林里是如此奇怪，他自己觉得，似乎周围所有的一切瞬间都安静了，安静了下来并且在倾听；而后却更加强烈了，在近处，远处，整个森林里响起了雨声，水声，啪嗒啪嗒地响着。

兰德有些昏迷，在地上抽搐着，双膝还浸没在向下流去的冰冷的水洼里。开始了谵妄。

在黑暗中露出了一个大大的兔子脑袋。它长长的耳朵朝后压着，红红的眼睛直勾勾地盯着兰德。某种恐怖的，嘲弄人的，凶恶的东西在这沉默的小脑袋里。它悄悄地，慢慢地，稍微让人能看出来它冲兰德点点头。突然，周围的一切都被黄色的光线照亮，似乎在近处的某个地方，在背后，出现了看不见的灯，在这奇怪的灯光之中，兰德似乎是在旁观，他看到了自己的身体蜷曲在水洼中，难看且可怜，沾满了湿润的黑色的羊齿草，污浊而不幸，就像蠕虫一样。可怕的痛苦和恐惧靠近了兰德的心脏。

他野性且荒谬地叫着坐了起来，头碰到了树枝。一股股冰冷的雨水都淋到了他的身上，但是他却没有苏醒过来。许多熟悉的面孔，鲜活的，闪烁着眼睛的，像无尽的条带延伸到远处，开始靠近他。他们走近，冲他弯腰，看了看，然后离去，在他们之后又来了一拨新人。灯已经不是在他兰德的背后，而是从他本人身上散发出微弱的明亮的光，并且照在所有向他弯腰的人的脸上，越来越多的从各个方向来的人的脸上。变得寂静而美好。而后灯又亮了起来，而后，黑色的身体就像是被踩到的蚯蚓，蜷缩着，兔子的脑袋又点了点。

不是思想也不是谵妄，也不是感受，而是某种亮光奇妙地渗透到兰德肿胀的大脑里，并且在那一刻，他的整个一生碎成了两部分：似乎某些巨大的，灿烂的，奇迹般的，在他自己理解之外的，他一辈子都在做的事情，离他远去，并且慢慢地消散，充满了周围的一切；而强烈的痛苦，孤独，不可战胜的东西，最后只是抓住了他自己，刺入了他尖细的指甲，可怕地将他按到地上。

“啊……啊！……”兰德在漆黑中虚弱地小声叫了几下。

第二十五章

梁赞的庄稼汉还有木匠们吃力地走在回家乡的路上，他们在森林里离居住处很远的地方，意外碰到了死去的人。

尸体躺在用干枯的树枝拼成的窝棚里，双腿蜷起，手指都弯曲了起来。细长脖子上的脑袋歪得如此厉害，让人看不到他的脸。尸体上穿着黑色的紧袖长袍，全浸泡在泥团里；不知道为什么有一只脚是光着的。从尸体上散发出沉重的死亡的气息，并且奇怪且可怕地混合了枯萎的羊齿草淡淡的甜甜的味道，这个地方长了很多羊齿草。

其中一位木匠，红褐色头发的高个子男子，用鞋尖碰了下尸体的腿。没有了生气的脚后跟微微一动就静止了。

“已经死了……”男子意味深长地说，挠了一下自己的后脑勺，站了一会儿，然后突然因为恐惧和某种他自己也不明白的折磨人的仇恨，他的脸变得难看极了，他扯起了尸体抓着一只腿将他拖到了窝棚外，头晃动着在地上起起伏伏，双手也噼里啪啦碰着土地，就像是有人在沉重地拍水，吃力地行走着，刨起了灰尘。一下子就散发出恐怖，令人厌恶的味道。其他男子都一摇一摆地走着。

“啊，见鬼了！”红褐色头发的男子惊讶地说，似乎从没有想到会碰到这种事。

男子们站住了看着。

一具尸体痛苦且孤独地躺在那里，用死气沉沉的似乎是因为泪水而模糊的双眼看着自己面前遥远的天空。冰冷的，永久紧闭的双唇并不说话，没有说出任何关于恐怖的秘密，似乎在他的周围除了沉重的气味之外还有悲痛的沉默。在他的胸前黑色的布衣撕开了，像泥土一样干枯的皮肤变黄了，上面落着枯叶还有灰色的泥泞，让人觉得，这个土地已经用灰色的触须慢慢地并且毫不动摇地将其扯入自己的体内。

男子们久久地站着，看了很久，似乎没有找到他们所需要的东西。最后，头发花白的大个子松了一口气，摘下帽子，画了一个十字，然后又画了一次，想了想，说："永恒的纪念!"然后又画了两次十字架。所有的庄稼汉们都匆忙地，似乎是从身上卸下可怕的折磨人的重负，将帽子扯下来，然后在空中挥动着手指。

而后他们鱼贯而走，都没有往后看。

他们一直都还觉得，黄色的森林，阳光，青草，高空，被沉重的沉默包裹起来，就像是看不到的黑色的薄雾。但是实际上，所有的一切都是欢快的，明亮地在太阳光下闪烁着，变幻出各种色彩，这儿有永恒的，新鲜的，面对自己的死亡时仍旧欢快的绿茵。

走在所有人后面的那位男子偷偷地转身，在身后很远的地方，在金色和明亮的灌木丛后面，他看到了消瘦的，像苍白的雕像一样一动不动的腿。

在这个地方，年复一年，羊齿草长得特别浓密，特别快乐。